Johann Wolfgang von Goethe

Ausgewählte Werke

Neunter Band. Zweiter Teil.

Johann Wolfgang von Goethe

Ausgewählte Werke
Neunter Band. Zweiter Teil.

ISBN/EAN: 9783741124587

Hergestellt in Europa, USA, Kanada, Australien, Japan

Cover: Foto ©Andreas Hilbeck / pixelio.de

Manufactured and distributed by brebook publishing software
(www.brebook.com)

Johann Wolfgang von Goethe

Ausgewählte Werke

Goethes

ausgewählte Werke

in zwölf Bänden

Neunter Band.

MDCCXL

Stuttgart.

J. G. Cotta'sche Buchhan

Wilhelm Meisters Lehrjahre.

Fünftes Buch.

Erstes Kapitel.

So hatte Wilhelm zu seinen zwei kaum geheilten Wunden abermals eine frische dritte, die ihm nicht wenig unbequem war. Aurelie wollte nicht zugeben, daß er sich eines Wundarztes bediente; sie selbst verband ihn unter allerlei wunderlichen Reden, Zeremonien und Sprüchen und setzte ihn dadurch in eine sehr peinliche Lage. Doch nicht er allein, sondern alle Personen, die sich in ihrer Nähe befanden, litten durch ihre Unruhe und Sonderbarkeit; niemand aber mehr als der kleine Felix. Das lebhafte Kind war unter einem solchen Druck höchst ungeduldig und zeigte sich immer unartiger, je mehr sie es tadelte und zurechtwies.

Der Knabe gefiel sich in gewissen Eigenheiten, die man auch Unarten zu nennen pflegt und die sie ihm keineswegs nachzusehen gedachte. Er trank zum Beispiel lieber aus der Flasche als aus dem Glase, und offenbar schmeckten ihm die Speisen aus der Schüssel besser als von dem Teller. Eine solche Unschicklichkeit wurde nicht übersehen, und wenn er nun gar die Thüre aufließ oder zuschlug und, wenn ihm etwas befohlen wurde, entweder nicht von der Stelle wich oder ungestüm davon rannte, so mußte er eine große Lektion anhören, ohne daß er darauf je einige Besserung hätte spüren lassen. Vielmehr schien die Neigung zu Aurelien sich täglich mehr zu verlieren, in seinem Tone war nichts Zärtliches, wenn er sie Mutter nannte, er hing vielmehr leidenschaftlich an der alten Amme, die ihm denn freilich allen Willen ließ.

Aber auch diese war seit einiger Zeit so krank geworden, daß man sie aus dem Hause in ein stilles Quartier bringen mußte, und Felix hätte sich ganz allein gesehen, wäre nicht Mignon auch ihm als ein liebevoller Schutzgeist erschienen. Auf das artigste unterhielten sich beide Kinder mit einander; sie lehrte ihn kleine

Lieder, und er, der ein sehr gutes Gedächtnis hatte, recitierte sie
oft zur Verwunderung der Zuhörer. Auch wollte sie ihm die
Landkarten erklären, mit denen sie sich noch immer sehr abgab,
wobei sie jedoch nicht mit der besten Methode verfuhr. Denn
eigentlich schien sie bei den Ländern kein anderes Interesse zu
haben, als ob sie kalt oder warm seien. Von den Weltpolen, von
dem schrecklichen Eise daselbst und von der zunehmenden Wärme,
je mehr man sich von ihnen entfernte, wußte sie sehr gut Rechenschaft zu geben. Wenn jemand reiste, fragte sie nur, ob er nach
Norden oder nach Süden gehe, und bemühte sich, die Wege auf
ihren kleinen Karten aufzufinden. Besonders wenn Wilhelm von
Reisen sprach, war sie sehr aufmerksam und schien sich immer zu
betrüben, sobald das Gespräch auf eine andere Materie über-
ging. So wenig man sie bereden konnte, eine Rolle zu übernehmen, oder auch nur, wenn gespielt wurde, auf das Theater
zu gehen, so gern und fleißig lernte sie Oden und Lieder auswendig und erregte, wenn sie ein solches Gedicht, gewöhnlich von
der ernsten und feierlichen Art, oft unvermutet wie aus dem
Stegreife deklamierte, bei jedermann Erstaunen.

Serlo, der auf jede Spur eines aufkeimenden Talentes zu
achten gewohnt war, suchte sie aufzumuntern; am meisten aber
empfahl sie sich ihm durch einen sehr artigen, mannigfaltigen und
manchmal selbst muntern Gesang, und auf eben diesem Wege hatte
sich der Harfenspieler seine Gunst erworben.

Serlo, ohne selbst Genie zur Musik zu haben oder irgend
ein Instrument zu spielen, wußte ihren hohen Wert zu schätzen;
er suchte sich so oft als möglich diesen Genuß, der mit keinem
andern verglichen werden kann, zu verschaffen. Er hatte wöchentlich
einmal Konzert, und nun hatte sich ihm durch Mignon, den
Harfenspieler und Laertes, der auf der Violine nicht ungeschickt
war, eine wunderliche kleine Hauskapelle gebildet.

Er pflegte zu sagen: der Mensch ist so geneigt, sich mit dem
Gemeinsten abzugeben, Geist und Sinne stumpfen sich so leicht
gegen die Eindrücke des Schönen und Vollkommenen ab, daß
man die Fähigkeit, es zu empfinden, bei sich auf alle Weise erhalten sollte. Denn einen solchen Genuß kann niemand ganz
entbehren, und nur die Ungewohnheit, etwas Gutes zu genießen,
ist Ursache, daß viele Menschen schon am Albernen und Abge-
schmackten, wenn es nur neu ist, Vergnügen finden. Man sollte,
sagte er, alle Tage wenigstens ein kleines Lied hören, ein gutes
Gedicht lesen, ein treffliches Gemälde sehen und, wenn es möglich
zu machen wäre, einige vernünftige Worte sprechen.

Bei diesen Gesinnungen, die Serlo gewissermaßen natürlich
waren, konnte es den Personen, die ihn umgaben, nicht an angenehmer Unterhaltung fehlen. Mitten in diesem vergnüglichen

Zustande brachte man Wilhelmen eines Tags einen schwarz-
gesiegelten Brief. Werners Petschaft deutete auf eine traurige
Nachricht, und er erschrak nicht wenig, als er den Tod seines
Vaters nur mit einigen Worten angezeigt fand. Nach einer unerwarteten kurzen Krankheit war er aus der Welt gegangen und
hatte seine häuslichen Angelegenheiten in der besten Ordnung
hinterlassen.

Diese unvermutete Nachricht traf Wilhelmen im Innersten.
Er fühlte tief, wie unempfindlich man oft Freunde und Verwandte, solange sie sich mit uns des irdischen Aufenthaltes erfreuen, vernachlässigt und nur dann erst die Versäumnis bereut,
wenn das schöne Verhältnis wenigstens für diesmal aufgehoben
ist. Auch konnte der Schmerz über das zeitige Absterben des
braven Mannes nur durch das Gefühl gelindert werden, daß er
auf der Welt wenig geliebt, und durch die Ueberzeugung, daß er
wenig genossen habe.

Wilhelms Gedanken wandten sich nun bald auf seine eigenen
Verhältnisse, und er fühlte sich nicht wenig beunruhigt. Der
Mensch kann in keine gefährlichere Lage versetzt werden, als wenn
durch äußere Umstände eine große Veränderung seines Zustandes
bewirkt wird, ohne daß seine Art, zu empfinden und zu denken,
darauf vorbereitet ist. Es gibt alsdann eine Epoche ohne Epoche,
und es entsteht nur ein desto größerer Widerspruch, je weniger
der Mensch bemerkt, daß er zu dem neuen Zustande noch nicht
ausgebildet sei.

Wilhelm sah sich in einem Augenblicke frei, in welchem er
mit sich selbst noch nicht einig werden konnte. Seine Gesinnungen waren edel, seine Absichten lauter, und seine Vorsätze
schienen nicht verwerflich. Das alles durfte er sich mit einigem
Zutrauen selbst bekennen; allein er hatte Gelegenheit genug gehabt, zu bemerken, daß es ihm an Erfahrung fehle, und er legte
daher auf die Erfahrung anderer und auf die Resultate, die sie
daraus mit Ueberzeugung ableiteten, einen übermäßigen Wert
und kam dadurch nur immer mehr in die Wirre. Was ihm fehlte,
glaubte er am ersten zu erwerben, wenn er alles Denkwürdige,
was ihm in Büchern und im Gespräche vorkommen mochte, zu
erhalten und zu sammeln unternähme. Er schrieb daher fremde
und eigene Meinungen und Ideen, ja ganze Gespräche, die ihm
interessant waren, auf und hielt leider auf diese Weise das Falsche
so gut als das Wahre fest, blieb viel zu lange an einer Idee,
ja, man möchte sagen an einer Sentenz hängen und verließ
dabei seine natürliche Denk- und Handelsweise, indem er oft
fremden Lichtern als Leitsternen folgte. Aureliens Bitterkeit und
seines Freundes Laertes kalte Verachtung der Menschen bestachen
öfter, als billig war, sein Urteil; niemand aber war ihm gefähr-

licher gewesen als Jarno, ein Mann, dessen heller Verstand von
gegenwärtigen Dingen ein richtiges, strenges Urteil fällte, dabei
aber den Fehler hatte, daß er diese einzelnen Urteile mit einer
Art von Allgemeinheit aussprach, da doch die Aussprüche des
Verstandes eigentlich nur e i n m a l und zwar in dem bestimm=
testen Falle gelten und schon unrichtig werden, wenn man sie auf
den nächsten anwendet.

So entfernte sich Wilhelm, indem er mit sich selbst einig zu
werden strebte, immer mehr von der heilsamen Einheit, und bei
dieser Verwirrung ward es seinen Leidenschaften um so leichter,
alle Zurüstungen zu ihrem Vorteil zu gebrauchen und ihn über
das, was er zu thun hatte, nur noch mehr zu verwirren.

Serlo benutzte die Todespost zu seinem Vorteil, und wirklich
hatte er auch täglich immer mehr Ursache, an eine andre Ein=
richtung seines Schauspiels zu denken. Er mußte entweder seine
alten Kontrakte erneuern, wozu er keine große Lust hatte, indem
mehrere Mitglieder, die sich für unentbehrlich hielten, täglich un=
leiblicher wurden; oder er mußte, wohin auch sein Wunsch ging,
der Gesellschaft eine ganz neue Gestalt geben.

Ohne selbst in Wilhelmen zu dringen, regte er Aurelien und
Philinen auf; und die übrigen Gesellen, die sich nach Engagement
sehnten, ließen unserm Freunde gleichfalls keine Ruhe, so daß er
mit ziemlicher Verlegenheit an einem Scheidewege stand. Wer
hätte gedacht, daß ein Brief von Wernern, der ganz im entgegen=
gesetzten Sinne geschrieben war, ihn endlich zu einer Entschließung
hindrängen sollte. Wir lassen nur den Eingang weg und geben
übrigens das Schreiben mit weniger Veränderung.

Zweites Kapitel.

„— So war es, und so muß es denn auch wohl recht sein,
daß jeder bei jeder Gelegenheit seinem Gewerbe nachgeht und
seine Thätigkeit zeigt. Der gute Alte war kaum verschieden, als
auch in der nächsten Viertelstunde schon nichts mehr nach seinem
Sinne im Hause geschah. Freunde, Bekannte und Verwandte
drängten sich zu, besonders aber alle Menschenarten, die bei solchen
Gelegenheiten etwas zu gewinnen haben. Man brachte, man
trug, man zahlte, schrieb und rechnete; die einen holten Wein
und Kuchen, die andern tranken und aßen; niemanden sah ich
aber ernsthafter beschäftigt als die Weiber, indem sie die Trauer
aussuchten.

„Du wirst mir also verzeihen, mein Lieber, wenn ich bei
dieser Gelegenheit auch an m e i n e n Vorteil dachte, mich deiner

Schwester so hilfreich und thätig als möglich zeigte und ihr, so=
bald es nur einigermaßen schicklich war, begreiflich machte, daß
es nunmehr unsre Sache sei, eine Verbindung zu beschleunigen,
die unsre Väter aus allzu großer Umständlichkeit bisher verzögert
hatten.

„Nun mußt du aber ja nicht denken, daß es uns eingefallen
sei, das große leere Haus in Besitz zu nehmen. Wir sind be=
scheidner und vernünftiger; unsern Plan sollst du hören. Deine
Schwester zieht nach der Heirat gleich in unser Haus herüber,
und sogar auch deine Mutter mit.

„Wie ist das möglich? wirst du sagen; ihr habt ja selbst in
dem Neste kaum Platz. Das ist eben die Kunst, mein Freund!
Die geschickte Einrichtung macht alles möglich, und du glaubst
nicht, wie viel Platz man findet, wenn man wenig Raum braucht.
Das große Haus verkaufen wir, wozu sich sogleich ein gute Ge=
legenheit darbietet; das daraus gelöste Geld soll hundertfältige
Zinsen tragen.

„Ich hoffe, du bist damit einverstanden, und wünsche, daß
du nichts von den unfruchtbaren Liebhabereien deines Vaters
und Großvaters geerbt haben mögest. Dieser setzte seine höchste
Glückseligkeit in eine Anzahl unscheinbarer Kunstwerke, die nie=
mand, ich darf wohl sagen niemand, mit ihm genießen konnte;
jener lebte in einer kostbaren Einrichtung, die er niemand mit
sich genießen ließ. Wir wollen es anders machen, und ich hoffe
deine Beistimmung.

„Es ist wahr, ich selbst behalte in unserm ganzen Hause
keinen Platz als den an meinem Schreibpulte, und noch seh' ich
nicht ab, wo man künftig eine Wiege hinsetzen will; aber dafür
ist der Raum außer dem Hause desto größer. Die Kaffeehäuser
und Klubs für den Mann, die Spaziergänge und Spazierfahrten
für die Frau und die schönen Lustörter auf dem Lande für beide.
Dabei ist der größte Vorteil, daß auch unser runder Tisch ganz
besetzt ist und es dem Vater unmöglich wird, Freunde zu sehen,
die sich nur desto leichtfertiger über ihn aufhalten, je mehr er
sich Mühe gegeben hat, sie zu bewirten.

„Nur nichts Ueberflüssiges im Hause! nur nicht zu viel Mö=
beln, Gerätschaften, nur keine Kutsche und Pferde! Nichts als
Geld, und dann auf eine vernünftige Weise jeden Tag gethan,
was dir beliebt. Nur keine Garderobe, immer das Neuste und
Beste auf dem Leibe; der Mann mag seinen Rock abtragen und
die Frau den ihrigen vertrödeln, sobald er nur einigermaßen
aus der Mode kömmt. Es ist mir nichts unerträglicher als so
ein alter Kram von Besitztum. Wenn man mir den kostbarsten
Edelstein schenken wollte, mit der Bedingung, ihn täglich am
Finger zu tragen, ich würde ihn nicht annehmen; denn wie läßt

sich bei einem toten Kapital nur irgend eine Freude denken? Das ist also mein lustiges Glaubensbekenntnis: seine Geschäfte verrichtet, Geld geschafft, sich mit den Seinigen lustig gemacht und um die übrige Welt sich nicht mehr bekümmert, als insofern man sie nutzen kann.

„Nun wirst du aber sagen: wie ist denn in eurem saubern Plane an mich gedacht? Wo soll ich unterkommen, wenn ihr mir das väterliche Haus verkauft und in dem eurigen nicht der mindeste Raum übrig bleibt?

„Das ist freilich der Hauptpunkt, Brüderchen, und auf den werde ich dir gleich dienen können, wenn ich dir vorher das gebührende Lob über deine vortrefflich angewendete Zeit werde entrichtet haben.

„Sage nur, wie hast du es angefangen, in so wenigen Wochen ein Kenner aller nützlichen und interessanten Gegenstände zu werden? So viel Fähigkeiten ich an dir kenne, hätte ich dir doch solche Aufmerksamkeit und solchen Fleiß nicht zugetraut. Dein Tagebuch hat uns überzeugt, mit welchem Nutzen du die Reise gemacht hast; die Beschreibung der Eisen- und Kupferhämmer ist vortrefflich und zeigt von vieler Einsicht in die Sache. Ich habe sie ehemals auch besucht, aber meine Relation, wenn ich sie dagegen halte, sieht sehr stümpermäßig aus. Der ganze Brief über die Leinwandfabrikation ist lehrreich und die Anmerkung über die Konkurrenz sehr treffend. An einigen Orten hast du Fehler in der Addition gemacht, die jedoch sehr verzeihlich sind.

„Was aber mich und meinen Vater am meisten und höchsten freut, sind deine gründlichen Einsichten in die Bewirtschaftung und besonders in die Verbesserung der Feldgüter. Wir haben Hoffnung, ein großes Gut, das in Sequestration liegt, in einer sehr fruchtbaren Gegend zu erkaufen. Wir wenden das Geld, das wir aus dem väterlichen Hause lösen, dazu an; ein Teil wird geborgt, und ein Teil kann stehen bleiben; und wir rechnen auf dich, daß du dahin ziehst, den Verbesserungen vorstehst, und so kann, um nicht viel zu sagen, das Gut in einigen Jahren um ein Drittel an Wert steigen; man verkauft es wieder, sucht ein größeres, verbessert und handelt wieder, und dazu bist du der Mann. Unsre Federn sollen indes zu Hause nicht müßig sein, und wir wollen uns bald in einen beneidenswerten Zustand versetzen.

„Jetzt lebe wohl! Genieße das Leben auf der Reise und ziehe hin, wo du es vergnüglich und nützlich findest. Vor dem ersten halben Jahre bedürfen wir deiner nicht; du kannst dich also nach Belieben in der Welt umsehen: denn die beste Bildung findet ein gescheiter Mensch auf Reisen. Lebe wohl, ich freue mich, so nahe mit dir verbunden, auch nunmehr im Geist der Thätigkeit mit dir vereint zu werden."

So gut dieser Brief geschrieben war und so viel ökonomische Wahrheiten er enthalten mochte, mißfiel er doch Wilhelmen auf mehr als eine Weise. Das Lob, das er über seine fingierten statistischen, technologischen und ruralischen Kenntnisse erhielt, war ihm ein stiller Vorwurf; und das Ideal, das ihm sein Schwager vom Glück des bürgerlichen Lebens vorzeichnete, reizte ihn keineswegs; vielmehr ward er durch einen heimlichen Geist des Widerspruchs mit Heftigkeit auf die entgegengesetzte Seite getrieben. Er überzeugte sich, daß er nur auf dem Theater die Bildung, die er sich zu geben wünschte, vollenden könne, und schien in seinem Entschlusse nur desto mehr bestärkt zu werden, je lebhafter Werner, ohne es zu wissen, sein Gegner geworden war. Er faßte darauf alle seine Argumente zusammen und bestätigte bei sich seine Meinung nur um desto mehr, je mehr er Ursache zu haben glaubte, sie dem klugen Werner in einem günstigen Lichte darzustellen, und auf diese Weise entstand eine Antwort, die wir gleichfalls einrücken.

Drittes Kapitel.

„Dein Brief ist so wohl geschrieben und so gescheit und klug gedacht, daß sich nichts mehr dazu setzen läßt. Du wirst mir aber verzeihen, wenn ich sage, daß man gerade das Gegenteil davon meinen, behaupten und thun, und doch auch recht haben kann. Deine Art, zu sein und zu denken, geht auf einen unbeschränkten Besitz und auf eine leichte luftige Art zu genießen hinaus, und ich brauche dir kaum zu sagen, daß ich daran nichts, was mich reizte, finden kann.

„Zuerst muß ich dir leider bekennen, daß mein Tagebuch aus Not, um meinem Vater gefällig zu sein, mit Hilfe eines Freundes aus mehreren Büchern zusammengeschrieben ist, und daß ich wohl die darin enthaltenen Sachen und noch mehrere dieser Art weiß, aber keineswegs verstehe, noch mich damit abgeben mag. Was hilft es mir, gutes Eisen zu fabrizieren, wenn mein eigenes Inneres voller Schlacken ist? und was, ein Landgut in Ordnung zu bringen, wenn ich mit mir selber uneins bin?

„Daß ich dir's mit e i n e m Worte sage, mich selbst, ganz wie ich da bin, auszubilden, das war dunkel von Jugend auf mein Wunsch und meine Absicht. Noch hege ich eben diese Gesinnungen, nur daß mir die Mittel, die mir es möglich machen werden, etwas deutlicher sind. Ich habe mehr Welt gesehen, als du glaubst, und sie besser benutzt, als du denkst. Schenke deswegen dem, was ich sage, einige Aufmerksamkeit, wenn es gleich nicht ganz nach deinem Sinne sein sollte.

„Wäre ich ein Edelmann, so wäre unser Streit bald abge=
than; da ich aber nur ein Bürger bin, so muß ich einen eigenen
Weg nehmen, und ich wünsche, daß du mich verstehen mögest.
Ich weiß nicht, wie es in fremden Ländern ist, aber in Deutsch=
land ist nur dem Edelmann eine gewisse allgemeine, wenn ich
sagen darf personelle, Ausbildung möglich. Ein Bürger kann
sich Verdienst erwerben und zur höchsten Not seinen Geist aus=
bilden; seine Persönlichkeit geht aber verloren, er mag sich stellen,
wie er will. Indem es dem Edelmann, der mit den Vornehmsten
umgeht, zur Pflicht wird, sich selbst einen vornehmen Anstand
zu geben, indem dieser Anstand, da ihm weder Thür noch Thor
verschlossen ist, zu einem freien Anstand wird, da er mit seiner
Figur, mit seiner Person, es sei bei Hofe oder bei der Armee,
bezahlen muß, so hat er Ursache, etwas auf sie zu halten und
zu zeigen, daß er etwas auf sie hält. Eine gewisse feierliche
Grazie bei gewöhnlichen Dingen, eine Art von leichtsinniger Zier=
lichkeit bei ernsthaften und wichtigen kleidet ihn wohl, weil er
sehen läßt, daß er überall im Gleichgewicht steht. Er ist eine
öffentliche Person, und je ausgebildeter seine Bewegungen, je
sonorer seine Stimme, je gehaltner und gemeßner sein ganzes
Wesen ist, desto vollkommener ist er. Wenn er gegen Hohe und
Niedere, gegen Freunde und Verwandte immer eben derselbe
bleibt, so ist nichts an ihm auszusetzen, man darf ihn nicht anders
wünschen. Er sei kalt, aber verständig; verstellt, aber klug. Wenn
er sich äußerlich in jedem Momente seines Lebens zu beherrschen
weiß, so hat niemand eine weitere Forderung an ihn zu machen,
und alles übrige, was er an und um sich hat, Fähigkeit, Talent,
Reichtum, alles scheinen nur Zugaben zu sein.

„Nun denke dir irgend einen Bürger, der an jene Vorzüge
nur einigen Anspruch zu machen gedächte; durchaus muß es ihm
mißlingen, und er müßte nur desto unglücklicher werden, je mehr
sein Naturell ihm zu jener Art, zu sein, Fähigkeit und Trieb
gegeben hätte.

„Wenn der Edelmann im gemeinen Leben gar keine Grenzen
kennt, wenn man aus ihm Könige oder könig=ähnliche Figuren
erschaffen kann, so darf er überall mit einem stillen Bewußtsein
vor seinesgleichen treten; darf überall vorwärts dringen, an=
statt daß dem Bürger nichts besser ansteht, als das reine stille
Gefühl der Grenzlinie, die ihm gezogen ist. Er darf nicht fragen:
Was bist du? sondern nur: Was hast du? welche Einsicht, welche
Kenntnis, welche Fähigkeit, wie viel Vermögen? Wenn der Edel=
mann durch die Darstellung seiner Person alles gibt, so gibt
der Bürger durch seine Persönlichkeit nichts und soll nichts geben.

„Jener darf und soll scheinen; dieser soll nur sein, und was
er scheinen will, ist lächerlich und abgeschmackt. Jener soll thun

und wirken, dieser soll leisten und schaffen; er soll einzelne Fähig=
keiten ausbilden, um brauchbar zu werden, und es wird schon
vorausgesetzt, daß in seinem Wesen keine Harmonie sei, noch
sein dürfe, weil er, um sich auf eine Weise brauchbar zu machen,
alles übrige vernachlässigen muß.

„An diesem Unterschiede ist nicht etwa die Anmaßung der
Edelleute und die Nachgiebigkeit der Bürger, sondern die Ver=
fassung der Gesellschaft selbst schuld; ob sich daran einmal etwas
ändern wird und was sich ändern wird, bekümmert mich wenig;
genug, ich habe, wie die Sachen jetzt stehen, an mich selbst zu
denken, und wie ich mich selbst und das, was mir ein unerläß=
liches Bedürfnis ist, rette und erreiche.

„Ich habe nun einmal gerade zu jener harmonischen Aus=
bildung meiner Natur, die mir meine Geburt versagt, eine un=
widerstehliche Neigung. Ich habe, seit ich dich verlassen, durch
Leibesübung viel gewonnen; ich habe viel von meiner gewöhn=
lichen Verlegenheit abgelegt und stelle mich so ziemlich dar.
Eben so habe ich meine Sprache und Stimme ausgebildet, und
ich darf ohne Eitelkeit sagen, daß ich in Gesellschaften nicht miß=
falle. Nun leugne ich dir nicht, daß mein Trieb täglich unüber=
windlicher wird, eine öffentliche Person zu sein und in einem
weitern Kreise zu gefallen und zu wirken. Dazu kömmt meine
Neigung zur Dichtkunst und zu allem, was mit ihr in Ver=
bindung steht, und das Bedürfnis, meinen Geist und Geschmack
auszubilden, damit ich nach und nach auch bei dem Genuß, den
ich nicht entbehren kann, nur das Gute wirklich für gut und
das Schöne für schön halte. Du siehst wohl, daß das alles für mich
nur auf dem Theater zu finden ist, und daß ich mich in diesem
einzigen Elemente nach Wunsch rühren und ausbilden kann.
Auf den Brettern erscheint der gebildete Mensch so gut persönlich
in seinem Glanz, als in den obern Klassen; Geist und Körper
müssen bei jeder Bemühung gleichen Schritt gehen, und ich werde
da so gut sein und scheinen können, als irgend anderswo. Suche
ich daneben noch Beschäftigungen, so gibt es dort mechanische
Quälereien genug, und ich kann meiner Geduld tägliche Uebung
verschaffen.

„Disputiere mit mir nicht darüber; denn eh du mir schreibst,
ist der Schritt schon geschehen. Wegen der herrschenden Vor=
urteile will ich meinen Namen verändern, weil ich mich ohnehin
schäme, als Meister aufzutreten. Lebe wohl. Unser Vermögen
ist in so guter Hand, daß ich mich darum gar nicht bekümmere;
was ich brauche, verlange ich gelegentlich von dir; es wird nicht
viel sein, denn ich hoffe, daß mich meine Kunst auch nähren soll.“

Der Brief war kaum abgeschickt, als Wilhelm auf der Stelle
Wort hielt und zu Serlos und der übrigen großer Verwunderung

sich auf einmal erklärte, daß er sich zum Schauspieler widme
und einen Kontrakt auf billige Bedingungen eingehen wolle.
Man war hierüber bald einig; denn Serlo hatte schon früher
sich so erklärt, daß Wilhelm und die übrigen damit gar wohl
zufrieden sein konnten. Die ganze verunglückte Gesellschaft, mit
der wir uns so lange unterhalten haben, ward auf einmal angenommen, ohne daß jedoch, außer etwa Laertes, sich einer gegen
Wilhelmen dankbar erzeigt hätte. Wie sie ohne Zutrauen ge-
fordert hatten, so empfingen sie ohne Dank. Die meisten wollten
lieber ihre Anstellung dem Einflusse Philinens zuschreiben und
richteten ihre Danksagungen an sie. Indessen wurden die aus-
gefertigten Kontrakte unterschrieben, und durch eine unerklärliche
Verknüpfung von Ideen entstand vor Wilhelms Einbildungskraft
in dem Augenblicke, als er seinen fingierten Namen unterzeich-
nete, das Bild jenes Waldplatzes, wo er verwundet in Philinens
Schoß gelegen. Auf einem Schimmel kam die liebenswürdige
Amazone aus den Büschen, nahte sich ihm und stieg ab. Ihr
menschenfreundliches Bemühen hieß sie gehen und kommen; endlich stand sie vor ihm. Das Kleid fiel von ihren Schultern; ihr
Gesicht, ihre Gestalt fing an zu glänzen, und sie verschwand.
So schrieb er seinen Namen nur mechanisch hin, ohne zu wissen,
was er that, und fühlte erst, nachdem er unterzeichnet hatte,
daß Mignon an seiner Seite stand, ihn am Arm hielt und ihm
die Hand leise wegzuziehen versucht hatte.

Viertes Kapitel.

Eine der Bedingungen, unter denen Wilhelm sich aufs Theater begab, war von Serlo nicht ohne Einschränkung zugestanden
worden. Jener verlangte, daß Hamlet ganz und gar unzerstückt
aufgeführt werden sollte, und dieser ließ sich das wunderliche
Begehren insofern gefallen, als es möglich sein würde. Nun
hatten sie hierüber bisher manchen Streit gehabt; denn was
möglich oder nicht möglich sei, und was man von dem Stück
weglassen könne, ohne es zu zerstücken, darüber waren beide sehr
verschiedener Meinung.

Wilhelm befand sich noch in den glücklichen Zeiten, da man
nicht begreifen kann, daß an einem geliebten Mädchen, an einem
verehrten Schriftsteller irgend etwas mangelhaft sein könne. Unsere
Empfindung von ihnen ist so ganz, so mit sich selbst übereinstimmend, daß wir uns auch in ihnen eine solche vollkommene
Harmonie denken müssen. Serlo hingegen sonderte gern und

beinah zu viel; sein scharfer Verstand wollte in einem Kunst=
werke gewöhnlich nur ein mehr oder weniger unvollkommenes
Ganzes erkennen. Er glaubte, so wie man die Stücke finde,
habe man wenig Ursache, mit ihnen so gar bedächtig umzugehen,
und so mußte auch Shakespeare, so mußte besonders Hamlet
vieles leiden.

Wilhelm wollte gar nicht hören, wenn jener von der Ab=
sonderung der Spreu von dem Weizen sprach. Es ist nicht
Spreu und Weizen durch einander, rief dieser, es ist ein Stamm,
Aeste, Zweige, Blätter, Knospen, Blüten und Früchte. Ist nicht
eins mit dem andern und durch das andere? Jener behauptete,
man bringe nicht den ganzen Stamm auf den Tisch; der Künstler
müsse goldne Aepfel in silbernen Schalen seinen Gästen reichen.
Sie erschöpften sich in Gleichnissen, und ihre Meinungen schienen
sich immer weiter von einander zu entfernen.

Gar verzweifeln wollte unser Freund, als Serlo ihm einst
nach langem Streit das einfachste Mittel anriet, sich kurz zu
resolvieren, die Feder zu ergreifen und in dem Trauerspiele,
was eben nicht gehen wolle noch könne, abzustreichen, mehrere
Personen in eine zu drängen, und wenn er mit dieser Art noch
nicht bekannt genug sei oder noch nicht Herz genug dazu habe, so
solle er ihm die Arbeit überlassen, und er wolle bald fertig sein.

Das ist nicht unserer Abrede gemäß, versetzte Wilhelm. Wie
können Sie bei so viel Geschmack so leichtsinnig sein?

Mein Freund, rief Serlo aus, Sie werden es auch schon
werden. Ich kenne das Abscheuliche dieser Manier nur zu wohl,
die vielleicht noch auf keinem Theater in der Welt stattgefunden
hat. Aber wo ist auch eins so verwahrlost, als das unsere?
Zu dieser ekelhaften Verstümmelung zwingen uns die Autoren,
und das Publikum erlaubt sie. Wie viel Stücke haben wir denn,
die nicht über das Maß des Personals, der Dekorationen und
Theatermechanik, der Zeit, des Dialogs und der physischen Kräfte
des Acteurs hinausschritten? und doch sollen wir spielen und
immer spielen und immer neu spielen. Sollen wir uns dabei
nicht unsers Vorteils bedienen, da wir mit zerstückelten Werken
eben so viel ausrichten als mit ganzen? Setzt uns das Publikum
doch selbst in den Vorteil! Wenig Deutsche und vielleicht nur
wenige Menschen aller neuern Nationen haben Gefühl für ein
ästhetisches Ganzes; sie loben und tadeln nur stellenweise, sie
entzücken sich nur stellenweise; und für wen ist das ein größeres
Glück als für den Schauspieler, da das Theater doch immer nur
ein gestoppeltes und gestückeltes Wesen bleibt.

Ist! versetzte Wilhelm; aber muß es denn auch so bleiben,
muß denn alles bleiben, was ist? Ueberzeugen Sie mich ja nicht,
daß Sie recht haben; denn keine Macht in der Welt würde mich

bewegen können, einen Kontrakt zu halten, den ich nur im gröbsten
Irrtum geschlossen hätte.

Serlo gab der Sache eine lustige Wendung und ersuchte
Wilhelmen, ihre öftern Gespräche über Hamlet nochmals zu bedenken und selbst die Mittel zu einer glücklichen Bearbeitung
zu ersinnen.

Nach einigen Tagen, die er in der Einsamkeit zugebracht
hatte, kam Wilhelm mit frohem Blicke zurück. Ich müßte mich
sehr irren, rief er aus, wenn ich nicht gefunden hätte, wie dem
Ganzen zu helfen ist; ja, ich bin überzeugt, daß Shakespeare es
selbst so würde gemacht haben, wenn sein Genie nicht auf die
Hauptsache so sehr gerichtet, und nicht vielleicht durch die No-
vellen, nach denen er arbeitete, verführt worden wäre.

Lassen Sie hören, sagte Serlo, indem er sich gravitätisch
aufs Kanapee setzte; ich werde ruhig aufhorchen, aber auch desto
strenger richten.

Wilhelm versetzte: Mir ist nicht bange; hören Sie nur. Ich
unterscheide, nach der genausten Untersuchung, nach der reif-
lichsten Ueberlegung, in der Komposition dieses Stücks zweierlei:
das erste sind die großen innern Verhältnisse der Personen und
der Begebenheiten, die mächtigen Wirkungen, die aus den Cha-
rakteren und Handlungen der Hauptfiguren entstehen, und diese
sind einzeln vortrefflich und die Folge, in der sie aufgestellt sind,
unverbesserlich. Sie können durch keine Art von Behandlung
zerstört, ja kaum verunstaltet werden. Diese sind's, die jedermann
zu sehen verlangt, die niemand anzutasten wagt, die sich tief in
die Seele eindrücken und die man, wie ich höre, beinahe alle
auf das deutsche Theater gebracht hat. Nur hat man, wie ich
glaube, darin gefehlt, daß man das zweite, was bei diesem Stück
zu bemerken ist, ich meine die äußern Verhältnisse der Personen,
wodurch sie von einem Orte zum andern gebracht oder auf diese
und jene Weise durch gewisse zufällige Begebenheiten verbunden
werden, für allzu unbedeutend angesehen, nur im Vorbeigehn
davon gesprochen, oder sie gar weggelassen hat. Freilich sind
diese Fäden nur dünn und lose, aber sie gehen doch durchs ganze
Stück und halten zusammen, was sonst aus einander fiele, auch
wirklich aus einander fällt, wenn man sie wegschneidet und ein
übriges gethan zu haben glaubt, wenn man die Enden stehen läßt.

Zu diesen äußern Verhältnissen zähle ich die Unruhen in
Norwegen, den Krieg mit dem jungen Fortinbras, die Gesandt-
schaft an den alten Oheim, den geschlichteten Zwist, den Zug
des jungen Fortinbras nach Polen und seine Rückkehr am Ende.
Ingleichen die Rückkehr des Horatio von Wittenberg, die Lust
Hamlets, dahin zu gehen, die Reise des Laertes nach Frankreich,
seine Rückkunft, die Verschickung Hamlets nach England, seine

Gefangenschaft beim Seeräuber, der Tod der beiden Hofleute auf den Uriasbrief: alles dieses sind Umstände und Begebenheiten, die einen Roman weit und breit machen können, die aber der Einheit dieses Stücks, in dem besonders der Held keinen Plan hat, auf das äußerste schaden und höchst fehlerhaft sind.

So höre ich Sie einmal gerne! rief Serlo.

Fallen Sie mir nicht ein, versetzte Wilhelm, Sie möchten mich nicht immer loben. Diese Fehler sind wie flüchtige Stützen eines Gebäudes, die man nicht wegnehmen darf, ohne vorher eine feste Mauer unterzuziehen. Mein Vorschlag ist also, an jenen ersten großen Situationen gar nicht zu rühren, sondern sie sowohl im ganzen als einzelnen möglichst zu schonen, aber diese äußern, einzelnen, zerstreuten und zerstreuenden Motive alle auf einmal wegzuwerfen und ihnen ein einziges zu substituieren.

Und das wäre? fragte Serlo, indem er sich aus seiner ruhigen Stellung aufhob.

Es liegt auch schon im Stücke, erwiderte Wilhelm, nur mache ich den rechten Gebrauch davon. Es sind die Unruhen in Norwegen. Hier haben Sie meinen Plan zur Prüfung.

Nach dem Tode des alten Hamlet werden die ersteroberten Norweger unruhig. Der dortige Statthalter schickt seinen Sohn Horatio, einen alten Schulfreund Hamlets, der aber an Tapferkeit und Lebensklugheit allen andern vorgelaufen ist, nach Dänemark, auf die Ausrüstung der Flotte zu bringen, welche unter dem neuen, der Schwelgerei ergebenen König nur saumselig von statten geht. Horatio kennt den alten König, denn er hat seinen letzten Schlachten beigewohnt, hat bei ihm in Gunsten gestanden, und die erste Geisterszene wird dadurch nicht verlieren. Der neue König gibt sodann dem Horatio Audienz und schickt den Laertes nach Norwegen mit der Nachricht, daß die Flotte bald anlanden werde, indes Horatio den Auftrag erhält, die Rüstung derselben zu beschleunigen; dagegen will die Mutter nicht einwilligen, daß Hamlet, wie er wünschte, mit Horatio zur See gehe.

Gott sei Dank! rief Serlo, so werden wir auch Wittenberg und die hohe Schule los, die mir immer ein leidiger Anstoß war. Ich finde Ihren Gedanken recht gut; denn außer den zwei einzigen fernen Bildern, Norwegen und der Flotte, braucht der Zuschauer sich nichts zu denken; das übrige sieht er alles, das übrige geht alles vor, anstatt daß sonst seine Einbildungskraft in der ganzen Welt herumgejagt würde.

Sie sehen leicht, versetzte Wilhelm, wie ich nunmehr auch das übrige zusammen halten kann. Wenn Hamlet dem Horatio die Missethat seines Stiefvaters entdeckt, so rät ihm dieser, mit nach Norwegen zu gehen, sich der Armee zu versichern und mit gewaffneter Hand zurück zu kehren. Da Hamlet dem König und der Königin zu gefährlich wird, haben sie kein näheres Mittel, ihn los zu werden, als ihn nach der Flotte zu schicken und ihm Rosenkranz und Güldenstern zu Beobachtern mitzugeben; und da indes Laertes zurück kommt, soll dieser bis zum Meuchelmord erhitzte Jüngling ihm nachgeschickt werden. Die Flotte bleibt wegen ungünstigen Windes liegen; Hamlet kehrt nochmals zu= rück; seine Wanderung über den Kirchhof kann vielleicht glücklich motiviert werden; sein Zusammentreffen mit Laertes in Ophe= liens Grabe ist ein großer, unentbehrlicher Moment. Hierauf mag der König bedenken, daß es besser sei, Hamlet auf der Stelle los zu werden; das Fest der Abreise, der scheinbaren Versöhnung mit Laertes wird nun feierlich begangen, wobei man Ritterspiele hält und auch Hamlet und Laertes fechten. Ohne die vier Leichen kann ich das Stück nicht schließen; es darf niemand übrig bleiben. Hamlet gibt, da nun das Wahlrecht des Volkes wieder eintritt, seine Stimme sterbend dem Horatio.

Nur geschwind, versetzte Serlo, setzen Sie sich hin und ar= beiten das Stück aus; die Idee hat völlig meinen Beifall; nur daß die Lust nicht verraucht.

Fünftes Kapitel.

Wilhelm hatte sich schon lange mit einer Uebersetzung Hamlets abgegeben; er hatte sich dabei der geistvollen Wielandschen Ar= beit bedient, durch die er überhaupt Shakespearen zuerst kennen lernte. Was in derselben ausgelassen war, fügte er hinzu, und so war er im Besitz eines vollständigen Exemplars in dem Augen= blicke, da er mit Serlo über die Behandlung so ziemlich einig geworden war. Er fing nun an, nach seinem Plane auszuheben und einzuschieben, zu trennen und zu verbinden, zu verändern und oft wiederherzustellen; denn so zufrieden er auch mit seiner Idee war, so schien ihm doch bei der Ausführung immer, daß das Original nur verdorben werde.

Sobald er fertig war, las er es Serlo und der übrigen Gesellschaft vor. Sie bezeugten sich sehr zufrieden damit; be= sonders machte Serlo manche günstige Bemerkung.

Sie haben, sagte er unter anderm, sehr richtig empfunden, daß äußere Umstände dieses Stück begleiten, aber einfacher sein müssen, als sie uns der große Dichter gegeben hat. Was außer dem Theater vorgeht, was der Zuschauer nicht sieht, was er sich vorstellen muß, ist wie ein Hintergrund, vor dem die spie= lenden Figuren sich bewegen. Die große einfache Aussicht auf die Flotte und Norwegen wird dem Stück sehr gut thun; nähme man sie ganz weg, so ist es nur eine Familienszene, und der große Begriff, daß hier ein ganzes königliches Haus durch innere Verbrechen und Unschicklichkeiten zu Grunde geht, wird nicht in seiner ganzen Würde dargestellt. Bliebe aber jener Hintergrund selbst mannigfaltig, beweglich, konfus, so thäte er dem Eindrucke der Figuren Schaden.

Wilhelm nahm nun wieder die Partie Shakespeares und zeigte, daß er für Insulaner geschrieben habe, für Engländer, die selbst im Hintergrunde nur Schiffe und Seereisen, die Küste von Frankreich und Kaper zu sehen gewohnt sind, und daß das, was jenen etwas ganz Gewöhnliches sei, uns schon zerstreue und verwirre.

Serlo mußte nachgeben, und beide stimmten darin überein, daß, da das Stück nun einmal auf das deutsche Theater solle, dieser ernstere, einfachere Hintergrund für unsere Vorstellungs= art am besten passen werde.

Die Rollen hatte man schon früher ausgeteilt; den Polonius übernahm Serlo; Aurelie Ophelien, Laertes war durch seinen Namen schon bezeichnet; ein junger untersetzter, muntrer, neu= angekommener Jüngling erhielt die Rolle des Horatio; nur wegen des Königs und des Geistes war man in einiger Verlegen= heit. Für beide Rollen war nur der alte Polterer da. Serlo schlug den Pedanten zum Könige vor; wogegen Wilhelm aber aufs äußerste protestierte. Man konnte sich nicht entschließen.

Ferner hatte Wilhelm in seinem Stücke die beiden Rollen von Rosenkranz und Güldenstern stehen lassen. Warum haben Sie diese nicht in eine verbunden? fragte Serlo; diese Abbre= viatur ist doch so leicht gemacht.

Gott bewahre mich vor solchen Verkürzungen, die zugleich Sinn und Wirkung aufheben! versetzte Wilhelm. Das, was diese beiden Menschen sind und thun, kann nicht durch einen vorge= stellt werden. In solchen Kleinigkeiten zeigt sich Shakespeares Größe. Dieses leise Auftreten, dieses Schmiegen und Biegen, dies Jasagen, Streicheln und Schmeicheln, diese Behendigkeit, dies Schwenzeln, diese Allheit und Leerheit, diese rechtliche Schur= kerei, diese Unfähigkeit, wie kann sie durch einen Menschen aus= gedrückt werden? Es sollten ihrer wenigstens ein Dutzend sein, wenn man sie haben könnte; denn sie sind bloß in Gesellschaft etwas, sie sind die Gesellschaft, und Shakespeare war sehr bescheiden und weise, daß er nur zwei solche Repräsentanten auftreten ließ. Ueberdies brauche ich sie in meiner Bearbeitung als ein Paar, das mit dem einen, guten, trefflichen Horatio kontrastiert.

Ich verstehe Sie, sagte Serlo, und wir können uns helfen. Den einen geben wir Elmiren (so nannte man die älteste Tochter des Polterers); es kann nicht schaden, wenn sie gut aussehen,

und ich will die Puppen puzen und dressieren, daß es eine Lust
sein soll.

Philine freute sich außerordentlich, daß sie die Herzogin in
der kleinen Komödie spielen sollte. Das will ich so natürlich
machen, rief sie aus, wie man in der Geschwindigkeit einen zweiten heiratet, nachdem man den ersten ganz außerordentlich geliebt hat. Ich hoffe mir den größten Beifall zu erwerben, und
jeder Mann soll wünschen, der dritte zu werden.

Aurelie machte ein verdrießliches Gesicht bei diesen Aeußerungen; ihr Widerwille gegen Philinen nahm mit jedem Tage zu.

Es ist recht schade, sagte Serlo, daß wir kein Ballett haben;
sonst sollten Sie mir mit Ihrem ersten und zweiten Manne ein
Pas de deux tanzen, und der Alte sollte nach dem Takt ein-
schlafen, und Ihre Füßchen und Wädchen würden sich dort hinten
auf dem Kindertheater ganz allerliebst ausnehmen.

Von meinen Wädchen wissen sie ja wohl nicht viel, versetzte
sie schnippisch, und was meine Füßchen betrifft, rief sie, indem
sie schnell unter den Tisch reichte, ihre Pantöffelchen herauf holte
und neben einander vor Serlo hinstellte, hier sind die Stelzchen,
und ich gebe Ihnen auf, niedlichere zu finden.

Es war Ernst! sagte er, als er die zierlichen Halbschuhe betrachtete. Gewiß, man konnte nicht leicht etwas Artigeres sehen.

Sie waren Pariser Arbeit; Philine hatte sie von der Gräfin
zum Geschenk erhalten, einer Dame, deren schöner Fuß berühmt
war.

Ein reizender Gegenstand! rief Serlo; das Herz hüpft mir,
wenn ich sie ansehe.

Welche Verzuckungen! sagte Philine.

Es geht nichts über ein Paar Pantöffelchen von so feiner
Arbeit, rief Serlo; doch ist ihr Klang noch reizender als ihr Anblick. Er hub sie auf und ließ sie einigemal hinter einander
wechselsweise auf den Tisch fallen.

Was soll das heißen? Nur wieder her damit! rief Philine.

Darf ich sagen, versetzte er mit verstellter Bescheidenheit und
schalkhaftem Ernst, wir andern Junggesellen, die wir nachts meist
allein sind und uns doch wie andre Menschen fürchten und im
Dunkeln uns nach Gesellschaft sehnen, besonders in Wirtshäusern
und fremden Orten, wo es nicht ganz geheuer ist, wir finden es
gar tröstlich, wenn ein gutherziges Kind uns Gesellschaft und
Beistand leisten will. Es ist Nacht, man liegt im Bette, es
raschelt, man schaudert, die Thüre thut sich auf, man erkennt ein
liebes pipperndes Stimmchen, es schleicht was herbei, die Vorhänge rauschen, klipp, klapp! die Pantoffel fallen, und huich!
man ist nicht mehr allein. Ach, der liebe, der einzige Klang,
wenn die Absätzchen auf dem Boden aufschlagen! Je zierlicher

sie sind, je feiner klingt's. Man spreche mir von Philomelen, von rauschenden Bächen, vom Säuseln der Winde und von allem, was je georgelt und gepfiffen worden ist, ich halte mich an das Klipp! Klapp! — Klipp! Klapp! ist das schönste Thema zu einem Rondeau, das man immer wieder von vorne zu hören wünscht.

Philine nahm ihm die Pantoffeln aus den Händen und sagte: Wie ich sie krumm getreten habe! Sie sind mir viel zu weit. Dann spielte sie damit und rieb die Sohlen gegen einander. Was das heiß wird! rief sie aus, indem sie die eine Sohle flach an die Wange hielt, dann wieder rieb und sie gegen Serlo hin= reichte. Er war gutmütig genug, nach der Wärme zu fühlen, und Klipp! Klapp! rief sie, indem sie ihm einen derben Schlag mit dem Absatz versetzte, daß er schreiend die Hand zurückzog. Ich will euch lehren, bei meinen Pantoffeln was anders denken, sagte Philine lächelnd.

Und ich will dich lehren, alte Leute wie Kinder anführen! rief Serlo dagegen, sprang auf, faßte sie mit Heftigkeit und raubte ihr manchen Kuß, deren jeden sie sich mit ernstlichem Widerstreben gar künstlich abzwingen ließ. Ueber dem Balgen fielen ihre langen Haare herunter und wickelten sich um die Gruppe, der Stuhl schlug an den Boden, und Aurelie, die von diesem Unwesen innerlich beleidigt war, stand mit Verdruß auf.

Sechstes Kapitel.

Obgleich bei der neuen Bearbeitung Hamlets manche Per= sonen weggefallen waren, so blieb die Anzahl derselben doch immer noch groß genug, und fast wollte die Gesellschaft nicht hinreichen.

Wenn das so fortgeht, sagte Serlo, wird unser Souffleur auch noch aus dem Loche hervorsteigen müssen, unter uns wan= deln und zur Person werden.

Schon oft habe ich ihn an seiner Stelle bewundert, versetzte Wilhelm.

Ich glaube nicht, daß es einen vollkommenern Einhelfer gibt, sagte Serlo. Kein Zuschauer wird ihn jemals hören; wir auf dem Theater verstehen jede Silbe. Er hat sich gleichsam ein eigen Organ dazu gemacht und ist wie ein Genius, der uns in der Not vernehmlich zulispelt. Er fühlt, welchen Teil seiner Rolle der Schauspieler vollkommen inne hat, und ahnet von weitem, wenn ihn das Gedächtnis verlassen will. In einigen Fällen, da ich die Rolle kaum überlesen konnte, da er sie mir Wort vor Wort vorsagte, spielte ich sie mit Glück; nur hat er

Sonderbarkeiten, die jeden andern unbrauchbar machen würden:
er nimmt ſo herzlichen Anteil an den Stücken, daß er pathetiſche
Stellen nicht eben deklamiert, aber doch affektvoll recitiert. Mit
dieſer Unart hat er mich mehr als einmal irre gemacht.

So wie er mich, ſagte Aurelie, mit einer andern Sonder=
barkeit einſt an einer ſehr gefährlichen Stelle ſtecken ließ.

Wie war das bei ſeiner Aufmerkſamkeit möglich? fragte
Wilhelm.

Er wird, verſetzte Aurelie, bei gewiſſen Stellen ſo gerührt,
daß er heiße Thränen weint und einige Augenblicke ganz aus
der Faſſung kommt; und es ſind eigentlich nicht die ſogenannten
rührenden Stellen, die ihn in dieſen Zuſtand verſetzen; es ſind,
wenn ich mich deutlich ausdrücke, die ſchönen Stellen, aus welchen
der reine Geiſt des Dichters gleichſam aus hellen offenen Augen
hervorſieht, Stellen, bei denen wir andern uns nur höchſtens
freuen und worüber viele Tauſende wegſehen.

Und warum erſcheint er mit dieſer zarten Seele nicht auf
dem Theater?

Ein heiſeres Organ und ein ſteifes Betragen ſchließen ihn
von der Bühne und ſeine hypochondriſche Natur von der Ge=
ſellſchaft aus, verſetzte Serlo. Wie viel Mühe habe ich mir nicht
gegeben, ihn an mich zu gewöhnen! aber vergebens. Er lieſt
vortrefflich, wie ich nicht wieder habe leſen hören; niemand hält,
wie er, die zarte Grenzlinie zwiſchen Deklamation und affekt=
voller Recitation.

Gefunden! rief Wilhelm, gefunden! welch eine glückliche Ent=
deckung! Nun haben wir den Schauſpieler, der uns die Stelle
vom rauhen Pyrrhus reciteren ſoll.

Man muß ſo viel Leidenſchaft haben, wie Sie, verſetzte Serlo,
um alles zu ſeinem Endzwecke zu nutzen.

Gewiß, ich war in der größten Sorge, rief Wilhelm, daß
vielleicht dieſe Stelle wegbleiben müßte, und das ganze Stück
würde dadurch gelähmt werden.

Das kann ich doch nicht einſehen, verſetzte Aurelie.

Ich hoffe, Sie werden bald meiner Meinung ſein, ſagte Wil=
helm. Shakeſpeare führt die ankommenden Schauſpieler zu einem
doppelten Endzweck herein. Erſt macht der Mann, der den Tod
des Priamus mit ſo viel eigner Rührung deklamiert, tiefen Ein=
druck auf den Prinzen ſelbſt; er ſchärft das Gewiſſen des
jungen, ſchwankenden Mannes: und ſo wird dieſe Szene das
Präludium zu jener, in welcher das kleine Schauſpiel ſo große
Wirkung auf den König thut. Hamlet fühlt ſich durch den
Schauſpieler beſchämt, der an fremden, an fingierten Leiden ſo
großen Teil nimmt; und der Gedanke, auf eben die Weiſe einen
Verſuch auf das Gewiſſen ſeines Stiefvaters zu machen, wird

dadurch bei ihm sogleich erregt. Welch ein herrlicher Monolog
ist's, der den zweiten Akt schließt! Wie freue ich mich darauf,
ihn zu recitieren:

„O, welch ein Schurke, welch ein niedriger Sklave bin ich!
— Ist es nicht ungeheuer, daß dieser Schauspieler hier, nur durch
Erdichtung, durch einen Traum von Leidenschaft, seine Seele so
nach seinem Willen zwingt, daß ihre Wirkung sein ganzes Ge=
sicht entfärbt! — Thränen im Auge! Verwirrung im Betragen!
Gebrochne Stimme! Sein ganzes Wesen von einem Gefühl
durchdrungen! und das alles um nichts — um Hekuba! — Was
ist Hekuba für ihn oder er für Hekuba, daß er um sie weinen
sollte?"

Wenn wir nur unsern Mann auf das Theater bringen können,
sagte Aurelie.

Wir müssen, versetzte Serlo, ihn nach und nach hineinführen.
Bei den Proben mag er die Stelle lesen, und wir sagen, daß
wir einen Schauspieler, der sie spielen soll, erwarten, und so
sehen wir, wie wir ihm näher kommen.

Nachdem sie darüber einig waren, wendete sich das Gespräch
auf den Geist. Wilhelm konnte sich nicht entschließen, die Rolle
des lebenden Königs dem Pedanten zu überlassen, damit der
Polterer den Geist spielen könne, und meinte vielmehr, daß man
noch einige Zeit warten sollte, indem sich doch noch einige Schau=
spieler gemeldet hätten und sich unter ihnen der rechte Mann
finden könnte.

Man kann sich daher denken, wie verwundert Wilhelm war,
als er, unter der Adresse seines Theaternamens, abends folgen=
des Billet mit wunderbaren Zügen versiegelt auf seinem Tische
fand:

„Du bist, o sonderbarer Jüngling, wir wissen es, in großer
Verlegenheit. Du findest kaum Menschen zu deinem Hamlet, ge=
schweige Geister. Dein Eifer verdient ein Wunder; Wunder
können wir nicht thun, aber etwas Wunderbares soll geschehen.
Hast du Vertrauen, so soll zur rechten Stunde der Geist erschei=
nen! Habe Mut und bleibe gefaßt! Es bedarf keiner Antwort;
dein Entschluß wird uns bekannt werden."

Mit diesem seltsamen Blatte eilte er zu Serlo zurück, der
es las und wieder las und endlich mit bedenklicher Miene ver=
sicherte: die Sache sei von Wichtigkeit; man müsse wohl über=
legen, ob man es wagen dürfe und könne. Sie sprachen vieles
hin und wider; Aurelie war still und lächelte von Zeit zu Zeit,
und als nach einigen Tagen wieder davon die Rede war, gab
sie nicht undeutlich zu verstehen, daß sie es für einen Scherz
von Serlo halte. Sie bat Wilhelmen, völlig außer Sorge zu
sein und den Geist geduldig zu erwarten.

Ueberhaupt war Serlo von dem besten Humor; denn die abgehenden Schauspieler gaben sich alle mögliche Mühe, gut zu spielen, damit man sie ja recht vermissen sollte, und von der Neugierde auf die neue Gesellschaft konnte er auch die beste Einnahme erwarten.

Sogar hatte der Umgang Wilhelms auf ihn einigen Einfluß gehabt. Er fing an, mehr über Kunst zu sprechen, denn er war am Ende doch ein Deutscher, und diese Nation gibt sich gern Rechenschaft von dem, was sie thut. Wilhelm schrieb sich manche solche Unterredung auf; und wir werden, da die Erzählung hier nicht so oft unterbrochen werden darf, denjenigen unsrer Leser, die sich dafür interessieren, solche dramaturgische Versuche bei einer andern Gelegenheit vorlegen.

Besonders war Serlo eines Abends sehr lustig, als er von der Rolle des Polonius sprach, wie er sie zu fassen gedachte. Ich verspreche, sagte er, diesmal einen recht würdigen Mann zum besten zu geben; ich werde die gehörige Ruhe und Sicherheit, Leerheit und Bedeutsamkeit, Annehmlichkeit und geschmackloses Wesen, Freiheit und Aufpassen, treuherzige Schalkheit und erlogene Wahrheit da, wo sie hingehören, recht zierlich aufstellen. Ich will einen solchen grauen, redlichen, ausdauernden, der Zeit dienenden Halbschelm aufs allerhöflichste vorstellen und vortragen, und dazu sollen mir die etwas rohen und groben Pinselstriche unsers Autors gute Dienste leisten. Ich will reden wie ein Buch, wenn ich mich vorbereitet habe, und wie ein Thor, wenn ich bei guter Laune bin. Ich werde abgeschmackt sein, um jedem zu dem Maule zu reden, und immer so fein, es nicht zu merken, wenn mich die Leute zum besten haben. Nicht leicht habe ich eine Rolle mit solcher Lust und Schalkheit übernommen.

Wenn ich nur auch von der meinigen so viel hoffen könnte, sagte Aurelie. Ich habe weder Jugend noch Weichheit genug, um mich in diesen Charakter zu finden. Nur eins weiß ich leider: das Gefühl, das Ophelien den Kopf verrückt, wird mich nicht verlassen.

Wir wollen es ja nicht so genau nehmen, sagte Wilhelm; denn eigentlich hat mein Wunsch, den Hamlet zu spielen, mich bei allem Studium des Stücks aufs äußerste irre geführt. Je mehr ich mich in die Rolle studiere, desto mehr sehe ich, daß in meiner ganzen Gestalt kein Zug der Physiognomie ist, wie Shakespeare seinen Hamlet aufstellt. Wenn ich es recht überlege, wie genau in der Rolle alles zusammenhängt, so getraue ich mir kaum, eine leidliche Wirkung hervorzubringen.

Sie treten mit großer Gewissenhaftigkeit in Ihre Laufbahn, versetzte Serlo. Der Schauspieler schickt sich in die Rolle, wie er kann, und die Rolle richtet sich nach ihm, wie sie muß. Wie hat aber Shakespeare seinen Hamlet vorgezeichnet? Ist er Ihnen denn so ganz unähnlich?

Zuvörderst ist Hamlet blond, erwiderte Wilhelm.

Das heiß' ich weit gesucht, sagte Aurelie. Woher schließen Sie das?

Als Däne, als Nordländer ist er blond von Hause aus und hat blaue Augen.

Sollte Shakespeare daran gedacht haben?

Bestimmt sind' ich es nicht ausgedrückt, aber in Verbindung mit andern Stellen scheint es mir unwidersprechlich. Ihm wird das Fechten sauer, der Schweiß läuft ihm vom Gesichte, und die Königin spricht: Er ist fett, laßt ihn zu Atem kommen. Kann man sich ihn da anders als blond und wohlbehäglich vorstellen? denn braune Leute sind in ihrer Jugend selten in diesem Falle. Paßt nicht auch seine schwankende Melancholie, seine weiche Trauer, seine thätige Unentschlossenheit besser zu einer solchen Gestalt, als wenn Sie sich einen schlanken, braunlockigen Jüngling denken, von dem man mehr Entschlossenheit und Behendigkeit erwartet?

Sie verderben mir die Imagination, rief Aurelie; weg mit Ihrem fetten Hamlet! stellen Sie uns ja nicht Ihren wohlbe= leibten Prinzen vor! Geben Sie uns lieber irgend ein Quipro= quo, das uns reizt, das uns rührt. Die Intention des Autors liegt uns nicht so nahe, als unser Vergnügen, und wir verlangen einen Reiz, der uns homogen ist.

Siebentes Kapitel.

Einen Abend stritt die Gesellschaft, ob der Roman oder das Drama den Vorzug verdiene? Serlo versicherte, es sei ein ver= geblicher, mißverstandner Streit; beide könnten in ihrer Art vor= trefflich sein, nur müßten sie sich in den Grenzen ihrer Gattung halten.

Ich bin selbst noch nicht ganz im Klaren darüber, versetzte Wilhelm.

Wer ist es auch? sagte Serlo, und doch wäre es der Mühe wert, daß man der Sache näher käme.

Sie sprachen viel herüber und hinüber, und endlich war folgendes ungefähr das Resultat ihrer Unterhaltung:

Im Roman wie im Drama sehen wir menschliche Natur und Handlung. Der Unterschied beider Dichtungsarten liegt nicht bloß in der äußern Form, nicht darin, daß die Personen in dem einen sprechen und daß in dem andern gewöhnlich von

ihnen erzählt wird. Leider viele Dramen sind nur dialogierte
Romane, und es wäre nicht unmöglich, ein Drama in Briefen
zu schreiben.

Im Roman sollen vorzüglich Gesinnungen und Begeben=
heiten vorgestellt werden; im Drama Charaktere und Tha=
ten. Der Roman muß langsam gehen, und die Gesinnungen
der Hauptfigur müssen, es sei, auf welche Weise es wolle, das
Vordringen des Ganzen zur Entwickelung aufhalten. Das Drama
soll eilen, und der Charakter der Hauptfigur muß sich nach dem
Ende drängen und nur aufgehalten werden. Der Romanheld
muß leidend, wenigstens nicht im hohen Grade wirkend sein;
von dem dramatischen verlangt man Wirkung und That. Gran=
dison, Clarisse, Pamela, der Landpriester von Wakefield, Tom
Jones selbst sind, wo nicht leidende, doch retardierende Personen,
und alle Begebenheiten werden gewissermaßen nach ihren Ge=
sinnungen gemodelt. Im Drama modelt der Held nichts nach
sich, alles widersteht ihm, und er räumt und rückt die Hinder=
nisse aus dem Wege oder unterliegt ihnen.

So vereinigte man sich auch darüber, daß man dem Zufall
im Roman gar wohl sein Spiel erlauben könne; daß er aber
immer durch die Gesinnungen der Personen gelenkt und geleitet
werden müsse; daß hingegen das Schicksal, das die Menschen
ohne ihr Zuthun durch unzusammenhängende äußere Umstände
zu einer unvorgesehenen Katastrophe hindrängt, nur im Drama
statthabe; daß der Zufall wohl pathetische, niemals aber tragische
Situationen hervorbringen dürfe: das Schicksal hingegen müsse
immer fürchterlich sein und werde im höchsten Sinne tragisch,
wenn es schuldige und unschuldige, von einander unabhängige
Thaten in eine unglückliche Verknüpfung bringt.

Diese Betrachtungen führten wieder auf den wunderlichen
Hamlet und auf die Eigenheiten dieses Stücks. Der Held, sagte
man, hat eigentlich auch nur Gesinnungen; es sind nur Begeben=
heiten, die zu ihm stoßen, und deswegen hat das Stück etwas
von dem Gedehnten des Romans: weil aber das Schicksal den
Plan gezeichnet hat, weil das Stück von einer fürchterlichen That
ausgeht und der Held immer vorwärts zu einer fürchterlichen
That gedrängt wird, so ist es im höchsten Sinne tragisch und
leidet keinen andern als einen tragischen Ausgang.

Nun sollte Leseprobe gehalten werden, welche Wilhelm eigent=
lich als ein Fest ansah. Er hatte die Rollen vorher kollationiert,
daß also von dieser Seite kein Anstoß sein konnte. Die sämt=
lichen Schauspieler waren mit dem Stücke bekannt, und er suchte
sie nur, ehe sie anfingen, von der Wichtigkeit einer Leseprobe
zu überzeugen. Wie man von jedem Musikus verlange, daß er,
bis auf einen gewissen Grad, vom Blatte spielen könne, so solle

auch jeder Schauspieler, ja jeder wohlerzogene Mensch sich üben, vom Blatte zu lesen, einem Drama, einem Gedicht, einer Er- zählung sogleich ihren Charakter abzugewinnen und sie mit Fertig- keit vorzutragen. Alles Memorieren helfe nichts, wenn der Schau- spieler nicht vorher in den Geist und Sinn des guten Schrift- stellers eingedrungen sei; der Buchstabe könne nichts wirken.

Serlo versicherte, daß er jeder andern Probe, ja der Haupt- probe nachsehen wolle, sobald der Leseprobe ihr Recht wider- fahren sei: denn gewöhnlich, sagte er, ist nichts lustiger, als wenn Schauspieler von Studieren sprechen; es kommt mir eben so vor, als wenn die Freimaurer von Arbeiten reden.

Die Probe lief nach Wunsch ab, und man kann sagen, daß der Ruhm und die gute Einnahme der Gesellschaft sich auf diese wenigen wohlangewandten Stunden gründete.

Sie haben wohl gethan, mein Freund, sagte Serlo, nachdem sie wieder allein waren, daß Sie unsern Mitarbeitern so ernstlich zusprachen, wenn ich gleich fürchte, daß sie Ihre Wünsche schwer- lich erfüllen werden.

Wie so? versetzte Wilhelm.

Ich habe gefunden, sagte Serlo, daß, so leicht man der Menschen Imagination in Bewegung setzen kann, so gern sie sich Märchen erzählen lassen, eben so selten ist es, eine Art von produktiver Imagination bei ihnen zu finden. Bei den Schau- spielern ist dieses sehr auffallend. Jeder ist sehr wohl zufrieden, eine schöne, lobenswürdige, brillante Rolle zu übernehmen; selten aber thut einer mehr, als sich mit Selbstgefälligkeit an die Stelle des Helden zu setzen, ohne sich im mindesten zu bekümmern, ob ihn auch jemand dafür halten werde. Aber mit Lebhaftigkeit zu umfassen, was sich der Autor beim Stück gedacht hat, was man von seiner Individualität hingeben müsse, um einer Rolle genug zu thun, wie man durch eigene Ueberzeugung, man sei ein ganz anderer Mensch, den Zuschauer gleichfalls zur Ueberzeugung hin- reiße, wie man durch eine innere Wahrheit der Darstellungskraft diese Bretter in Tempel, diese Pappen in Wälder verwandelt, ist wenigen gegeben. Diese innere Stärke des Geistes, wodurch ganz allein der Zuschauer getäuscht wird, diese erlogene Wahr- heit, die ganz allein Wirkung hervorbringt, wodurch ganz allein die Illusion erzielt wird, wer hat davon einen Begriff?

Lassen Sie uns daher ja nicht zu sehr auf Geist und Em- pfindung dringen! Das sicherste Mittel ist, wenn wir unsern Freunden mit Gelassenheit zuerst den Sinn des Buchstabens erklären und ihnen den Verstand eröffnen. Wer Anlage hat, eilt alsdann selbst dem geistreichen und empfindungsvollen Ausdrucke entgegen; und wer sie nicht hat, wird wenigstens niemals ganz falsch spielen und recitieren. Ich habe aber bei Schauspielern, so wie überhaupt, keine schlimmere Anmaßung gefunden, als wenn jemand Ansprüche an Geist macht, solange ihm der Buchstabe noch nicht deutlich und geläufig ist.

Achtes Kapitel.

Wilhelm kam zur ersten Theaterprobe sehr zeitig und fand sich auf den Brettern allein. Das Lokal überraschte ihn und gab ihm die wunderbarsten Erinnerungen. Die Wald= und Dorf= dekoration stand genau so, wie auf der Bühne seiner Vaterstadt, auch bei einer Probe, als ihm an jenem Morgen Mariane leb= haft ihre Liebe bekannte und ihm die erste glückliche Nacht zu= sagte. Die Bauernhäuser glichen sich auf dem Theater wie auf dem Lande; die wahre Morgensonne beschien, durch einen halb offenen Fensterladen hereinfallend, einen Teil der Bank, die neben der Thüre schlecht befestigt war; nur leider schien sie nicht wie damals auf Marianens Schoß und Busen. Er setzte sich nieder, dachte dieser wunderbaren Uebereinstimmung nach und glaubte zu ahnen, daß er sie vielleicht auf diesem Platze bald wiedersehen werde. Ach, und es war weiter nichts, als daß ein Nachspiel, zu welchem diese Dekoration gehörte, damals auf dem deutschen Theater sehr oft gegeben wurde.

In diesen Betrachtungen störten ihn die übrigen ankommenden Schauspieler, mit denen zugleich zwei Theater= und Garderoben= freunde hereintraten und Wilhelmen mit Enthusiasmus begrüßten. Der eine war gewissermaßen an Madame Melina attachiert; der andere aber ein ganz reiner Freund der Schauspielkunst und beide von der Art, wie sich jede gute Gesellschaft Freunde wünschen sollte. Man wußte nicht zu sagen, ob sie das Theater mehr kannten oder liebten. Sie liebten es zu sehr, um es recht zu kennen; sie kannten es genug, um das Gute zu schätzen und das Schlechte zu verbannen. Aber bei ihrer Neigung war ihnen das Mittelmäßige nicht unerträglich, und der herrliche Genuß, mit dem sie das Gute vor und nach kosteten, war über allen Aus= druck. Das Mechanische machte ihnen Freude, das Geistige ent= zückte sie, und ihre Neigung war so groß, daß auch eine zer= stückelte Probe sie in eine Art von Illusion versetzte. Die Mängel schienen ihnen jederzeit in die Ferne zu treten, das Gute berührte sie wie ein naher Gegenstand. Kurz, sie waren Liebhaber, wie sie sich der Künstler in seinem Fache wünscht. Ihre liebste Wanderung war von den Kulissen ins Parterre, vom Parterre in die Kulissen, ihr angenehmster Aufenthalt in der Garderobe, ihre emsigste Beschäftigung, an der Stellung, Kleidung, Recitation

und Deklamation der Schauspieler etwas zuzustutzen, ihr leb=
haftestes Gespräch über den Effekt, den man hervorgebracht hatte,
und ihre beständigste Bemühung, den Schauspieler aufmerksam,
thätig und genau zu erhalten, ihm etwas zu gute oder zu liebe
zu thun und, ohne Verschwendung, der Gesellschaft manchen Genuß
zu verschaffen. Sie hatten sich beide das ausschließliche Recht
verschafft, bei Proben und Aufführungen auf dem Theater zu
erscheinen. Sie waren, was die Aufführung Hamlets betraf,
mit Wilhelmen nicht bei allen Stellen einig; hie und da gab er
nach, meistens aber behauptete er seine Meinung, und im ganzen
diente diese Unterhaltung sehr zur Bildung seines Geschmacks.
Er ließ die beiden Freunde sehen, wie sehr er sie schätze, und sie
dagegen weißsagten nichts weniger von diesen vereinten Bemü=
hungen, als eine neue Epoche fürs deutsche Theater.

Die Gegenwart dieser beiden Männer war bei den Proben
sehr nützlich. Besonders überzeugten sie unsre Schauspieler, daß
man bei der Probe Stellung und Aktion, wie man sie bei der
Aufführung zu zeigen gedenke, immerfort mit der Rede verbinden
und alles zusammen durch Gewohnheit mechanisch vereinigen
müsse. Besonders mit den Händen solle man ja bei der Probe
einer Tragödie keine gemeine Bewegung vornehmen; ein tragischer
Schauspieler, der in der Probe Tabak schnupft, mache sie immer
bange: denn höchst wahrscheinlich werde er an einer solchen Stelle
bei der Aufführung die Prise vermissen. Ja, sie hielten dafür,
daß niemand in Stiefeln probieren solle, wenn die Rolle in
Schuhen zu spielen sei. Nichts aber, versicherten sie, schmerze sie
mehr, als wenn die Frauenzimmer in den Proben ihre Hände in
die Rockfalten versteckten.

Außerdem ward durch das Zureden dieser Männer noch
etwas sehr Gutes bewirkt, daß nämlich alle Mannspersonen
exerzieren lernten. Da so viele Militärrollen vorkommen, sagten
sie, sieht nichts betrübter aus, als Menschen, die nicht die mindeste
Dressur zeigen, in Hauptmanns= und Majorsuniform auf dem
Theater herumschwanken zu sehen.

Wilhelm und Laertes waren die ersten, die sich der Pädagogik
eines Unteroffiziers unterwarfen, und setzten dabei ihre Fecht=
übungen mit großer Anstrengung fort.

So viel Mühe gaben sich beide Männer mit der Ausbildung
einer Gesellschaft, die sich so glücklich zusammengefunden hatte.
Sie sorgten für die künftige Zufriedenheit des Publikums, indes
sich dieses über ihre entschiedene Liebhaberei gelegentlich aufhielt.
Man wußte nicht, wie viel Ursache man hatte, ihnen dankbar
zu sein, besonders da sie nicht versäumten, den Schauspielern oft
den Hauptpunkt einzuschärfen, daß es nämlich ihre Pflicht sei,
laut und vernehmlich zu sprechen. Sie fanden hierbei mehr

Widerstand und Unwillen, als sie anfangs gedacht hatten. Die meisten wollten so gehört sein, wie sie sprachen, und wenige be= mühten sich, so zu sprechen, daß man sie hören könnte. Einige schoben den Fehler aufs Gebäude, andere sagten, man könne doch nicht schreien, wenn man natürlich, heimlich oder zärtlich zu sprechen habe.

Unsre Theaterfreunde, die eine unsägliche Geduld hatten, suchten auf alle Weise diese Verwirrung zu lösen, diesem Eigen= sinne beizukommen. Sie sparten weder Gründe noch Schmeiche= leien und erreichten zuletzt doch ihren Endzweck, wobei ihnen das gute Beispiel Wilhelms besonders zu statten kam. Er bat sich aus, daß sie sich bei den Proben in die entferntesten Ecken setzen und, sobald sie ihn nicht vollkommen verstünden, mit dem Schlüssel auf die Bank pochen möchten. Er artikulierte gut, sprach ge= mäßigt aus, steigerte den Ton stufenweise und überschrie sich nicht in den heftigsten Stellen. Die pochenden Schlüssel hörte man bei jeder Probe weniger; nach und nach ließen sich die andern dieselbe Operation gefallen, und man konnte hoffen, daß das Stück endlich in allen Winkeln des Hauses von jedermann würde verstanden werden.

Man sieht aus diesem Beispiel, wie gern die Menschen ihren Zweck nur auf ihre eigene Weise erreichen möchten, wie viel Not man hat, ihnen begreiflich zu machen, was sich eigentlich von selbst versteht, und wie schwer es ist, denjenigen, der etwas zu leisten wünscht, zur Erkenntnis der ersten Bedingungen zu bringen, unter denen sein Vorhaben allein möglich wird.

Neuntes Kapitel.

Man fuhr nun fort, die nötigen Anstalten zu Dekorationen und Kleidern, und was sonst erforderlich war, zu machen. Ueber einige Szenen und Stellen hatte Wilhelm besondere Grillen, denen Serlo nachgab, teils in Rücksicht auf den Kontrakt, teils aus Ueberzeugung, und weil er hoffte, Wilhelmen durch diese Gefälligkeit zu gewinnen und in der Folge desto mehr nach seinen Absichten zu lenken.

So sollte zum Beispiel König und Königin bei der ersten Audienz auf dem Throne sitzend erscheinen, die Hofleute an den Seiten und Hamlet unbedeutend unter ihnen stehen. Hamlet, sagte er, muß sich ruhig verhalten; seine schwarze Kleidung unterscheidet ihn schon genug. Er muß sich eher verbergen, als zum Vorschein kommen. Nur dann, wenn die Audienz geendigt

ist, wenn der König mit ihm als Sohn spricht, dann mag er
herbei treten und die Szene ihren Gang gehen.

Noch eine Hauptschwierigkeit machten die beiden Gemälde,
auf die sich Hamlet in der Szene mit seiner Mutter so heftig
bezieht. Wir sollen, sagte Wilhelm, in Lebensgröße beide im
Grunde des Zimmers neben der Hauptthüre sichtbar sein, und
zwar muß der alte König in völliger Rüstung, wie der Geist,
auf eben der Seite hängen, wo dieser hervortritt. Ich wünsche,
daß die Figur mit der rechten Hand eine befehlende Stellung
annehme, etwas gewandt sei und gleichsam über die Schulter
sehe, damit sie dem Geiste völlig gleiche in dem Augenblicke, da
dieser zur Thüre hinausgeht. Es wird eine sehr große Wirkung
thun, wenn in diesem Augenblicke Hamlet nach dem Geiste und
die Königin nach dem Bilde sieht. Der Stiefvater mag dann im
königlichen Ornat, doch unscheinbarer als jener, vorgestellt werden.

So gab es noch verschiedene Punkte, von denen wir zu sprechen
vielleicht Gelegenheit haben.

Sind Sie auch unerbittlich, daß Hamlet am Ende sterben
muß? fragte Serlo.

Wie kann ich ihn am Leben erhalten, sagte Wilhelm, da ihn
das ganze Stück zu Tode drückt? Wir haben ja schon so weitläufig darüber gesprochen.

Aber das Publikum wünscht ihn lebendig.

Ich will ihm gern jeden andern Gefallen thun, nur diesmal
ist's unmöglich. Wir wünschen auch, daß ein braver nützlicher
Mann, der an einer chronischen Krankheit stirbt, noch länger
leben möge. Die Familie weint und beschwört den Arzt, der
ihn nicht halten kann: und so wenig als dieser einer Naturnot=
wendigkeit zu widerstehen vermag, so wenig können wir einer
anerkannten Kunstnotwendigkeit gebieten. Es ist eine falsche
Nachgiebigkeit gegen die Menge, wenn man ihnen die Empfin=
dungen erregt, die sie haben wollen, und nicht, die sie haben
sollen.

Wer das Geld bringt, kann die Ware nach seinem Sinne
verlangen.

Gewissermaßen; aber ein großes Publikum verdient, daß
man es achte, daß man es nicht wie Kinder, denen man das
Geld abnehmen will, behandle. Man bringe ihm nach und nach
durch das Gute Gefühl und Geschmack für das Gute bei, und
es wird sein Geld mit doppeltem Vergnügen einlegen, weil
ihm der Verstand, ja die Vernunft selbst bei dieser Ausgabe
nichts vorzuwerfen hat. Man kann ihm schmeicheln wie einem
geliebten Kinde, schmeicheln, um es zu bessern, um es künftig
aufzuklären; nicht wie einem Vornehmen und Reichen, um den
Irrtum, den man nutzt, zu verewigen.

So handelten sie noch manches ab, das sich besonders auf die Frage bezog: was man noch etwa an dem Stücke verändern dürfe, und was unberührt bleiben müsse? Wir lassen uns hierauf nicht weiter ein, sondern legen vielleicht künftig die neue Bearbeitung Hamlets selbst demjenigen Teile unsrer Leser vor, der sich etwa dafür interessieren könnte.

Zehntes Kapitel.

Die Hauptprobe war vorbei; sie hatte übermäßig lange gedauert. Serlo und Wilhelm fanden noch manches zu besorgen; denn ungeachtet der vielen Zeit, die man zur Vorbereitung verwendet hatte, waren doch sehr notwendige Anstalten bis auf den letzten Augenblick verschoben worden.

So waren zum Beispiel die Gemälde der beiden Könige noch nicht fertig, und die Szene zwischen Hamlet und seiner Mutter, von der man einen so großen Effekt hoffte, sah noch sehr mager aus, indem weder der Geist noch sein gemaltes Ebenbild dabei gegenwärtig war. Serlo scherzte bei dieser Gelegenheit und sagte: Wir wären doch im Grunde recht übel angeführt, wenn der Geist ausbliebe, die Wache wirklich mit der Luft fechten und unser Souffleur aus der Kulisse den Vortrag des Geistes supplieren müßte.

Wir wollen den wunderbaren Freund nicht durch unsern Unglauben verscheuchen, versetzte Wilhelm; er kommt gewiß zur rechten Zeit und wird uns so gut als die Zuschauer überraschen.

Gewiß, rief Serlo, ich werde froh sein, wenn das Stück morgen gegeben ist; es macht uns mehr Umstände, als ich geglaubt habe.

Aber niemand in der Welt wird froher sein als ich, wenn das Stück morgen gespielt ist, versetzte Philine, so wenig mich meine Rolle drückt. Denn immer und ewig von einer Sache reden zu hören, wobei doch nichts weiter herauskommt als eine Repräsentation, die, wie so viele hundert andere, vergessen werden wird, dazu will meine Geduld nicht hinreichen. Macht doch in Gottes Namen nicht so viel Umstände! Die Gäste, die vom Tische aufstehen, haben nachher an jedem Gerichte was auszusetzen; ja, wenn man sie zu Hause reden hört, so ist es ihnen kaum begreiflich, wie sie eine solche Not haben ausstehen können.

Lassen Sie mich Ihr Gleichnis zu meinem Vorteile brauchen, schönes Kind, versetzte Wilhelm. Bedenken Sie, was Natur und Kunst, was Handel, Gewerke und Gewerbe zusammen schaffen müssen, bis ein Gastmahl gegeben werden kann. Wie viel Jahre

muß der Hirsch im Walde, der Fisch im Fluß oder Meere zu=
bringen, bis er unsre Tafel zu besetzen würdig ist, und was hat
die Hausfrau, die Köchin nicht alles in der Küche zu thun! Mit
welcher Nachlässigkeit schlürft man die Sorge des entferntesten
Winzers, des Schiffers, des Kellermeisters beim Nachtische hin=
unter, als müsse es nur so sein. Und sollten deswegen alle diese
Menschen nicht arbeiten, nicht schaffen und bereiten, sollte der
Hausherr das alles nicht sorgfältig zusammen bringen und zu=
sammen halten, weil am Ende der Genuß nur vorübergehend
ist? Aber kein Genuß ist vorübergehend; denn der Eindruck, den
er zurückläßt, ist bleibend, und was man mit Fleiß und An=
strengung thut, teilt dem Zuschauer selbst eine verborgene Kraft
mit, von der man nicht wissen kann, wie weit sie wirkt.

Mir ist alles einerlei, versetzte Philine, nur muß ich auch
diesmal erfahren, daß Männer immer im Widerspruch mit sich
selbst sind. Bei all eurer Gewissenhaftigkeit, den großen Autor
nicht verstümmeln zu wollen, laßt ihr doch den schönsten Gedanken
aus dem Stücke.

Den schönsten? rief Wilhelm.

Gewiß den schönsten, auf den sich Hamlet selbst was zu
gute thut.

Und der wäre? rief Serlo.

Wenn Sie eine Perücke auf hätten, versetzte Philine, würde
ich sie Ihnen ganz säuberlich abnehmen; denn es scheint nötig,
daß man Ihnen das Verständnis eröffne.

Die andern dachten nach, und die Unterhaltung stockte. Man
war aufgestanden, es war schon spät, man schien aus einander
gehen zu wollen. Als man so unentschlossen dastand, fing Phi=
line ein Liedchen auf eine sehr zierliche und gefällige Melodie
zu singen an.

Singet nicht in Trauertönen
Von der Einsamkeit der Nacht:
Nein, sie ist, o holde Schönen,
Zur Geselligkeit gemacht.

Wie das Weib dem Mann gegeben
Als die schönste Hälfte war,
Ist die Nacht das halbe Leben,
Und die schönste Hälfte zwar.

Könnt ihr euch des Tages freuen,
Der nur Freuden unterbricht?
Er ist gut, sich zu zerstreuen,
Zu was anderm taugt er nicht.

Aber wenn in nächt'ger Stunde
Süßer Lampe Dämmrung fließt
Und vom Mund zum nahen Munde
Scherz und Liebe sich ergießt;

Wenn der rasche lose Knabe,
Der sonst wild und feurig eilt,
Oft bei einer kleinen Gabe
Unter leichten Spielen weilt;

Wenn die Nachtigall Verliebten
Liebevoll ein Liedchen singt,
Das Gefangnen und Betrübten
Nur wie Ach und Wehe klingt:

Mit wie leichtem Herzensregen
Horchet ihr der Glocke nicht,
Die mit zwölf bedächt'gen Schlägen
Ruh und Sicherheit verspricht!

Darum an dem langen Tage
Merke dir es, liebe Brust:
Jeder Tag hat seine Plage,
Und die Nacht hat ihre Lust.

Sie machte eine leichte Verbeugung, als sie geendigt hatte, und Serlo rief ihr ein lautes Bravo zu. Sie sprang zur Thür hinaus und eilte mit Gelächter fort. Man hörte sie die Treppe hinunter singen und mit den Absätzen klappern.

Serlo ging in das Seitenzimmer, und Aurelie blieb vor Wilhelmen, der ihr eine gute Nacht wünschte, noch einige Augenblicke stehen und sagte:

Wie sie mir zuwider ist! recht meinem innern Wesen zuwider! bis auf die kleinsten Zufälligkeiten. Die rechte braune Augenwimper bei den blonden Haaren, die der Bruder so reizend findet, mag ich gar nicht ansehn, und die Schramme auf der Stirne hat mir so was Widriges, so was Niedriges, daß ich immer zehn Schritte von ihr zurücktreten möchte. Sie erzählte neulich als einen Scherz, ihr Vater habe ihr in ihrer Kindheit einen Teller an den Kopf geworfen, davon sie noch das Zeichen trage. Wohl ist sie recht an Augen und Stirne gezeichnet, daß man sich vor ihr hüten möge.

Wilhelm antwortete nichts, und Aurelie schien mit mehr Unwillen fortzufahren:

Es ist mir beinahe unmöglich, ein freundliches höfliches Wort mit ihr zu reden, so sehr hasse ich sie, und doch ist sie so anschmiegend. Ich wollte, wir wären sie los. Auch Sie, mein Freund, haben eine gewisse Gefälligkeit gegen dieses Geschöpf, ein Betragen, das mich in der Seele kränkt, eine Aufmerksamkeit, die an Achtung grenzt und die sie, bei Gott, nicht verdient!

Wie sie ist, bin ich ihr Dank schuldig, versetzte Wilhelm; ihre Aufführung ist zu tadeln; ihrem Charakter muß ich Gerechtigkeit widerfahren lassen.

Charakter! rief Aurelie; glauben Sie, daß so eine Kreatur

einen Charakter hat? O, ihr Männer, daran erkenne ich euch! Solcher Frauen seid ihr wert!

Sollten Sie mich in Verdacht haben, meine Freundin? versetzte Wilhelm. Ich will von jeder Minute Rechenschaft geben, die ich mit ihr zugebracht habe.

Nun, nun, sagte Aurelie, es ist spät, wir wollen nicht streiten. Alle wie einer, einer wie alle! Gute Nacht, mein Freund! gute Nacht, mein feiner Paradiesvogel!

Wilhelm fragte, wie er zu diesem Ehrentitel komme.

Ein andermal, versetzte Aurelie, ein andermal. Man sagt, sie hätten keine Füße, sie schwebten nur in der Luft und nährten sich vom Aether. Es ist aber ein Märchen, fuhr sie fort, eine poetische Fiktion. Gute Nacht, laßt euch was Schönes träumen, wenn ihr Glück habt.

Sie ging in ihr Zimmer und ließ ihn allein; er eilte auf das seinige.

Halb unwillig ging er auf und nieder. Der scherzende, aber entschiedene Ton Aureliens hatte ihn beleidigt: er fühlte tief, wie unrecht sie ihm that. Philinen konnte er nicht widrig, nicht unhold begegnen; sie hatte nichts gegen ihn verbrochen, und dann fühlte er sich so fern von jeder Neigung zu ihr, daß er recht stolz und standhaft vor sich selbst bestehen konnte.

Eben war er im Begriff, sich auszuziehen, nach seinem Lager zu gehen und die Vorhänge aufzuschlagen, als er zu seiner größten Verwunderung ein Paar Frauenpantoffeln vor dem Bett erblickte; der eine stand, der andere lag. — Es waren Philinens Pantoffeln, die er nur zu gut erkannte; er glaubte auch eine Unordnung an den Vorhängen zu sehen, ja, es schien, als bewegten sie sich; er stand und sah mit unverwandten Augen hin.

Eine neue Gemütsbewegung, die er für Verdruß hielt, versetzte ihm den Atem; und nach einer kurzen Pause, in der er sich erholt hatte, rief er gefaßt:

Stehen Sie auf, Philine! Was soll das heißen? Wo ist Ihre Klugheit, Ihr gutes Betragen? Sollen wir morgen das Märchen des Hauses werden?

Es rührte sich nichts.

Ich scherze nicht, fuhr er fort, diese Neckereien sind bei mir übel angewandt.

Kein Laut! Keine Bewegung!

Entschlossen und unmutig ging er endlich auf das Bette zu und riß die Vorhänge von einander. Stehen Sie auf, sagte er, wenn ich Ihnen nicht das Zimmer diese Nacht überlassen soll.

Mit großem Erstaunen fand er sein Bette leer, die Kissen und Decken in schönster Ruhe. Er sah sich um, suchte nach, suchte alles durch und fand keine Spur von dem Schalk. Hinter dem

Bette, dem Ofen, den Schränken war nichts zu sehen: er suchte emsiger und emsiger; ja, ein boshafter Zuschauer hätte glauben mögen, er suche, um zu finden.

Kein Schlaf stellte sich ein; er setzte die Pantoffeln auf seinen Tisch, ging auf und nieder, blieb manchmal bei dem Tische stehen, und ein schelmischer Genius, der ihn belauschte, will versichern: er habe sich einen großen Teil der Nacht mit den allerliebsten Stelzchen beschäftigt; er habe sie mit einem gewissen Interesse angesehen, behandelt, damit gespielt und sich erst gegen Morgen in seinen Kleidern aufs Bette geworfen, wo er unter den seltsamsten Phantasieen einschlummerte.

Und wirklich schlief er noch, als Serlo hereintrat und rief: Wo sind Sie? Noch im Bette? Unmöglich! Ich suchte Sie auf dem Theater, wo noch so mancherlei zu thun ist.

———

Elftes Kapitel.

Vor- und Nachmittag verflossen eilig. Das Haus war schon voll, und Wilhelm eilte, sich anzuziehen. Nicht mit der Behaglichkeit, mit der er die Maske zum erstenmal anprobierte, konnte er sie gegenwärtig anlegen; er zog sich an, um fertig zu werden. Als er zu den Frauen ins Versammlungszimmer kam, beriefen sie ihn einstimmig, daß nichts recht sitze; der schöne Federbusch sei verschoben, die Schnalle passe nicht; man fing wieder an, aufzutrennen, zu nähen, zusammenzustecken. Die Symphonie ging an, Philine hatte etwas gegen die Krause einzuwenden, Aurelie viel an dem Mantel auszusetzen. Laßt mich, ihr Kinder, rief er, diese Nachlässigkeit wird mich erst recht zum Hamlet machen. Die Frauen ließen ihn nicht los und fuhren fort, zu putzen. Die Symphonie hatte aufgehört, und das Stück war angegangen. Er besah sich im Spiegel, drückte den Hut tiefer ins Gesicht und erneuerte die Schminke.

In diesem Augenblick stürzte jemand herein und rief: Der Geist! der Geist!

Wilhelm hatte den ganzen Tag nicht Zeit gehabt, an die Hauptsorge zu denken, ob der Geist auch kommen werde? Nun war sie ganz weggenommen, und man hatte die wunderlichste Gastrolle zu erwarten. Der Theatermeister kam und fragte über dieses und jenes; Wilhelm hatte nicht Zeit, sich nach dem Gespenst umzusehen, und eilte nur, sich am Throne einzufinden, wo König und Königin schon, von ihrem Hofe umgeben, in aller Herrlichkeit glänzten; er hörte nur noch die letzten Worte des

Horatio, der über die Erscheinung des Geistes ganz verwirrt sprach und fast seine Rolle vergessen zu haben schien.

Der Zwischenvorhang ging in die Höhe, und er sah das volle Haus vor sich. Nachdem Horatio seine Rede gehalten und vom Könige abgefertigt war, drängte er sich an Hamlet, und als er sich ihm, dem Prinzen, präsentierte, sagte er: Der Teufel steckt in dem Harnische! Er hat uns alle in Furcht gejagt!

In der Zwischenzeit sah man nur zwei große Männer in weißen Mänteln und Kapuzen in den Kulissen stehen, und Wilhelm, dem in der Zerstreuung, Unruhe und Verlegenheit der erste Monolog, wie er glaubte, mißglückt war, trat, ob ihn gleich ein lebhafter Beifall beim Abgehen begleitete, in der schauerlichen dramatischen Winternacht wirklich recht unbehaglich auf. Doch nahm er sich zusammen und sprach die so zweckmäßig angebrachte Stelle über das Schmausen und Trinken der Nordländer mit der gehörigen Gleichgültigkeit, vergaß, so wie die Zuschauer, darüber des Geistes und erschrak wirklich, als Horatio ausrief: Seht her, es kommt! Er fuhr mit Heftigkeit herum, und die edle große Gestalt, der leise, unhörbare Tritt, die leichte Bewegung in der schwer scheinenden Rüstung machten einen so starken Eindruck auf ihn, daß er wie versteinert da stand und nur mit halber Stimme: Ihr Engel und himmlischen Geister, beschützt uns! ausrufen konnte. Er starrte ihn an, holte einigemal Atem und brachte die Anrede an den Geist so verwirrt, zerstückt und gezwungen vor, daß die größte Kunst sie nicht so trefflich hätte ausdrücken können.

Seine Uebersetzung dieser Stelle kam ihm sehr zu statten. Er hatte sich nahe an das Original gehalten, dessen Wortstellung ihm die Verfassung eines überraschten, erschreckten, von Entsetzen ergriffenen Gemüts einzig auszudrücken schien.

„Sei du ein guter Geist, sei ein verdammter Kobold, bringe Düfte des Himmels mit dir oder Dämpfe der Hölle, sei Gutes oder Böses dein Beginnen, du kommst in so einer würdigen Gestalt, ja, ich rede mit dir, ich nenne dich Hamlet, König, Vater, o antworte mir!" —

Man spürte im Publiko die größte Wirkung. Der Geist winkte, der Prinz folgte ihm unter dem lautesten Beifall.

Das Theater verwandelte sich, und als sie auf den entfernten Platz kamen, hielt der Geist unvermutet inne und wandte sich um; dadurch kam ihm Hamlet etwas zu nahe zu stehen. Mit Verlangen und Neugierde sah Wilhelm sogleich zwischen das niedergelassene Visier hinein, konnte aber nur tiefliegende Augen neben einer wohlgebildeten Nase erblicken. Furchtsam ausspähend stand er vor ihm; allein als die ersten Töne aus dem Helme hervordrangen, als eine wohlklingende, nur ein wenig rauhe

Stimme sich in den Worten hören ließ: Ich bin der Geist deines Vaters, trat Wilhelm einige Schritte schaudernd zurück, und das ganze Publikum schauderte. Die Stimme schien jedermann bekannt, und Wilhelm glaubte eine Aehnlichkeit mit der Stimme seines Vaters zu bemerken. Diese wunderbaren Empfindungen und Erinnerungen, die Neugierde, den seltsamen Freund zu entdecken, und die Sorge, ihn zu beleidigen, selbst die Unschicklichkeit, ihm als Schauspieler in dieser Situation zu nahe zu treten, bewegten Wilhelmen nach entgegengesetzten Seiten. Er veränderte während der langen Erzählung des Geistes seine Stellung so oft, schien so unbestimmt und verlegen; so aufmerksam und so zerstreut, daß sein Spiel eine allgemeine Bewunderung, so wie der Geist ein allgemeines Entsetzen erregte. Dieser sprach mehr mit einem tiefen Gefühl des Verdrusses, als des Jammers, aber eines geistigen, langsamen und unübersehlichen Verdrusses. Es war der Mißmut einer großen Seele, die von allem Irdischen getrennt ist, und doch unendlichen Leiden unterliegt. Zuletzt versank der Geist, aber auf eine sonderbare Art: denn ein leichter, grauer, durchsichtiger Flor, der wie ein Dampf aus der Versenkung zu steigen schien, legte sich über ihn weg und zog sich mit ihm hinunter.

Nun kamen Hamlets Freunde zurück und schwuren auf das Schwert. Da war der alte Maulwurf so geschäftig unter der Erde, daß er ihnen, wo sie auch stehen mochten, immer unter den Füßen rief: Schwört! und sie, als ob der Boden unter ihnen brennte, schnell von einem Ort zum andern eilten. Auch erschien da, wo sie standen, jedesmal eine kleine Flamme aus dem Boden, vermehrte die Wirkung und hinterließ bei allen Zuschauern den tiefsten Eindruck.

Nun ging das Stück unaufhaltsam seinen Gang fort, nichts mißglückte, alles geriet; das Publikum bezeigte seine Zufriedenheit; die Lust und der Mut der Schauspieler schien mit jeder Szene zuzunehmen.

Zwölftes Kapitel.

Der Vorhang fiel, und der lebhafte Beifall erscholl aus allen Ecken und Enden. Die vier fürstlichen Leichen sprangen behend in die Höhe und umarmten sich vor Freuden. Polonius und Ophelia kamen auch aus ihren Gräbern hervor und hörten noch mit lebhaftem Vergnügen, wie Horatio, als er zum Ankündigen heraustrat, auf das heftigste beklatscht wurde. Man wollte ihn zu keiner Anzeige eines andern Stücks lassen, sondern begehrte mit Ungestüm die Wiederholung des heutigen.

Nun haben wir gewonnen, rief Serlo, aber auch heute abend
kein vernünftig Wort mehr! Alles kommt auf den ersten Ein=
druck an. Man soll ja keinem Schauspieler übelnehmen, wenn
er bei seinen Debüts vorsichtig und eigensinnig ist.

Der Kassier kam und überreichte ihm eine schwere Kasse.
Wir haben gut debütiert, rief er aus, und das Vorurteil wird
uns zu statten kommen. Wo ist denn nun das versprochene
Abendessen? Wir dürfen es uns heute schmecken lassen.

Sie hatten ausgemacht, daß sie in ihren Theaterkleidern
beisammen bleiben und sich selbst ein Fest feiern wollten. Wil=
helm hatte unternommen, das Lokal, und Madame Melina, das
Essen zu besorgen.

Ein Zimmer, worin man sonst zu malen pflegte, war aufs
beste gesäubert, mit allerlei kleinen Dekorationen umstellt und
so herausgeputzt worden, daß es halb einem Garten, halb einem
Säulengange ähnlich sah. Beim Hereintreten wurde die Gesell=
schaft von dem Glanz vieler Lichter geblendet, die einen feier=
lichen Schein durch den Dampf des süßesten Räucherwerks, das
man nicht gespart hatte, über eine wohl geschmückte und bestellte
Tafel verbreiteten. Mit Ausrufungen lobte man die Anstalten
und nahm wirklich mit Anstand Platz; es schien, als wenn eine
königliche Familie im Geisterreiche zusammen käme. Wilhelm
saß zwischen Aurelien und Madame Melina; Serlo zwischen Phi=
linen und Elmiren; niemand war mit sich selbst, noch mit seinem
Platze unzufrieden.

Die beiden Theaterfreunde, die sich gleichfalls eingefunden
hatten, vermehrten das Glück der Gesellschaft. Sie waren einige=
mal während der Vorstellung auf die Bühne gekommen und
konnten nicht genug von ihrer eignen und des Publikums Zu=
friedenheit sprechen; nunmehr ging's aber ans Besondere; jedes
ward für seinen Teil reichlich belohnt.

Mit einer unglaublichen Lebhaftigkeit ward ein Verdienst
nach dem andern, eine Stelle nach der andern herausgehoben.
Dem Souffleur, der bescheiden am Ende der Tafel saß, ward
ein großes Lob über seinen rauhen Pyrrhus; die Fechtübung
Hamlets und Laertes' konnte man nicht genug erheben; Ophe=
liens Trauer war über allen Ausdruck schön und erhaben; von
Polonius' Spiel durfte man gar nicht sprechen; jeder Gegen=
wärtige hörte sein Lob in dem andern und durch ihn.

Aber auch der abwesende Geist nahm seinen Teil Lob und
Bewunderung hinweg. Er hatte die Rolle mit einem sehr glück=
lichen Organ und in einem großen Sinne gesprochen, und man
wunderte sich am meisten, daß er von allem, was bei der Ge=
sellschaft vorgekommen war, unterrichtet schien. Er glich völlig
dem gemalten Bilde, als wenn er dem Künstler gestanden hätte,

und die Theaterfreunde konnten nicht genug rühmen, wie schauer=
lich es ausgesehen habe, als er unfern von dem Gemälde her=
vorgetreten und vor seinem Ebenbilde vorbeigeschritten sei.
Wahrheit und Irrtum habe sich dabei so sonderbar vermischt,
und man habe wirklich sich überzeugt, daß die Königin die
eine Gestalt nicht sehe. Madame Melina ward bei dieser Ge=
legenheit sehr gelobt, daß sie bei dieser Stelle in die Höhe
nach dem Bilde gestarrt, indes Hamlet nieder auf den Geist
gewiesen.

Man erkundigte sich, wie das Gespenst habe hereinschleichen
können, und erfuhr vom Theatermeister, daß zu einer hintern
Thüre, die sonst immer mit Dekorationen verstellt sei, diesen
Abend aber, weil man den gotischen Saal gebraucht, frei ge=
worden, zwei große Figuren in weißen Mänteln und Kapuzen
hereingekommen, die man von einander nicht unterscheiden können,
und so seien sie nach geendigtem dritten Akt wahrscheinlich auch
wieder hinausgegangen.

Serlo lobte besonders an ihm, daß er nicht so schneider=
mäßig gejammert und sogar am Ende eine Stelle, die einem
so großen Helden besser zieme, seinen Sohn zu befeuern, ange=
bracht habe. Wilhelm hatte sie im Gedächtnis behalten und ver=
sprach, sie ins Manuskript nachzutragen.

Man hatte in der Freude des Gastmahls nicht bemerkt, daß
die Kinder und der Harfenspieler fehlten; bald aber machten sie
eine sehr angenehme Erscheinung. Denn sie traten zusammen
herein, sehr abenteuerlich ausgeputzt; Felix schlug den Triangel,
Mignon das Tamburin, und der Alte hatte die schwere Harfe
umgehangen und spielte sie, indem er sie vor sich trug. Sie
zogen um den Tisch und sangen allerlei Lieder. Man gab ihnen
zu essen, und die Gäste glaubten den Kindern eine Wohlthat zu
erzeigen, wenn sie ihnen so viel süßen Wein gäben, als sie nur
trinken wollten; denn die Gesellschaft selbst hatte die köstlichen
Flaschen nicht geschont, welche diesen Abend, als ein Geschenk
der Theaterfreunde, in einigen Körben angekommen waren. Die
Kinder sprangen und sangen fort, und besonders war Mignon
ausgelassen, wie man sie niemals gesehen. Sie schlug das Tam=
burin mit aller möglichen Zierlichkeit und Lebhaftigkeit, indem
sie bald mit drückendem Finger auf dem Felle hin und her
schnurrte, bald mit dem Rücken der Hand, bald mit den Knö=
cheln darauf pochte, ja mit abwechselnden Rhythmen das Per=
gament bald wider die Kniee, bald wider den Kopf schlug, bald
schüttelnd die Schellen allein klingen ließ und so aus dem ein=
fachsten Instrumente gar verschiedene Töne hervorlockte. Nach=
dem sie lange gelärmt hatten, setzten sie sich in einen Lehnsessel,
der gerade Wilhelmen gegenüber am Tische leer geblieben war.

Bleibt von dem Sessel weg! rief Serlo, er steht vermutlich für den Geist da; wenn er kommt, kann's euch übel gehen.

Ich fürchte ihn nicht, rief Mignon; kommt er, so stehen wir auf. Es ist mein Oheim, er thut mir nichts zuleide. Diese Rede verstand niemand, als wer wußte, daß sie ihren vermeintlichen Vater den großen Teufel genannt hatte.

Die Gesellschaft sah einander an und ward noch mehr in dem Verdacht bestärkt, daß Serlo um die Erscheinung des Geistes wisse. Man schwatzte und trank, und die Mädchen sahen von Zeit zu Zeit furchtsam nach der Thüre.

Die Kinder, die, in dem großen Sessel sitzend, nur wie Pulcinellpuppen aus dem Kasten über den Tisch hervorragten, fingen an, auf diese Weise ein Stück aufzuführen. Mignon machte den schnarrenden Ton sehr artig nach, und sie stießen zuletzt die Köpfe dergestalt zusammen und auf die Tischkante, wie es eigentlich nur Holzpuppen aushalten können. Mignon ward bis zur Wut lustig, und die Gesellschaft, so sehr sie anfangs über den Scherz gelacht hatte, mußte zuletzt Einhalt thun. Aber wenig half das Zureden, denn nun sprang sie auf und raste, die Schellentrommel in der Hand, um den Tisch herum. Ihre Haare flogen, und indem sie den Kopf zurück und alle ihre Glieder gleichsam in die Luft warf, schien sie einer Mänade ähnlich, deren wilde und beinah unmögliche Stellungen uns auf alten Monumenten noch oft in Erstaunen setzen.

Durch das Talent der Kinder und ihren Lärm aufgereizt, suchte jedermann zur Unterhaltung der Gesellschaft etwas beizutragen. Die Frauenzimmer sangen einige Kanons, Laertes ließ eine Nachtigall hören, und der Pedant gab ein Konzert pianissimo auf der Maultrommel. Indessen spielten die Nachbarn und Nachbarinnen allerlei Spiele, wobei sich die Hände begegnen und vermischen, und es fehlte manchem Paare nicht am Ausdruck einer hoffnungsvollen Zärtlichkeit. Madame Melina besonders schien eine lebhafte Neigung zu Wilhelmen nicht zu verhehlen. Es war spät in der Nacht, und Aurelie, die fast allein noch Herrschaft über sich behalten hatte, ermahnte die übrigen, indem sie aufstand, aus einander zu gehen.

Serlo gab noch zum Abschied ein Feuerwerk, indem er mit dem Munde, auf eine fast unbegreifliche Weise, den Ton der Raketen, Schwärmer und Feuerräder nachzuahmen wußte. Man durfte die Augen nur zumachen, so war die Täuschung vollkommen. Indessen war jedermann aufgestanden, und man reichte den Frauenzimmern den Arm, sie nach Hause zu führen. Wilhelm ging zuletzt mit Aurelien. Auf der Treppe begegnete ihnen der Theatermeister und sagte: Hier ist der Schleier, worin der Geist verschwand. Er ist an der Versenkung hängen geblieben, und wir haben ihn eben gefunden. Eine wunderbare Reliquie! rief Wilhelm und nahm ihn ab.

In dem Augenblicke fühlte er sich am linken Arme ergriffen und zugleich einen sehr heftigen Schmerz. Mignon hatte sich versteckt gehabt, hatte ihn angefaßt und ihn in den Arm gebissen. Sie fuhr an ihm die Treppe hinunter und verschwand.

Als die Gesellschaft in die freie Luft kam, merkte fast jedes, daß man für diesen Abend des Guten zu viel genossen hatte. Ohne Abschied zu nehmen, verlor man sich aus einander.

Wilhelm hatte kaum seine Stube erreicht, als er seine Kleider abwarf und nach ausgelöschtem Licht ins Bett eilte. Der Schlaf wollte sogleich sich seiner bemeistern; allein ein Geräusch, das in seiner Stube hinter dem Ofen zu entstehen schien, machte ihn aufmerksam. Eben schwebte vor seiner erhitzten Phantasie das Bild des geharnischten Königs: er richtete sich auf, das Gespenst anzureden; als er sich von zarten Armen umschlungen, seinen Mund mit lebhaften Küssen verschlossen und eine Brust an der seinigen fühlte, die er wegzustoßen nicht Mut hatte.

Dreizehntes Kapitel.

Wilhelm fuhr des andern Morgens mit einer unbehaglichen Empfindung in die Höhe und fand sein Bette leer. Von dem nicht völlig ausgeschlafenen Rausche war ihm der Kopf düster, und die Erinnerung an den unbekannten nächtlichen Besuch machte ihn unruhig. Sein erster Verdacht fiel auf Philinen, und doch schien der liebliche Körper, den er in seine Arme geschlossen hatte, nicht der ihrige gewesen zu sein. Unter lebhaften Liebkosungen war unser Freund an der Seite dieses seltsamen, stummen Besuches eingeschlafen, und nun war weiter keine Spur mehr davon zu entdecken. Er sprang auf, und indem er sich anzog, fand er seine Thüre, die er sonst zu verriegeln pflegte, nur angelehnt und wußte sich nicht zu erinnern, ob er sie gestern abend zugeschlossen hatte.

Am wunderbarsten aber erschien ihm der Schleier des Geistes, den er auf seinem Bette fand. Er hatte ihn mit herauf gebracht und wahrscheinlich selbst dahin geworfen. Es war ein grauer Flor, an dessen Saum er eine Schrift mit schwarzen Buchstaben gestickt sah. Er entfaltete sie und las die Worte: Zum ersten und letztenmal! Flieh! Jüngling, flieh! Er war betroffen und wußte nicht, was er sagen sollte.

In eben dem Augenblick trat Mignon herein und brachte ihm das Frühstück. Wilhelm erstaunte über den Anblick des

Kindes, ja, man kann sagen, er erschrak. Sie schien diese Nacht
größer geworden zu sein; sie trat mit einem hohen edlen An=
stand vor ihn hin und sah ihm sehr ernsthaft in die Augen, so
daß er den Blick nicht ertragen konnte. Sie rührte ihn nicht
an, wie sonst, da sie gewöhnlich ihm die Hand drückte, seine
Wange, seinen Mund, seinen Arm oder seine Schulter küßte,
sondern ging, nachdem sie seine Sachen in Ordnung gebracht,
stillschweigend wieder fort.

Die Zeit einer angesetzten Leseprobe kam nun herbei; man
versammelte sich, und alle waren durch das gestrige Fest ver=
stimmt. Wilhelm nahm sich zusammen, so gut er konnte, um
nicht gleich anfangs gegen seine so lebhaft gepredigten Grundsätze
zu verstoßen. Seine große Uebung half ihm durch; denn Uebung
und Gewohnheit müssen in jeder Kunst die Lücken ausfüllen,
welche Genie und Laune so oft lassen würden.

Eigentlich aber konnte man bei dieser Gelegenheit die Be=
merkung recht wahr finden, daß man keinen Zustand, der länger
dauern, ja, der eigentlich ein Beruf, eine Lebensweise werden
soll, mit einer Feierlichkeit anfangen dürfe. Man feire nur, was
glücklich vollendet ist: alle Zeremonien zum Anfange erschöpfen
Lust und Kräfte, die das Streben hervorbringen und uns bei
einer fortgesetzten Mühe beistehen sollen. Unter allen Festen ist
das Hochzeitfest das unschicklichste; keines sollte mehr in Stille,
Demut und Hoffnung begangen werden als dieses.

So schlich der Tag nun weiter, und Wilhelmen war noch
keiner jemals so alltäglich vorgekommen. Statt der gewöhnlichen
Unterhaltung abends fing man zu gähnen an; das Interesse an
Hamlet war erschöpft, und man fand eher unbequem, daß er des
folgenden Tages zum zweitenmal vorgestellt werden sollte. Wil=
helm zeigte den Schleier des Geistes vor; man mußte daraus
schließen, daß er nicht wieder kommen werde. Serlo war beson=
ders dieser Meinung; er schien mit den Ratschlägen der wunder=
baren Gestalt sehr vertraut zu sein; dagegen ließen sich aber die
Worte: Flieh! Jüngling, flieh! nicht erklären. Wie konnte Serlo
mit jemanden einstimmen, der den vorzüglichsten Schauspieler
seiner Gesellschaft zu entfernen die Absicht zu haben schien.

Notwendig war es nunmehr, die Rolle des Geistes dem
Polterer und die Rolle des Königs dem Pedanten zu geben.
Beide erklärten, daß sie schon einstudiert seien, und es war kein
Wunder, denn bei den vielen Proben und der weitläufigen Be=
handlung dieses Stücks waren alle so damit bekannt geworden,
daß sie sämtlich gar leicht mit den Rollen hätten wechseln können.
Doch probierte man einiges in der Geschwindigkeit, und als man
spät genug aus einander ging, flüsterte Philine beim Abschiede
Wilhelmen leise zu: Ich muß meine Pantoffeln holen; du schiebst

doch den Riegel nicht vor? Diese Worte setzten ihn, als er auf
seine Stube kam, in ziemliche Verlegenheit; denn die Vermutung,
daß der Gast der vorigen Nacht Philine gewesen, ward dadurch
bestärkt, und wir sind auch genötigt, uns zu dieser Meinung zu
schlagen, besonders da wir die Ursachen, welche ihn hierüber
zweifelhaft machten und ihm einen andern, sonderbaren Argwohn
einflößen mußten, nicht entdecken können. Er ging unruhig
einigemal in seinem Zimmer auf und ab und hatte wirklich den
Riegel noch nicht vorgeschoben.

Auf einmal stürzte Mignon in das Zimmer, faßte ihn an
und rief: Meister! Rette das Haus! Es brennt! Wilhelm sprang
vor die Thüre, und ein gewaltiger Rauch drängte sich die obere
Treppe herunter ihm entgegen. Auf der Gasse hörte man schon
das Feuergeschrei, und der Harfenspieler kam, sein Instrument
in der Hand, durch den Rauch atemlos die Treppe herunter.
Aurelie stürzte aus ihrem Zimmer und warf den kleinen Felix
in Wilhelms Arme.

Retten Sie das Kind! rief sie: wir wollen nach dem übrigen
greifen.

Wilhelm, der die Gefahr nicht für so groß hielt, gedachte
zuerst nach dem Ursprunge des Brandes hinzudrängen, um ihn
vielleicht noch im Anfange zu ersticken. Er gab dem Alten das
Kind und befahl ihm, die steinerne Wendeltreppe hinunter, die
durch ein kleines Gartengewölbe in den Garten führte, zu eilen
und mit den Kindern im Freien zu bleiben. Mignon nahm ein
Licht, ihm zu leuchten. Wilhelm bat darauf Aurelien, ihre Sachen
auf eben diesem Wege zu retten. Er selbst drang durch den
Rauch hinauf; allein vergebens setzte er sich der Gefahr aus.
Die Flamme schien von dem benachbarten Hause herüber zu
dringen und hatte schon das Holzwerk des Bodens und eine
leichte Treppe gefaßt; andre, die zur Rettung herbeieilten, litten,
wie er, von Qualm und Feuer. Doch sprach er ihnen Mut ein
und rief nach Wasser; er beschwor sie, der Flamme nur Schritt
vor Schritt zu weichen, und versprach, bei ihnen zu bleiben. In
diesem Augenblick sprang Mignon herauf und rief: Meister! rette
deinen Felix! der Alte ist rasend! der Alte bringt ihn um! Wilhelm sprang, ohne sich zu besinnen, die Treppe hinab, und Mignon
folgte ihm an den Fersen.

Auf den letzten Stufen, die ins Gartengewölbe führten, blieb
er mit Entsetzen stehen. Große Bündel Stroh und Reisholz,
die man daselbst aufgehäuft hatte, brannten mit heller Flamme;
Felix lag am Boden und schrie; der Alte stand mit niederge-
senktem Haupte seitwärts an der Wand. Was machst du, Unglücklicher? rief Wilhelm. Der Alte schwieg, Mignon hatte den
Felix aufgehoben und schleppte mit Mühe den Knaben in den

Garten, indes Wilhelm das Feuer aus einander zu zerren und zu dämpfen strebte, aber dadurch nur die Gewalt und Lebhaftigkeit der Flamme vermehrte. Endlich mußte er mit verbrannten Augenwimpern und Haaren auch in den Garten fliehen, indem er den Alten mit durch die Flamme riß, der ihm mit versengtem Barte unwillig folgte.

Wilhelm eilte sogleich, die Kinder im Garten zu suchen. Auf der Schwelle eines entfernten Lusthäuschens fand er sie, und Mignon that ihr möglichstes, den Kleinen zu beruhigen. Wilhelm nahm ihn auf den Schoß, fragte ihn, befühlte ihn und konnte nichts Zusammenhängendes aus beiden Kindern herausbringen.

Indessen hatte das Feuer gewaltsam mehrere Häuser ergriffen und erhellte die ganze Gegend. Wilhelm besah das Kind beim roten Schein der Flamme: er konnte keine Wunde, kein Blut, ja keine Beule wahrnehmen. Er betastete es überall, es gab kein Zeichen von Schmerz von sich, es beruhigte sich vielmehr nach und nach und fing an, sich über die Flamme zu verwundern, ja, sich über die schönen, der Ordnung nach, wie eine Illumination brennenden Sparren und Gebälke zu erfreuen.

Wilhelm dachte nicht an die Kleider, und was er sonst verloren haben konnte; er fühlte stark, wie wert ihm diese beiden menschlichen Geschöpfe seien, die er einer so großen Gefahr entronnen sah. Er drückte den Kleinen mit einer ganz neuen Empfindung an sein Herz und wollte auch Mignon mit freudiger Zärtlichkeit umarmen, die es aber sanft ablehnte, ihn bei der Hand nahm und sie festhielt.

Meister, sagte sie (noch niemals, als diesen Abend, hatte sie ihm diesen Namen gegeben, denn anfangs pflegte sie ihn Herr und nachher Vater zu nennen), Meister! wir sind einer großen Gefahr entronnen, dein Felix war am Tode.

Durch viele Fragen erfuhr endlich Wilhelm, daß der Harfenspieler, als sie in das Gewölbe gekommen, ihr das Licht aus der Hand gerissen und das Stroh sogleich angezündet habe. Darauf habe er den Felix niedergesetzt, mit wunderlichen Gebärden die Hände auf des Kindes Kopf gelegt und ein Messer gezogen, als wenn er ihn opfern wolle. Sie sei zugesprungen und habe ihm das Messer aus der Hand gerissen; sie habe geschrieen, und einer vom Hause, der einige Sachen nach dem Garten zu gerettet, sei ihr zu Hilfe gekommen; der müsse aber in der Verwirrung wieder weggegangen sein und den Alten und das Kind allein gelassen haben.

Zwei bis drei Häuser standen in vollen Flammen. In den Garten hatte sich niemand retten können, wegen des Brandes im Gartengewölbe. Wilhelm war verlegen wegen seiner Freunde,

weniger wegen seiner Sachen. Er getraute sich nicht, die Kinder
zu verlassen, und sah das Unglück sich immer vergrößern.

Er brachte einige Stunden in einer bänglichen Lage zu.
Felix war auf seinem Schoße eingeschlafen, Mignon lag neben
ihm und hielt seine Hand fest. Endlich hatten die getroffenen
Anstalten dem Feuer Einhalt gethan. Die ausgebrannten Gebäude stürzten zusammen, der Morgen kam herbei, die Kinder
fingen an zu frieren, und ihm selbst ward in seiner leichten Kleidung der fallende Tau fast unerträglich. Er führte sie zu den
Trümmern des zusammengestürzten Gebäudes, und sie fanden
neben einem Kohlen- und Aschenhaufen eine sehr behagliche
Wärme.

Der anbrechende Tag brachte nun alle Freunde und Bekannte nach und nach zusammen. Jedermann hatte sich gerettet,
niemand hatte viel verloren.

Wilhelms Koffer fand sich auch wieder, und Serlo trieb,
als es gegen zehn Uhr ging, zur Probe von Hamlet, wenigstens
einiger Szenen, die mit neuen Schauspielern besetzt waren. Er
hatte darauf noch einige Debatten mit der Polizei. Die Geistlichkeit verlangte: daß nach einem solchen Strafgerichte Gottes
das Schauspielhaus geschlossen bleiben sollte; und Serlo behauptete: daß teils zum Ersatz dessen, was er diese Nacht verloren, teils
zur Aufheiterung der erschreckten Gemüter die Aufführung eines
interessanten Stückes mehr als jemals am Platz sei. Diese letzte
Meinung drang durch, und das Haus war gefüllt. Die Schauspieler spielten mit seltenem Feuer und mit mehr leidenschaftlicher
Freiheit als das erste Mal. Die Zuschauer, deren Gefühl durch
die schreckliche nächtliche Szene erhöht und durch die Langeweile
eines zerstreuten und verdorbenen Tages noch mehr auf eine
interessante Unterhaltung gespannt war, hatten mehr Empfäng-
lichkeit für das Außerordentliche. Der größte Teil waren neue,
durch den Ruf des Stücks herbeigezogene Zuschauer, die keine
Vergleichung mit dem ersten Abend anstellen konnten. Der Polterer spielte ganz im Sinne des unbekannten Geistes, und der
Pedant hatte seinem Vorgänger gleichfalls gut aufgepaßt, daneben
kam ihm seine Erbärmlichkeit sehr zu statten, daß ihm Hamlet
wirklich nicht Unrecht that, wenn er ihn, trotz seines Purpur-
mantels und Hermelinkragens, einen zusammengeflickten Lumpen-
könig schalt.

Sonderbarer als er war vielleicht niemand zum Throne gelangt; und obgleich die übrigen, besonders aber Philine, sich über
seine neue Würde äußerst lustig machten, so ließ er doch merken, daß der Graf, als ein großer Kenner, das und noch viel
mehr von ihm beim ersten Anblick vorausgesagt habe; dagegen
ermahnte ihn Philine zur Demut und versicherte: sie werde

ihm gelegentlich die Rockärmel pudern, damit er sich jener unglücklichen Nacht im Schlosse erinnern und die Krone mit Bescheidenheit tragen möge.

Vierzehntes Kapitel.

Man hatte sich in der Geschwindigkeit nach Quartieren umgesehen, und die Gesellschaft war dadurch sehr zerstreut worden. Wilhelm hatte das Lusthaus in dem Garten, bei dem er die Nacht zugebracht, liebgewonnen; er erhielt leicht die Schlüssel dazu und richtete sich daselbst ein; da aber Aurelie in ihrer neuen Wohnung sehr eng war, mußte er den Felix bei sich behalten, und Mignon wollte den Knaben nicht verlassen.

Die Kinder hatten ein artiges Zimmer in dem ersten Stocke eingenommen, Wilhelm hatte sich in dem untern Saale eingerichtet. Die Kinder schliefen, aber er konnte keine Ruhe finden.

Neben dem anmutigen Garten, den der eben aufgegangene Vollmond herrlich erleuchtete, standen die traurigen Ruinen, von denen hier und da noch Dampf aufstieg; die Luft war angenehm und die Nacht außerordentlich schön. Philine hatte beim Herausgehen aus dem Theater ihn mit dem Ellenbogen angestrichen und ihm einige Worte zugelispelt, die er aber nicht verstanden hatte. Er war verwirrt und verdrießlich und wußte nicht, was er erwarten oder thun sollte. Philine hatte ihn einige Tage gemieden und ihm nur diesen Abend wieder ein Zeichen gegeben. Leider war nun die Thüre verbrannt, die er nicht zuschließen sollte, und die Pantöffelchen waren in Rauch aufgegangen. Wie die Schöne in den Garten kommen wollte, wenn es ihre Absicht war, wußte er nicht. Er wünschte sie nicht zu sehen, und doch hätte er sich gar zu gern mit ihr erklären mögen.

Was ihm aber noch schwerer auf dem Herzen lag, war das Schicksal des Harfenspielers, den man nicht wieder gesehen hatte. Wilhelm fürchtete, man würde ihn beim Aufräumen tot unter dem Schutte finden. Wilhelm hatte gegen jedermann den Verdacht verborgen, den er hegte, daß der Alte schuld an dem Brande sei. Denn er kam ihm zuerst von dem brennenden und rauchenden Boden entgegen, und die Verzweiflung im Gartengewölbe schien die Folge eines solchen unglücklichen Ereignisses zu sein. Doch war es bei der Untersuchung, welche die Polizei sogleich anstellte, wahrscheinlich geworden, daß nicht in dem Hause, wo sie wohnten, sondern in dem dritten davon der Brand entstanden sei, der sich auch sogleich unter den Dächern weggeschlichen hatte.

Wilhelm überlegte das alles, in einer Laube sitzend, als er in einem nahen Gange jemanden schleichen hörte. An dem traurigen Gesange, der sogleich angestimmt ward, erkannte er den Harfenspieler. Das Lied, das er sehr wohl verstehen konnte, enthielt den Trost eines Unglücklichen, der sich dem Wahnsinne ganz nahe fühlt. Leider hat Wilhelm davon nur die letzte Strophe behalten.

> An die Thüren will ich schleichen,
> Still und sittsam will ich stehn,
> Fromme Hand wird Nahrung reichen,
> Und ich werde weiter gehn.
> Jeder wird sich glücklich scheinen,
> Wenn mein Bild vor ihm erscheint;
> Eine Thräne wird er weinen,
> Und ich weiß nicht, was er weint.

Unter diesen Worten war er an die Gartenthüre gekommen, die nach einer entlegenen Straße ging; er wollte, da er sie verschlossen fand, an den Spalieren übersteigen; allein Wilhelm hielt ihn zurück und redete ihn freundlich an. Der Alte bat ihn, aufzuschließen, weil er fliehen wolle und müsse. Wilhelm stellte ihm vor: daß er wohl aus dem Garten, aber nicht aus der Stadt könne, und zeigte ihm, wie sehr er sich durch einen solchen Schritt verdächtig mache; allein vergebens! Der Alte bestand auf seinem Sinne. Wilhelm gab nicht nach und drängte ihn endlich halb mit Gewalt ins Gartenhaus, schloß sich daselbst mit ihm ein und führte ein wunderbares Gespräch mit ihm, das wir aber, um unsere Leser nicht mit unzusammenhängenden Ideen und bänglichen Empfindungen zu quälen, lieber verschweigen, als ausführlich mitteilen.

Fünfzehntes Kapitel.

Aus der großen Verlegenheit, worin sich Wilhelm befand, was er mit dem unglücklichen Alten beginnen sollte, der so deutliche Spuren des Wahnsinns zeigte, riß ihn Laertes noch am selbigen Morgen. Dieser, der nach seiner alten Gewohnheit überall zu sein pflegte, hatte auf dem Kaffeehaus einen Mann gesehen, der vor einiger Zeit die heftigsten Anfälle von Melancholie erduldete. Man hatte ihn einem Landgeistlichen anvertraut, der sich ein besonderes Geschäft daraus machte, dergleichen Leute zu behandeln. Auch diesmal war es ihm gelungen; noch war er in der Stadt, und die Familie des Wiederhergestellten erzeigte ihm große Ehre.

Wilhelm eilte sogleich den Mann aufzusuchen, vertraute ihm

den Fall und ward mit ihm einig. Man mußte unter gewissen
Vorwänden ihm den Alten zu übergeben. Die Scheidung schmerzte
Wilhelmen tief, und nur die Hoffnung, ihn wiederhergestellt zu
sehen, konnte sie ihm einigermaßen erträglich machen, so sehr
war er gewohnt, den Mann um sich zu sehen und seine geist=
reichen und herzlichen Töne zu vernehmen. Die Harfe war mit
verbrannt; man suchte eine andere, die man ihm auf die Reise
mitgab.

Auch hatte das Feuer die kleine Garderobe Mignons ver=
zehrt, und als man ihr wieder etwas Neues schaffen wollte, that
Aurelie den Vorschlag, daß man sie doch endlich als Mädchen
kleiden sollte.

Nun gar nicht! rief Mignon aus und bestand mit großer
Lebhaftigkeit auf ihrer alten Tracht, worin man ihr denn auch
willfahren mußte.

Die Gesellschaft hatte nicht viel Zeit, sich zu besinnen; die
Vorstellungen gingen ihren Gang.

Wilhelm horchte oft ins Publikum, und nur selten kam ihm
eine Stimme entgegen, wie er sie zu hören wünschte, ja, öfters
vernahm er, was ihn betrübte oder verdroß. So erzählte zum
Beispiel gleich nach der ersten Aufführung Hamlets ein junger
Mensch mit großer Lebhaftigkeit, wie zufrieden er an jenem Abend
im Schauspielhause gewesen. Wilhelm lauschte und hörte zu
seiner großen Beschämung, daß der junge Mann zum Verdruß
seiner Hintermänner den Hut aufbehalten und ihn hartnäckig das
ganze Stück hindurch nicht abgethan hatte, welcher Heldenthat
er sich mit dem größten Vergnügen erinnerte.

Ein anderer versicherte: Wilhelm habe die Rolle des Laertes
sehr gut gespielt; hingegen mit dem Schauspieler, der den Hamlet
unternommen, könne man nicht eben so zufrieden sein. Diese
Verwechslung war nicht ganz unnatürlich, denn Wilhelm und
Laertes glichen sich, wiewohl in einem sehr entfernten Sinne.

Ein dritter lobte sein Spiel, besonders in der Szene mit
der Mutter, aufs lebhafteste und bedauerte nur: daß eben in
diesem feurigen Augenblick ein weißes Band unter der Weste
hervorgesehen habe, wodurch die Illusion äußerst gestört wor=
den sei.

In dem Innern der Gesellschaft gingen indessen allerlei Ver=
änderungen vor. Philine hatte seit jenem Abend nach dem Brande
Wilhelmen auch nicht das geringste Zeichen einer Annäherung
gegeben. Sie hatte, wie es schien vorsätzlich, ein entfernteres
Quartier gemietet, vertrug sich mit Elmiren und kam seltener
zu Serlo, womit Aurelie wohl zufrieden war. Serlo, der ihr
immer gewogen blieb, besuchte sie manchmal, besonders da er
Elmiren bei ihr zu finden hoffte, und nahm eines Abends Wil=

helmen mit sich. Beide waren im Hereintreten sehr verwundert, als sie Philinen in dem zweiten Zimmer in den Armen eines jungen Offiziers sahen, der eine rote Uniform und weiße Unterkleider an hatte, dessen abgewendetes Gesicht sie aber nicht sehen konnten. Philine kam ihren besuchenden Freunden in das Vorzimmer entgegen und verschloß das andre. Sie überraschen mich bei einem wunderbaren Abenteuer! rief sie aus.

So wunderbar ist es nicht, sagte Serlo; lassen Sie uns den hübschen, jungen, beneidenswerten Freund sehen; Sie haben uns ohnedem schon so zugestutzt, daß wir nicht eifersüchtig sein dürfen.

Ich muß Ihnen diesen Verdacht noch eine Zeitlang lassen, sagte Philine scherzend; doch kann ich Sie versichern, daß es nur eine gute Freundin ist, die sich einige Tage unbekannt bei mir aufhalten will. Sie sollen ihre Schicksale künftig erfahren, ja, vielleicht das interessante Mädchen selbst kennen lernen, und ich werde wahrscheinlich alsdann Ursache haben, meine Bescheidenheit und Nachsicht zu üben; denn ich fürchte, die Herren werden über ihre neue Bekanntschaft ihre alte Freundin vergessen.

Wilhelm stand versteinert da; denn gleich beim ersten Anblick hatte ihn die rote Uniform an den so sehr geliebten Rock Marianens erinnert; es war ihre Gestalt, es waren ihre blonden Haare, nur schien ihm der gegenwärtige Offizier etwas größer zu sein.

Um des Himmels willen! rief er aus, lassen Sie uns mehr von Ihrer Freundin wissen, lassen Sie uns das verkleidete Mädchen sehen! Wir sind nun einmal Teilnehmer des Geheimnisses; wir wollen versprechen, wir wollen schwören, aber lassen Sie uns das Mädchen sehen!

O, wie er in Feuer ist! rief Philine; nur gelassen, nur geduldig! heute wird einmal nichts daraus.

So lassen Sie uns nur ihren Namen wissen! rief Wilhelm.

Das wäre alsdann ein schönes Geheimnis, versetzte Philine.

Wenigstens nur den Vornamen.

Wenn Sie ihn raten, meinetwegen. Dreimal dürfen Sie raten, aber nicht öfter; Sie könnten mich sonst durch den ganzen Kalender durchführen.

Gut, sagte Wilhelm; Cecilie also?

Nichts von Cecilien!

Henriette?

Keineswegs! Nehmen Sie sich in acht! Ihre Neugierde wird ausschlafen müssen.

Wilhelm zauderte und zitterte; er wollte seinen Mund aufthun, aber die Sprache versagte ihm. Mariane? stammelte er endlich, Mariane?

Bravo! rief Philine, getroffen! indem sie sich nach ihrer Gewohnheit auf dem Absatze herum drehte.

Wilhelm konnte kein Wort hervorbringen, und Serlo, der seine Gemütsbewegung nicht bemerkte, fuhr fort, in Philinen zu dringen, daß sie die Thüre öffnen sollte.

Wie verwundert waren daher beide, als Wilhelm auf einmal heftig ihre Neckerei unterbrach, sich Philinen zu Füßen warf und sie mit dem lebhaftesten Ausdrucke der Leidenschaft bat und beschwor. Lassen Sie mich das Mädchen sehen, rief er aus, sie ist mein, es ist meine Mariane! Sie, nach der ich mich alle Tage meines Lebens gesehnt habe, sie, die mir noch immer statt aller andern Weiber in der Welt ist! Gehen Sie wenigstens zu ihr hinein, sagen Sie ihr, daß ich hier bin, daß der Mensch hier ist, der seine erste Liebe und das ganze Glück seiner Jugend an sie knüpfte. Er will sich rechtfertigen, daß er sie unfreundlich verließ, er will sie um Verzeihung bitten, er will ihr vergeben, was sie auch gegen ihn gefehlt haben mag, er will sogar keine Ansprüche an sie mehr machen, wenn er sie nur noch einmal sehen kann, wenn er nur sehen kann, daß sie lebt und glücklich ist!

Philine schüttelte den Kopf und sagte: Mein Freund, reden Sie leise! Betrügen wir uns nicht! und ist das Frauenzimmer wirklich Ihre Freundin, so müssen wir sie schonen, denn sie vermutet keineswegs, Sie hier zu sehen. Ganz andere Angelegenheiten führen sie hierher, und das wissen Sie doch, man möchte oft lieber ein Gespenst als einen alten Liebhaber zur unrechten Zeit vor Augen sehen. Ich will sie fragen, ich will sie vorbereiten, und wir wollen überlegen, was zu thun ist. Ich schreibe Ihnen morgen ein Billet, zu welcher Stunde Sie kommen sollen, oder ob Sie kommen dürfen; gehorchen Sie mir pünktlich, denn ich schwöre, niemand soll gegen meinen und meiner Freundin Willen dieses liebenswürdige Geschöpf mit Augen sehen. Meine Thüren werde ich besser verschlossen halten, und mit Axt und Beil werden Sie mich nicht besuchen wollen.

Wilhelm beschwor sie, Serlo redete ihr zu, vergebens! beide Freunde mußten zuletzt nachgeben, das Zimmer und das Haus räumen.

Welche unruhige Nacht Wilhelm zubrachte, wird sich jedermann denken. Wie langsam die Stunden des Tages dahinzogen, in denen er Philinens Billet erwartete, läßt sich begreifen. Unglücklicherweise mußte er selbigen Abend spielen; er hatte niemals eine größere Pein ausgestanden. Nach geendigtem Stücke eilte er zu Philinen, ohne nur zu fragen, ob er eingeladen worden. Er fand ihre Thüre verschlossen, und die Hausleute sagten: Mademoiselle sei heute früh mit einem jungen Offizier weg=

gefahren; sie habe zwar gesagt, daß sie in einigen Tagen wieder=
komme, man glaube es aber nicht, weil sie alles bezahlt und ihre
Sachen mitgenommen habe.

Wilhelm war außer sich über diese Nachricht. Er eilte zu
Laertes und schlug ihm vor, ihr nachzusetzen und, es koste was
es wolle, über ihren Begleiter Gewißheit zu erlangen. Laertes
dagegen verwies seinem Freunde seine Leidenschaft und Leicht=
gläubigkeit. Ich will wetten, sagte er, es ist niemand anders
als Friedrich. Der Junge ist von gutem Hause, ich weiß es
recht wohl; er ist unsinnig in das Mädchen verliebt und hat
wahrscheinlich seinen Verwandten so viel Geld abgelockt, daß er
wieder eine Zeitlang mit ihr leben kann.

Durch diese Einwendungen ward Wilhelm nicht überzeugt,
doch zweifelhaft. Laertes stellte ihm vor, wie unwahrscheinlich
das Märchen sei, das Philine ihnen vorgespiegelt hatte, wie
Figur und Haar sehr gut auf Friedrichen passe, wie sie bei zwölf
Stunden Vorsprung so leicht nicht einzuholen sein würden, und
hauptsächlich wie Serlo keinen von ihnen beiden beim Schau=
spiele entbehren könne.

Durch alle diese Gründe wurde Wilhelm endlich nur so weit
gebracht, daß er Verzicht darauf that, selbst nachzusetzen. Laertes
wußte noch in selbiger Nacht einen tüchtigen Mann zu schaffen,
dem man den Auftrag geben konnte. Es war ein gesetzter Mann,
der mehreren Herrschaften auf Reisen als Kurier und Führer
gedient hatte und eben jetzt ohne Beschäftigung stille lag. Man
gab ihm Geld, man unterrichtete ihn von der ganzen Sache, mit
dem Auftrage, daß er die Flüchtlinge aufsuchen und einholen,
sie alsdann nicht aus den Augen lassen und die Freunde so=
gleich, wo und wie er sie fände, benachrichtigen solle. Er setzte
sich in derselbigen Stunde zu Pferde und ritt dem zweideutigen
Paare nach, und Wilhelm war durch diese Anstalt wenigstens
einigermaßen beruhigt.

Sechzehntes Kapitel.

Die Entfernung Philinens machte keine auffallende Sen=
sation, weder auf dem Theater noch im Publiko. Es war ihr
mit allem wenig Ernst; die Frauen haßten sie durchgängig, und
die Männer hätten sie lieber unter vier Augen als auf dem
Theater gesehen, und so war ihr schönes und für die Bühne
selbst glückliches Talent verloren. Die übrigen Glieder der Ge=
sellschaft gaben sich desto mehr Mühe; Madame Melina besonders
that sich durch Fleiß und Aufmerksamkeit sehr hervor. Sie merkte,
wie sonst, Wilhelmen seine Grundsätze ab, richtete sich nach seiner

Theorie und seinem Beispiel und hatte zeither ein ich weiß nicht
was in ihrem Wesen, das sie interessanter machte. Sie erlangte
bald ein richtiges Spiel und gewann den natürlichen Ton der
Unterhaltung vollkommen und den der Empfindung bis auf einen
gewissen Grad. Sie mußte sich in Serlos Launen zu schicken
und befliß sich des Singens ihm zu Gefallen, worin sie auch
bald so weit kam, als man dessen zur geselligen Unterhaltung
bedarf.

Durch einige neuangenommene Schauspieler ward die Gesellschaft noch vollständiger, und indem Wilhelm und Serlo jeder
in seiner Art wirkte, jener bei jedem Stücke auf den Sinn und
Ton des Ganzen drang, dieser die einzelnen Teile gewissenhaft
durcharbeitete, belebte ein lobenswürdiger Eifer auch die Schauspieler, und das Publikum nahm an ihnen einen lebhaften Anteil.

Wir sind auf einem guten Wege, sagte Serlo einst, und
wenn wir so fortfahren, wird das Publikum auch bald auf dem
rechten sein. Man kann die Menschen sehr leicht durch tolle und
unschickliche Darstellungen irre machen; aber man lege ihnen das
Vernünftige und Schickliche auf eine interessante Weise vor, so
werden sie gewiß darnach greifen.

Was unserm Theater hauptsächlich fehlt, und warum weder
Schauspieler noch Zuschauer zur Besinnung kommen, ist, daß es
darauf im ganzen zu bunt aussieht und daß man nirgends eine
Grenze hat, woran man sein Urteil anlehnen könnte. Es scheint
mir kein Vorteil zu sein, daß wir unser Theater gleichsam zu
einem unendlichen Naturschauplatze ausgeweitet haben; doch kann
jetzt weder Direktor noch Schauspieler sich in die Enge ziehen,
bis vielleicht der Geschmack der Nation in der Folge den rechten
Kreis selbst bezeichnet. Eine jede gute Societät existiert nur unter
gewissen Bedingungen, so auch ein gutes Theater. Gewisse
Manieren und Redensarten, gewisse Gegenstände und Arten des
Betragens müssen ausgeschlossen sein. Man wird nicht ärmer,
wenn man sein Hauswesen zusammenzieht.

Sie waren hierüber mehr oder weniger einig und uneinig.
Wilhelm und die meisten waren auf der Seite des englischen,
Serlo und einige auf der Seite des französischen Theaters.

Man ward einig, in leeren Stunden, deren ein Schauspieler
leider so viele hat, in Gesellschaft die berühmtesten Schauspiele
beider Theater durchzugehen und das Beste und Nachahmens-
werte derselben zu bemerken. Man machte auch wirklich einen
Anfang mit einigen französischen Stücken. Aurelie entfernte
sich jedesmal, sobald die Vorlesung anging. Anfangs hielt man
sie für krank; einst aber fragte sie Wilhelm darüber, denn es
aufgefallen war.

Ich werde bei keiner solchen Vorlesung gegenwärtig sein,

sagte sie, denn wie soll ich hören und urteilen, wenn mir das
Herz zerrissen ist? Ich hasse die französische Sprache von ganzer
Seele.

Wie kann man einer Sprache feind sein, rief Wilhelm aus,
der man den größten Teil seiner Bildung schuldig ist und der
wir noch viel schuldig werden müssen, ehe unser Wesen eine Gestalt gewinnen kann?

Es ist kein Vorurteil! versetzte Aurelie; ein unglücklicher
Eindruck, eine verhaßte Erinnerung an meinen treulosen Freund
hat mir die Lust an dieser schönen und ausgebildeten Sprache
geraubt. Wie ich sie jetzt von ganzem Herzen hasse! Während
der Zeit unserer freundschaftlichen Verbindung schrieb er deutsch,
und welch ein herzliches, wahres, kräftiges Deutsch! Nun, da er
mich los sein wollte, fing er an französisch zu schreiben, das vorher manchmal nur im Scherze geschehen war. Ich fühlte, ich
merkte, was es bedeuten sollte. Was er in seiner Muttersprache
zu sagen errötete, konnte er nun mit gutem Gewissen hinschreiben.
Zu Reservationen, Halbheiten und Lügen ist es eine treffliche
Sprache; sie ist eine perfide Sprache! ich finde, Gott sei Dank,
kein deutsches Wort, um perfid in seinem ganzen Umfange
auszudrücken. Unser armseliges treulos ist ein unschuldiges
Kind dagegen. Perfid ist treulos mit Genuß, mit Uebermut
und Schadenfreude. O, die Ausbildung einer Nation ist zu be-
neiden, die so feine Schattierungen in einem Worte auszudrücken weiß! Französisch ist recht die Sprache der Welt, wert,
die allgemeine Sprache zu sein, damit sie sich nur alle unter
einander recht betrügen und belügen können! Seine französischen
Briefe ließen sich noch immer gut genug lesen. Wenn man sich's
einbilden wollte, klangen sie warm und selbst leidenschaftlich;
doch genau besehen, waren es Phrasen, vermaledeite Phrasen!
Er hat mir alle Freude an der ganzen Sprache, an der französischen Litteratur, selbst an dem schönen und köstlichen Ausdruck edler Seelen in dieser Mundart verdorben; mich schaudert,
wenn ich ein französisches Wort höre!

Auf diese Weise konnte sie stundenlang fortfahren, ihren Un-
mut zu zeigen und jede andere Unterhaltung zu unterbrechen
oder zu verstimmen. Serlo machte früher oder später ihren
launischen Aeußerungen mit einiger Bitterkeit ein Ende; aber
gewöhnlich war für diesen Abend das Gespräch zerstört.

Ueberhaupt ist es leider der Fall, daß alles, was durch
mehrere zusammentreffende Menschen und Umstände hervorgebracht
werden soll, keine lange Zeit sich vollkommen erhalten kann. Von
einer Theatergesellschaft so gut wie von einem Reiche, von einem
Zirkel Freunde so gut wie von einer Armee läßt sich gewöhnlich der Moment angeben, wann sie auf der höchsten Stufe ihrer

Vollkommenheit, ihrer Uebereinstimmung, ihrer Zufriedenheit und Thätigkeit standen; oft aber verändert sich schnell das Personal, neue Glieder treten hinzu, die Personen passen nicht mehr zu den Umständen, die Umstände nicht mehr zu den Personen; es wird alles anders, und was vorher verbunden war, fällt nunmehr bald aus einander. So konnte man sagen, daß Serlos Gesellschaft eine Zeitlang so vollkommen war, als irgend eine deutsche sich hätte rühmen können. Die meisten Schauspieler standen an ihrem Platze; alle hatten genug zu thun, und alle thaten gern, was zu thun war. Ihre persönlichen Verhältnisse waren leidlich, und jedes schien in seiner Kunst viel zu versprechen, weil jedes die ersten Schritte mit Feuer und Munterkeit that. Bald aber entdeckte sich, daß ein Teil doch nur Automaten waren, die nur das erreichen konnten, wohin man ohne Gefühl gelangen kann, und bald mischten sich die Leidenschaften dazwischen, die gewöhnlich jeder guten Einrichtung im Wege stehen und alles so leicht aus einander zerren, was vernünftige und wohldenkende Menschen zusammenzuhalten wünschen.

Philinens Abgang war nicht so unbedeutend, als man anfangs glaubte. Sie hatte mit großer Geschicklichkeit Serlo zu unterhalten und die übrigen mehr oder weniger zu reizen gewußt. Sie ertrug Aureliens Heftigkeit mit großer Geduld, und ihr eigenstes Geschäft war, Wilhelmen zu schmeicheln. So war sie eine Art von Bindungsmittel fürs Ganze, und ihr Verlust mußte bald fühlbar werden.

Serlo konnte ohne eine kleine Liebschaft nicht leben. Elmire, die in weniger Zeit herangewachsen und, man könnte beinahe sagen, schön geworden war, hatte schon lange seine Aufmerksamkeit erregt, und Philine war klug genug, diese Leidenschaft, die sie merkte, zu begünstigen. Man muß sich, pflegte sie zu sagen, beizeiten aufs Kuppeln legen; es bleibt uns doch weiter nichts übrig, wenn wir alt werden. Dadurch hatten sich Serlo und Elmire dergestalt genähert, daß sie nach Philinens Abschiede bald einig wurden, und der kleine Roman interessierte sie beide um so mehr, als sie ihn vor dem Alten, der über eine solche Unregelmäßigkeit keinen Scherz verstanden hätte, geheim zu halten alle Ursache hatten. Elmirens Schwester war mit im Verständnis, und Serlo mußte beiden Mädchen daher vieles nachsehen. Eine ihrer größten Untugenden war eine unmäßige Näscherei, ja, wenn man will, eine unleidliche Gefräßigkeit, worin sie Philinen keineswegs glichen, die dadurch einen neuen Schein von Liebenswürdigkeit erhielt, daß sie gleichsam nur von der Luft lebte, sehr wenig aß und nur den Schaum eines Champagnerglases mit der größten Zierlichkeit wegschlürfte.

Nun aber mußte Serlo, wenn er seiner Schönen gefallen

wollte, das Frühstück mit dem Mittagsessen verbinden und an dieses durch ein Vesperbrot das Abendessen anknüpfen. Dabei hatte Serlo einen Plan, dessen Ausführung ihn beunruhigte. Er glaubte eine gewisse Neigung zwischen Wilhelmen und Aurelien zu entdecken und wünschte sehr, daß sie ernstlich werden möchte. Er hoffte, den ganzen mechanischen Teil der Theaterwirtschaft Wilhelmen aufzubürden und an ihm, wie an seinem ersten Schwager, ein treues und fleißiges Werkzeug zu finden. Schon hatte er ihm nach und nach den größten Teil der Besorgung unmerklich übertragen, Aurelie führte die Kasse, und Serlo lebte wieder wie in früheren Zeiten ganz nach seinem Sinne. Doch war etwas, was sowohl ihn als seine Schwester heimlich kränkte.

Das Publikum hat eine eigene Art, gegen öffentliche Men= schen von anerkanntem Verdienste zu verfahren; es fängt nach und nach an, gleichgültig gegen sie zu werden, und begünstigt viel geringere, aber neu erscheinende Talente; es macht an jene übertriebene Forderungen und läßt sich von diesen alles gefallen.

Serlo und Aurelie hatten Gelegenheit genug, hierüber Be= trachtungen anzustellen. Die neuen Ankömmlinge, besonders die jungen und wohlgebildeten, hatten alle Aufmerksamkeit, allen Beifall auf sich gezogen, und beide Geschwister mußten die meiste Zeit nach ihren eifrigsten Bemühungen ohne den willkommenen Klang der zusammenschlagenden Hände abtreten. Freilich kamen dazu noch besondere Ursachen. Aureliens Stolz war auffallend, und von ihrer Verachtung des Publikums waren viele unter= richtet. Serlo schmeichelte zwar jedermann im einzelnen, aber seine spitzen Reden über das Ganze waren doch auch öfters herumgetragen und wiederholt worden. Die neuen Glieder hin= gegen waren teils fremd und unbekannt, teils jung, liebens= würdig und hilfsbedürftig und hatten also auch sämtlich Gönner gefunden.

Nun gab es auch bald innerliche Unruhen und manches Mißvergnügen; denn kaum bemerkte man, daß Wilhelm die Be= schäftigung eines Regisseurs übernommen hatte, so fingen die meisten Schauspieler um desto mehr an, unartiger zu werden, als er nach seiner Weise etwas mehr Ordnung und Genauigkeit in das Ganze zu bringen wünschte und besonders darauf bestand, daß alles Mechanische vor allen Dingen pünktlich und ordentlich gehen solle.

In kurzer Zeit ward das ganze Verhältnis, das wirklich eine Zeitlang beinahe idealisch gehalten hatte, so gemein, als man es nur irgend bei einem herumreisenden Theater finden mag. Und leider in dem Augenblicke, als Wilhelm durch Mühe, Fleiß und Anstrengung sich mit allen Erfordernissen des Metiers be= kannt gemacht und seine Person sowohl als seine Geschäftigkeit

vollkommen dazu gebildet hatte, schien es ihm endlich in trüben
Stunden, daß dieses Handwerk weniger als irgend ein andres
den nötigen Aufwand von Zeit und Kräften verdiene. Das
Geschäft war lästig und die Belohnung gering. Er hätte jedes
andere lieber übernommen, bei dem man doch, wenn es vorbei
ist, der Ruhe des Geistes genießen kann, als dieses, wo man nach
überstandenen mechanischen Mühseligkeiten noch durch die höchste
Anstrengung des Geistes und der Empfindung erst das Ziel
seiner Thätigkeit erreichen soll. Er mußte die Klagen Aureliens
über die Verschwendung des Bruders hören, er mußte die Winke
Serlos mißverstehen, wenn dieser ihn zu einer Heirat mit der
Schwester von ferne zu leiten suchte. Er hatte dabei seinen
Kummer zu verbergen, der ihn auf das tiefste drückte, indem der
nach dem zweideutigen Offizier fortgeschickte Bote nicht zurück=
kam, auch nichts von sich hören ließ und unser Freund daher
seine Mariane zum zweitenmal verloren zu haben fürchten mußte.

Zu eben der Zeit fiel eine allgemeine Trauer ein, wodurch
man genötigt ward, das Theater auf einige Wochen zu schließen.
Er ergriff die Zwischenzeit, um jenen Geistlichen zu besuchen,
bei welchem der Harfenspieler in der Kost war. Er fand ihn
in einer angenehmen Gegend, und das erste, was er in dem
Pfarrhofe erblickte, war der Alte, der einem Knaben auf seinem
Instrumente Lektion gab. Er bezeigte viel Freude, Wilhelmen
wiederzusehen, stand auf und reichte ihm die Hand und sagte:
Sie sehen, daß ich in der Welt doch noch zu etwas nütze bin;
Sie erlauben, daß ich fortfahre, denn die Stunden sind ein=
geteilt.

Der Geistliche begrüßte Wilhelmen auf das freundlichste und
erzählte ihm, daß der Alte sich schon recht gut anlasse und daß
man Hoffnung zu seiner völligen Genesung habe.

Ihr Gespräch fiel natürlich auf die Methode, Wahnsinnige
zu kurieren.

Außer dem Physischen, sagte der Geistliche, das uns oft un=
überwindliche Schwierigkeiten in den Weg legt und worüber ich
einen denkenden Arzt zu Rate ziehe, finde ich die Mittel, vom
Wahnsinne zu heilen, sehr einfach. Es sind eben dieselben, wo=
durch man gesunde Menschen hindert, wahnsinnig zu werden.
Man errege ihre Selbstthätigkeit, man gewöhne sie an Ordnung,
man gebe ihnen einen Begriff, daß sie ihr Sein und Schicksal
mit so vielen gemein haben, daß das außerordentliche Talent,
das größte Glück und das höchste Unglück nur kleine Abwei=
chungen von dem Gewöhnlichen sind, so wird sich kein Wahnsinn
einschleichen und, wenn er da ist, nach und nach wieder ver=
schwinden. Ich habe des alten Mannes Stunden eingeteilt; er
unterrichtet einige Kinder auf der Harfe, er hilft im Garten

arbeiten und ist schon viel heiterer. Er wünscht von dem Kohle zu genießen, den er pflanzt, und wünscht meinen Sohn, dem er die Harfe auf den Todesfall geschenkt hat, recht emsig zu unter= richten, damit sie der Knabe ja auch brauchen könne. Als Geist= licher suche ich ihm über seine wunderbaren Skrupel nur wenig zu sagen, aber ein thätiges Leben führt so viele Ereignisse herbei, daß er bald fühlen muß, daß jede Art von Zweifel nur durch Wirksamkeit gehoben werden kann. Ich gehe sachte zu Werke; wenn ich ihm aber noch seinen Bart und seine Kutte wegnehmen kann, so habe ich viel gewonnen: denn es bringt uns nichts näher dem Wahnsinn, als wenn wir uns vor andern auszeichnen, und nichts erhält so sehr den gemeinen Verstand, als im allgemeinen Sinne mit vielen Menschen zu leben. Wie vieles ist leider nicht in unserer Erziehung und in unsern bürgerlichen Einrichtungen, wodurch wir uns und unsere Kinder zur Tollheit vorbereiten.

Wilhelm verweilte bei diesem vernünftigen Manne einige Tage und erfuhr die interessantesten Geschichten, nicht allein von verrückten Menschen, sondern auch von solchen, die man für klug, ja für weise zu halten pflegt und deren Eigentümlichkeiten nahe an den Wahnsinn grenzen.

Dreifach belebt aber ward die Unterhaltung, als der Medikus eintrat, der den Geistlichen, seinen Freund, öfters zu besuchen und ihm bei seinen menschenfreundlichen Bemühungen beizustehen pflegte. Es war ein ältlicher Mann, der bei einer schwächlichen Gesundheit viele Jahre in Ausübung der edelsten Pflichten zu= gebracht hatte. Er war ein großer Freund vom Landleben und konnte fast nicht anders als in freier Luft sein; dabei war er äußerst gesellig und thätig und hatte seit vielen Jahren eine be= sondere Neigung, mit allen Landgeistlichen Freundschaft zu stiften. Jedem, an dem er eine nützliche Beschäftigung kannte, suchte er auf alle Weise beizustehen; andern, die noch unbestimmt waren, suchte er eine Liebhaberei einzureden, und da er zugleich mit den Edel= leuten, Amtmännern und Gerichtshaltern in Verbindung stand, so hatte er in Zeit von zwanzig Jahren sehr viel im stillen zur Kultur mancher Zweige der Landwirtschaft beigetragen und alles, was dem Felde, Tieren und Menschen ersprießlich ist, in Be= wegung gebracht und so die wahrste Aufklärung befördert. Für den Menschen, sagte er, sei nur das eine ein Unglück, wenn sich irgend eine Idee bei ihm festsetze, die keinen Einfluß ins thätige Leben habe oder ihn wohl gar vom thätigen Leben abziehe. Ich habe, sagte er, gegenwärtig einen solchen Fall an einem vor= nehmen und reichen Ehepaar, wo mir bis jetzt noch alle Kunst mißglückt ist; fast gehört der Fall in Ihr Fach, lieber Pastor, und dieser junge Mann wird ihn nicht weiter erzählen.

In der Abwesenheit eines vornehmen Mannes verkleidet

man, mit einem nicht ganz lobenswürdigen Scherze, einen jungen
Menschen in die Hauskleidung dieses Herrn. Seine Gemahlin
sollte dadurch angeführt werden, und ob man mir es gleich nur
als eine Posse erzählt hat, so fürchte ich doch sehr, man hatte
die Absicht, die edle, liebenswürdige Dame vom rechten Wege
abzuleiten. Der Gemahl kommt unvermutet zurück, tritt in sein
Zimmer, glaubt, sich selbst zu sehen, und fällt von der Zeit an
in eine Melancholie, in der er die Ueberzeugung nährt, daß er
bald sterben werde.

Er überläßt sich Personen, die ihm mit religiösen Ideen
schmeicheln, und ich sehe nicht, wie er abzuhalten ist, mit seiner
Gemahlin unter die Herrnhuter zu gehen und den größten Teil
seines Vermögens, da er keine Kinder hat, seinen Verwandten zu
entziehen.

Mit seiner Gemahlin? rief Wilhelm, den diese Erzählung
nicht wenig erschreckt hatte, ungestüm aus.

Und leider, versetzte der Arzt, der in Wilhelms Ausrufung
nur eine menschenfreundliche Teilnahme zu hören glaubte, ist
diese Dame mit einem noch tiefern Kummer behaftet, der ihr
eine Entfernung von der Welt nicht widerlich macht. Eben
dieser junge Mensch nimmt Abschied von ihr; sie ist nicht vorsichtig genug, eine aufkeimende Neigung zu verbergen; er wird
kühn, schließt sie in seine Arme und drückt ihr das große mit
Brillanten besetzte Porträt ihres Gemahls gewaltsam wider die
Brust. Sie empfindet einen heftigen Schmerz, der nach und
nach vergeht, erst eine kleine Röte und dann keine Spur zurückläßt. Ich bin als Mensch überzeugt, daß sie sich nichts weiter
vorzuwerfen hat; ich bin als Arzt gewiß, daß dieser Druck keine
üblen Folgen haben werde, aber sie läßt sich nicht ausreden, es
sei eine Verhärtung da, und wenn man ihr durch das Gefühl
den Wahn benehmen will, so behauptet sie, nur in diesem Augenblick sei nichts zu fühlen; sie hat sich fest eingebildet, es werde
dieses Uebel mit einem Krebsschaden sich endigen, und so ist
ihre Jugend, ihre Liebenswürdigkeit für sie und andere völlig
verloren.

Ich Unglückseliger! rief Wilhelm, indem er sich vor die
Stirne schlug und aus der Gesellschaft ins Feld lief. Er hatte
sich noch nie in einem solchen Zustande befunden.

Der Arzt und der Geistliche, über diese seltsame Entdeckung
höchlich erstaunt, hatten abends genug mit ihm zu thun, als er
zurückkam und bei dem umständlichern Bekenntnis dieser Begebenheit sich aufs lebhafteste anklagte. Beide Männer nahmen
den größten Anteil an ihm, besonders da er ihnen seine übrige
Lage nun auch mit schwarzen Farben der augenblicklichen Stimmung malte.

Den andern Tag ließ sich der Arzt nicht lange bitten, mit
ihm nach der Stadt zu gehen, um ihm Gesellschaft zu leisten
und Aurelien, die ihr Freund in bedenklichen Umständen zurück=
gelassen hatte, wo möglich Hilfe zu verschaffen.

Sie fanden sie auch wirklich schlimmer, als sie vermuteten.
Sie hatte eine Art von überspringendem Fieber, dem um so
weniger beizukommen war, als sie die Anfälle nach ihrer Art
vorsätzlich unterhielt und verstärkte. Der Fremde ward nicht
als Arzt eingeführt und betrug sich sehr gefällig und klug. Man
sprach über den Zustand ihres Körpers und ihres Geistes, und
der neue Freund erzählte manche Geschichten, wie Personen, un=
geachtet einer solchen Kränklichkeit, ein hohes Alter erreichen
könnten; nichts aber sei schädlicher in solchen Fällen, als eine
vorsätzliche Erneuerung leidenschaftlicher Empfindungen. Be=
sonders verbarg er nicht, daß er diejenigen Personen sehr glück=
lich gefunden habe, die bei einer nicht ganz herzustellenden kränk=
lichen Anlage wahrhaft religiöse Gesinnungen bei sich zu nähren
bestimmt gewesen wären. Er sagte das auf eine sehr bescheidene
Weise und gleichsam historisch und versprach dabei, seinen neuen
Freunden eine sehr interessante Lektüre an einem Manuskript
zu verschaffen, das er aus den Händen einer nunmehr abgeschie=
denen vortrefflichen Freundin erhalten habe. Es ist mir un=
endlich wert, sagte er, und ich vertraue Ihnen das Original
selbst an. Nur der Titel ist von meiner Hand: Bekenntnisse
einer schönen Seele.

Ueber diätetische und medizinische Behandlung der unglück=
lichen aufgespannten Aurelie vertraute der Arzt Wilhelmen noch
seinen besten Rat, versprach, zu schreiben und wo möglich selbst
wieder zu kommen.

Inzwischen hatte sich in Wilhelms Abwesenheit eine Ver=
änderung vorbereitet, die er nicht vermuten konnte. Wilhelm
hatte während der Zeit seiner Regie das ganze Geschäft mit
einer gewissen Freiheit und Liberalität behandelt, vorzüglich auf
die Sache gesehen und besonders bei Kleidungen, Dekorationen
und Requisiten alles reichlich und anständig angeschafft, auch,
um den guten Willen der Leute zu erhalten, ihrem Eigennuße
geschmeichelt, da er ihnen durch edlere Motive nicht beikommen
konnte; und er fand sich hierzu um so mehr berechtigt, als Serlo
selbst keine Ansprüche machte, ein genauer Wirt zu sein, den
Glanz seines Theaters gerne loben hörte und zufrieden war,
wenn Aurelie, welche die ganze Haushaltung führte, nach Ab=
zug aller Kosten versicherte, daß sie keine Schulden habe, und
noch so viel hergab, als nötig war, die Schulden abzutragen, die
Serlo unterdessen durch außerordentliche Freigebigkeit gegen seine
Schönen und sonst etwa auf sich geladen haben mochte.

Melina, der indessen die Garderobe besorgte, hatte, kalt und heimtückisch, wie er war, der Sache im stillen zugesehen und wußte, bei der Entfernung Wilhelms und bei der zunehmenden Krankheit Aureliens, Serlo fühlbar zu machen, daß man eigent= lich mehr einnehmen, weniger ausgeben und entweder etwas zurücklegen oder doch am Ende nach Willkür noch lustiger leben könne. Serlo hörte das gern, und Melina wagte sich mit seinem Plane hervor.

Ich will, sagte er, nicht behaupten, daß einer von den Schau= spielern gegenwärtig zu viel Gage hat; es sind verdienstvolle Leute, und sie würden an jedem Orte willkommen sein; allein für die Einnahme, die sie uns verschaffen, erhalten sie doch zu viel. Mein Vorschlag wäre, eine Oper einzurichten, und was das Schauspiel betrifft, so muß ich Ihnen sagen, Sie sind der Mann, allein ein ganzes Schauspiel auszumachen. Müssen Sie jetzt nicht selbst erfahren, daß man Ihre Verdienste verkennt? Nicht, weil Ihre Mitspieler vortrefflich, sondern weil sie gut sind, läßt man Ihrem außerordentlichen Talente keine Gerechtig= keit mehr widerfahren.

Stellen Sie sich, wie wohl sonst geschehen ist, nur allein hin, suchen Sie mittelmäßige, ja, ich darf sagen schlechte Leute für geringe Gage an sich zu ziehen, stutzen Sie das Volk, wie Sie es so sehr verstehen, im Mechanischen zu, wenden Sie das übrige an die Oper, und Sie werden sehen, daß Sie mit der= selben Mühe und mit denselben Kosten mehr Zufriedenheit er= regen und ungleich mehr Geld als bisher gewinnen werden.

Serlo war zu sehr geschmeichelt, als daß seine Einwendungen einige Stärke hätten haben sollen. Er gestand Melina'n gerne zu, daß er bei seiner Liebhaberei zur Musik längst so etwas gewünscht habe; doch sehe er freilich ein, daß die Neigung des Publikums dadurch noch mehr auf Abwege geleitet, und daß bei so einer Vermischung eines Theaters, das nicht recht Oper, nicht recht Schauspiel sei, notwendig der Ueberrest von Geschmack an einem bestimmten und ausführlichen Kunstwerke sich völlig ver= lieren müsse.

Melina scherzte nicht ganz fein über Wilhelms pedantische Ideale dieser Art, über die Anmaßung, das Publikum zu bilden, statt sich von ihm bilden zu lassen, und beide vereinigten sich mit großer Ueberzeugung, daß man nur Geld einnehmen, reich werden oder sich lustig machen solle, und verbargen sich kaum, daß sie nur jener Personen los zu sein wünschten, die ihrem Plane im Wege standen. Melina bedauerte, daß die schwächliche Gesundheit Aureliens ihr kein langes Leben verspreche, dachte aber gerade das Gegenteil. Serlo schien zu beklagen, daß Wil= helm nicht Sänger sei, und gab dadurch zu verstehen, daß er

ihn für bald entbehrlich halte. Melina trat mit einem ganzen
Register von Ersparnissen, die zu machen seien, hervor, und Serlo
sah in ihm seinen ersten Schwager dreifach ersetzt. Sie fühlten
wohl, daß sie sich über diese Unterredung das Geheimnis zuzu=
sagen hatten, wurden dadurch nur noch mehr an einander ge=
knüpft und nahmen Gelegenheit, insgeheim über alles, was vor=
kam, sich zu besprechen, was Aurelie und Wilhelm unternahmen,
zu tadeln und ihr neues Projekt in Gedanken immer mehr aus=
zuarbeiten.

So verschwiegen auch beide über ihren Plan sein mochten,
und so wenig sie durch Worte sich verrieten, so waren sie doch
nicht politisch genug, in dem Betragen ihre Gesinnungen zu ver=
bergen. Melina widersetzte sich Wilhelmen in manchen Fällen,
die in seinem Kreise lagen, und Serlo, der niemals glimpflich
mit seiner Schwester umgegangen war, ward nur bitterer, je
mehr ihre Kränklichkeit zunahm, und je mehr sie bei ihren un=
gleichen, leidenschaftlichen Launen Schonung verdient hätte.

Zu eben dieser Zeit nahm man Emilie Galotti vor. Dieses
Stück war sehr glücklich besetzt, und alle konnten in dem be=
schränkten Kreise dieses Trauerspiels die ganze Mannigfaltigkeit
ihres Spiels zeigen. Serlo war als Marinelli an seinem Platze,
Odoardo ward sehr gut vorgetragen, Madame Melina spielte
die Mutter mit vieler Einsicht, Elmire zeichnete sich in der Rolle
Emiliens zu ihrem Vorteil aus, Laertes trat als Appiani mit
vielem Anstand auf, und Wilhelm hatte ein Studium von meh=
reren Monaten auf die Rolle des Prinzen verwendet. Bei dieser
Gelegenheit hatte er sowohl mit sich selbst als mit Serlo und
Aurelien die Frage oft abgehandelt: welch ein Unterschied sich
zwischen einem edlen und vornehmen Betragen zeige, und in=
wiefern jenes in diesem, dieses aber nicht in jenem enthalten
zu sein brauche.

Serlo, der selbst als Marinelli den Hofmann rein, ohne
Karikatur vorstellte, äußerte über diesen Punkt manchen guten
Gedanken. Der vornehme Anstand, sagte er, ist schwer nachzu=
ahmen, weil er eigentlich negativ ist und eine lange anhaltende
Uebung voraussetzt. Denn man soll nicht etwa in seinem Be=
nehmen etwas darstellen, das Würde anzeigt: denn leicht fällt
man dadurch in ein förmliches stolzes Wesen; man soll vielmehr
nur alles vermeiden, was unwürdig, was gemein ist; man soll
sich nie vergessen, immer auf sich und andere acht haben, sich
nichts vergeben, andern nicht zu viel, nicht zu wenig thun, durch
nichts gerührt scheinen, durch nichts bewegt werden, sich niemals
übereilen, sich in jedem Momente zu fassen wissen und so ein
äußeres Gleichgewicht erhalten, innerlich mag es stürmen, wie
es will. Der edle Mensch kann sich in Momenten vernachlässigen,

der vornehme nie. Dieser ist wie ein sehr wohlgekleideter Mann: er wird sich nirgends anlehnen, und jedermann wird sich hüten, an ihn zu streichen; er unterscheidet sich vor andern, und doch darf er nicht allein stehen bleiben; denn wie in jeder Kunst, also auch in dieser, soll zuletzt das Schwerste mit Leichtigkeit ausgeführt werden; so soll der Vornehme, ohngeachtet aller Absonderung, immer mit andern verbunden scheinen, nirgends steif, überall gewandt sein, immer als der erste erscheinen und sich nie als ein solcher aufdringen.

Man sieht also, daß man, um vornehm zu scheinen, wirklich vornehm sein müsse; man sieht, warum Frauen im Durchschnitt sich eher dieses Ansehen geben können als Männer, warum Hofleute und Soldaten am schnellsten zu diesem Anstande gelangen.

Wilhelm verzweifelte nun fast an seiner Rolle; allein Serlo half ihm wieder auf, indem er ihm über das Einzelne die feinsten Bemerkungen mitteilte und ihn dergestalt ausstattete, daß er bei der Aufführung, wenigstens in den Augen der Menge, einen recht feinen Prinzen darstellte.

Serlo hatte versprochen, ihm nach der Vorstellung die Bemerkungen mitzuteilen, die er noch allenfalls über ihn machen würde; allein ein unangenehmer Streit zwischen Bruder und Schwester hinderte jede kritische Unterhaltung. Aurelie hatte die Rolle der Orsina auf eine Weise gespielt, wie man sie wohl niemals wieder sehen wird. Sie war mit der Rolle überhaupt sehr bekannt und hatte sie in den Proben gleichgültig behandelt; bei der Aufführung selbst aber zog sie, möchte man sagen, alle Schleusen ihres individuellen Kummers auf, und es ward dadurch eine Darstellung, wie sie sich kein Dichter in dem ersten Feuer der Empfindung hätte denken können. Ein unmäßiger Beifall des Publikums belohnte ihre schmerzlichen Bemühungen, aber sie lag auch halb ohnmächtig in einem Sessel, als man sie nach der Aufführung aufsuchte.

Serlo hatte schon über ihr übertriebenes Spiel, wie er es nannte, und über die Entblößung ihres innersten Herzens vor dem Publikum, das doch mehr oder weniger mit jener fatalen Geschichte bekannt war, seinen Unwillen zu erkennen gegeben und, wie er es im Zorn zu thun pflegte, mit den Zähnen geknirscht und mit den Füßen gestampft. Laßt sie, sagte er, als er sie, von den übrigen umgeben, in dem Sessel fand; sie wird noch ehstens ganz nackt auf das Theater treten, und dann wird erst der Beifall recht willkommen sein.

Undankbarer! rief sie aus, Unmenschlicher! Man wird mich bald nackt dahin tragen, wo kein Beifall mehr zu unsern Ohren kommt! Mit diesen Worten sprang sie auf und eilte nach der Thüre. Die Magd hatte versäumt, ihr den Mantel zu bringen, die Portechaise war nicht da: es hatte geregnet, und ein sehr rauher Wind zog durch die Straßen. Man redete ihr vergebens zu, denn sie war übermäßig erhitzt; sie ging vorsätzlich langsam und lobte die Kühlung, die sie recht begierig einzusaugen schien. Kaum war sie zu Hause, als sie vor Heiserkeit kaum ein Wort mehr sprechen konnte; sie gestand aber nicht, daß sie im Nacken und den Rücken hinab eine völlige Steifigkeit fühlte. Nicht lange, so überfiel sie eine Art von Lähmung der Zunge, so daß sie ein Wort fürs andere sprach; man brachte sie zu Bette; durch häufig angewandte Mittel legte sich ein Uebel, indem sich das andere zeigte. Das Fieber ward stark und ihr Zustand gefährlich.

Den andern Morgen hatte sie eine ruhige Stunde. Sie ließ Wilhelm rufen und übergab ihm einen Brief. Dieses Blatt, sagte sie, wartet schon lange auf diesen Augenblick. Ich fühle, daß das Ende meines Lebens bald herannaht; versprechen Sie mir, daß Sie es selbst abgeben und daß Sie durch wenige Worte meine Leiden an dem Ungetreuen rächen wollen. Er ist nicht fühllos, und wenigstens soll ihn mein Tod einen Augenblick schmerzen.

Wilhelm übernahm den Brief, indem er sie jedoch tröstete und den Gedanken des Todes von ihr entfernen wollte.

Nein, versetzte sie, benehmen Sie mir nicht meine nächste Hoffnung. Ich habe ihn lange erwartet und will ihn freudig in die Arme schließen.

Kurz darauf kam das vom Arzt versprochene Manuskript an. Sie ersuchte Wilhelmen, ihr daraus vorzulesen, und die Wirkung, die es that, wird der Leser am besten beurteilen können, wenn er sich mit dem folgenden Buche bekannt gemacht hat. Das heftige und trotzige Wesen unsrer armen Freundin ward auf einmal gelinder. Sie nahm den Brief zurück und schrieb einen andern, wie es schien, in sehr sanfter Stimmung; auch forderte sie Wilhelmen auf, ihren Freund, wenn er irgend durch die Nachricht ihres Todes betrübt werden sollte, zu trösten, ihm zu versichern, daß sie ihm verziehen habe und daß sie ihm alles Glück wünsche.

Von dieser Zeit an war sie sehr still und schien sich nur mit wenigen Ideen zu beschäftigen, die sie sich aus dem Manuskript eigen zu machen suchte, woraus ihr Wilhelm von Zeit zu Zeit vorlesen mußte. Die Abnahme ihrer Kräfte war nicht sichtbar, und unvermutet fand sie Wilhelm eines Morgens tot, als er sie besuchen wollte.

Bei der Achtung, die er für sie gehabt, und bei der Gewohnheit, mit ihr zu leben, war ihm ihr Verlust sehr schmerzlich. Sie war die einzige Person, die es eigentlich gut mit ihm meinte, und die Kälte Serlos in der letzten Zeit hatte er nur allzu sehr gefühlt. Er eilte daher, die aufgetragene Botschaft auszurichten, und wünschte sich auf einige Zeit zu entfernen. Von der andern Seite war für Melina diese Abreise sehr erwünscht: denn dieser hatte sich bei der weitläufigen Korrespondenz, die er unterhielt, gleich mit einem Sänger und einer Sängerin eingelassen, die das Publikum einstweilen durch Zwischenspiele zur künftigen Oper vorbereiten sollten. Der Verlust Aureliens und Wilhelms Entfernung sollten auf diese Weise in der ersten Zeit übertragen werden, und unser Freund war mit allem zufrieden, was ihm seinen Urlaub auf einige Wochen erleichterte.

Er hatte sich eine sonderbar wichtige Idee von seinem Auftrage gemacht. Der Tod seiner Freundin hatte ihn tief gerührt, und da er sie so frühzeitig von dem Schauplatze abtreten sah, mußte er notwendig gegen den, der ihr Leben verkürzt und dieses kurze Leben ihr so qualvoll gemacht, feindselig gesinnt sein.

Ohngeachtet der letzten gelinden Worte der Sterbenden, nahm er sich doch vor, bei Ueberreichung des Briefs ein strenges Gericht über den ungetreuen Freund ergehen zu lassen, und da er sich nicht einer zufälligen Stimmung vertrauen wollte, dachte er an eine Rede, die in der Ausarbeitung pathetischer als billig ward. Nachdem er sich völlig von der guten Komposition seines Aufsatzes überzeugt hatte, machte er, indem er ihn auswendig lernte, Anstalt zu seiner Abreise. Mignon war beim Einpacken gegenwärtig und fragte ihn, ob er nach Süden oder nach Norden reise? und als sie das letzte von ihm erfuhr, sagte sie: So will ich dich hier wieder erwarten. Sie bat ihn um die Perlenschnur Marianens, die er dem lieben Geschöpf nicht versagen konnte; das Halstuch hatte sie schon. Dagegen steckte sie ihm den Schleier des Geistes in den Mantelsack, ob er ihr gleich sagte, daß ihm dieser Flor zu keinem Gebrauch sei.

Melina übernahm die Regie, und seine Frau versprach, auf die Kinder ein mütterliches Auge zu haben, von denen sich Wilhelm ungern losriß. Felix war sehr lustig beim Abschiede, und als man ihn fragte: was er wolle mitgebracht haben, sagte er: Höre! bringe mir einen Vater mit. Mignon nahm den Scheidenden bei der Hand, und indem sie, auf die Zehen gehoben, ihm einen treuherzigen und lebhaften Kuß, doch ohne Zärtlichkeit, auf die Lippen drückte, sagte sie: Meister! vergiß uns nicht und komm bald wieder.

Und so lassen wir unsern Freund unter tausend Gedanken und Empfindungen seine Reise antreten und zeichnen hier noch zum Schlusse ein Gedicht auf, das Mignon mit großem Ausdruck einigemal recitiert hatte, und das wir früher mitzuteilen durch den Drang so mancher sonderbaren Ereignisse verhindert wurden.

Heiß mich nicht reden, heiß mich schweigen!
Denn mein Geheimniß ist mir Pflicht;
Ich möchte dir mein ganzes Innre zeigen,
Allein das Schicksal will es nicht.

Zur rechten Zeit vertreibt der Sonne Lauf
Die finstre Nacht, und sie muß sich erhellen;
Der harte Fels schließt seinen Busen auf,
Mißgönnt der Erde nicht die tiefverborgnen Quellen.

Ein jeder sucht im Arm des Freundes Ruh,
Dort kann die Brust in Klagen sich ergießen;
Allein ein Schwur drückt mir die Lippen zu,
Und nur ein Gott vermag sie aufzuschließen.

Sechstes Buch.

Bekenntnisse einer schönen Seele.

Bis in mein achtes Jahr war ich ein ganz gesundes Kind,
weiß mich aber von dieser Zeit so wenig zu erinnern, als von
dem Tage meiner Geburt. Mit dem Anfange des achten Jahres
bekam ich einen Blutsturz, und in dem Augenblick war meine
Seele ganz Empfindung und Gedächtniß. Die kleinsten Umstände
dieses Zufalls stehn mir noch vor Augen, als hätte er sich gestern
ereignet.

Während des neunmonatlichen Krankenlagers, das ich mit
Geduld aushielt, ward, so wie mich dünkt, der Grund zu meiner
ganzen Denkart gelegt, indem meinem Geiste die ersten Hilfsmittel gereicht wurden, sich nach seiner eigenen Art zu entwickeln.

Ich litt und liebte, das war die eigentliche Gestalt meines
Herzens. In dem heftigsten Husten und abmattenden Fieber
war ich stille wie eine Schnecke, die sich in ihr Haus zieht; sobald
ich ein wenig Luft hatte, wollte ich etwas Angenehmes fühlen,
und da mir aller übrige Genuß versagt war, suchte ich mich durch
Augen und Ohren schadlos zu halten. Man brachte mir Puppenwerk und Bilderbücher, und wer Sitz an meinem Bette haben
wollte, mußte mir etwas erzählen.

Von meiner Mutter hörte ich die biblischen Geschichten gern
an; der Vater unterhielt mich mit Gegenständen der Natur.
Er besaß ein artiges Kabinett. Davon brachte er gelegentlich
eine Schublade nach der andern herunter, zeigte mir die Dinge
und erklärte sie mir nach der Wahrheit. Getrocknete Pflanzen

und Insekten und manche Arten von anatomischen Präparaten,
Menschenhaut, Knochen, Mumien und dergleichen kamen auf das
Krankenbette der Kleinen; Vögel und Tiere, die er auf der Jagd
erlegte, wurden mir vorgezeigt, ehe sie nach der Küche gingen;
und damit doch auch der Fürst der Welt eine Stimme in dieser
Versammlung behielte, erzählte mir die Tante Liebesgeschichten
und Feenmärchen. Alles ward angenommen, und alles faßte
Wurzel. Ich hatte Stunden, in denen ich mich lebhaft mit dem
unsichtbaren Wesen unterhielt; ich weiß noch einige Verse, die
ich der Mutter damals in die Feder diktierte.

Oft erzählte ich dem Vater wieder, was ich von ihm gelernt
hatte. Ich nahm nicht leicht eine Arznei, ohne zu fragen: wo
wachsen die Dinge, aus denen sie gemacht ist? wie sehen sie aus?
wie heißen sie? Aber die Erzählungen meiner Tante waren auch
nicht auf einen Stein gefallen. Ich dachte mich in schöne Kleider
und begegnete den allerliebsten Prinzen, die nicht ruhen noch
rasten konnten, bis sie wußten, wer die unbekannte Schöne war.
Ein ähnliches Abenteuer mit einem reizenden kleinen Engel, der
in weißem Gewand und goldnen Flügeln sich sehr um mich bemühte, setzte ich so lange fort, daß meine Einbildungskraft sein
Bild fast bis zur Erscheinung erhöhte.

Nach Jahresfrist war ich ziemlich wiederhergestellt; aber
es war mir aus der Kindheit nichts Wildes übrig geblieben.
Ich konnte nicht einmal mit Puppen spielen, ich verlangte nach
Wesen, die meine Liebe erwiderten. Hunde, Katzen und Vögel,
dergleichen mein Vater von allen Arten ernährte, vergnügten
mich sehr; aber was hätte ich nicht gegeben, ein Geschöpf zu besitzen, das in einem der Märchen meiner Tante eine sehr wichtige
Rolle spielte. Es war ein Schäfchen, das von einem Bauermäd-
chen in dem Walde aufgefangen und ernährt worden war; aber
in diesem artigen Tiere stak ein verwünschter Prinz, der sich endlich wieder als schöner Jüngling zeigte und seine Wohlthäterin
durch seine Hand belohnte. So ein Schäfchen hätte ich gar zu
gerne besessen!

Nun wollte sich aber keines finden, und da alles neben mir
so ganz natürlich zuging, mußte mir nach und nach die Hoffnung
auf einen so köstlichen Besitz fast vergehen. Unterdessen tröstete
ich mich, indem ich solche Bücher las, in denen wunderbare Begebenheiten beschrieben wurden. Unter allen war mir der christ-
liche deutsche Herkules der liebste; die andächtige Liebesgeschichte
war ganz nach meinem Sinne. Begegnete seiner Valiska irgend
etwas, und es begegneten ihr grausame Dinge, so betete er erst,
ehe er ihr zu Hilfe eilte, und die Gebete standen ausführlich im
Buche. Wie wohl gefiel mir das! Mein Hang zu dem Unsichtbaren, den ich immer auf eine dunkle Weise fühlte, ward dadurch

nur vermehrt; denn ein für allemal sollte Gott auch mein Ver=
trauter sein.

Als ich weiter heranwuchs, las ich, der Himmel weiß was,
alles durch einander; aber die römische Octavia behielt vor allen
den Preis. Die Verfolgungen der ersten Christen, in einen
Roman gekleidet, erregten bei mir das lebhafteste Interesse.

Nun fing die Mutter an, über das stete Lesen zu schmälen;
der Vater nahm ihr zuliebe mir einen Tag die Bücher aus der
Hand und gab sie mir den andern wieder. Sie war klug genug,
zu bemerken, daß hier nichts auszurichten war, und drang nur
darauf, daß auch die Bibel eben so fleißig gelesen wurde. Auch
dazu ließ ich mich nicht treiben, und ich las die heiligen Bücher
mit vielem Anteil. Dabei war meine Mutter immer sorgfältig,
daß keine verführerischen Bücher in meine Hände kämen, und
ich selbst würde jede schändliche Schrift aus der Hand geworfen
haben; denn meine Prinzen und Prinzessinnen waren alle äußerst
tugendhaft, und ich wußte übrigens von der natürlichen Ge=
schichte des menschlichen Geschlechts mehr, als ich merken ließ,
und hatte es meistens aus der Bibel gelernt. Bedenkliche Stellen
hielt ich mit Worten und Dingen, die mir vor Augen kamen,
zusammen und brachte bei meiner Wißbegierde und Kombinations=
gabe die Wahrheit glücklich heraus. Hätte ich von Hexen gehört,
so hätte ich auch mit der Hexerei bekannt werden müssen.

Meiner Mutter und dieser Wißbegierde hatte ich es zu
danken, daß ich bei dem heftigen Hang zu Büchern doch kochen
lernte; aber dabei war etwas zu sehen. Ein Huhn, ein Ferkel
aufzuschneiden, war für mich ein Fest. Dem Vater brachte ich
die Eingeweide, und er redete mit mir darüber, wie mit einem
jungen Studenten, und pflegte mich oft mit inniger Freude seinen
mißratenen Sohn zu nennen.

Nun war das zwölfte Jahr zurückgelegt. Ich lernte Fran=
zösisch, Tanzen und Zeichnen und erhielt den gewöhnlichen Reli=
gionsunterricht. Bei dem letzten wurden manche Empfindungen
und Gedanken rege, aber nichts, was sich auf meinen Zustand
bezogen hätte. Ich hörte gern von Gott reden, ich war stolz
darauf, besser als meinesgleichen von ihm reden zu können; ich
las nun mit Eifer manche Bücher, die mich in den Stand setzten,
von Religion zu schwatzen; aber nie fiel es mir ein, zu denken,
wie es denn mit mir stehe, ob meine Seele auch so gestaltet sei,
ob sie einem Spiegel gleiche, von dem die ewige Sonne wider=
glänzen könnte; das hatte ich ein für allemal schon vorausgesetzt.

Französisch lernte ich mit vieler Begierde. Mein Sprach=
meister war ein wackrer Mann. Er war nicht ein leichtsinniger
Empiriker, nicht ein trockner Grammatiker; er hatte Wissen=
schaften, er hatte die Welt gesehen. Zugleich mit dem Sprach=

unterrichte sättigte er meine Wißbegierde auf mancherlei Weise.
Ich liebte ihn so sehr, daß ich seine Ankunft immer mit Herz=
klopfen erwartete. Das Zeichnen fiel mir nicht schwer, und ich
würde es weiter gebracht haben, wenn mein Meister Kopf und
Kenntnisse gehabt hätte; er hatte aber nur Hände und Uebung.

Tanzen war anfangs nur meine geringste Freude; mein
Körper war zu empfindlich, und ich lernte nur in der Gesellschaft
meiner Schwester. Durch den Einfall unsers Tanzmeisters, allen
seinen Schülern und Schülerinnen einen Ball zu geben, ward
aber die Lust zu dieser Uebung ganz anders belebt.

Unter vielen Knaben und Mädchen zeichneten sich zwei Söhne
des Hofmarschalls aus: der jüngste so alt wie ich, der andere
zwei Jahr älter, Kinder von einer solchen Schönheit, daß sie
nach dem allgemeinen Geständnis alles übertrafen, was man je
von schönen Kindern gesehen hatte. Auch ich hatte sie kaum er=
blickt, so sah ich niemand mehr vom ganzen Haufen. In dem
Augenblick tanzte ich mit Aufmerksamkeit und wünschte schön zu
tanzen. Wie es kam, daß auch diese Knaben unter allen andern
mich vorzüglich bemerkten? — Genug, in der ersten Stunde
waren wir die besten Freunde, und die kleine Lustbarkeit ging
noch nicht zu Ende, so hatten wir schon ausgemacht, wo wir uns
nächstens wiedersehen wollten. Eine große Freude für mich!
Aber ganz entzückt war ich, als beide den andern Morgen, jeder
in einem galanten Billet, das mit einem Blumenstrauß begleitet
war, sich nach meinem Befinden erkundigten. So fühlte ich nie
mehr, wie ich da fühlte! Artigkeiten wurden mit Artigkeiten,
Briefchen mit Briefchen erwidert. Kirche und Promenaden
wurden von nun an zu Rendezvous; unsere jungen Bekannten
luden uns schon jederzeit zusammen ein; wir aber waren schlau
genug, die Sache dergestalt zu verdecken, daß die Eltern nicht
mehr davon einsahen, als wir für gut hielten.

Nun hatte ich auf einmal zwei Liebhaber bekommen. Ich
war für keinen entschieden; sie gefielen mir beide, und wir standen
aufs beste zusammen. Auf einmal ward der Aelteste sehr krank;
ich war selbst schon oft sehr krank gewesen und wußte den Leidenden
durch Uebersendung mancher Artigkeiten und für einen Kranken
schicklicher Leckerbissen zu erfreuen, daß seine Eltern die Auf=
merksamkeit dankbar erkannten, der Bitte des lieben Sohns
Gehör gaben und mich samt meinen Schwestern, sobald er nur
das Bette verlassen hatte, zu ihm einluden. Die Zärtlichkeit,
womit er mich empfing, war nicht kindisch, und von dem Tage
an war ich für ihn entschieden. Er warnte mich gleich, vor
seinem Bruder geheim zu sein; allein das Feuer war nicht mehr
zu verbergen, und die Eifersucht des Jüngern machte den Roman
vollkommen. Er spielte uns tausend Streiche; mit Lust ver=

nichtete er unsere Freude und vermehrte dadurch die Leidenschaft,
die er zu zerstören suchte.

Nun hatte ich denn wirklich das gewünschte Schäfchen ge=
funden, und diese Leidenschaft hatte, wie sonst eine Krankheit,
die Wirkung auf mich, daß sie mich still machte und mich von
der schwärmenden Freude zurückzog. Ich war einsam und ge=
rührt, und Gott fiel mir wieder ein. Er blieb mein Vertrauter,
und ich weiß wohl, mit welchen Thränen ich für den Knaben,
der fortkränkelte, zu beten anhielt.

So viel Kindisches in dem Vorgang war, so viel trug er
zur Bildung meines Herzens bei. Unserm französischen Sprach=
meister mußten wir täglich, statt der sonst gewöhnlichen Ueber=
setzung, Briefe von unsrer eigenen Erfindung schreiben. Ich
brachte meine Liebesgeschichte unter dem Namen Phyllis und
Damon zu Markte. Der Alte sah bald durch, und um mich treu=
herzig zu machen, lobte er meine Arbeit gar sehr. Ich wurde
immer kühner, ging offenherzig heraus und war bis ins Detail
der Wahrheit getreu. Ich weiß nicht mehr, bei welcher Stelle
er einst Gelegenheit nahm, zu sagen: Wie das artig, wie das
natürlich ist! Aber die gute Phyllis mag sich in acht nehmen,
es kann bald ernsthaft werden.

Mich verdroß, daß er die Sache nicht schon für ernsthaft
hielt, und fragte ihn pikiert, was er unter ernsthaft verstehe?
Er ließ sich nicht zweimal fragen und erklärte sich so deutlich,
daß ich meinen Schrecken kaum verbergen konnte. Doch da sich
gleich darauf bei mir der Verdruß einstellte und ich ihm übel=
nahm, daß er solche Gedanken hegen könne, faßte ich mich, wollte
meine Schöne rechtfertigen und sagte mit feuerroten Wangen:
Aber, mein Herr, Phyllis ist ein ehrbares Mädchen!

Nun war er boshaft genug, mich mit meiner ehrbaren Heldin
aufzuziehen und, indem wir französisch sprachen, mit dem
„honnête" zu spielen, um die Ehrbarkeit der Phyllis durch alle
Bedeutungen durchzuführen. Ich fühlte das Lächerliche und war
äußerst verwirrt. Er, der mich nicht furchtsam machen wollte,
brach ab, brachte aber das Gespräch bei andern Gelegenheiten
wieder auf die Bahn. Schauspiele und kleine Geschichten, die ich
bei ihm las und übersetzte, gaben ihm oft Anlaß, zu zeigen, was
für ein schwacher Schutz die sogenannte Tugend gegen die Auf=
forderungen eines Affekts sei. Ich widersprach nicht mehr, ärgerte
mich aber immer heimlich, und seine Anmerkungen wurden mir
zur Last.

Mit meinem guten Damon kam ich nach und nach aus aller
Verbindung. Die Schikanen des Jüngern hatten unsern Um=
gang zerrissen. Nicht lange Zeit darauf starben beide blühende
Jünglinge. Es that mir weh, aber bald waren sie vergessen.

Phyllis wuchs nun schnell heran, war ganz gesund und fing an, die Welt zu sehen. Der Erbprinz vermählte sich und trat bald darauf nach dem Tode seines Vaters die Regierung an. Hof und Stadt waren in lebhafter Bewegung. Nun hatte meine Neugierde mancherlei Nahrung. Nun gab es Komödien, Bälle, und was sich daran anschließt, und ob uns gleich die Eltern so viel als möglich zurück hielten, so mußte man doch bei Hof, wo ich eingeführt war, erscheinen. Die Fremden strömten herbei, in allen Häusern war große Welt, an uns selbst waren einige Kavaliere empfohlen und andre introduziert, und bei meinem Oheim waren alle Nationen anzutreffen.

Mein ehrlicher Mentor fuhr fort, mich auf eine bescheidene und doch treffende Weise zu warnen, und ich nahm es ihm immer heimlich übel. Ich war keineswegs von der Wahrheit seiner Behauptung überzeugt, und vielleicht hatte ich auch damals recht, vielleicht hatte er unrecht, die Frauen unter allen Umständen für so schwach zu halten; aber er redete zugleich so zudringlich, daß mir einst bange wurde, er möchte recht haben, da ich denn sehr lebhaft zu ihm sagte: Weil die Gefahr so groß und das menschliche Herz so schwach ist, so will ich Gott bitten, daß er mich bewahre.

Die naive Antwort schien ihn zu freuen; er lobte meinen Vorsatz; aber es war bei mir nichts weniger als ernstlich gemeint; diesmal war es nur ein leeres Wort: denn die Empfindungen für den Unsichtbaren waren bei mir fast ganz verloschen. Der große Schwarm, mit dem ich umgeben war, zerstreute mich und riß mich wie ein starker Strom mit fort. Es waren die leersten Jahre meines Lebens. Tagelang von nichts zu reden, keinen gesunden Gedanken zu haben und nur zu schwärmen, das war meine Sache. Nicht einmal der geliebten Bücher wurde gedacht. Die Leute, mit denen ich umgeben war, hatten keine Ahnung von Wissenschaften; es waren deutsche Hofleute, und diese Klasse hatte damals nicht die mindeste Kultur.

Ein solcher Umgang, sollte man denken, hätte mich an den Rand des Verderbens führen müssen. Ich lebte in sinnlicher Munterkeit nur so hin, ich sammelte mich nicht, ich betete nicht, ich dachte nicht an mich, noch an Gott; aber ich seh' es als eine Führung an, daß mir keiner von den vielen schönen, reichen und wohlgekleideten Männern gefiel. Sie waren liederlich und versteckten es nicht, das schreckte mich zurück; ihr Gespräch zierten sie mit Zweideutigkeiten, das beleidigte mich, und ich hielt mich kalt gegen sie; ihre Unart überstieg manchmal allen Glauben, und ich erlaubte mir, grob zu sein.

Ueberdies hatte mir mein Alter einmal vertraulich eröffnet, daß mit den meisten dieser leidigen Burschen nicht allein die

Tugend, sondern auch die Gesundheit eines Mädchens in Gefahr
sei. Nun graute mir erst vor ihnen, und ich war schon besorgt,
wenn mir einer auf irgend eine Weise zu nahe kam. Ich hütete
mich vor Gläsern und Tassen wie vor dem Stuhle, von dem
einer aufgestanden war. Auf diese Weise war ich moralisch und
physisch sehr isoliert, und alle die Artigkeiten, die sie mir sagten,
nahm ich stolz für schuldigen Weihrauch auf.

Unter den Fremden, die sich damals bei uns aufhielten,
zeichnete sich ein junger Mann besonders aus, den wir im Scherz
Narziß nannten. Er hatte sich in der diplomatischen Laufbahn
guten Ruf erworben und hoffte bei den verschiedenen Veränderungen, die an unserm neuen Hofe vorgingen, vorteilhaft placiert
zu werden. Er ward mit meinem Vater bald bekannt, und seine
Kenntnisse und sein Betragen öffneten ihm den Weg in eine
geschlossene Gesellschaft der würdigsten Männer. Mein Vater
sprach viel zu seinem Lobe, und seine schöne Gestalt hätte noch
mehr Eindruck gemacht, wenn sein ganzes Wesen nicht eine Art
von Selbstgefälligkeit gezeigt hätte. Ich hatte ihn gesehen, dachte
gut von ihm, aber wir hatten uns nie gesprochen.

Auf einem großen Balle, auf dem er sich auch befand, tanz-
ten wir eine Menuett zusammen; auch das ging ohne nähere
Bekanntschaft ab. Als die heftigen Tänze angingen, die ich meinem Vater zuliebe, der für meine Gesundheit besorgt war, zu
vermeiden pflegte, begab ich mich in ein Nebenzimmer und unterhielt mich mit ältern Freundinnen, die sich zum Spiele gesetzt
hatten.

Narziß, der eine Weile mit herumgesprungen war, kam auch
einmal in das Zimmer, in dem ich mich befand, und fing, nachdem er sich von einem Nasenbluten, das ihn beim Tanzen überfiel, erholt hatte, mit mir über mancherlei zu sprechen an. Binnen
einer halben Stunde war der Diskurs so interessant, ob sich gleich
keine Spur von Zärtlichkeit drein mischte, daß wir nun beide
das Tanzen nicht mehr vertragen konnten. Wir wurden bald
von den andern darüber geneckt, ohne daß wir uns dadurch
irre machen ließen. Den andern Abend konnten wir unser Gespräch wieder anknüpfen und schonten unsre Gesundheit sehr.

Nun war die Bekanntschaft gemacht. Narziß wartete mir
und meinen Schwestern auf, und nun fing ich erst wieder an,
gewahr zu werden, was ich alles wußte, worüber ich gedacht,
was ich empfunden hatte und worüber ich mich im Gespräche
auszudrücken verstand. Mein neuer Freund, der von jeher in
der besten Gesellschaft gewesen war, hatte außer dem historischen
und politischen Fache, das er ganz übersah, sehr ausgebreitete
litterarische Kenntnisse, und ihm blieb nichts Neues, besonders
was in Frankreich herauskam, unbekannt. Er brachte und sen-

bete mir manch angenehmes und nützliches Buch, doch das mußte
geheimer als ein verbotenes Liebesverständnis gehalten werden.
Man hatte die gelehrten Weiber lächerlich gemacht, und man
wollte auch die unterrichteten nicht leiden, wahrscheinlich weil
man für unhöflich hielt, so viel unwissende Männer beschämen zu
lassen. Selbst mein Vater, dem diese neue Gelegenheit, meinen
Geist auszubilden, sehr erwünscht war, verlangte ausdrücklich,
daß dieses litterarische Kommerz ein Geheimnis bleiben sollte.
    So währte unser Umgang beinahe Jahr und Tag, und ich
konnte nicht sagen, daß Narziß auf irgend eine Weise Liebe oder
Zärtlichkeit gegen mich geäußert hätte. Er blieb artig und ver-
bindlich, aber zeigte keinen Affekt; vielmehr schien der Reiz meiner jüngsten Schwester, die damals außerordentlich schön war,
ihn nicht gleichgültig zu lassen. Er gab ihr im Scherze allerlei
freundliche Namen aus fremden Sprachen, deren mehrere er
sehr gut sprach und deren eigentümliche Redensarten er gern
ins deutsche Gespräch mischte. Sie erwiderte seine Artigkeiten
nicht sonderlich; sie war von einem andern Fädchen gebunden,
und da sie überhaupt sehr rasch und er empfindlich war, so
wurden sie nicht selten über Kleinigkeiten uneins. Mit der Mutter
und den Tanten wußte er sich gut zu halten, und so war er
nach und nach ein Glied der Familie geworden.
    Wer weiß, wie lange wir noch auf diese Weise fortgelebt
hätten, wären durch einen sonderbaren Zufall unsere Verhältnisse nicht auf einmal verändert worden. Ich ward mit meinen
Schwestern in ein gewisses Haus gebeten, wohin ich nicht gerne
ging. Die Gesellschaft war zu gemischt, und es fanden sich dort
oft Menschen, wo nicht vom rohsten, doch vom plattsten Schlage
mit ein. Diesmal war Narziß auch mit geladen, und um seinetwillen war ich geneigt, hinzugehen; denn ich war doch gewiß,
jemanden zu finden, mit dem ich mich auf meine Weise unterhalten konnte. Schon bei Tafel hatten wir manches auszustehen,
denn einige Männer hatten stark getrunken; nach Tische sollten
und mußten Pfänder gespielt werden. Es ging dabei sehr rau-
schend und lebhaft zu. Narziß hatte ein Pfand zu lösen; man
gab ihm auf, der ganzen Gesellschaft etwas ins Ohr zu sagen,
das jedermann angenehm wäre. Er mochte sich bei meiner Nachbarin, der Frau eines Hauptmanns, zu lange verweilen. Auf
einmal gab ihm dieser eine Ohrfeige, daß mir, die ich gleich
daran saß, der Puder in die Augen flog. Als ich die Augen
ausgewischt und mich vom Schrecken einigermaßen erholt hatte,
sah ich beide Männer mit bloßen Degen. Narziß blutete, und
der andere, außer sich von Wein, Zorn und Eifersucht, konnte
kaum von der ganzen übrigen Gesellschaft zurückgehalten werden.
Ich nahm Narzissen beim Arm und führte ihn zur Thüre hinaus,

eine Treppe hinauf in ein andres Zimmer, und weil ich meinen
Freund vor seinem tollen Gegner nicht sicher glaubte, riegelte
ich die Thüre sogleich zu.

Wir hielten beide die Wunde nicht für ernsthaft, denn wir
sahen nur einen leichten Hieb über die Hand; bald aber wurden wir einen Strom von Blut, der den Rücken hinunterfloß,
gewahr, und es zeigte sich eine große Wunde auf dem Kopfe.
Nun ward mir bange. Ich eilte auf den Vorplatz, um nach
Hilfe zu schicken, konnte aber niemand ansichtig werden, denn
alles war unten geblieben, den rasenden Menschen zu bändigen.
Endlich kam eine Tochter des Hauses heraufgesprungen, und ihre
Munterkeit ängstigte mich nicht wenig, da sie sich über den tollen
Spektakel und über die verfluchte Komödie fast zu Tode lachen
wollte. Ich bat sie dringend, mir einen Wundarzt zu schaffen,
und sie, nach ihrer wilden Art, sprang gleich die Treppe hin-
unter, selbst einen zu holen.

Ich ging wieder zu meinem Verwundeten, band ihm mein
Schnupftuch um die Hand und ein Handtuch, das an der Thüre
hing, um den Kopf. Er blutete noch immer heftig, kein Wundarzt kam, der Verwundete erblaßte und schien in Ohnmacht zu
sinken. Niemand war in der Nähe, der mir hätte beistehen können; ich nahm ihn sehr ungezwungen in den Arm und suchte
ihn durch Streicheln und Schmeicheln aufzumuntern. Es schien
die Wirkung eines geistigen Heilmittels zu thun; er blieb bei
sich, aber saß totenbleich da.

Nun kam endlich die thätige Hausfrau, und wie erschrak sie,
als sie den Freund in dieser Gestalt in meinen Armen liegen
und uns alle beide mit Blut überströmt sah: denn niemand hatte
sich vorgestellt, daß Narziß verwundet sei; alle meinten, ich habe
ihn glücklich hinaus gebracht.

Nun war Wein, wohlriechendes Wasser, und was nur er-
quicken und erfrischen konnte, im Ueberfluß da, nun kam auch
der Wundarzt, und ich hätte wohl abtreten können; allein Narziß hielt mich fest bei der Hand, und ich wäre, ohne gehalten zu
werden, stehen geblieben. Ich fuhr während des Verbandes fort,
ihn mit Wein anzustreichen, und achtete es wenig, daß die ganze
Gesellschaft nunmehr umher stand. Der Wundarzt hatte geendigt,
der Verwundete nahm einen stummen verbindlichen Abschied von
mir und wurde nach Hause getragen.

Nun führte mich die Hausfrau in ihr Schlafzimmer; sie
mußte mich ganz auskleiden, und ich darf nicht verschweigen, daß
ich, da man sein Blut von meinem Körper abwusch, zum erstenmal
zufällig im Spiegel gewahr wurde, daß ich mich auch ohne Hülle
für schön halten durfte. Ich konnte keines meiner Kleidungsstücke
wieder anziehen, und da die Personen im Hause alle kleiner oder

stärker waren, als ich, so kam ich in einer seltsamen Verkleidung
zum größten Erstaunen meiner Eltern nach Hause. Sie waren über
mein Schrecken, über die Wunden des Freundes, über den Unsinn
des Hauptmanns, über den ganzen Vorfall äußerst verdrießlich.
Wenig fehlte, so hätte mein Vater selbst, seinen Freund auf der
Stelle zu rächen, den Hauptmann herausgefordert. Er schalt die
anwesenden Herren, daß sie ein solches meuchlerisches Beginnen
nicht auf der Stelle geahndet; denn es war nur zu offenbar,
daß der Hauptmann sogleich, nachdem er geschlagen, den Degen
gezogen und Narzissen von hinten verwundet habe; der Hieb
über die Hand war erst geführt worden, als Narziß selbst zum
Degen griff. Ich war unbeschreiblich alteriert und affiziert, oder
wie soll ich es ausdrücken; der Affekt, der im tiefsten Grunde des
Herzens ruhte, war auf einmal losgebrochen, wie eine Flamme,
welche Luft bekömmt. Und wenn Luft und Freude sehr geschickt sind,
die Liebe zuerst zu erzeugen und im stillen zu nähren, so wird
sie, die von Natur herzhaft ist, durch den Schrecken am leichtesten angetrieben, sich zu entscheiden und zu erklären. Man gab
dem Töchterchen Arznei ein und legte es zu Bette. Mit dem
frühsten Morgen eilte mein Vater zu dem verwundeten Freund,
der an einem starken Wundfieber recht krank darnieder lag.

Mein Vater sagte mir wenig von dem, was er mit ihm geredet hatte, und suchte mich wegen der Folgen, die dieser Vorfall haben könnte, zu beruhigen. Es war die Rede, ob man sich
mit einer Abbitte begnügen könne, ob die Sache gerichtlich werden müsse, und was dergleichen mehr war. Ich kannte meinen
Vater zu wohl, als daß ich ihm geglaubt hätte, daß er diese
Sache ohne Zweikampf geendigt zu sehen wünschte; allein ich
blieb still, denn ich hatte von meinem Vater früh gelernt, daß
Weiber in solche Händel sich nicht zu mischen hätten. Uebrigens
schien es nicht, als wenn zwischen den beiden Freunden etwas
vorgefallen wäre, das mich betroffen hätte; doch bald vertraute
mein Vater den Inhalt seiner weitern Unterredung meiner
Mutter. Narziß, sagte er, sei äußerst gerührt von meinem ge-
leisteten Beistand, habe ihn umarmt, sich für meinen ewigen
Schuldner erklärt, bezeigt, er verlange kein Glück, wenn er es
nicht mit mir teilen sollte; er habe sich die Erlaubnis ausge-
beten, ihn als Vater ansehen zu dürfen. Mama sagte mir das
alles treulich wieder, hängte aber die wohlmeinende Erinnerung
daran, auf so etwas, das in der ersten Bewegung gesagt worden, dürfe man so sehr nicht achten. Ja freilich, antwortete
ich mit angenommener Kälte und fühlte, der Himmel weiß, was
und wie viel dabei.

Narziß blieb zwei Monate krank, konnte wegen der Wunde
an der rechten Hand nicht einmal schreiben, bezeigte mir aber

inzwischen sein Andenken durch die verbindlichste Aufmerksamkeit. Alle diese mehr als gewöhnlichen Höflichkeiten hielt ich mit dem, was ich von der Mutter erfahren hatte, zusammen, und beständig war mein Kopf voller Grillen. Die ganze Stadt unterhielt sich von der Begebenheit. Man sprach mit mir davon in einem besondern Tone, man zog Folgerungen daraus, die, so sehr ich sie abzulehnen suchte, mir immer sehr nahe gingen. Was vorher Tändelei und Gewohnheit gewesen war, ward nun Ernst und Neigung. Die Unruhe, in der ich lebte, war um so heftiger, je sorgfältiger ich sie vor allen Menschen zu verbergen suchte. Der Gedanke, ihn zu verlieren, erschreckte mich, und die Möglichkeit einer nähern Verbindung machte mich zittern. Der Gedanke des Ehestandes hat für ein halbkluges Mädchen gewiß etwas Schreckhaftes.

Durch diese heftigen Erschütterungen ward ich wieder an mich selbst erinnert. Die bunten Bilder eines zerstreuten Lebens, die mir sonst Tag und Nacht vor den Augen schwebten, waren auf einmal weggeblasen. Meine Seele fing wieder an, sich zu regen; allein die sehr unterbrochene Bekanntschaft mit dem unsichtbaren Freunde war so leicht nicht wiederhergestellt. Wir blieben noch immer in ziemlicher Entfernung; es war wieder etwas, aber gegen sonst ein großer Unterschied.

Ein Zweikampf, worin der Hauptmann stark verwundet wurde, war vorüber, ohne daß ich etwas davon erfahren hatte, und die öffentliche Meinung war in jedem Sinne auf der Seite meines Geliebten, der endlich wieder auf dem Schauplatze erschien. Vor allen Dingen ließ er sich mit verbundenem Haupt und eingewickelter Hand in unser Haus tragen. Wie klopfte mir das Herz bei diesem Besuche! Die ganze Familie war gegenwärtig; es blieb auf beiden Seiten nur bei allgemeinen Danksagungen und Höflichkeiten; doch fand er Gelegenheit, mir einige geheime Zeichen seiner Zärtlichkeit zu geben, wodurch meine Unruhe nur zu sehr vermehrt ward. Nachdem er sich völlig wieder erholt, besuchte er uns den ganzen Winter auf eben dem Fuß wie ehemals, und bei allen leisen Zeichen von Empfindung und Liebe, die er mir gab, blieb alles unerörtert.

Auf diese Weise ward ich in steter Uebung gehalten. Ich konnte mich keinem Menschen vertrauen, und von Gott war ich zu weit entfernt. Ich hatte diesen während vier wilder Jahre ganz vergessen; nun dachte ich dann und wann wieder an ihn, aber die Bekanntschaft war erkaltet; es waren nur Zeremonienvisiten, die ich ihm machte, und da ich überdies, wenn ich vor ihm erschien, immer schöne Kleider anlegte, meine Tugend, Ehrbarkeit und Vorzüge, die ich vor andern zu haben glaubte, ihm mit Zufriedenheit vorwies, so schien er mich in dem Schmucke gar nicht zu bemerken.

Ein Höfling würde, wenn sein Fürst, von dem er sein Glück erwartet, sich so gegen ihn betrüge, sehr beunruhigt werden; mir aber war nicht übel dabei zu Mute. Ich hatte, was ich brauchte, Gesundheit und Bequemlichkeit; wollte sich Gott mein Andenken gefallen lassen, so war es gut; wo nicht, so glaubte ich doch meine Schuldigkeit gethan zu haben.

So dachte ich freilich damals nicht von mir; aber es war doch die wahrhafte Gestalt meiner Seele. Meine Gesinnungen zu ändern und zu reinigen, waren aber auch schon Anstalten gemacht.

Der Frühling kam heran, und Narziß besuchte mich unangemeldet zu einer Zeit, da ich ganz allein zu Hause war. Nun erschien er als Liebhaber und fragte mich, ob ich ihm mein Herz und, wenn er eine ehrenvolle, wohlbesoldete Stelle erhielte, auch dereinst meine Hand schenken wollte?

Man hatte ihn zwar in unsere Dienste genommen; allein anfangs hielt man ihn, weil man sich vor seinem Ehrgeiz fürchtete, mehr zurück, als daß man ihn schnell emporgehoben hätte, und ließ ihn, weil er eignes Vermögen hatte, bei einer kleinen Besoldung.

Bei aller meiner Neigung zu ihm wußte ich, daß er der Mann nicht war, mit dem man ganz gerade handeln konnte. Ich nahm mich daher zusammen und verwies ihn an meinen Vater, an dessen Einwilligung er nicht zu zweifeln schien und mit mir erst auf der Stelle einig sein wollte. Endlich sagte ich Ja, indem ich die Beistimmung meiner Eltern zur notwendigen Bedingung machte. Er sprach alsdann mit beiden förmlich; sie zeigten ihre Zufriedenheit, man gab sich das Wort auf den bald zu hoffenden Fall, daß man ihn weiter avancieren werde. Schwestern und Tanten wurden davon benachrichtigt und ihnen das Geheimnis auf das strengste anbefohlen.

Nun war aus einem Liebhaber ein Bräutigam geworden. Die Verschiedenheit zwischen beiden zeigte sich sehr groß. Könnte jemand die Liebhaber aller wohldenkenden Mädchen in Bräutigame verwandeln, so wäre es eine große Wohlthat für unser Geschlecht, selbst wenn auf dieses Verhältnis keine Ehe erfolgen sollte. Die Liebe zwischen beiden Personen nimmt dadurch nicht ab, aber sie wird vernünftiger. Unzählige kleine Thorheiten, alle Koketterieen und Launen fallen gleich hinweg. Aeußert uns der Bräutigam, daß wir ihm in einer Morgenhaube besser als in dem schönsten Aufsatze gefallen, dann wird einem wohldenkenden Mädchen gewiß die Frisur gleichgültig, und es ist nichts natürlicher, als daß er auch solid denkt und lieber sich eine Hausfrau als der Welt eine Putzdocke zu bilden wünscht. Und so geht es durch alle Fächer durch.

Hat ein solches Mädchen dabei das Glück, daß ihr Bräutigam
Verstand und Kenntnisse besitzt, so lernt sie mehr, als hohe Schulen
und fremde Länder geben können. Sie nimmt nicht nur alle
Bildung gern an, die er ihr gibt, sondern sie sucht sich auch auf
diesem Wege so immer weiter zu bringen. Die Liebe macht vieles
Unmögliche möglich, und endlich geht die dem weiblichen Geschlecht
so nötige und anständige Unterwerfung sogleich an; der Bräu=
tigam herrscht nicht wie der Ehemann; er bittet nur, und seine
Geliebte sucht ihm abzumerken, was er wünscht, um es noch eher
zu vollbringen, als er bittet.

So hat mich die Erfahrung gelehrt, was ich nicht um vieles
missen möchte. Ich war glücklich, wahrhaft glücklich, wie man es
in der Welt sein kann, das heißt, auf kurze Zeit.

Ein Sommer ging unter diesen stillen Freuden hin. Narziß
gab mir nicht die mindeste Gelegenheit zu Beschwerden; er ward
mir immer lieber, meine ganze Seele hing an ihm, das wußte
er wohl und wußte es zu schätzen. Inzwischen entspann sich aus
anscheinenden Kleinigkeiten etwas, das unserm Verhältnisse nach
und nach schädlich wurde.

Narziß ging als Bräutigam mit mir um, und nie wagte er
es, das von mir zu begehren, was uns noch verboten war. Allein
über die Grenzen der Tugend und Sittsamkeit waren wir sehr
verschiedener Meinung. Ich wollte sicher gehen und erlaubte
durchaus keine Freiheit, als welche allenfalls die ganze Welt
hätte wissen dürfen. Er, an Näschereien gewöhnt, fand diese
Diät sehr streng; hier setzte es nun beständigen Widerspruch;
er lobte mein Verhalten und suchte meinen Entschluß zu unter=
graben.

Mir fiel das ernsthaft meines alten Sprachmeisters wieder
ein und zugleich das Hilfsmittel, das ich damals dagegen ange=
geben hatte.

Mit Gott war ich wieder ein wenig bekannter geworden.
Er hatte mir einen so lieben Bräutigam gegeben, und dafür
wußte ich ihm Dank. Die irdische Liebe selbst konzentrierte meinen
Geist und setzte ihn in Bewegung, und meine Beschäftigung mit
Gott widersprach ihr nicht. Ganz natürlich klagte ich ihm, was
mich bange machte, und bemerkte nicht, daß ich selbst das, was
mich bange machte, wünschte und begehrte. Ich kam mir sehr stark
vor und betete nicht etwa: Bewahre mich vor Versuchung! über
die Versuchung war ich meinen Gedanken nach weit hinaus. In
diesem losen Flitterschmuck eigner Tugend erschien ich dreist vor
Gott; er stieß mich nicht weg; auf die geringste Bewegung zu
ihm hinterließ er einen sanften Eindruck in meiner Seele, und
dieser Eindruck bewegte mich, ihn immer wieder aufzusuchen.

Die ganze Welt war mir außer Narzissen tot, nichts hatte

außer ihm einen Reiz für mich. Selbst meine Liebe zum Putz
hatte nur den Zweck, ihm zu gefallen; wußte ich, daß er mich
nicht sah, so konnte ich keine Sorgfalt darauf wenden. Ich
tanzte gern; wenn er aber nicht dabei war, so schien mir, als
wenn ich die Bewegung nicht vertragen könnte. Auf ein brillantes
Fest, bei dem er nicht zugegen war, konnte ich mir weder etwas
Neues anschaffen, noch das Alte der Mode gemäß aufstutzen.
Einer war mir so lieb als der andere, doch möchte ich lieber
sagen, einer so lästig als der andere. Ich glaubte, meinen Abend
recht gut zugebracht zu haben, wenn ich mir mit ältern Personen
ein Spiel ausmachen konnte, wozu ich sonst nicht die mindeste
Lust hatte, und wenn ein alter guter Freund mich etwa scherz=
haft darüber aufzog, lächelte ich vielleicht das erste Mal den ganzen
Abend. So ging es mit Promenaden und allen gesellschaftlichen
Vergnügungen, die sich nur denken lassen:

> Ich hatt' ihn einzig mir erkoren;
> Ich schien mir nur für ihn geboren,
> Begehrte nichts als seine Gunst.

So war ich oft in der Gesellschaft einsam, und die völlige
Einsamkeit war mir meistens lieber. Allein mein geschäftiger
Geist konnte weder schlafen noch träumen; ich fühlte und dachte
und erlangte nach und nach eine Fertigkeit, von meinen Empfin=
dungen und Gedanken mit Gott zu reden. Da entwickelten sich
Empfindungen anderer Art in meiner Seele, die jenen nicht
widersprachen. Denn meine Liebe zu Narziß war dem ganzen
Schöpfungsplane gemäß und stieß nirgend gegen meine Pflichten
an. Sie widersprachen sich nicht und waren doch unendlich ver=
schieden. Narziß war das einzige Bild, das mir vorschwebte, auf
das sich meine ganze Liebe bezog; aber das andere Gefühl bezog
sich auf kein Bild und war unaussprechlich angenehm. Ich habe
es nicht mehr und kann es mir nicht mehr geben.

Mein Geliebter, der sonst alle meine Geheimnisse wußte, er=
fuhr nichts hiervon. Ich merkte bald, daß er anders dachte; er
gab mir öfters Schriften, die alles, was man Zusammenhang
mit dem Unsichtbaren heißen kann, mit leichten und schweren
Waffen bestritten. Ich las die Bücher, weil sie von ihm kamen,
und wußte am Ende kein Wort von alle dem, was darin ge=
standen hatte.

Ueber Wissenschaften und Kenntnisse ging es auch nicht ohne
Widerspruch ab; er machte es wie alle Männer, spottete über
gelehrte Frauen und bildete unaufhörlich an mir. Ueber alle
Gegenstände, die Rechtsgelehrsamkeit ausgenommen, pflegte er
mit mir zu sprechen, und indem er mir Schriften von allerlei Art
beständig zubrachte, wiederholte er oft die bedenkliche Lehre: daß

ein Frauenzimmer sein Wissen heimlicher halten müsse, als der
Calvinist seinen Glauben im katholischen Lande; und indem ich
wirklich auf eine ganz natürliche Weise vor der Welt mich nicht
klüger und unterrichteter als sonst zu zeigen pflegte, war er der
erste, der gelegentlich der Eitelkeit nicht widerstehen konnte, von
meinen Vorzügen zu sprechen.

Ein berühmter und damals wegen seines Einflusses, seiner
Talente und seines Geistes sehr geschätzter Weltmann fand an
unserm Hofe großen Beifall. Er zeichnete Narzissen besonders
aus und hatte ihn beständig um sich. Sie stritten auch über
die Tugend der Frauen. Narziß vertraute mir weitläufig ihre
Unterredung; ich blieb mit meinen Anmerkungen nicht dahinten,
und mein Freund verlangte von mir einen schriftlichen Aufsatz.
Ich schrieb ziemlich geläufig französisch; ich hatte bei meinem Alten
einen guten Grund gelegt. Die Korrespondenz mit meinem Freunde
war in dieser Sprache geführt, und eine feinere Bildung konnte
man überhaupt damals nur aus französischen Büchern nehmen.
Mein Aufsatz hatte dem Grafen gefallen; ich mußte einige kleine
Lieder hergeben, die ich vor kurzem gedichtet hatte. Genug, Narziß
schien sich auf seine Geliebte ohne Rückhalt etwas zu gute zu thun,
und die Geschichte endigte zu seiner großen Zufriedenheit mit einer
geistreichen Epistel in französischen Versen, die ihm der Graf bei
seiner Abreise zusandte, worin ihres freundschaftlichen Streites
gedacht war und mein Freund am Ende glücklich gepriesen wurde,
daß er nach so manchen Zweifeln und Irrtümern in den Armen
einer reizenden und tugendhaften Gattin, was Tugend sei, am
sichersten erfahren würde.

Dieses Gedicht ward mir vor allen und dann aber auch fast
jedermann gezeigt, und jeder dachte dabei, was er wollte. So
ging es in mehreren Fällen, und so mußten alle Fremden, die
er schätzte, in unserm Hause bekannt werden.

Eine gräfliche Familie hielt sich wegen unsres geschickten
Arztes eine Zeitlang hier auf. Auch in diesem Hause war Narziß
wie ein Sohn gehalten; er führte mich daselbst ein, man fand
bei diesen würdigen Personen eine angenehme Unterhaltung für
Geist und Herz, und selbst die gewöhnlichen Zeitvertreibe der
Gesellschaft schienen in diesem Hause nicht so leer wie anderwärts.
Jedermann wußte, wie wir zusammen standen; man behandelte
uns, wie es die Umstände mit sich brachten, und ließ das Haupt-
verhältnis unberührt. Ich erwähne dieser einen Bekanntschaft, weil
sie in der Folge meines Lebens manchen Einfluß auf mich hatte.

Nun war fast ein Jahr unserer Verbindung verstrichen, und
mit ihm war auch unser Frühling dahin. Der Sommer kam,
und alles wurde ernsthafter und heißer.

Durch einige unerwartete Todesfälle waren Aemter erledigt,

auf die Narziß Anspruch machen konnte. Der Augenblick war nahe, in dem sich mein ganzes Schicksal entscheiden sollte, und indes Narziß und alle Freunde sich bei Hofe die möglichste Mühe gaben, gewisse Eindrücke, die ihm ungünstig waren, zu vertilgen und ihm den erwünschten Platz zu verschaffen, wendete ich mich mit meinem Anliegen zu dem unsichtbaren Freunde. Ich ward so freundlich aufgenommen, daß ich gern wiederkam. Ganz frei gestand ich meinen Wunsch. Narziß möchte zu der Stelle gelangen; allein meine Bitte war nicht ungestüm, und ich forderte nicht, daß es um meines Gebets willen geschehen sollte.

Die Stelle ward durch einen viel geringeren Konkurrenten besetzt. Ich erschrak heftig über die Zeitung und eilte in mein Zimmer, das ich fest hinter mir zumachte. Der erste Schmerz löste sich in Thränen auf; der nächste Gedanke war: es ist aber doch nicht von ohngefähr geschehen, und sogleich folgte die Entschließung, es mir recht wohl gefallen zu lassen, weil auch dieses anscheinende Uebel zu meinem wahren Besten gereichen würde. Nun drangen die sanftesten Empfindungen, die alle Wolken des Kummers zerteilten, herbei; ich fühlte, daß sich mit dieser Hilfe alles ausstehen ließ. Ich ging heiter zu Tische, zum größten Erstaunen meiner Hausgenossen.

Narziß hatte weniger Kraft als ich, und ich mußte ihn trösten. Auch in seiner Familie begegneten ihm Widerwärtigkeiten, die ihn sehr drückten, und bei dem wahren Vertrauen, das unter uns statthatte, vertraute er mir alles. Seine Negoziationen, in fremde Dienste zu gehen, waren auch nicht glücklicher; alles fühlte ich tief um seinet- und meinetwillen, und alles trug ich zuletzt an den Ort, wo mein Anliegen so wohl aufgenommen wurde.

Je sanfter diese Erfahrungen waren, desto öfter suchte ich sie zu erneuern, und ich suchte den Trost immer da, wo ich ihn so oft gefunden hatte; allein ich fand ihn nicht immer: es war mir wie einem, der sich an der Sonne wärmen will und dem etwas im Wege steht, das Schatten macht. Was ist das? fragte ich mich selbst. Ich spürte der Sache eifrig nach und bemerkte deutlich, daß alles von der Beschaffenheit meiner Seele abhing; wenn die nicht ganz in der geradesten Richtung zu Gott gekehrt war, so blieb ich kalt; ich fühlte seine Rückwirkung nicht und konnte seine Antwort nicht vernehmen. Nun war die zweite Frage: was verhindert diese Richtung? Hier war ich in einem weiten Feld und verwickelte mich in eine Untersuchung, die beinah das ganze zweite Jahr meiner Liebesgeschichte fortdauerte. Ich hätte sie früher endigen können, denn ich kam bald auf die Spur; aber ich wollte es nicht gestehen und suchte tausend Ausflüchte.

Ich fand sehr bald, daß die gerade Richtung meiner Seele durch thörichte Zerstreuung und Beschäftigung mit unwürdigen

Sachen gestört werde; das Wie und Wo war mir bald klar ge=
nug. Nun aber: wie herauskommen in einer Welt, wo alles gleich=
gültig oder toll ist? Gern hätte ich die Sache an ihren Ort ge=
stellt sein lassen und hätte auf Geratewohl hingelebt wie andere
Leute auch, die ich ganz wohlauf sah; allein ich durfte nicht: mein
Inneres widersprach mir zu oft. Wollte ich mich der Gesell=
schaft entziehen und meine Verhältnisse verändern, so konnte ich
nicht. Ich war nun einmal in einen Kreis hineingesperrt; ge=
wisse Verbindungen konnte ich nicht los werden, und in der mir
so angelegenen Sache drängten und häuften sich die Fatalitäten.
Ich legte mich oft mit Thränen zu Bette und stand nach einer
schlaflosen Nacht auch wieder so auf; ich bedurfte einer kräftigen
Unterstützung, und die verlieh mir Gott nicht, wenn ich mit der
Schellenkappe herumlief.

Nun ging es an ein Abwiegen aller und jeder Handlungen;
Tanzen und Spielen wurden am ersten in Untersuchung genommen.
Nie ist etwas für oder gegen diese Dinge geredet, gedacht oder
geschrieben worden, das ich nicht aufsuchte, besprach, las, erwog,
vermehrte, verwarf und mich unerhört herumplagte. Unterließ
ich diese Dinge, so war ich gewiß, Narzissen zu beleidigen; denn
er fürchtete sich äußerst vor dem Lächerlichen, das uns der An=
schein ängstlicher Gewissenhaftigkeit vor der Welt gibt. Weil ich
nun das, was ich für Thorheit, für schädliche Thorheit hielt,
nicht einmal aus Geschmack, sondern bloß um seinetwillen that,
so wurde mir alles entsetzlich schwer.

Ohne unangenehme Weitläufigkeiten und Wiederholungen
würde ich die Bemühungen nicht darstellen können, welche ich
anwendete, um jene Handlungen, die mich nun einmal zerstreuten
und meinen innern Frieden störten, so zu verrichten, daß dabei
mein Herz für die Einwirkungen des unsichtbaren Wesens offen
bliebe, und wie schmerzlich ich empfinden mußte, daß der Streit
auf diese Weise nicht beigelegt werden könne. Denn sobald ich
mich in das Gewand der Thorheit kleidete, blieb es nicht bloß
bei der Maske, sondern die Narrheit durchdrang mich sogleich durch
und durch.

Darf ich hier das Gesetz einer bloß historischen Darstellung
überschreiten und einige Betrachtungen über dasjenige machen,
was in mir vorging? Was konnte das sein, das meinen Ge=
schmack und meine Sinnesart so änderte, daß ich im zweiund=
zwanzigsten Jahre, ja früher, kein Vergnügen an Dingen fand,
die Leute von diesem Alter unschuldig belustigen können? War=
um waren sie mir nicht unschuldig? Ich darf wohl antworten:
eben weil sie mir nicht unschuldig waren, weil ich nicht, wie andre
meinesgleichen, unbekannt mit meiner Seele war. Nein, ich wußte
aus Erfahrungen, die ich ungesucht erlangt hatte, daß es höhere

Empfindungen gebe, die uns ein Vergnügen wahrhaftig gewährten, das man vergebens bei Lustbarkeiten sucht, und daß in diesen höhern Freuden zugleich ein geheimer Schatz zur Stärkung im Unglück aufbewahrt sei.

Aber die geselligen Vergnügungen und Zerstreuungen der Jugend mußten doch notwendig einen starken Reiz für mich haben, weil es mir nicht möglich war, sie zu thun, als thäte ich sie nicht. Wie manches könnte ich jetzt mit großer Kälte thun, wenn ich nur wollte, was mich damals irre machte, ja, Meister über mich zu werden drohte. Hier konnte kein Mittelweg gehalten werden: ich mußte entweder die reizenden Vergnügungen oder die erquickenden innerlichen Empfindungen entbehren.

Aber schon war der Streit in meiner Seele ohne mein eigentliches Bewußtsein entschieden. Wenn auch etwas in mir war, das sich nach den sinnlichen Freuden hinsehnte, so konnte ich sie doch nicht mehr genießen. Wer den Wein noch so sehr liebt, dem wird alle Lust zum Trinken vergehen, wenn er sich bei vollen Fässern in einem Keller befände, in welchem die verdorbene Luft ihn zu ersticken drohete. Reine Luft ist mehr als Wein, das fühlte ich nur zu lebhaft, und es hätte gleich von Anfang an wenig Ueberlegung bei mir gekostet, das Gute dem Reizenden vorzuziehen, wenn mich die Furcht, Narzissens Gunst zu verlieren, nicht abgehalten hätte. Aber da ich endlich nach tausendfältigem Streit, nach immer wiederholter Betrachtung auch scharfe Blicke auf das Band warf, das mich an ihn festhielt, entdeckte ich, daß es nur schwach war, daß es sich zerreißen lasse. Ich erkannte auf einmal, daß es nur eine Glasglocke sei, die mich in den luftleeren Raum sperrte; nur noch so viel Kraft, sie entzwei zu schlagen, und du bist gerettet!

Gedacht, gewagt. Ich zog die Maske ab und handelte jedesmal, wie mir's ums Herz war. Narzissen hatte ich immer zärtlich lieb; aber das Thermometer, das vorher im heißen Wasser gestanden, hing nun an der natürlichen Luft; es konnte nicht höher steigen, als die Atmosphäre warm war.

Unglücklicherweise erkältete sie sich sehr. Narziß fing an, sich zurückzuziehen und fremd zu thun; das stand ihm frei; aber mein Thermometer fiel, so wie er sich zurückzog. Meine Familie bemerkte es, man befragte mich, man wollte sich verwundern. Ich erklärte mit männlichem Trotz, daß ich mich bisher genug aufgeopfert habe, daß ich bereit sei, noch ferner und bis ans Ende meines Lebens alle Widerwärtigkeiten mit ihm zu teilen; daß ich aber für meine Handlungen völlige Freiheit verlange, daß mein Thun und Lassen von meiner Ueberzeugung abhängen müsse; daß ich zwar niemals eigensinnig auf meiner Meinung beharren, vielmehr jede Gründe gerne anhören wolle, aber da

es mein eigenes Glück betreffe, müsse die Entscheidung von mir
abhängen, und keine Art von Zwang würde ich dulden. So
wenig das Räsonnement des größten Arztes mich bewegen würde,
eine sonst vielleicht ganz gesunde und von vielen sehr geliebte
Speise zu mir zu nehmen, sobald mir meine Erfahrung bewiese,
daß sie mir jederzeit schädlich sei, wie ich den Gebrauch des
Kaffees zum Beispiel anführen könnte, so wenig und noch viel
weniger würde ich mir irgend eine Handlung, die mich verwirrte,
als für mich moralisch zuträglich aufdemonstrieren lassen.

Da ich mich so lange im stillen vorbereitet hatte, so waren
mir die Debatten hierüber eher angenehm als verdrießlich. Ich
machte meinem Herzen Luft und fühlte den ganzen Wert meines
Entschlusses. Ich wich nicht ein Haar breit, und wem ich nicht
kindlichen Respekt schuldig war, der wurde derb abgefertigt. In
meinem Hause siegte ich bald. Meine Mutter hatte von Jugend
auf ähnliche Gesinnungen, nur waren sie bei ihr nicht zur Reife
gediehen; keine Not hatte sie gedrängt und den Mut, ihre Ueber=
zeugung durchzusetzen, erhöht. Sie freute sich, durch mich ihre
stillen Wünsche erfüllt zu sehen. Die jüngere Schwester schien
sich an mich anzuschließen; die zweite war aufmerksam und still.
Die Tante hatte am meisten einzuwenden. Die Gründe, die sie
vorbrachte, schienen ihr unwiderleglich und waren es auch, weil
sie ganz gemein waren. Ich war endlich genötigt, ihr zu zeigen,
daß sie in keinem Sinne eine Stimme in dieser Sache habe, und
sie ließ nur selten merken, daß sie auf ihrem Sinne verharre. Auch
war sie die einzige, die diese Begebenheit von nahem ansah und
ganz ohne Empfindung blieb. Ich thue ihr nicht zu viel, wenn ich
sage, daß sie kein Gemüt und die eingeschränktesten Begriffe hatte.

Der Vater benahm sich ganz seiner Denkart gemäß. Er
sprach wenig, aber öfter mit mir über die Sache, und seine
Gründe waren verständig und als seine Gründe unwiderleglich;
nur das tiefe Gefühl meines Rechts gab mir Stärke, gegen ihn
zu disputieren. Aber bald veränderten sich diese Szenen: ich
mußte an sein Herz Anspruch machen. Gedrängt von seinem
Verstande, brach ich in die affektvollsten Vorstellungen aus. Ich
ließ meiner Zunge und meinen Thränen freien Lauf. Ich zeigte
ihm, wie sehr ich Narzissen liebte, und welchen Zwang ich mir
seit zwei Jahren angethan hatte, wie gewiß ich sei, daß ich recht
handle, daß ich bereit sei, diese Gewißheit mit dem Verlust des
geliebten Bräutigams und anscheinenden Glücks, ja, wenn es
nötig wäre, mit Hab und Gut zu versiegeln; daß ich lieber mein
Vaterland, Eltern und Freunde verlassen und mein Brot in der
Fremde verdienen, als gegen meine Einsichten handeln wolle.
Er verbarg seine Rührung, schwieg einige Zeit stille und erklärte
sich endlich öffentlich für mich.

Narziß vermied seit jener Zeit unser Haus, und nun gab mein Vater die wöchentliche Gesellschaft auf, in der sich dieser befand. Die Sache machte Aufsehn bei Hofe und in der Stadt. Man sprach darüber, wie gewöhnlich in solchen Fällen, an denen das Publikum heftigen Anteil zu nehmen pflegt, weil es verwöhnt ist, auf die Entschließungen schwacher Gemüter einigen Einfluß zu haben. Ich kannte die Welt genug und wußte, daß man oft von eben den Personen über das getadelt wird, wozu man sich durch sie hat bereden lassen, und auch ohne das würden mir bei meiner innern Verfassung alle solche vorübergehende Meinungen so gut als gar nicht gewesen sein.

Dagegen versagte ich mir nicht, meiner Neigung zu Narzissen nachzuhängen. Er war mir unsichtbar geworden, und mein Herz hatte sich nicht gegen ihn geändert. Ich liebte ihn zärtlich, gleich= sam aufs das neue, und viel gesetzter als vorher. Wollte er meine Ueberzeugung nicht stören, so war ich die Seine; ohne diese Be= dingung hätte ich ein Königreich mit ihm ausgeschlagen. Mehrere Monate lang trug ich diese Empfindungen und Gedanken mit mir herum, und da ich mich endlich still und stark genug fühlte, um ruhig und gesetzt zu Werke zu gehen, so schrieb ich ihm ein höfliches, nicht zärtliches Billet und fragte ihn, warum er nicht mehr zu mir komme?

Da ich seine Art kannte, sich selbst in geringern Dingen nicht gern zu erklären, sondern stillschweigend zu thun, was ihm gut deuchte, so drang ich gegenwärtig mit Vorsatz in ihn. Ich er= hielt eine lange und, wie mir schien, abgeschmackte Antwort, in einem weitläuftigen Stil und unbedeutenden Phrasen: daß er ohne bessere Stellen sich nicht einrichten und mir seine Hand an= bieten könne, daß ich am besten wisse, wie hinderlich es ihm bis= her gegangen, daß er glaube, ein so lang fortgesetzter fruchtloser Umgang könne meiner Renommee schaden, ich würde ihm er= lauben, sich in der bisherigen Entfernung zu halten; sobald er im stande wäre, mich glücklich zu machen, würde ihm das Wort, das er mir gegeben, heilig sein.

Ich antwortete ihm auf der Stelle, da die Sache aller Welt bekannt sei, möge es zu spät sein, meine Renommee zu mena= gieren, und für diese wären mir mein Gewissen und meine Un= schuld die sichersten Bürgen; ihm aber gäbe ich hiermit sein Wort ohne Bedenken zurück und wünschte, daß er dabei sein Glück finden möchte. In eben der Stunde erhielt ich eine kurze Ant= wort, die im wesentlichen mit der ersten völlig gleichlautend war. Er blieb dabei, daß er nach erhaltener Stelle bei mir anfragen würde, ob ich sein Glück mit ihm teilen wollte.

Mir hieß das nun so viel als nichts gesagt. Ich erklärte meinen Verwandten und Bekannten, die Sache sei abgethan, und sie war es auch wirklich. Denn als er neun Monate hernach auf das erwünschteste befördert wurde, ließ er mir seine Hand nochmals antragen, freilich mit der Bedingung, daß ich als Gattin eines Mannes, der ein Haus machen müßte, meine Gesinnungen würde zu ändern haben. Ich dankte höflich und eilte mit Herz und Sinn von dieser Geschichte weg, wie man sich aus dem Schauspielhause heraus sehnt, wenn der Vorhang gefallen ist. Und da er kurze Zeit darauf, wie es ihm nun sehr leicht war, eine reiche und ansehnliche Partie gefunden hatte und ich ihn nach seiner Art glücklich wußte, so war meine Beruhigung ganz vollkommen.

Ich darf nicht mit Stillschweigen übergehen, daß einigemal, noch ehe er eine Bedienung erhielt, auch nachher, ansehnliche Heiratsanträge an mich gethan wurden, die ich aber ganz ohne Bedenken ausschlug, so sehr Vater und Mutter mehr Nachgiebigkeit von meiner Seite gewünscht hätten.

Nun schien mir nach einem stürmischen März und April das schönste Maiwetter beschert zu sein. Ich genoß bei einer guten Gesundheit eine unbeschreibliche Gemütsruhe; ich mochte mich umsehen, wie ich wollte, so hatte ich bei meinem Verluste noch gewonnen. Jung und voll Empfindung, wie ich war, deuchte mir die Schöpfung tausendmal schöner als vorher, da ich Gesellschaften und Spiele haben mußte, damit mir die Weile in dem schönen Garten nicht zu lang wurde. Da ich mich einmal meiner Frömmigkeit nicht schämte, so hatte ich Herz, meine Liebe zu Künsten und Wissenschaften nicht zu verbergen. Ich zeichnete, malte, las und fand Menschen genug, die mich unterstützten; statt der großen Welt, die ich verlassen hatte, oder vielmehr, die mich verließ, bildete sich eine kleinere um mich her, die weit reicher und unterhaltender war. Ich hatte eine Neigung zum gesellschaftlichen Leben, und ich leugne nicht, daß mir, als ich meine ältern Bekanntschaften aufgab, vor der Einsamkeit grauete. Nun fand ich mich hinlänglich, ja vielleicht zu sehr entschädigt. Meine Bekanntschaften wurden erst recht weitläufig, nicht nur mit Einheimischen, deren Gesinnungen mit den meinigen übereinstimmten, sondern auch mit Fremden. Meine Geschichte war ruchtbar geworden, und es waren viele Menschen neugierig, das Mädchen zu sehen, die Gott mehr schätzte als ihren Bräutigam. Es war damals überhaupt eine gewisse religiöse Stimmung in Deutschland bemerkbar. In mehreren fürstlichen und gräflichen Häusern war eine Sorge für das Heil der Seele lebendig. Es fehlte nicht an Edelleuten, die gleiche Aufmerksamkeit hegten, und in den geringern Ständen war durchaus diese Gesinnung verbreitet.

Die gräfliche Familie, deren ich oben erwähnt, zog mich nun näher an sich. Sie hatte sich indessen verstärkt, indem sich einige

Verwandte in die Stadt gewendet hatten. Diese schätzbaren Personen suchten meinen Umgang, wie ich den ihrigen. Sie hatten große Verwandtschaft, und ich lernte in diesem Hause einen großen Teil der Fürsten, Grafen und Herren des Reichs kennen. Meine Gesinnungen waren niemanden ein Geheimnis, und man mochte sie ehren oder auch nur schonen, so erlangte ich doch meinen Zweck und blieb ohne Anfechtung.

Noch auf eine andere Weise sollte ich wieder in die Welt geführt werden. Zu eben der Zeit verweilte ein Stiefbruder meines Vaters, der uns sonst nur im Vorbeigehen besucht hatte, länger bei uns. Er hatte die Dienste seines Hofes, wo er geehrt und von Einfluß war, nur deswegen verlassen, weil nicht alles nach seinem Sinne ging. Sein Verstand war richtig und sein Charakter streng, und er war darin meinem Vater sehr ähnlich; nur hatte dieser dabei einen gewissen Grad von Weichheit, wodurch ihm leichter ward, in Geschäften nachzugeben und etwas gegen seine Ueberzeugung, nicht zu thun, aber geschehen zu lassen und den Unwillen darüber alsdann entweder in der Stille für sich oder vertraulich mit seiner Familie zu verkochen. Mein Oheim war um vieles jünger, und seine Selbständigkeit ward durch seine äußern Umstände nicht wenig bestätigt. Er hatte eine sehr reiche Mutter gehabt und hatte von ihren nahen und fernen Verwandten noch ein großes Vermögen zu hoffen; er bedurfte keines fremden Zuschusses, anstatt daß mein Vater bei seinem mäßigen Vermögen durch Besoldung an den Dienst fest geknüpft war.

Noch unbiegsamer war mein Oheim durch häusliches Unglück geworden. Er hatte eine liebenswürdige Frau und einen hoffnungsvollen Sohn früh verloren, und er schien von der Zeit an alles von sich entfernen zu wollen, was nicht von seinem Willen abhing.

In der Familie sagte man sich gelegentlich mit einiger Selbstgefälligkeit in die Ohren, daß er wahrscheinlich nicht wieder heiraten werde, und daß wir Kinder uns schon als Erben seines großen Vermögens ansehen könnten. Ich achtete nicht weiter darauf; allein das Betragen der übrigen ward nach diesen Hoffnungen nicht wenig gestimmt. Bei der Festigkeit seines Charakters hatte er sich gewöhnt, in der Unterredung niemand zu widersprechen, vielmehr die Meinung eines jeden freundlich anzuhören und die Art, wie sich jeder eine Sache dachte, noch selbst durch Argumente und Beispiele zu erheben. Wer ihn nicht kannte, glaubte stets mit ihm einerlei Meinung zu sein: denn er hatte einen überwiegenden Verstand und konnte sich in alle Vorstellungsarten versetzen. Mit mir ging es ihm nicht so glücklich, denn hier war von Empfindungen die Rede, von denen er gar keine

Ahnung hatte, und so schonend, teilnehmend und verständig er mit mir über meine Gesinnungen sprach, so war es mir doch auffallend, daß er von dem, worin der Grund aller meiner Handlungen lag, offenbar keinen Begriff hatte.

So geheim er übrigens war, entdeckte sich doch der End=zweck seines ungewöhnlichen Aufenthalts bei uns nach einiger Zeit. Er hatte, wie man endlich bemerken konnte, sich unter uns die jüngste Schwester ausersehen, um sie nach seinem Sinne zu verheiraten und glücklich zu machen; und gewiß, sie konnte nach ihren körperlichen und geistigen Gaben, besonders wenn sich ein ansehnliches Vermögen noch mit auf die Schale legte, auf die ersten Partieen Anspruch machen. Seine Gesinnungen gegen mich gab er gleichfalls pantomimisch zu erkennen, indem er mir den Platz einer Stiftsdame verschaffte, wovon ich sehr bald auch die Einkünfte zog.

Meine Schwester war mit seiner Fürsorge nicht so zufrieden und nicht so dankbar wie ich. Sie entdeckte mir eine Herzens=angelegenheit, die sie bisher sehr weislich verborgen hatte: denn sie fürchtete wohl, was auch wirklich geschah, daß ich ihr auf alle mögliche Weise die Verbindung mit einem Manne, der ihr nicht hätte gefallen sollen, widerraten würde. Ich that mein möglichstes, und es gelang mir. Die Absichten des Oheims waren zu ernsthaft und zu deutlich und die Aussicht für meine Schwester, bei ihrem Weltsinne, zu reizend, als daß sie nicht eine Neigung, die ihr Verstand selbst mißbilligte, aufzugeben Kraft hätte haben sollen.

Da sie nun den sanften Leitungen des Oheims nicht mehr wie bisher auswich, so war der Grund zu seinem Plane bald gelegt. Sie ward Hofdame an einem benachbarten Hofe, wo er sie einer Freundin, die als Oberhofmeisterin in großem Ansehn stand, zur Aufsicht und Ausbildung übergeben konnte. Ich be=gleitete sie zu dem Ort ihres neuen Aufenthalts. Wir konnten beide mit der Aufnahme, die wir erfuhren, sehr zufrieden sein, und manchmal mußte ich über die Person, die ich nun als Stifts=dame, als junge und fromme Stiftsdame, in der Welt spielte, heimlich lächeln.

In frühern Zeiten würde ein solches Verhältnis mich sehr verwirrt, ja, mir vielleicht den Kopf verrückt haben; nun aber war ich bei allem, was mich umgab, sehr gelassen. Ich ließ mich in großer Stille ein paar Stunden frisieren, putzte mich und dachte nichts dabei, als daß ich in meinem Verhältnisse diese Galalivree anzuziehen schuldig sei. In den angefüllten Sälen sprach ich mit allen und jeden, ohne daß mir irgend eine Ge=stalt oder ein Wesen einen starken Eindruck zurückgelassen hätte. Wenn ich wieder nach Hause kam, waren müde Beine meist alles

Gefühl, was ich mit zurückbrachte. Meinem Verstande nützten die vielen Menschen, die ich sah; und als Muster aller mensch= lichen Tugenden, eines guten und edlen Betragens lernte ich einige Frauen, besonders die Oberhofmeisterin kennen, unter der meine Schwester sich zu bilden das Glück hatte.

Doch fühlte ich bei meiner Rückkunft nicht so glückliche kör= perliche Folgen von dieser Reise. Bei der größten Enthaltsam= keit und der genausten Diät war ich doch nicht, wie sonst, Herr von meiner Zeit und meinen Kräften. Nahrung, Bewegung, Aufstehen und Schlafengehen, Ankleiden und Ausfahren hing nicht, wie zu Hause, von meinem Willen und meinen Empfin= dungen ab. Im Laufe des geselligen Kreises darf man nicht stocken, ohne unhöflich zu sein, und alles, was nötig war, leistete ich gern, weil ich es für Pflicht hielt, weil ich wußte, daß es bald vorübergehen würde, und weil ich mich gesunder als jemals fühlte. Dem ohngeachtet mußte dieses fremde unruhige Leben auf mich stärker, als ich fühlte, gewirkt haben. Denn kaum war ich zu Hause angekommen und hatte meine Eltern mit einer be= friedigenden Erzählung erfreut, so überfiel mich ein Blutsturz, der, ob er gleich nicht gefährlich war und schnell vorüberging, doch lange Zeit eine merkliche Schwachheit hinterließ.

Hier hatte ich nun wieder eine neue Lektion aufzusagen. Ich that es freudig. Nichts fesselte mich an die Welt, und ich war überzeugt, daß ich hier das Rechte niemals finden würde, und so war ich in dem heitersten und ruhigsten Zustande und ward, indem ich Verzicht aufs Leben gethan hatte, beim Leben erhalten.

Eine neue Prüfung hatte ich auszustehen, da meine Mutter mit einer drückenden Beschwerde überfallen wurde, die sie noch fünf Jahre trug, ehe sie die Schuld der Natur bezahlte. In dieser Zeit gab es manche Uebung. Oft, wenn ihr die Bangig= keit zu stark wurde, ließ sie uns des Nachts alle vor ihr Bette rufen, um wenigstens durch unsre Gegenwart zerstreut, wo nicht gebessert zu werden. Schwerer, ja kaum zu tragen war der Druck, als kaum zu werden auch elend zu werden anfing. Von Jugend auf hatte er öfters heftige Kopfschmerzen, die aber aufs längste nur sechsunddreißig Stunden anhielten. Nun aber wurden sie bleibend, und wenn sie auf einen hohen Grad stiegen, so zerriß der Jammer mir das Herz. Bei diesen Stürmen fühlte ich meine körperliche Schwäche am meisten, weil sie mich hinderte, meine heiligsten liebsten Pflichten zu erfüllen, oder mir doch ihre Aus= übung äußerst beschwerlich machte.

Nun konnte ich mich prüfen, ob auf dem Wege, den ich ein= geschlagen, Wahrheit oder Phantasie sei, ob ich vielleicht nur nach andern gedacht, oder ob der Gegenstand meines Glaubens eine Realität habe, und zu meiner größten Unterstützung fand ich immer das letzte. Die gerade Richtung meines Herzens zu Gott, den Umgang mit den beloved ones hatte ich gesucht und gefunden, und das war, was mir alles erleichterte. Wie der Wanderer in den Schatten, so eilte meine Seele nach diesem Schutzort, wenn mich alles von außen drückte, und kam niemals leer zurück.

In der neuern Zeit haben einige Verfechter der Religion, die mehr Eifer als Gefühl für dieselbe zu haben scheinen, ihre Mitgläubigen aufgefordert, Beispiele von wirklichen Gebetserhörungen bekannt zu machen, wahrscheinlich weil sie sich Brief und Siegel wünschten, um ihren Gegnern recht diplomatisch und juristisch zu Leibe zu gehen. Wie unbekannt muß ihnen das wahre Gefühl sein, und wie wenig echte Erfahrungen mögen sie selbst gemacht haben!

Ich darf sagen, ich kam nie leer zurück, wenn ich unter Druck und Not Gott gesucht habe. Es ist unendlich viel gesagt, und doch kann und darf ich nicht mehr sagen. So wichtig jede Erfahrung in dem kritischen Augenblicke für mich war, so matt, so unbedeutend, unwahrscheinlich würde die Erzählung werden, wenn ich einzelne Fälle anführen wollte. Wie glücklich war ich, daß tausend kleine Vorgänge zusammen, so gewiß als das Atemholen Zeichen meines Lebens ist, mir bewiesen, daß ich nicht ohne Gott auf der Welt sei. Er war mir nahe, ich war vor ihm. Das ist's, was ich mit geflissentlicher Vermeidung aller theologischen Systemsprache mit größter Wahrheit sagen kann.

Wie sehr wünschte ich, daß ich mich auch damals ganz ohne System befunden hätte; aber wer kommt früh zu dem Glücke, sich seines eigenen Selbsts, ohne fremde Formen, in reinem Zusammenhang bewußt zu sein? Mir war es Ernst mit meiner Seligkeit. Bescheiden vertraute ich fremdem Ansehen: ich ergab mich völlig dem hallischen Bekehrungssystem, und mein ganzes Wesen wollte auf keine Wege hineinpassen.

Nach diesem Lehrplan muß die Veränderung des Herzens mit einem tiefen Schrecken über die Sünde anfangen; das Herz muß in dieser Not bald mehr, bald weniger die verschuldete Strafe erkennen und den Vorschmack der Hölle kosten, der die Lust der Sünde verbittert. Endlich muß man eine sehr merkliche Versicherung der Gnade fühlen, die aber im Fortgange sich oft versteckt und mit Ernst wieder gesucht werden muß.

Das alles traf bei mir weder nahe noch ferne zu. Wenn ich Gott aufrichtig suchte, so ließ er sich finden und hielt mir von vergangenen Dingen nichts vor. Ich sah hintennach wohl ein, wo ich unwürdig gewesen, und wußte auch, wo ich es noch war; aber die Erkenntnis meiner Gebrechen war ohne alle Angst. Nicht einen Augenblick ist mir eine Furcht vor der Hölle ange-

kommen, ja, die Idee eines bösen Geistes und eines Straf- und
Quälortes nach dem Tode konnte keineswegs in dem Kreise
meiner Ideen Platz finden. Ich fand die Menschen, die ohne
Gott lebten, deren Herz dem Vertrauen und der Liebe gegen den
Unsichtbaren zugeschlossen war, schon so unglücklich, daß eine Hölle
und äußere Strafen mir eher für sie eine Linderung zu versprechen, als eine Schärfung der Strafe zu drohen schienen. Ich
durfte nur Menschen auf dieser Welt ansehen, die gehässigen Gefühlen in ihrem Busen Raum geben, die sich gegen das Gute
von irgend einer Art verstocken und sich und andern das Schlechte
aufdringen wollen, die lieber bei Tage die Augen zuschließen,
um nur behaupten zu können, die Sonne gebe keinen Schein von
sich — wie über allen Ausdruck schienen mir diese Menschen
elend! Wer hätte eine Hölle schaffen können, um ihren Zustand
zu verschlimmern!

Diese Gemütsbeschaffenheit blieb mir, einen Tag wie den
andern, zehn Jahre lang. Sie erhielt sich durch viele Proben,
auch am schmerzhaften Sterbebette meiner geliebten Mutter. Ich
war offen genug, um bei dieser Gelegenheit meine heitere Gemütsverfassung frommen, aber ganz schulgerechten Leuten nicht
zu verbergen, und ich mußte darüber manchen freundschaftlichen
Verweis erdulden. Man meinte mir eben zur rechten Zeit vor-
zustellen, welchen Ernst man anzuwenden hätte, um in gesunden
Tagen einen guten Grund zu legen.

An Ernst wollte ich es auch nicht fehlen lassen. Ich ließ
mich für den Augenblick überzeugen und wäre um mein Leben
gern traurig und voll Schrecken gewesen. Wie verwundert war
ich aber, da es ein für allemal nicht möglich war. Wenn ich
an Gott dachte, war ich heiter und vergnügt; auch bei meiner
lieben Mutter schmerzensvollem Ende graute mir vor dem Tode
nicht. Doch lernte ich vieles und ganz andre Sachen, als meine
unberufenen Lehrmeister glaubten, in diesen großen Stunden.

Nach und nach ward ich an den Einsichten so mancher hoch-
berühmten Leute zweifelhaft und bewahrte meine Gesinnungen
in der Stille. Eine gewisse Freundin, der ich erst zu viel ein-
geräumt hatte, wollte sich immer in meine Angelegenheiten
mengen; auch von dieser war ich genötigt mich los zu machen,
und einst sagte ich ihr ganz entschieden, sie solle ohne Mühe
bleiben, ich brauche ihren Rat nicht; ich kenne meinen Gott und
wolle ihn ganz allein zum Führer haben. Sie fand sich sehr beleidigt, und ich glaube, sie hat mir's nie ganz verziehen.

Dieser Entschluß, mich dem Rate und der Einwirkung meiner
Freunde in geistlichen Sachen zu entziehen, hatte die Folge, daß
ich auch in äußerlichen Verhältnissen meinen eigenen Weg zu
gehen Mut gewann. Ohne den Beistand meines treuen unsicht-

baren Führers hätte es mir übel geraten können, und noch muß ich über diese weise und glückliche Leitung erstaunen. Niemand wußte eigentlich, worauf es bei mir ankam, und ich wußte es selbst nicht.

Das Ding, das noch nie erklärte böse Ding, das uns von dem Wesen trennt, dem wir das Leben verdanken, von dem Wesen, aus dem alles, was Leben genannt werden soll, sich unter= halten muß, das Ding, das man Sünde nennt, kannte ich noch gar nicht.

In dem Umgange mit dem unsichtbaren Freunde fühlte ich den süßesten Genuß aller meiner Lebenskräfte. Das Verlangen, dieses Glück immer zu genießen, war so groß, daß ich gern unter= ließ, was diesen Umgang störte, und hierin war die Erfahrung mein bester Lehrmeister. Allein es ging mir wie den Kranken, die keine Arznei haben und sich mit der Diät zu helfen suchen. Es thut etwas, aber lange nicht genug.

In der Einsamkeit konnte ich nicht immer bleiben, ob ich gleich in ihr das beste Mittel gegen die mir so eigene Zerstreuung der Gedanken fand. Kam ich nachher in Getümmel, so machte es einen desto größern Eindruck auf mich. Mein eigentlichster Vorteil bestand darin, daß die Liebe zur Stille herrschend war und ich mich am Ende immer dahin wieder zurückzog. Ich er= kannte, wie in einer Art von Dämmerung, mein Elend und meine Schwäche, und ich suchte mir dadurch zu helfen, daß ich mich schonte, daß ich mich nicht aussetzte.

Sieben Jahre lang hatte ich meine diätetische Vorsicht aus= geübt. Ich hielt mich nicht für schlimm und fand meinen Zu= stand wünschenswert. Ohne sonderbare Umstände und Verhält= nisse wäre ich auf dieser Stufe stehen geblieben, und ich kam nur auf einem sonderbaren Wege weiter. Gegen den Rat aller meiner Freunde knüpfte ich ein neues Verhältnis an. Ihre Einwen= dungen machten mich anfangs stutzig. Sogleich wandte ich mich an meinen unsichtbaren Führer, und da dieser es mir vergönnte, ging ich ohne Bedenken auf meinem Wege fort.

Ein Mann von Geist, Herz und Talenten hatte sich in der Nachbarschaft angekauft. Unter den Fremden, die ich kennen lernte, war auch er und seine Familie. Wir stimmten in unsern Sitten, Hausverfassungen und Gewohnheiten sehr überein und konnten uns daher bald an einander schließen.

Philo, so will ich ihn nennen, war schon in gewissen Jahren und meinem Vater, dessen Kräfte abzunehmen anfingen, in ge= wissen Geschäften von der größten Beihilfe. Er ward bald der innige Freund unsers Hauses, und da er, wie er sagte, an mir eine Person fand, die nicht das Ausschweifende und Leere der großen Welt, und nicht das Trockne und Aengstliche der Stillen im Lande habe, so waren wir bald vertraute Freunde. Er war mir sehr angenehm und sehr brauchbar.

Ob ich gleich nicht die mindeste Anlage noch Neigung hatte, mich in weltliche Geschäfte zu mischen und irgend einen Einfluß zu suchen, so hörte ich doch gerne davon und wußte gern, was in der Nähe und Ferne vorging. Von weltlichen Dingen liebte ich mir eine gefühllose Deutlichkeit zu verschaffen. Empfindung, Innigkeit, Neigung bewahrte ich für meinen Gott, für die Meinigen und für meine Freunde.

Diese letzten waren, wenn ich so sagen darf, auf meine neue Verbindung mit Philo eifersüchtig und hatten dabei von mehr als einer Seite recht, wenn sie mich hierüber warnten. Ich litt viel in der Stille, denn ich konnte selbst ihre Einwendungen nicht ganz für leer oder eigennützig halten. Ich war von jeher gewohnt, meine Einsichten unterzuordnen, und doch wollte diesmal meine Ueberzeugung nicht nach. Ich flehte zu meinem Gott, auch hier mich zu warnen, zu hindern, zu leiten, und da mich hierauf mein Herz nicht abmahnte, so ging ich meinen Pfad getrost fort.

Philo hatte im ganzen eine entfernte Aehnlichkeit mit Narzissen; nur hatte eine fromme Erziehung sein Gefühl mehr zusammengehalten und belebt. Er hatte weniger Eitelkeit, mehr Charakter, und wenn jener in weltlichen Geschäften fein, genau, anhaltend und unermüdlich war, so war dieser klar, scharf, schnell und arbeitete mit einer unglaublichen Leichtigkeit. Durch ihn erfuhr ich die innersten Verhältnisse fast aller der vornehmen Personen, deren Aeußeres ich in der Gesellschaft hatte kennen lernen, und ich war froh, von meiner Warte dem Getümmel von weitem zuzusehen. Philo konnte mir nichts mehr verhehlen; er vertraute mir nach und nach seine äußern und innern Verbindungen. Ich fürchtete für ihn, denn ich sah gewisse Umstände und Verwickelungen voraus, und das Uebel kam schneller, als ich vermutet hatte; denn er hatte mit gewissen Bekenntnissen immer zurückgehalten, und auch zuletzt entdeckte er mir nur so viel, daß ich das Schlimmste vermuten konnte.

Welche Wirkung hatte das auf mein Herz! Ich gelangte zu Erfahrungen, die mir ganz neu waren. Ich sah mit unbeschreiblicher Wehmut einen Agathon, der, in den Hainen von Delphi erzogen, das Lehrgeld noch schuldig war und es nun mit schweren rückständigen Zinsen abzahlte; und dieser Agathon war mein genau verbundener Freund. Meine Teilnahme war lebhaft und vollkommen; ich litt mit ihm, und wir befanden uns beide in dem sonderbarsten Zustande.

Nachdem ich mich lange mit seiner Gemütsverfassung beschäftigt hatte, wendete sich meine Betrachtung auf mich selbst.

Der Gedanke: du bist nicht besser als er, stieg wie eine kleine Wolke vor mir auf, breitete sich nach und nach aus und verfinsterte meine ganze Seele.

Nun dachte ich nicht mehr bloß: du bist nicht besser als er; ich fühlte es, und fühlte es so, daß ich es nicht noch einmal fühlen möchte: und es war kein schneller Uebergang. Mehr als ein Jahr mußte ich empfinden, daß, wenn mich eine unsichtbare Hand nicht umschränkt hätte, ich ein Girard, ein Cartouche, ein Damiens, und welches Ungeheuer man nennen will, hätte werden können: die Anlage dazu fühlte ich deutlich in meinem Herzen. Gott, welche Entdeckung!

Hatte ich nun bisher die Wirklichkeit der Sünde in mir durch die Erfahrung nicht einmal auf das leiseste gewahr werden können, so war mir jetzt die Möglichkeit derselben in der Ahnung aufs schrecklichste deutlich geworden, und doch kannte ich das Uebel nicht, ich fürchtete es nur; ich fühlte, daß ich schuldig sein könnte, und hatte mich nicht anzuklagen.

So tief ich überzeugt war, daß eine solche Geistesbeschaffenheit, wofür ich die meinige anerkennen mußte, sich nicht zu einer Vereinigung mit dem höchsten Wesen, die ich nach dem Tode hoffte, schicken könne, so wenig fürchtete ich, in eine solche Trennung zu geraten. Bei allem Bösen, das ich in mir entdeckte, hatte ich ihn lieb und haßte, was ich fühlte, ja, ich wünschte es noch ernstlicher zu hassen, und mein ganzer Wunsch war, von dieser Krankheit und dieser Anlage zur Krankheit erlöst zu werden; und ich war gewiß, daß mir der große Arzt seine Hilfe nicht versagen würde.

Die einzige Frage war: was heilt diesen Schaden? Tugendübungen? An die konnte ich nicht einmal denken. Denn zehn Jahre hatte ich schon mehr als nur bloße Tugend geübt, und die nun erkannten Greuel hatten dabei tief in meiner Seele verborgen gelegen. Hätten sie nicht auch, wie bei David, losbrechen können, als er Bathseba erblickte, und war es nicht auch ein Freund Gottes, und war ich nicht im Innersten überzeugt, daß Gott mein Freund sei?

Sollte es also wohl eine unvermeidliche Schwäche der Menschheit sein? Müssen wir uns nun gefallen lassen, daß wir irgend einmal die Herrschaft unsrer Neigung empfinden, und bleibt uns bei dem besten Willen nichts andres übrig, als den Fall, den wir gethan, zu verabscheuen und bei einer ähnlichen Gelegenheit wieder zu fallen?

Aus der Sittenlehre konnte ich keinen Trost schöpfen. Weder ihre Strenge, wodurch sie unsre Neigung bemeistern will, noch ihre Gefälligkeit, mit der sie unsre Neigungen zu Tugenden machen möchte, konnte mir genügen. Die Grundbegriffe, die mir der

Umgang mit dem unsichtbaren Freunde eingeflößt hatte, hatten für mich schon einen viel entschiedenern Wert.

Indem ich einst die Lieder studierte, welche David nach jener häßlichen Katastrophe gedichtet hatte, war mir sehr auffallend, daß er das in ihm wohnende Böse schon in dem Stoff, woraus er geworden war, erblickte, daß er aber entsündigt sein wollte und daß er auf das dringendste um ein reines Herz flehte.

Wie nun aber dazu zu gelangen? Die Antwort aus den symbolischen Büchern wußte ich wohl; es war mir auch eine Bibelwahrheit, daß das Blut Jesu Christi uns von allen Sünden reinige. Nun aber bemerkte ich erst, daß ich diesen so oft wiederholten Spruch noch nie verstanden hatte. Die Fragen: Was heißt das? Wie soll das zugehen? arbeiteten Tag und Nacht in mir sich durch. Endlich glaubte ich bei einem Schimmer zu sehen, daß das, was ich suchte, in der Menschwerdung des ewigen Worts, durch das alles und auch wir erschaffen sind, zu suchen sei. Daß der Uranfängliche sich in die Tiefen, in denen wir stecken, die er durchschaut und umfaßt, einstmal als Bewohner begeben habe, durch unser Verhältnis von Stufe zu Stufe, von der Empfängnis und Geburt bis zu dem Grabe, durchgegangen sei, daß er durch diesen sonderbaren Umweg wieder zu den lichten Höhen aufgestiegen, wo wir auch wohnen sollten, um glücklich zu sein: das ward mir, wie in einer dämmernden Ferne, offenbart.

O, warum müssen wir, um von solchen Dingen zu reden, Bilder gebrauchen, die nur äußere Zustände anzeigen? Wo ist vor ihm etwas Hohes oder Tiefes, etwas Dunkles oder Helles? Wir nur haben ein Oben und Unten, einen Tag und eine Nacht. Und eben darum ist er uns ähnlich geworden, weil wir sonst keinen Teil an ihm haben könnten.

Wie können wir aber an dieser unschätzbaren Wohlthat teilnehmen? Durch den Glauben, antwortet uns die Schrift. Was ist denn Glauben? Die Erzählung einer Begebenheit für wahr zu halten, was kann mir das helfen? Ich muß mir ihre Wirkungen, ihre Folgen zueignen können. Dieser zueignende Glaube muß ein eigener, dem natürlichen Menschen ungewöhnlicher Zustand des Gemüts sein.

Nun, Allmächtiger! so schenke mir Glauben, flehte ich einst in dem größten Druck des Herzens. Ich lehnte mich auf einen kleinen Tisch, an dem ich saß, und verbarg mein bethräntes Gesicht in meinen Händen. Hier war ich in der Lage, in der man sein muß, wenn Gott auf unser Gebet achten soll, und in der man selten ist.

Ja, wer nun schildern könnte, was ich da fühlte! Ein Zug brachte meine Seele nach dem Kreuze hin, an dem Jesus einst erblaßte; ein Zug war es, ich kann es nicht anders nennen,

demjenigen völlig gleich, wodurch unsre Seele zu einem abwesenden
Geliebten geführt wird, ein Zunahen, das vermutlich viel wesent=
licher und wahrhafter ist, als wir vermuten.   So nahte meine
Seele dem Menschgewordenen und am Kreuz Gestorbenen, und
in dem Augenblicke wußte ich, was Glauben war.

Das ist Glauben! sagte ich und sprang wie halb erschreckt
in die Höhe.   Ich suchte nun meiner Empfindung, meines An=
schauens gewiß zu werden, und in kurzem war ich überzeugt,
daß mein Geist eine Fähigkeit, sich aufzuschwingen, erhalten habe,
die ihm ganz neu war.

Bei diesen Empfindungen verlassen uns die Worte.   Ich
konnte sie ganz deutlich von aller Phantasie unterscheiden; sie
waren ganz ohne Phantasie, ohne Bild, und gaben doch eben
die Gewißheit eines Gegenstandes, auf den sie sich bezogen, als
die Einbildungskraft, indem sie uns die Züge eines abwesenden
Geliebten vormalt.

Als das erste Entzücken vorüber war, bemerkte ich, daß mir
dieser Zustand der Seele schon vorher bekannt gewesen; allein
ich hatte ihn nie in dieser Stärke empfunden.   Ich hatte ihn
niemals fest halten, nie zu eigen behalten können.   Ich glaube
überhaupt, daß jede Menschenseele ein und das andere Mal etwas
davon empfunden hat.   Ohne Zweifel ist er das, was einem
jeden lehrt, daß ein Gott ist.

Mit dieser mich ehemals von Zeit zu Zeit nur anwan=
delnden Kraft war ich bisher sehr zufrieden gewesen, und wäre
mir nicht durch sonderbare Schickung seit Jahr und Tag die
unerwartete Plage widerfahren, wäre nicht dabei mein Können
und Vermögen bei mir selbst außer allen Kredit gekommen, so
wäre ich vielleicht mit jenem Zustande immer zufrieden geblieben.

Nun hatte ich aber seit jenem großen Augenblicke Flügel be=
kommen.   Ich konnte mich über das, was mich vorher bedrohte,
aufschwingen, wie ein Vogel singend über den schnellsten Strom
ohne Mühe fliegt, vor welchem das Hündchen ängstlich bellend
stehen bleibt.

Meine Freude war unbeschreiblich, und ob ich gleich niemand
etwas davon entdeckte, so merkten doch die Meinigen eine un=
gewöhnliche Heiterkeit an mir, ohne begreifen zu können, was
die Ursache meines Vergnügens wäre.   Hätte ich doch immer
geschwiegen und die reine Stimmung in meiner Seele zu er=
halten gesucht! Hätte ich mich doch nicht durch Umstände ver=
leiten lassen, mit meinem Geheimnisse hervor zu treten: dann
hätte ich mir abermals einen großen Umweg ersparen können.

Da in meinem vorhergehenden zehnjährigen Christenlauf
diese notwendige Kraft nicht in meiner Seele war, so hatte ich
mich in dem Fall anderer redlichen Leute auch befunden; ich

hatte mir dadurch geholfen, daß ich die Phantasie immer mit
Bildern erfüllte, die einen Bezug auf Gott hatten, und auch
dieses ist schon wahrhaft nützlich; denn schädliche Bilder und
ihre bösen Folgen werden dadurch abgehalten. Sodann ergreift
unsre Seele oft ein und das andere von den geistigen Bildern
und schwingt sich ein wenig damit in die Höhe, wie ein junger
Vogel von einem Zweige auf den andern flattert. Solange
man nichts Besseres hat, ist doch diese Uebung nicht ganz zu
verwerfen.

Auf Gott zielende Bilder und Eindrücke verschaffen uns
kirchliche Anstalten, Glocken, Orgeln und Gesänge und besonders
die Vorträge unserer Lehrer. Auf sie war ich ganz unsäglich
begierig; keine Witterung, keine körperliche Schwäche hielt mich
ab, die Kirchen zu besuchen, und nur das sonntägige Geläute
konnte mir auf meinem Krankenlager einige Ungeduld verur-
sachen. Unsern Oberhofprediger, der ein trefflicher Mann war,
hörte ich mit großer Neigung, auch seine Kollegen waren mir
wert, und ich wußte die goldnen Aepfel des göttlichen Wortes
auch aus irdenen Schalen unter gemeinem Obste heraus zu finden.
Den öffentlichen Uebungen wurden alle mögliche Privaterbau-
ungen, wie man sie nennt, hinzugefügt und auch dadurch nur
Phantasie und feinere Sinnlichkeit genährt. Ich war so an
diesen Gang gewöhnt, ich respektierte ihn so sehr, daß mir auch
jetzt nichts Höheres einfiel. Denn meine Seele hat nur Fühl-
hörner und keine Augen, sie tastet nur und sieht nicht; ach! daß
sie Augen bekäme und schauen dürfte.

Auch jetzt ging ich voll Verlangen in die Predigten; aber,
ach, wie geschah mir! Ich fand das nicht mehr, was ich sonst
gefunden. Diese Prediger stumpften sich die Zähne an den
Schalen ab, indessen ich den Kern genoß. Ich mußte ihrer nun
bald müde werden; aber mich an den allein zu halten, den ich
doch zu finden wußte, dazu war ich zu verwöhnt. Bilder wollte
ich haben, äußere Eindrücke bedurfte ich und glaubte ein reines
geistiges Bedürfnis zu fühlen.

Philos Eltern hatten mit der Herrnhutischen Gemeinde in
Verbindung gestanden; in seiner Bibliothek fanden sich noch viele
Schriften des Grafen. Er hatte mir einigemal sehr klar und
billig darüber gesprochen und mich ersucht, einige dieser Schriften
durchzublättern, und wäre es auch nur, um ein psychologisches
Phänomen kennen zu lernen. Ich hielt den Grafen für einen
gar zu argen Ketzer; so ließ ich auch das Ebersdorfer Gesangbuch
bei mir liegen, das mir der Freund in ähnlicher Absicht gleichsam aufgedrungen hatte.

In dem völligen Mangel aller äußeren Ermunterungsmittel
ergriff ich wie von ohngefähr das gedachte Gesangbuch und fand

zu meinem Erstaunen wirklich Lieder darin, die, freilich unter
sehr seltsamen Formen, auf dasjenige zu deuten schienen, was
ich fühlte; die Originalität und Naivität der Ausdrücke zog mich
an. Eigene Empfindungen schienen auf eine eigene Weise aus=
gedrückt; keine Schul=Terminologie erinnerte an etwas Steifes
oder Gemeines. Ich ward überzeugt, die Leute fühlten, was ich
fühlte, und ich fand mich nun sehr glücklich, ein solches Versчen
ins Gedächtnis zu fassen und mich einige Tage damit zu tragen.

Seit jenem Augenblick, in welchem mir das Wahre geschenkt
worden war, verflossen auf diese Weise ohngefähr drei Monate.
Endlich faßte ich den Entschluß, meinem Freunde Philo alles
zu entdecken und ihn um die Mitteilung jener Schriften zu bitten,
auf die ich nun über die Maßen neugierig geworden war. Ich
that es auch wirklich, ohnerachtet mir ein Etwas im Herzen
ernstlich davon abriet.

Ich erzählte Philo die ganze Geschichte umständlich, und da
er selbst darin eine Hauptperson war, da meine Erzählung auch
für ihn die strengste Bußpredigt enthielt, war er äußerst be=
troffen und gerührt. Er zerfloß in Thränen. Ich freute mich
und glaubte, auch bei ihm sei eine völlige Sinnesänderung be=
wirkt worden.

Er versorgte mich mit allen Schriften, die ich nur verlangte,
und nun hatte ich überflüssige Nahrung für meine Einbildungs=
kraft. Ich machte große Fortschritte in der Zinzendorfischen
Art, zu denken und zu sprechen. Man glaube nicht, daß ich die
Art und Weise des Grafen nicht auch gegenwärtig zu schätzen
wisse: ich lasse ihm gern Gerechtigkeit widerfahren; er ist kein
leerer Phantast; er spricht von großen Wahrheiten meist mit
einem kühnen Fluge der Einbildungskraft, und die ihn geschmäht
haben, mußten seine Eigenschaften weder zu schätzen noch zu
unterscheiden.

Ich gewann ihn unbeschreiblich lieb. Wäre ich mein eigner
Herr gewesen, so hätte ich gewiß Vaterland und Freunde ver=
lassen, wäre zu ihm gezogen; unfehlbar hätten wir uns ver=
standen, und schwerlich hätten wir uns lange vertragen.

Dank sei meinem Genius, der mich damals in meiner häus=
lichen Verfassung so eingeschränkt hielt! Es war schon eine große
Reise, wenn ich nur in den Hausgarten gehen konnte. Die Pflege
meines alten und schwächlichen Vaters machte mir Arbeit genug,
und in den Ergötzungsstunden war die edle Phantasie mein
Zeitvertreib. Der einzige Mensch, den ich sah, war Philo, den
mein Vater sehr liebte, dessen offenes Verhältnis zu mir aber
durch die letzte Erklärung einigermaßen gelitten hatte. Bei ihm
war die Rührung nicht tief gedrungen, und da ihm einige Ver=
suche, in meiner Sprache zu reden, nicht gelungen waren, so

vermied er diese Materie um so leichter, als er durch seine ausgebreiteten Kenntnisse immer neue Gegenstände des Gesprächs herbeizuführen wußte.

Ich war also eine Herrnhutische Schwester auf meine eigene Hand und hatte diese neue Wendung meines Gemüts und meiner Neigungen besonders vor dem Oberhofprediger zu verbergen, den ich als meinen Beichtvater zu schätzen sehr Ursache hatte, und dessen große Verdienste auch gegenwärtig durch seine äußerste Abneigung gegen die Herrnhutische Gemeinde in meinen Augen nicht geschmälert wurden. Leider sollte dieser würdige Mann an mir und andern viele Betrübnis erleben!

Er hatte vor mehreren Jahren auswärts einen Kavalier als einen redlichen frommen Mann kennen lernen und war mit ihm als einem, der Gott ernstlich suchte, in einem ununterbrochenen Briefwechsel geblieben. Wie schmerzhaft war es daher für seinen geistlichen Führer, als dieser Kavalier sich in der Folge mit der Herrnhutischen Gemeinde einließ und sich lange unter den Brüdern aufhielt; wie angenehm dagegen, als sein Freund sich mit den Brüdern wieder entzweite, in seiner Nähe zu wohnen sich entschloß und sich seiner Leitung aufs neue völlig zu überlassen schien.

Nun wurde der Neuangekommene gleichsam im Triumph allen besonders geliebten Schäfchen des Oberhirten vorgestellt. Nur in unser Haus ward er nicht eingeführt, weil mein Vater niemand mehr zu sehen pflegte. Der Kavalier fand große Approbation; er hatte das Gesittete des Hofs und das Einnehmende der Gemeinde, dabei viel schöne natürliche Eigenschaften und ward bald der große Heilige für alle, die ihn kennen lernten, worüber sich sein geistlicher Gönner äußerst freute. Leider war jener nur über äußere Umstände mit der Gemeinde brouilliert und im Herzen noch ganz Herrnhuter. Er hing zwar wirklich an der Realität der Sache; allein auch ihm war das Tändelwerk, das der Graf darum gehängt hatte, höchst angemessen. Er war an jene Vorstellungs- und Redensarten nun einmal gewöhnt, und wenn er sich nunmehr vor seinem alten Freunde sorgfältig verbergen mußte, so war es ihm desto notwendiger, sobald er ein Häufchen vertrauter Personen um sich erblickte, mit seinen Verschen, Litaneien und Bilderchen hervorzurücken, und er fand, wie man denken kann, großen Beifall.

Ich wußte von der ganzen Sache nichts und tändelte auf meine eigene Art fort. Lange Zeit blieben wir uns unbekannt. Einst besuchte ich in einer freien Stunde eine kranke Freundin. Ich traf mehrere Bekannte dort an und merkte bald, daß ich sie in einer Unterredung gestört hatte. Ich ließ mir nichts merken, erblickte aber, zu meiner großen Verwunderung, an der

Wand einige Herrnhutische Bilder in zierlichen Rahmen. Ich
faßte geschwind, was in der Zeit, da ich nicht im Hause gewesen,
vorgegangen sein mochte, und bewillkommte diese neue Erscheinung mit einigen angemessenen Versen.

Man denke sich das Erstaunen meiner Freundinnen! Wir
erklärten uns und waren auf der Stelle einig und vertraut.

Ich suchte nun öfter Gelegenheit, auszugehn. Leider fand
ich sie nur alle drei bis vier Wochen, ward mit dem adligen
Apostel und nach und nach mit der ganzen heimlichen Gemeinde
bekannt. Ich besuchte, wenn ich konnte, ihre Versammlungen,
und bei meinem geselligen Sinn war es mir unendlich angenehm,
das von andern zu vernehmen und andern mitzuteilen, was ich
bisher nur in und mit mir selbst ausgearbeitet hatte.

Ich war nicht so eingenommen, daß ich nicht bemerkt hätte,
wie nur wenige den Sinn der zarten Worte und Ausdrücke
fühlten, und wie sie dadurch auch nicht mehr, als ehemals durch
die kirchlich symbolische Sprache, gefördert waren. Dem ohngeachtet ging ich mit ihnen fort und ließ mich nicht irre machen.
Ich dachte, daß ich nicht zur Untersuchung und Herzensprüfung
berufen sei. War ich doch auch durch manche unschuldige Uebung
zum Besseren vorbereitet worden. Ich nahm meinen Teil hinweg, drang, wo ich zur Rede kam, auf den Sinn, der bei so
zarten Gegenständen eher durch Worte versteckt als angedeutet
wird, und ließ übrigens mit stiller Verträglichkeit einen jeden
nach seiner Art gewähren.

Auf diese ruhigen Zeiten des heimlichen gesellschaftlichen
Genusses folgten bald die Stürme öffentlicher Streitigkeiten
und Widerwärtigkeiten, die am Hofe und in der Stadt große
Bewegungen erregten und, ich möchte beinahe sagen, manches
Skandal verursachten. Der Zeitpunkt war gekommen, in welchem
unser Oberhofprediger, dieser große Widersacher der Herrnhutischen Gemeinde, zu seiner gesegneten Demütigung entdecken sollte,
daß seine besten und sonst anhänglichsten Zuhörer sich sämtlich
auf die Seite der Gemeinde neigten. Er war äußerst gekränkt,
vergaß im ersten Augenblicke alle Mäßigung und konnte in der
Folge sich nicht, selbst wenn er gewollt hätte, zurückziehen. Es
gab heftige Debatten, bei denen ich glücklicherweise nicht genannt
wurde, da ich nur ein zufälliges Mitglied der so sehr verhaßten
Zusammenkünfte war und unser eifriger Führer meinen Vater
und meinen Freund in bürgerlichen Angelegenheiten nicht entbehren konnte. Ich erhielt meine Neutralität mit stiller Zufriedenheit; denn mich von solchen Empfindungen und Gegenständen selbst mit wohlwollenden Menschen zu unterhalten, war
mir schon verdrießlich, wenn sie den tiefsten Sinn nicht fassen
konnten und nur auf der Oberfläche verweilten. Nun aber gar

über das mit Widersachern zu streiten, worüber man sich kaum mit Freunden verstand, schien mir unnütz, ja verderblich. Denn bald konnte ich bemerken, daß liebevolle edle Menschen, die in diesem Falle ihr Herz von Widerwillen und Haß nicht rein halten konnten, gar bald zur Ungerechtigkeit übergingen und, um eine äußere Form zu verteidigen, ihr bestes Innerstes bei= nah zerstörten.

So sehr auch der würdige Mann in diesem Falle unrecht haben mochte und so sehr man mich auch gegen ihn aufzubringen suchte, konnte ich ihm doch niemals eine herzliche Achtung ver= jagen. Ich kannte ihn genau; ich konnte mich in seine Art, diese Sachen anzusehen, mit Billigkeit versetzen. Ich hatte niemals einen Menschen ohne Schwäche gesehen; nur ist sie auffallender bei vorzüglichen Menschen. Wir wünschen und wollen nun ein für allemal, daß die, die so sehr privilegiert sind, auch gar keinen Tribut, keine Abgaben zahlen sollen. Ich ehrte ihn als einen vorzüglichen Mann und hoffte, den Einfluß meiner stillen Neu= tralität, wo nicht zu einem Frieden, doch zu einem Waffenstill= stande zu nutzen. Ich weiß nicht, was ich bewirkt hätte; Gott faßte die Sache kürzer und nahm ihn zu sich. Bei seiner Bahre weinten alle, die noch kurz vorher um Worte mit ihm gestritten hatten. Seine Rechtschaffenheit, seine Gottesfurcht hatte niemals jemand bezweifelt.

Auch ich mußte um diese Zeit das Puppenwerk aus den Händen legen, das mir durch diese Streitigkeiten gewissermaßen in einem andern Lichte erschienen war. Der Oheim hatte seine Plane auf meine Schwester in der Stille durchgeführt. Er stellte ihr einen jungen Mann von Stande und Vermögen als ihren Bräutigam vor und zeigte sich in einer reichlichen Aussteuer, wie man es von ihm erwarten konnte. Mein Vater willigte mit Freuden ein; die Schwester war frei und vorbereitet und veränderte gerne ihren Stand. Die Hochzeit wurde auf des Oheims Schloß ausgerichtet; Familie und Freunde waren ein= geladen, und wir kamen alle mit heiterm Geiste.

Zum erstenmal in meinem Leben erregte mir der Eintritt in ein Haus Bewunderung. Ich hatte wohl oft von des Oheims Geschmack, von seinem italienischen Baumeister, von seinen Samm= lungen, und seiner Bibliothek reden hören; ich verglich aber das alles mit dem, was ich schon gesehen hatte, und machte mir ein sehr buntes Bild davon in Gedanken. Wie verwundert war ich daher über den ernsten und harmonischen Eindruck, den ich beim Eintritt in das Haus empfand und der sich in jedem Saal und Zimmer verstärkte. Hatte Pracht und Zierat mich sonst nur zerstreut, so fühlte ich mich hier gesammelt und auf mich selbst zurückgeführt. Auch in allen Anstalten zu Feierlichkeiten und

7

Festen erregten Pracht und Würde ein stilles Gefallen, und es war mir eben so unbegreiflich, daß e i n Mensch das alles hätte erfinden und anordnen können, als daß mehrere sich vereinigen könnten, um in einem so großen Sinne zusammenzuwirken. Und bei dem allen schienen der Wirt und die Seinigen so natürlich; es war keine Spur von Steifheit noch von leerem Zeremoniell zu bemerken.

Die Trauung selbst ward unvermutet auf eine herzliche Art eingeleitet; eine vortreffliche Vokalmusik überraschte uns, und der Geistliche wußte dieser Zeremonie alle Feierlichkeit der Wahr= heit zu geben. Ich stand neben Philo, und statt mir Glück zu wün= schen, sagte er mit einem tiefen Seufzer: Als ich die Schwester sah die Hand hingeben, war mir's, als ob man mich mit siedheißem Wasser begossen hätte. Warum? fragte ich. Es ist mir allezeit so, wenn ich eine Kopulation ansehe, versetzte er. Ich lachte über ihn und habe nachher oft genug an seine Worte zu denken gehabt.

Die Heiterkeit der Gesellschaft, worunter viel junge Leute waren, schien noch einmal so glänzend, indem alles, was uns umgab, würdig und ernsthaft war. Aller Hausrat, Tafelzeug, Service und Tischaufsätze stimmten zu dem Ganzen; und wenn mir sonst die Baumeister mit den Konditoren aus e i n e r Schule entsprungen zu sein schienen, so war hier Konditor und Tafel= decker bei dem Architekten in die Schule gegangen.

Da man mehrere Tage zusammenblieb, hatte der geistreiche und verständige Wirt für die Unterhaltung der Gesellschaft auf das mannigfaltigste gesorgt. Ich wiederholte hier nicht die trau= rige Erfahrung, die ich so oft in meinem Leben gehabt hatte, wie übel eine große gemischte Gesellschaft sich befinde, die, sich selbst überlassen, zu den allgemeinsten und schalsten Zeitvertreiben greifen muß, damit ja eher die guten als die schlechten Subjekte Mangel der Unterhaltung fühlen.

Ganz anders hatte es der Oheim veranstaltet. Er hatte zwei bis drei Marschälle, wenn ich sie so nennen darf, bestellt; der eine hatte für die Freuden der jungen Welt zu sorgen: Tänze, Spazierfahrten, kleine Spiele waren von seiner Erfindung und standen unter seiner Direktion, und da junge Leute gern im Freien leben und die Einflüsse der Luft nicht scheuen, so war ihnen der Garten und der große Gartensaal übergeben, an den zu diesem Endzwecke noch einige Galerieen und Pavillons angebauet waren, zwar nur von Brettern und Leinwand, aber in so edlen Verhältnissen, daß man nur an Stein und Marmor dabei erinnert ward.

Wie selten ist eine Fete, wobei derjenige, der die Gäste zu= sammenkeruft, auch die Schuldigkeit empfindet, für ihre Bedürf= nisse und Bequemlichkeiten auf alle Weise zu sorgen!

Jagd- und Spielpartieen, kurze Promenaden, Gelegenheiten zu vertraulichen einsamen Gesprächen waren für die ältern Personen bereitet, und derjenige, der am frühsten zu Bette ging, war auch gewiß am weitesten von allem Lärm einquartiert.

Durch diese gute Ordnung schien der Raum, in dem wir uns befanden, eine kleine Welt zu sein, und doch, wenn man es bei nahem betrachtete, war das Schloß nicht groß, und man würde ohne genaue Kenntnis desselben und ohne den Geist des Wirtes wohl schwerlich so viele Leute darin beherbergt und jeden nach seiner Art bewirtet haben.

So angenehm uns der Anblick eines wohlgestalteten Menschen ist, so angenehm ist uns eine ganze Einrichtung, aus der uns die Gegenwart eines verständigen, vernünftigen Wesens fühlbar wird. Schon in ein reinliches Haus zu kommen, ist eine Freude, wenn es auch sonst geschmacklos gebauet und verziert ist; denn es zeigt uns die Gegenwart wenigstens von einer Seite gebildeter Menschen. Wie doppelt angenehm ist es uns also, wenn aus einer menschlichen Wohnung uns der Geist einer höhern, obgleich auch nur sinnlichen, Kultur entgegen spricht!

Mit vieler Lebhaftigkeit ward mir dieses auf dem Schlosse meines Oheims anschaulich. Ich hatte vieles von Kunst gehört und gelesen; Philo selbst war ein großer Liebhaber von Gemälden und hatte eine schöne Sammlung; auch ich selbst hatte viel gezeichnet; aber teils war ich zu sehr mit meinen Empfindungen beschäftigt und trachtete nur, das eine, was not ist, erst recht ins reine zu bringen, teils schienen doch alle die Sachen, die ich gesehen hatte, mich wie die übrigen weltlichen Dinge zu zerstreuen. Nun war ich zum erstenmal durch etwas Aeußerliches auf mich selbst zurückgeführt, und ich lernte den Unterschied zwischen dem natürlichen vortrefflichen Gesang der Nachtigall und einem vierstimmigen Halleluja aus gefühlvollen Menschenkehlen zu meiner größten Verwunderung erst kennen.

Ich verbarg meine Freude über diese neue Anschauung meinem Oheim nicht, der, wenn alles andere in sein Teil gegangen war, sich mit mir besonders zu unterhalten pflegte. Er sprach mit großer Bescheidenheit von dem, was er besaß und hervorgebracht hatte, mit großer Sicherheit von dem Sinne, in dem es gesammelt und aufgestellt worden war, und ich konnte wohl merken, daß er mit Schonung für mich redete, indem er nach seiner alten Art das Gute, wovon er Herr und Meister zu sein glaubte, demjenigen unterzuordnen schien, was nach meiner Ueberzeugung das Rechte und Beste war.

Wenn wir uns, sagte er einmal, als möglich denken können, daß der Schöpfer der Welt selbst die Gestalt seiner Kreatur angenommen und auf ihre Art und Weise sich eine Zeitlang auf

der Welt befunden habe, so muß uns dieses Geschöpf schon un=
endlich vollkommen erscheinen, weil sich der Schöpfer so innig
damit vereinigen konnte. Es muß also in dem Begriff des
Menschen kein Widerspruch mit dem Begriff der Gottheit liegen;
und wenn wir auch oft eine gewisse Unähnlichkeit und Entfernung
von ihr empfinden, so ist es doch um desto mehr unsere Schul=
digkeit, nicht immer, wie der Advokat des bösen Geistes, nur
auf die Blößen und Schwächen unserer Natur zu sehen, sondern
eher alle Vollkommenheiten aufzusuchen, wodurch wir die An=
sprüche unsrer Gottähnlichkeit bestätigen können.

Ich lächelte und versetzte: Beschämen Sie mich nicht zu sehr,
lieber Oheim, durch die Gefälligkeit, in meiner Sprache zu reden!
Das, was Sie mir zu sagen haben, ist für mich von so großer
Wichtigkeit, daß ich es in Ihrer eigensten Sprache zu hören
wünschte, und ich will alsdann, was ich mir davon nicht ganz
zueignen kann, schon zu übersetzen suchen.

Ich werde, sagte er darauf, auch auf meine eigenste Weise,
ohne Veränderung des Tons, fortfahren können. Des Menschen
größtes Verdienst bleibt wohl, wenn er die Umstände so viel
als möglich bestimmt und sich so wenig als möglich von ihnen
bestimmen läßt. Das ganze Weltwesen liegt vor uns, wie ein
großer Steinbruch vor dem Baumeister, der nur dann den Namen
verdient, wenn er aus diesen zufälligen Naturmassen ein in
seinem Geiste entsprungenes Urbild mit der größten Oekonomie,
Zweckmäßigkeit und Festigkeit zusammenstellt. Alles außer uns
ist nur Element, ja, ich darf wohl sagen, auch alles an uns;
aber tief in uns liegt diese schöpferische Kraft, die das zu er=
schaffen vermag, was sein soll, und uns nicht ruhen und rasten
läßt, bis wir es außer uns oder an uns, auf eine oder die andere
Weise, dargestellt haben. Sie, liebe Nichte, haben vielleicht das
beste Teil erwählt; Sie haben Ihr sittliches Wesen, Ihre tiefe
liebevolle Natur mit sich selbst und mit dem höchsten Wesen
übereinstimmend zu machen gesucht, indes wir andern wohl auch
nicht zu tadeln sind, wenn wir den sinnlichen Menschen in seinem
Umfange zu kennen und thätig in Einheit zu bringen suchen.

Durch solche Gespräche wurden wir nach und nach vertrauter,
und ich erlangte von ihm, daß er mit mir ohne Kondeszendenz
wie mit sich selbst sprach. Glauben Sie nicht, sagte der Oheim
zu mir, daß ich Ihnen schmeichle, wenn ich Ihre Art zu denken
und zu handeln lobe. Ich verehre den Menschen, der deutlich
weiß, was er will, unablässig vorschreitet, die Mittel zu seinem
Zwecke kennt und sie zu ergreifen und zu brauchen weiß; inwie=
fern sein Zweck groß oder klein sei, Lob oder Tadel verdiene,
das kommt bei mir erst nachher in Betrachtung. Glauben Sie
mir, meine Liebe, der größte Teil des Unheils und dessen, was

man bös in der Welt nennt, entsteht bloß, weil die Menschen zu
nachlässig sind, ihre Zwecke recht kennen zu lernen und, wenn sie
solche kennen, ernsthaft darauf los zu arbeiten. Sie kommen
mir vor wie Leute, die den Begriff haben, es könne und müsse
ein Turm gebauet werden, und die doch an den Grund nicht
mehr Steine und Arbeit verwenden, als man allenfalls einer
Hütte unterschlüge. Hätten Sie, meine Freundin, deren höchstes
Bedürfnis war, mit Ihrer innern sittlichen Natur ins reine zu
kommen, anstatt der großen und kühnen Aufopferungen, sich
zwischen Ihrer Familie, einem Bräutigam, vielleicht einem Ge=
mahl, nur so hin beholfen, Sie würden, in einem ewigen Wider=
spruch mit sich selbst, niemals einen zufriedenen Augenblick ge=
nossen haben.

Sie brauchen, versetzte ich hier, das Wort Aufopferung, und
ich habe manchmal gedacht, wie wir einer höhern Absicht, gleich=
sam wie einer Gottheit, das Geringere zum Opfer darbringen,
ob es uns schon am Herzen liegt, wie man ein geliebtes Schaf
für die Gesundheit eines verehrten Vaters gern und willig zum
Altar führen würde.

Was es auch sei, versetzte er, der Verstand oder die Em=
pfindung, das uns eins für das andere hingeben, eins vor dem
andern wählen heißt, so ist Entschiedenheit und Folge nach meiner
Meinung das Verehrungswürdigste am Menschen. Man kann
die Ware und das Geld nicht zugleich haben; und der ist eben
so übel daran, dem es immer nach der Ware gelüstet, ohne daß
er das Herz hat, das Geld hinzugeben, als der, den der Kauf
reut, wenn er die Ware in Händen hat. Aber ich bin weit ent=
fernt, die Menschen deshalb zu tadeln; denn sie sind eigentlich
nicht schuld, sondern die verwickelte Lage, in der sie sich befinden
und in der sie sich nicht zu regieren wissen. So werden Sie
zum Beispiel im Durchschnitt weniger üble Wirte auf dem Lande
als in den Städten finden, und wieder in kleinen Städten weniger
als in großen; und warum? Der Mensch ist zu einer beschränkten
Lage geboren; einfache, nahe, bestimmte Zwecke vermag er ein=
zusehen, und er gewöhnt sich, die Mittel zu benutzen, die ihm
gleich zur Hand sind; sobald er aber ins Weite kommt, weiß er
weder, was er will, noch, was er soll, und es ist ganz einerlei,
ob er durch die Menge der Gegenstände zerstreut, oder ob er
durch die Höhe und Würde derselben außer sich gesetzt werde.
Es ist immer sein Unglück, wenn er veranlaßt wird, nach etwas
zu streben, mit dem er sich durch eine regelmäßige Selbstthätig=
keit nicht verbinden kann.

Fürwahr, fuhr er fort, ohne Ernst ist in der Welt nichts
möglich, und unter denen, die wir gebildete Menschen nennen,
ist eigentlich wenig Ernst zu finden; sie gehen, ich möchte sagen,

gegen Arbeiten und Geschäfte, gegen Künste, ja gegen Vergnügungen nur mit einer Art von Selbstverteidigung zu Werke;
man lebt, wie man ein Pack Zeitungen liest, nur damit man sie
los werde, und es fällt mir dabei jener junge Engländer in Rom
ein, der abends in einer Gesellschaft sehr zufrieden erzählte: daß
er doch heute sechs Kirchen und zwei Galerieen beiseite gebracht
habe. Man will mancherlei wissen und kennen, und gerade das,
was einen am wenigsten angeht, und man bemerkt nicht, daß kein
Hunger dadurch gestillt wird, wenn man nach der Luft schnappt.
Wenn ich einen Menschen kennen lerne, frage ich sogleich, womit
beschäftigt er sich? und wie und in welcher Folge? und mit der
Beantwortung der Frage ist auch mein Interesse an ihm auf
zeitlebens entschieden.

Sie sind, lieber Oheim, versetzte ich darauf, vielleicht zu strenge
und entziehen manchem guten Menschen, dem Sie nützlich sein
könnten, Ihre hilfreiche Hand.

Ist es dem zu verdenken, antwortete er, der so lange vergebens an ihnen und um sie gearbeitet hat? Wie sehr leidet man
nicht in der Jugend von Menschen, die uns zu einer angenehmen
Lustpartie einzuladen glauben, wenn sie uns in die Gesellschaft
der Danaiden oder des Sisyphus zu bringen versprechen. Gott
sei Dank, ich habe mich von ihnen losgemacht, und wenn einer
unglücklicherweise in meinen Kreis kommt, suche ich ihn auf die
höflichste Art hinaus zu komplimentieren; denn gerade von diesen
Leuten hört man die bittersten Klagen über den verworrenen
Lauf der Welthändel, über die Seichtigkeit der Wissenschaften,
über den Leichtsinn der Künstler, über die Leerheit der Dichter,
und was alles noch mehr ist. Sie bedenken am wenigsten, daß
eben sie selbst und die Menge, die ihnen gleich ist, gerade das
Buch nicht lesen würden, das geschrieben wäre, wie sie es fordern,
daß ihnen die echte Dichtung fremd sei, und daß selbst ein gutes
Kunstwerk nur durch Vorurteil ihren Beifall erlangen könne.
Doch lassen Sie uns abbrechen; es ist hier keine Zeit, zu schelten
noch zu klagen.

Er leitete meine Aufmerksamkeit auf die verschiedenen Gemälde, die an der Wand aufgehängt waren; mein Auge hielt sich
an die, deren Anblick reizend, oder deren Gegenstand bedeutend
war; er ließ es eine Weile geschehen, dann sagte er: Gönnen
Sie nun auch dem Genius, der diese Werke hervorgebracht hat,
einige Aufmerksamkeit. Gute Gemüter sehen so gerne den Finger
Gottes in der Natur; warum sollte man nicht auch der Hand
seines Nachahmers einige Betrachtung schenken? Er machte mich
sodann auf unscheinbare Bilder aufmerksam und suchte mir begreiflich zu machen, daß eigentlich die Geschichte der Kunst allein
uns den Begriff von dem Wert und der Würde eines Kunstwerks

geben könne, daß man erst die beschwerlichen Stufen des Mechanis=
mus und des Handwerks, an denen der fähige Mensch sich jahr=
hundertelang hinauf arbeitet, kennen müsse, um zu begreifen,
wie es möglich sei, daß das Genie auf dem Gipfel, bei dessen
bloßem Anblick uns schwindelt, sich frei und fröhlich bewege.

Er hatte in diesem Sinne eine schöne Reihe zusammengebracht,
und ich konnte mich nicht enthalten, als er mir sie auslegte, die
moralische Bildung hier wie im Gleichnisse vor mir zu sehen.
Als ich ihm meine Gedanken äußerte, versetzte er: Sie haben
vollkommen recht, und wir sehen daraus, daß man nicht wohl
thut, der sittlichen Bildung einsam, in sich selbst verschlossen,
nachzuhängen; vielmehr wird man finden, daß derjenige, dessen
Geist nach einer moralischen Kultur strebt, alle Ursache hat,
seine feinere Sinnlichkeit zugleich mit auszubilden, damit er nicht
in Gefahr komme, von seiner moralischen Höhe herabzugleiten,
indem er sich den Lockungen einer regellosen Phantasie übergibt
und in den Fall kommt, seine edlere Natur durch Vergnügen an
geschmacklosen Tändeleien, wo nicht an etwas Schlimmerem herab
zu würdigen.

Ich hatte ihn nicht in Verdacht, daß er auf mich ziele, aber
ich fühlte mich getroffen, wenn ich zurückdachte, daß unter den
Liedern, die mich erbaut hatten, manches abgeschmackte mochte
gewesen sein und daß die Bildchen, die sich an meine geistlichen
Ideen anschlossen, wohl schwerlich vor den Augen des Oheims
würden Gnade gefunden haben.

Philo hatte sich indessen öfters in der Bibliothek aufgehalten
und führte mich nunmehr auch in selbiger ein. Wir bewunderten
die Auswahl und dabei die Menge der Bücher. Sie waren in
jedem Sinne gesammelt; denn es waren beinahe auch nur solche
darin zu finden, die uns zur deutlichen Erkenntnis führen oder
uns zur rechten Ordnung anweisen; die uns entweder rechte
Materialien geben, oder uns von der Einheit unsers Geistes über=
zeugen.

Ich hatte in meinem Leben unsäglich gelesen, und in gewissen
Fächern war mir fast kein Buch unbekannt; um desto angenehmer
war mir's hier, von der Uebersicht des Ganzen zu sprechen und
Lücken zu bemerken, wo ich sonst nur eine beschränkte Verwirrung
oder eine unendliche Ausdehnung gesehen hatte.

Zugleich machten wir die Bekanntschaft eines sehr interessanten
stillen Mannes. Er war Arzt und Naturforscher und schien mehr
zu den Penaten als zu den Bewohnern des Hauses zu gehören.
Er zeigte uns das Naturalienkabinett, das, wie die Bibliothek,
in verschlossenen Glasschränken zugleich die Wände der Zimmer
verzierte und den Raum veredelte, ohne ihn zu verengern. Hier
erinnerte ich mich mit Freuden meiner Jugend und zeigte meinem

Vater mehrere Gegenstände, die er ehemals auf das Krankenbette seines kaum in die Welt blickenden Kindes gebracht hatte. Dabei verhehlte der Arzt so wenig als bei folgenden Unterredungen, daß er sich mir in Absicht auf religiöse Gesinnungen nähere, lobte dabei den Oheim außerordentlich wegen seiner Toleranz und Schätzung von allem, was den Wert und die Einheit der menschlichen Natur anzeige und befördere; nur verlange er freilich von allen andern Menschen ein Gleiches und pflege nichts so sehr als individuellen Dünkel und ausschließende Beschränktheit zu verdammen oder zu fliehen.

Seit der Trauung meiner Schwester sah dem Oheim die Freude aus den Augen, und er sprach verschiedene Male mit mir über das, was er für sie und ihre Kinder zu thun denke. Er hatte schöne Güter, die er selbst bewirtschaftete und die er in dem besten Zustande seinen Neffen zu übergeben hoffte. Wegen des kleinen Gutes, auf dem wir uns befanden, schien er besondere Gedanken zu hegen: Ich werde es, sagte er, nur einer Person überlassen, die zu kennen, zu schätzen und zu genießen weiß, was es enthält, und die einsieht, wie sehr ein Reicher und Vornehmer, besonders in Deutschland, Ursache habe, etwas Mustermäßiges aufzustellen.

Schon war der größte Teil der Gäste nach und nach verflogen; wir bereiteten uns zum Abschied und glaubten die letzte Szene der Feierlichkeit erlebt zu haben, als wir aufs neue durch seine Aufmerksamkeit, uns ein würdiges Vergnügen zu machen, überrascht wurden. Wir hatten ihm das Entzücken nicht verbergen können, das wir fühlten, als bei meiner Schwester Trauung ein Chor Menschenstimmen sich ohne alle Begleitung irgend eines Instruments hören ließ. Wir legten es ihm nahe genug, uns das Vergnügen noch einmal zu verschaffen; er schien nicht darauf zu merken. Wie überrascht waren wir daher, als er eines Abends zu uns sagte: Die Tanzmusik hat sich entfernt; die jungen, flüchtigen Freunde haben uns verlassen; das Ehepaar selbst sieht schon ernsthafter aus, als vor einigen Tagen, und in einer solchen Epoche von einander zu scheiden, da wir uns vielleicht nie, wenigstens anders wiedersehen, regt uns zu einer feierlichen Stimmung, die ich nicht edler nähren kann, als durch eine Musik, deren Wiederholung Sie schon früher zu wünschen schienen.

Er ließ durch das indes verstärkte und im stillen noch mehr geübte Chor uns vier- und achtstimmige Gesänge vortragen, die uns, ich darf wohl sagen, wirklich einen Vorschmack der Seligkeit gaben. Ich hatte bisher nur den frommen Gesang gekannt, in welchem gute Seelen oft mit heiserer Kehle, wie die Waldvögelein, Gott zu loben glauben, weil sie sich selbst eine angenehme Em-

pfindung machen; dann die eitle Musik der Konzerte, in denen
man allenfalls zur Bewunderung eines Talents, selten aber auch
nur zu einem vorübergehenden Vergnügen hingerissen wird.
Nun vernahm ich eine Musik, aus dem tiefsten Sinne der trefflichsten menschlichen Naturen entsprungen, die durch bestimmte
und geübte Organe in harmonischer Einheit wieder zum tiefsten
besten Sinne des Menschen sprach und ihn wirklich in diesem
Augenblicke seine Gottähnlichkeit lebhaft empfinden ließ. Alles
waren lateinische geistliche Gesänge, die sich wie Juwelen in dem
goldnen Ringe einer gesitteten weltlichen Gesellschaft ausnahmen
und mich, ohne Anforderung einer sogenannten Erbauung, auf
das geistigste erhoben und glücklich machten.

Bei unserer Abreise wurden wir alle auf das edelste beschenkt.
Mir überreichte er das Ordenskreuz meines Stiftes, kunstmäßiger
und schöner gearbeitet und emailliert, als man es sonst zu sehen
gewohnt war. Es hing an einem großen Brillanten, wodurch
es zugleich an das Band befestigt wurde, und den er als den
edelsten Stein einer Naturaliensammlung anzusehen bat.

Meine Schwester zog nun mit ihrem Gemahl auf seine
Güter; wir andern kehrten alle nach unsern Wohnungen zurück
und schienen uns, was unsere äußern Umstände anbetraf, in ein
ganz gemeines Leben zurückgekehrt zu sein. Wir waren wie aus
einem Feenschloß auf die platte Erde gesetzt und mußten uns
wieder nach unsrer Weise benehmen und behelfen.

Die sonderbaren Erfahrungen, die ich in jenem neuen Kreise
gemacht hatte, ließen einen schönen Eindruck bei mir zurück; doch
blieb er nicht lange in seiner ganzen Lebhaftigkeit, obgleich der
Oheim ihn zu unterhalten und zu erneuern suchte, indem er mir
von Zeit zu Zeit von seinen besten und gefälligsten Kunstwerken
zusandte und, wenn ich sie lange genug genossen hatte, wieder
mit andern vertauschte.

Ich war zu sehr gewohnt, mich mit mir selbst zu beschäftigen,
die Angelegenheiten meines Herzens und meines Gemütes in
Ordnung zu bringen und mich davon mit ähnlich gesinnten Personen zu unterhalten, als daß ich mit Aufmerksamkeit ein Kunstwerk hätte betrachten sollen, ohne bald auf mich selbst zurückzukehren. Ich war gewohnt, ein Gemälde und einen Kupferstich
nur anzusehen, wie die Buchstaben eines Buchs. Ein schöner
Druck gefällt wohl; aber wer wird ein Buch des Druckes wegen
in die Hand nehmen? So sollte mir auch eine bildliche Darstellung
etwas sagen, sie sollte mich belehren, rühren, bessern; und der
Oheim mochte in seinen Briefen, mit denen er seine Kunstwerke
erläuterte, reden, was er wollte, so blieb es mit mir doch immer
beim alten.

Doch mehr als meine eigene Natur zogen mich äußere Be-

gebenheiten, die Veränderungen in meiner Familie von solchen
Betrachtungen, ja, eine Weile von mir selbst ab; ich mußte dulden
und wirken, mehr, als meine schwachen Kräfte zu ertragen
schienen.

Meine ledige Schwester war bisher mein rechter Arm ge=
wesen; gesund, stark und unbeschreiblich gütig, hatte sie die Be=
sorgung der Haushaltung über sich genommen, wie mich die
persönliche Pflege des alten Vaters beschäftigte. Es überfällt
sie ein Katarrh, woraus eine Brustkrankheit wird, und in drei
Wochen liegt sie auf der Bahre; ihr Tod schlug mir Wunden,
deren Narben ich jetzt noch nicht gerne ansehe.

Ich lag krank zu Bette, ehe sie noch beerdigt war; der alte
Schaden auf meiner Brust schien aufzuwachen, ich hustete heftig
und war so heiser, daß ich keinen lauten Ton hervorbringen
konnte.

Die verheiratete Schwester kam vor Schrecken und Betrüb=
nis zu früh in die Wochen. Mein alter Vater fürchtete, seine
Kinder und die Hoffnung seiner Nachkommenschaft auf einmal
zu verlieren; seine gerechten Thränen vermehrten meinen Jammer;
ich flehte zu Gott um Herstellung einer leiblichen Gesundheit
und bat ihn, nur mein Leben bis nach dem Tode des Vaters
zu fristen. Ich genas und war nach meiner Art wohl, konnte
wieder meine Pflichten, obgleich nur auf kümmerliche Weise,
erfüllen.

Meine Schwester ward wieder guter Hoffnung. Mancherlei
Sorgen, die in solchen Fällen der Mutter anvertraut werden,
wurden mir mitgeteilt; sie lebte nicht ganz glücklich mit ihrem
Manne, das sollte dem Vater verborgen bleiben; ich mußte
Schiedsrichter sein und konnte es um so eher, da mein Schwager
Zutrauen zu mir hatte und beide wirklich gute Menschen waren,
nur daß beide, anstatt einander nachzusehen, mit einander rech=
teten und aus Begierde, völlig mit einander überein zu leben,
niemals einig werden konnten. Nun lernte ich auch die welt=
lichen Dinge mit Ernst angreifen und das ausüben, was ich sonst
nur gesungen hatte.

. Meine Schwester gebar einen Sohn, die Unpäßlichkeit meines
Vaters verhinderte ihn nicht, zu ihr zu reisen. Beim Anblick
des Kindes war er unglaublich heiter und froh, und bei der
Taufe erschien er mir gegen seine Art wie begeistert, ja, ich möchte
sagen als ein Genius mit zwei Gesichtern. Mit dem einen blickte
er freudig vorwärts in jene Regionen, in die er bald einzugehen
hoffte; mit dem andern auf das neue, hoffnungsvolle irdische
Leben, das in dem Knaben entsprungen war, der von ihm ab=
stammte. Er ward nicht müde, auf dem Rückwege mich von dem
Kinde zu unterhalten, von seiner Gestalt, seiner Gesundheit und

dem Wunsche, daß die Anlagen dieses neuen Weltbürgers glück=
lich ausgebildet werden möchten. Seine Betrachtungen hierüber
dauerten fort, als wir zu Hause anlangten, und erst nach einigen
Tagen bemerkte man eine Art Fieber, das sich nach Tisch ohne
Frost durch eine etwas ermattende Hitze äußerte. Er legte sich
jedoch nicht nieder, fuhr des Morgens aus und versah treulich
seine Amtsgeschäfte, bis ihn endlich anhaltende, ernsthafte Sym=
ptome davon abhielten.

Nie werde ich die Ruhe des Geistes, die Klarheit und Deut=
lichkeit vergessen, womit er die Angelegenheiten seines Hauses,
die Besorgung seines Begräbnisses, als wie das Geschäft eines
andern, mit der größten Ordnung vornahm.

Mit einer Heiterkeit, die ihm sonst nicht eigen war und die
bis zu einer lebhaften Freude stieg, sagte er zu mir: Wo ist die
Todesfurcht hingekommen, die ich sonst noch wohl empfand?
Sollt' ich zu sterben scheuen? Ich habe einen gnädigen Gott, das
Grab erweckt mir kein Grauen, ich habe ein ewiges Leben.

Mir die Umstände seines Todes zurückzurufen, der bald dar=
auf erfolgte, ist in meiner Einsamkeit eine meiner angenehmsten
Unterhaltungen, und die sichtbaren Wirkungen einer höhern Kraft
dabei wird mir niemand wegräsonnieren.

Der Tod meines lieben Vaters veränderte meine bisherige
Lebensart. Aus dem strengsten Gehorsam, aus der größten Ein=
schränkung kam ich in die größte Freiheit, und ich genoß ihrer
wie einer Speise, die man lange entbehrt hat. Sonst war ich
selten zwei Stunden außer dem Hause; nun verlebte ich kaum
einen Tag in meinem Zimmer. Meine Freunde, bei denen ich
sonst nur abgerissene Besuche machen konnte, wollten sich meines
anhaltenden Umgangs, so wie ich mich des ihrigen, erfreuen;
öfters wurde ich zu Tische geladen, Spazierfahrten und kleine
Lustreisen kamen hinzu, und ich blieb nirgends zurück. Als aber
der Zirkel durchlaufen war, sah ich, daß das unschätzbare Glück
der Freiheit nicht darin besteht, daß man alles thut, was man
thun mag und wozu uns die Umstände einladen, sondern daß
man das ohne Hindernis und Rückhalt auf dem geraden Wege
thun kann, was man für recht und schicklich hält, und ich war
alt genug, in diesem Falle ohne Lehrgeld zu der schönen Ueber=
zeugung zu gelangen.

Was ich mir nicht versagen konnte, war, sobald als nur
möglich den Umgang mit den Gliedern der Herrnhutischen Ge=
meine fortzusetzen und fester zu knüpfen, und ich eilte, eine ihrer
nächsten Einrichtungen zu besuchen; aber auch da fand ich keines=
wegs, was ich mir vorgestellt hatte. Ich war ehrlich genug,
meine Meinung merken zu lassen, und man suchte mir hinwieder
beizubringen: diese Verfassung sei gar nichts gegen eine ordent=

lich eingerichtete Gemeine. Ich konnte mir das gefallen lassen;
doch hätte nach meiner Ueberzeugung der wahre Geist aus einer
kleinen so gut als aus einer großen Anstalt hervorblicken sollen.
Einer ihrer Bischöfe, der gegenwärtig war, ein unmittelbarer
Schüler des Grafen, beschäftigte sich viel mit mir; er sprach vollkommen englisch, und weil ich es ein wenig verstand, meinte er,
es sei ein Wink, daß wir zusammengehörten; ich meinte es aber
ganz und gar nicht; sein Umgang konnte mir nicht im geringsten
gefallen. Er war ein Messerschmied, ein geborner Mähre; seine
Art zu denken konnte das Handwerksmäßige nicht verleugnen.
Besser verstand ich mich mit dem Herrn von L*, der Major in
französischen Diensten gewesen war; aber zu der Unterthänigkeit,
die er gegen seinen Vorgesetzten bezeigte, fühlte ich mich niemals
fähig; ja, es war mir, als wenn man mir eine Ohrfeige gäbe,
wenn ich die Majorin und andere mehr oder weniger angesehene
Frauen dem Bischof die Hand küssen sah. Indessen wurde doch
eine Reise nach Holland verabredet, die aber, und gewiß zu meinem
Besten, niemals zu stande kam.

Meine Schwester war mit einer Tochter niedergekommen,
und nun war die Reihe an uns Frauen, zufrieden zu sein und
zu denken, wie sie dereinst uns ähnlich erzogen werden sollte.
Mein Schwager war dagegen sehr unzufrieden, als in dem Jahr
darauf abermals eine Tochter erfolgte; er wünschte bei seinen
großen Gütern Knaben um sich zu sehen, die ihm einst in der
Verwaltung beistehen könnten.

Ich hielt mich bei meiner schwachen Gesundheit still und bei
einer ruhigen Lebensart ziemlich im Gleichgewicht; ich fürchtete
den Tod nicht, ja, ich wünschte zu sterben, aber ich fühlte in der
Stille, daß mir Gott Zeit gebe, meine Seele zu untersuchen und
ihm immer näher zu kommen. In den vielen schlaflosen Nächten
habe ich besonders etwas empfunden, das ich eben nicht deutlich
beschreiben kann.

Es war, als wenn meine Seele ohne Gesellschaft des Körpers
dächte; sie sah den Körper selbst als ein ihr fremdes Wesen an,
wie man etwa ein Kleid ansieht. Sie stellte sich mit einer außerordentlichen Lebhaftigkeit die vergangenen Zeiten und Begebenheiten vor und fühlte daraus, was folgen werde. Alle diese
Zeiten sind dahin; was folgt, wird auch dahin gehen; der Körper
wird wie ein Kleid zerreißen, aber ich, das wohlbekannte Ich,
ich bin.

Diesem großen, erhabenen und tröstlichen Gefühle so wenig
als nur möglich nachzuhängen, lehrte mich ein edler Freund, der
sich mir immer näher verband; es war der Arzt, den ich in dem
Hause meines Oheims hatte kennen lernen, und der sich von der
Verfassung meines Körpers und meines Geistes sehr gut unter-

richtet hatte; er zeigte mir, wie ſehr dieſe Empfindungen, wenn
wir ſie unabhängig von äußern Gegenſtänden in uns nähren,
uns gewiſſermaßen aushöhlen und den Grund unſeres Daſeins
untergraben. Thätig zu ſein, ſagte er, iſt des Menſchen erſte
Beſtimmung, und alle Zwiſchenzeiten, in denen er auszuruhen
genötiget iſt, ſollte er anwenden, eine deutliche Erkenntnis der
äußerlichen Dinge zu erlangen, die ihm in der Folge abermals
ſeine Thätigkeit erleichtert.

Da der Freund meine Gewohnheit kannte, meinen eigenen
Körper als einen äußern Gegenſtand anzuſehn, und da er wußte,
daß ich meine Konſtitution, mein Uebel und die mediziniſchen
Hilfsmittel ziemlich kannte, und ich wirklich durch anhaltende
eigene und fremde Leiden ein halber Arzt geworden war, ſo
leitete er meine Aufmerkſamkeit von der Kenntnis des menſch=
lichen Körpers und der Spezereien auf die übrigen nachbarlichen
Gegenſtände der Schöpfung und führte mich wie im Paradieſe
umher, und nur zuletzt, wenn ich mein Gleichnis fortſetzen darf,
ließ er mich den in der Abendkühle im Garten wandelnden
Schöpfer aus der Entfernung ahnen.

Wie gerne ſah ich nunmehr Gott in der Natur, da ich ihn
mit ſolcher Gewißheit im Herzen trug; wie intereſſant war mir
das Werk ſeiner Hände, und wie dankbar war ich, daß er mich
mit dem Atem ſeines Mundes hatte beleben wollen!

Wir hofften aufs neue, mit meiner Schweſter, auf einen
Knaben, dem mein Schwager ſo ſehnlich entgegen ſah und deſſen
Geburt er leider nicht erlebte. Der wackere Mann ſtarb an den
Folgen eines unglücklichen Sturzes vom Pferde, und meine
Schweſter folgte ihm, nachdem ſie der Welt einen ſchönen Knaben
gegeben hatte. Ihre vier hinterlaſſenen Kinder konnte ich nur
mit Wehmut anſehen. So manche geſunde Perſon war vor mir,
der Kranken, hingegangen; ſollte ich nicht vielleicht von dieſen
hoffnungsvollen Blüten manche abfallen ſehen? Ich kannte die
Welt genug, um zu wiſſen, unter wie vielen Gefahren ein Kind,
beſonders in dem höhern Stande, heraufwächſt, und es ſchien
mir, als wenn ſie ſeit der Zeit meiner Jugend ſich für die gegen=
wärtige Welt noch vermehrt hätten. Ich fühlte, daß ich bei
meiner Schwäche wenig oder nichts für die Kinder zu thun im
ſtande ſei; um deſto erwünſchter war mir des Oheims Entſchluß,
der natürlich aus ſeiner Denkungsart entſprang, ſeine ganze Auf=
merkſamkeit auf die Erziehung dieſer liebenswürdigen Geſchöpfe
zu verwenden. Und gewiß, ſie verdienten es in jedem Sinne;
ſie waren wohlgebildet und verſprachen, bei ihrer großen Ver=
ſchiedenheit, ſämtlich gutartige und verſtändige Menſchen zu
werden.

Seitdem mein guter Arzt mich aufmerkſam gemacht hatte,

betrachtete ich gern die Familienähnlichkeit in Kindern und Ver=
wandten. Mein Vater hatte sorgfältig die Bilder seiner Vor=
fahren aufbewahrt, sich selbst und seine Kinder von leiblichen
Meistern malen lassen, auch war meine Mutter und ihre Ver=
wandten nicht vergessen worden. Wir kannten die Charaktere
der ganzen Familie genau, und da wir sie oft unter einander
verglichen hatten, so suchten wir nun bei den Kindern die Aehn=
lichkeiten des Aeußern und Innern wieder auf. Der älteste Sohn
meiner Schwester schien seinem Großvater väterlicher Seite zu
gleichen, von dem ein jugendliches Bild, sehr gut gemalt, in der
Sammlung unseres Oheims aufgestellt war; auch liebte er, wie
jener, der sich immer als ein braver Offizier gezeigt hatte, nichts
so sehr als das Gewehr, womit er sich immer, so oft er mich
besuchte, beschäftigte. Denn mein Vater hatte einen sehr schönen
Gewehrschrank hinterlassen, und der Kleine hatte nicht eher Ruhe,
bis ich ihm ein Paar Pistolen und eine Jagdflinte schenkte, und
bis er herausgebracht hatte, wie ein deutsches Schloß aufzuziehen
sei. Uebrigens war er in seinen Handlungen und seinem ganzen
Wesen nichts weniger als rauh, sondern vielmehr sanft und ver=
ständig.

Die älteste Tochter hatte meine ganze Neigung gefesselt, und
es mochte wohl daher kommen, weil sie mir ähnlich sah, und weil
sie sich von allen vieren am meisten zu mir hielt. Aber ich kann
wohl sagen, je genauer ich sie beobachtete, da sie heranwuchs,
desto mehr beschämte sie mich, und ich konnte das Kind nicht
ohne Bewunderung, ja, ich darf beinahe sagen, nicht ohne Ver=
ehrung ansehn. Man sah nicht leicht eine edlere Gestalt, ein
ruhiger Gemüt und eine immer gleiche, auf keinen Gegenstand
eingeschränkte Thätigkeit. Sie war keinen Augenblick ihres Lebens
unbeschäftigt, und jedes Geschäft ward unter ihren Händen zur
würdigen Handlung. Alles schien ihr gleich, wenn sie nur das
verrichten konnte, was in der Zeit und am Platz war, und eben
so konnte sie ruhig, ohne Ungeduld, bleiben, wenn sie nichts zu
thun fand. Diese Thätigkeit ohne Bedürfnis einer Beschäftigung
habe ich in meinem Leben nicht wieder gesehen. Unnachahmlich
war von Jugend auf ihr Betragen gegen Notleidende und Hilfs=
bedürftige. Ich gestehe gern, daß ich niemals das Talent hatte,
mir aus der Wohlthätigkeit ein Geschäft zu machen; ich war nicht
karg gegen Arme, ja, ich gab oft in meinem Verhältnisse zu viel
dahin, aber gewissermaßen kaufte ich mich nur los, und es mußte
mir jemand angeboren sein, wenn er mir meine Sorgfalt ab=
gewinnen wollte. Gerade das Gegenteil lobe ich an meiner
Nichte. Ich habe sie niemals einem Armen Geld geben sehen,
und was sie von mir zu diesem Endzweck erhielt, verwandelte
sie immer erst in das nächste Bedürfnis. Niemals erschien sie

mir liebenswürdiger, als wenn sie meine Kleider- und Wäsch=
schränke plünderte; immer fand sie etwas, das ich nicht trug und
nicht brauchte, und diese alten Sachen zusammenzuschneiden und
sie irgend einem zerlumpten Kinde anzupassen, war ihre größte
Glückseligkeit.

Die Gesinnungen ihrer Schwester zeigten sich schon anders;
sie hatte vieles von der Mutter, versprach schon frühe, sehr zier=
lich und reizend zu werden, und scheint ihr Versprechen halten
zu wollen; sie ist sehr mit ihrem Aeußern beschäftigt und wußte
sich von früher Zeit an auf eine in die Augen fallende Weise
zu putzen und zu tragen. Ich erinnere mich noch immer, mit
welchem Entzücken sie sich als ein kleines Kind im Spiegel be=
sah, als ich ihr die schönen Perlen, die mir meine Mutter hinter=
lassen hatte und die sie von ungefähr bei mir fand, umbinden
mußte.

Wenn ich diese verschiedenen Neigungen betrachtete, war es
mir angenehm, zu denken, wie meine Besitzungen nach meinem
Tode unter sie zerfallen und durch sie wieder lebendig werden
würden. Ich sah die Jagdflinten meines Vaters schon wieder
auf dem Rücken des Neffen im Felde herumwandeln und aus
seiner Jagdtasche schon wieder Hühner herausfallen; ich sah meine
sämtliche Garderobe bei der Osterkonfirmation, lauter kleinen
Mädchen angepaßt, aus der Kirche herauskommen und mit meinen
besten Stoffen ein sittsames Bürgermädchen an ihrem Braut=
tage geschmückt; denn zu Ausstattung solcher Kinder und ehr=
barer armer Mädchen hatte Natalie eine besondere Neigung, ob
sie gleich, wie ich hier bemerken muß, selbst keine Art von Liebe
und, wenn ich so sagen darf, kein Bedürfnis einer Anhänglich=
keit an ein sichtbares oder unsichtbares Wesen, wie es sich bei
mir in meiner Jugend so lebhaft gezeigt hatte, auf irgend eine
Weise merken ließ.

Wenn ich nun dachte, daß die Jüngste an eben demselben
Tage meine Perlen und Juwelen nach Hofe tragen werde, so sah
ich mit Ruhe meine Besitzungen wie meinen Körper den Elemen=
ten wiedergegeben.

Die Kinder wuchsen heran und sind zu meiner Zufrieden=
heit gesunde, schöne und wackre Geschöpfe. Ich ertrage es mit
Geduld, daß der Oheim sie von mir entfernt hält, und sehe sie,
wenn sie in der Nähe oder auch wohl gar in der Stadt sind,
selten.

Ein wunderbarer Mann, den man für einen französischen
Geistlichen hält, ohne daß man recht von seiner Herkunft unter=
richtet ist, hat die Aufsicht über die sämtlichen Kinder, welche
an verschiedenen Orten erzogen werden und bald hier, bald da
in der Kost sind.

Ich konnte anfangs keinen Plan in dieser Erziehung sehn, bis mir mein Arzt zuletzt eröffnete: der Oheim habe sich durch den Abbé überzeugen lassen, daß, wenn man an der Erziehung des Menschen etwas thun wolle, müsse man sehen, wohin seine Neigungen und Wünsche gehen. Sodann müsse man ihn in die Lage versetzen, jene sobald als möglich zu befriedigen, diese sobald als möglich zu erreichen, damit der Mensch, wenn er sich geirrt habe, früh genug seinen Irrtum gewahr werde und, wenn er das getroffen hat, was für ihn paßt, desto eifriger daran halte und sich desto emsiger fortbilde. Ich wünsche, daß dieser sonderbare Versuch gelingen möge; bei so guten Naturen ist es vielleicht möglich.

Aber das, was ich nicht an diesen Erziehern billigen kann, ist, daß sie alles von den Kindern zu entfernen suchen, was sie zu dem Umgange mit sich selbst und mit dem unsichtbaren, einzigen treuen Freunde führen könne. Ja, es verdrießt mich oft von dem Oheim, daß er mich deshalb für die Kinder für gefährlich hält. Im Praktischen ist doch kein Mensch tolerant! Denn wer auch versichert, daß er jedem seine Art und Wesen gerne lassen wolle, sucht doch immer diejenigen von der Thätigkeit auszuschließen, die nicht so denken, wie er.

Diese Art, die Kinder von mir zu entfernen, betrübt mich desto mehr, je mehr ich von der Realität meines Glaubens überzeugt sein kann. Warum sollte er nicht einen göttlichen Ursprung, nicht einen wirklichen Gegenstand haben, da er sich im Praktischen so wirksam erweiset? Werden wir durchs Praktische doch unseres eigenen Daseins selbst erst recht gewiß; warum sollten wir uns nicht auch auf eben dem Wege von jenem Wesen überzeugen können, das uns zu allem Guten die Hand reicht?

Daß ich immer vorwärts, nie rückwärts gehe, daß meine Handlungen immer mehr der Idee ähnlich werden, die ich mir von der Vollkommenheit gemacht habe, daß ich täglich mehr Leichtigkeit fühle, das zu thun, was ich für recht halte, selbst bei der Schwäche meines Körpers, der mir so manchen Dienst versagt: läßt sich das alles aus der menschlichen Natur, deren Verderben ich so tief eingesehen habe, erklären? Für mich nun einmal nicht.

Ich erinnere mich kaum eines Gebotes; nichts erscheint mir in Gestalt eines Gesetzes; es ist ein Trieb, der mich leitet und mich immer recht führet: ich folge mit Freiheit meinen Gesinnungen und weiß so wenig von Einschränkung als von Reue. Gott sei Dank, daß ich erkenne, wem ich dieses Glück schuldig bin, und daß ich an diese Vorzüge nur mit Demut denken darf. Denn niemals werde ich in Gefahr kommen, auf mein eignes Können und Vermögen stolz zu werden, da ich so deutlich erkannt habe, welch Ungeheuer in jedem menschlichen Busen, wenn eine höhere Kraft uns nicht bewahrt, sich erzeugen und nähren könne.

Siebentes Buch.

Erstes Kapitel.

Der Frühling war in seiner völligen Herrlichkeit erschienen; ein frühzeitiges Gewitter, das den ganzen Tag gedrohet hatte, ging stürmisch an den Bergen nieder, der Regen zog nach dem Lande, die Sonne trat wieder in ihrem Glanze hervor, und auf dem grauen Grunde erschien der herrliche Bogen. Wilhelm ritt ihm entgegen und sah ihn mit Wehmut an. Ach! sagte er zu sich selbst, erscheinen uns denn eben die schönsten Farben des Lebens nur auf dunklem Grunde? Und müssen Tropfen fallen, wenn wir entzückt werden sollen? Ein heiterer Tag ist wie ein grauer, wenn wir ihn ungerührt ansehen, und was kann uns rühren, als die stille Hoffnung, daß die angeborne Neigung unsers Herzens nicht ohne Gegenstand bleiben werde? Uns rührt die Erzählung jeder guten That, uns rührt das Anschauen jedes harmonischen Gegenstandes; wir fühlen dabei, daß wir nicht ganz in der Fremde sind, wir wähnen einer Heimat näher zu sein, nach der unser Bestes, Innerstes ungeduldig hinstrebt.

Inzwischen hatte ihn ein Fußgänger eingeholt, der sich zu ihm gesellte, mit starkem Schritte neben dem Pferde blieb und nach einigen gleichgültigen Reden zu dem Reiter sagte: Wenn ich mich nicht irre, so muß ich Sie irgendwo schon gesehen haben.

Ich erinnere mich Ihrer auch, versetzte Wilhelm, haben wir nicht zusammen eine lustige Wasserfahrt gemacht? — Ganz recht! erwiderte der andere.

Wilhelm betrachtete ihn genauer und sagte nach einigem Stillschweigen: Ich weiß nicht, was für eine Veränderung mit Ihnen vorgegangen sein mag; damals hielt ich Sie für einen lutherischen Landgeistlichen, und jetzt sehen Sie mir eher einem katholischen ähnlich.

Heute betrügen Sie sich wenigstens nicht, sagte der andere, indem er den Hut abnahm und die Tonsur sehen ließ. Wo ist denn Ihre Gesellschaft hingekommen? Sind Sie noch lange bei ihr geblieben?

Länger als billig; denn, leider, wenn ich an jene Zeit zurück

denke, die ich mit ihr zugebracht habe, so glaube ich in ein un=
endliches Leeres zu sehen; es ist mir nichts davon übrig ge=
blieben.

Darin irren Sie sich; alles, was uns begegnet, läßt Spuren
zurück, alles trägt unmerklich zu unserer Bildung bei; doch es
ist gefährlich, sich davon Rechenschaft geben zu wollen. Wir wer=
den dabei entweder stolz und lässig, oder niedergeschlagen und
kleinmütig, und eins ist für die Folge so hinderlich als das an=
dere. Das Sicherste bleibt immer, nur das Nächste zu thun,
was vor uns liegt, und das ist jetzt, fuhr er mit einem Lächeln
fort, daß wir eilen, ins Quartier zu kommen.

Wilhelm fragte, wie weit noch der Weg nach Lotharios Gut
sei? Der andere versetzte, daß es hinter dem Berge liege. Viel=
leicht treffe ich Sie dort an, fuhr er fort, ich habe nur in der
Nachbarschaft noch etwas zu besorgen. Leben Sie so lange wohl!
Und mit diesen Worten ging er einen steilen Pfad, der schneller
über den Berg hinüber zu führen schien.

Ja wohl hat er recht! sagte Wilhelm vor sich, indem er
weiter ritt; an das Nächste soll man denken, und für mich ist
wohl jetzt nichts Näheres, als der traurige Auftrag, den ich aus=
richten soll. Laß sehen, ob ich die Rede noch ganz im Gedächt=
nis habe, die den grausamen Freund beschämen soll.

Er fing darauf an, sich dieses Kunstwerk vorzusagen; es
fehlte ihm auch nicht eine Silbe, und je mehr ihm sein Gedächt=
nis zu statten kam, desto mehr wuchs seine Leidenschaft und sein
Mut. Aureliens Leiden und Tod waren lebhaft vor seiner Seele
gegenwärtig.

Geist meiner Freundin! rief er aus, umschwebe mich! und
wenn es dir möglich ist, so gib mir ein Zeichen, daß du besänf=
tigt, daß du versöhnt seist!

Unter diesen Worten und Gedanken war er auf die Höhe
des Berges gekommen und sah an dessen Abhang, an der andern
Seite, ein wunderliches Gebäude liegen, das er sogleich für
Lotharios Wohnung hielt. Ein altes unregelmäßiges Schloß
mit einigen Türmen und Giebeln schien die erste Anlage dazu
gewesen zu sein; allein noch unregelmäßiger waren die neuen
Angebäude, die, teils nah, teils in einiger Entfernung davon
errichtet, mit dem Hauptgebäude durch Galerieen und bedeckte
Gänge zusammenhingen. Alle äußere Symmetrie, jedes archi=
tektonische Ansehen schien dem Bedürfnis der innern Bequem=
lichkeit aufgeopfert zu sein. Keine Spur von Wall und Graben
war zu sehen, eben so wenig als von künstlichen Gärten und
großen Alleen. Ein Gemüse= und Baumgarten drang bis an
die Häuser hinan, und kleine nutzbare Gärten waren selbst in
den Zwischenräumen angelegt. Ein heiteres Dörfchen lag in

einiger Entfernung; Gärten und Felder schienen durchaus in dem besten Zustande.

In seine eignen leidenschaftlichen Betrachtungen vertieft, ritt Wilhelm weiter, ohne viel über das, was er sah, nachzudenken, stellte sein Pferd in einem Gasthofe ein und eilte nicht ohne Bewegung nach dem Schlosse zu.

Ein alter Bedienter empfing ihn an der Thüre und berichtete ihm mit vieler Gutmütigkeit, daß er heute wohl schwerlich vor den Herrn kommen werde; der Herr habe viel Briefe zu schreiben und schon einige seiner Geschäftsleute abweisen lassen. Wilhelm ward dringender, und endlich mußte der Alte nachgeben und ihn melden. Er kam zurück und führte Wilhelmen in einen großen alten Saal. Dort ersuchte er ihn, sich zu gedulden, weil der Herr vielleicht noch eine Zeitlang ausbleiben werde. Wilhelm ging unruhig auf und ab und warf einige Blicke auf die Ritter und Frauen, deren alte Abbildungen an der Wand umher hingen; er wiederholte den Anfang seiner Rede, und sie schien ihm in Gegenwart dieser Harnische und Kragen erst recht am Platz. So oft er etwas rauschen hörte, setzte er sich in Positur, um seinen Gegner mit Würde zu empfangen, ihm erst den Brief zu überreichen und ihn dann mit den Waffen des Vorwurfs anzufallen.

Mehrmals war er schon getäuscht worden und fing wirklich an, verdrießlich und verstimmt zu werden, als endlich aus einer Seitenthür ein wohlgebildeter Mann in Stiefeln und einem schlichten Ueberrocke heraustrat. Was bringen Sie mir Gutes? sagte er mit freundlicher Stimme zu Wilhelmen; verzeihen Sie, daß ich Sie habe warten lassen.

Er faltete, indem er dieses sprach, einen Brief, den er in der Hand hielt. Wilhelm, nicht ohne Verlegenheit, überreichte ihm das Blatt Aureliens und sagte: Ich bringe die letzten Worte einer Freundin, die Sie nicht ohne Rührung lesen werden.

Lothario nahm den Brief und ging sogleich in das Zimmer zurück, wo er, wie Wilhelm recht gut durch die offene Thüre sehen konnte, erst noch einige Briefe siegelte und überschrieb, dann Aureliens Brief eröffnete und las. Er schien das Blatt einigemal durchgelesen zu haben, und Wilhelm, obgleich seinem Gefühl nach die pathetische Rede zu dem natürlichen Empfang nicht recht passen wollte, nahm sich doch zusammen, ging auf die Schwelle los und wollte seinen Spruch beginnen, als eine Tapetenthüre des Kabinetts sich öffnete und der Geistliche hereintrat.

Ich erhalte die wunderlichste Depesche von der Welt, rief Lothario ihm entgegen; verzeihen Sie mir, fuhr er fort, indem er sich gegen Wilhelmen wandte, wenn ich in diesem Augenblicke nicht gestimmt bin, mich mit Ihnen weiter zu unterhalten. Sie bleiben heute nacht bei uns! Und Sie sorgen für unsern Gast, Abbé, daß ihm nichts abgeht.

Mit diesen Worten machte er eine Verbeugung gegen Wilhelmen; der Geistliche nahm unsern Freund bei der Hand, der nicht ohne Widerstreben folgte.

Stillschweigend gingen sie durch wunderliche Gänge und kamen in ein gar artiges Zimmer. Der Geistliche führte ihn ein und verließ ihn ohne weitere Entschuldigung. Bald darauf erschien ein munterer Knabe, der sich bei Wilhelmen als seine Bedienung ankündigte und das Abendessen brachte, bei der Aufwartung von der Ordnung des Hauses, wie man zu frühstücken, zu speisen, zu arbeiten und sich zu vergnügen pflegte, manches erzählte und besonders zu Lotharios Ruhm gar vieles vorbrachte.

So angenehm auch der Knabe war, so suchte ihn Wilhelm doch bald loszuwerden. Er wünschte allein zu sein, denn er fühlte sich in seiner Lage äußerst bedrückt und beklommen. Er machte sich Vorwürfe, seinen Vorsatz so schlecht vollführt, seinen Auftrag nur halb ausgerichtet zu haben. Bald nahm er sich vor, den andern Morgen das Versäumte nachzuholen, bald ward er gewahr, daß Lotharios Gegenwart ihn zu ganz andern Gefühlen stimmte. Das Haus, worin er sich befand, kam ihm auch so wunderbar vor; er wußte sich in seine Lage nicht zu finden. Er wollte sich ausziehen und öffnete seinen Mantelsack; mit seinen Nachtsachen brachte er zugleich den Schleier des Geistes hervor, den Mignon eingepackt hatte. Der Anblick vermehrte seine traurige Stimmung. Flieh! Jüngling, flieh! rief er aus, was soll das mystische Wort heißen? was fliehen? wohin fliehen? Weit besser hätte der Geist mir zugerufen: Kehre in dich selbst zurück! Er betrachtete die englischen Kupfer, die an der Wand in Rahmen hingen; gleichgültig sah er über die meisten hinweg, endlich fand er auf dem einen ein unglücklich strandendes Schiff vorgestellt; ein Vater mit seinen schönen Töchtern erwartete den Tod von den hereindringenden Wellen. Das eine Frauenzimmer schien Aehnlichkeit mit jener Amazone zu haben; ein unaussprechliches Mitleiden ergriff unsern Freund, er fühlte ein unwiderstehliches Bedürfnis, seinem Herzen Luft zu machen; Thränen drangen aus seinem Auge, und er konnte sich nicht wieder erholen, bis ihn der Schlaf übermältigte.

Sonderbare Traumbilder erschienen ihm gegen Morgen. Er fand sich in einem Garten, den er als Knabe öfters besucht hatte, und sah mit Vergnügen die bekannten Alleen, Hecken und Blumenbeete wieder; Mariane begegnete ihm, er sprach liebevoll mit ihr und ohne Erinnerung irgend eines vergangenen Mißver-

hältniſſes. Gleich darauf trat ſein Vater zu ihnen, im Haus=
kleide; und mit vertraulicher Miene, die ihm ſelten war, hieß
er den Sohn zwei Stühle aus dem Gartenhauſe holen, nahm
Marianen bei der Hand und führte ſie nach einer Laube.

Wilhelm eilte nach dem Gartenſaale, fand ihn aber ganz
leer, nur ſah er Aurelien an dem entgegengeſetzten Fenſter ſtehen;
er ging, ſie anzureden, allein ſie blieb unverwandt, und ob er
ſich gleich neben ſie ſtellte, konnte er doch ihr Geſicht nicht ſehen.
Er blickte zum Fenſter hinaus und ſah, in einem fremden Garten,
viele Menſchen beiſammen, von denen er einige ſogleich erkannte.
Frau Melina ſaß unter einem Baum und ſpielte mit einer Roſe,
die ſie in der Hand hielt; Laertes ſtand neben ihr und zählte
Gold aus einer Hand in die andere. Mignon und Felix lagen
im Graſe, jene ausgeſtreckt auf dem Rücken, dieſer auf dem Ge=
ſichte. Philine trat hervor und klatſchte über den Kindern in
die Hände, Mignon blieb unbeweglich, Felix ſprang auf und floh
vor Philinen. Erſt lachte er im Laufen, als Philine ihn ver=
folgte; dann ſchrie er ängſtlich, als der Harfenſpieler mit großen,
langſamen Schritten ihm nachging. Das Kind lief gerade auf
einen Teich los; Wilhelm eilte ihm nach, aber zu ſpät, das Kind
lag im Waſſer! Wilhelm ſtand wie eingewurzelt. Nun ſah er
die ſchöne Amazone an der andern Seite des Teichs: ſie ſtreckte
ihre rechte Hand gegen das Kind aus und ging am Ufer hin;
das Kind durchſtrich das Waſſer in gerader Richtung auf den
Finger zu und folgte ihr nach, wie ſie ging; endlich reichte ſie
ihm ihre Hand und zog es aus dem Teiche. Wilhelm war in=
deſſen näher gekommen; das Kind brannte über und über, und
es fielen feurige Tropfen von ihm herab. Wilhelm war noch
beſorgter, doch die Amazone nahm ſchnell einen weißen Schleier
vom Haupte und bedeckte das Kind damit. Das Feuer war ſo=
gleich gelöſcht. Als ſie den Schleier aufhob, ſprangen zwei Knaben
hervor, die zuſammen mutwillig hin und her ſpielten, als Wil=
helm mit der Amazone Hand in Hand durch den Garten ging
und in der Entfernung ſeinen Vater und Marianen in einer
Allee ſpazieren ſah, die mit hohen Bäumen den ganzen Garten
zu umgeben ſchien. Er richtete ſeinen Weg auf beide zu und
machte mit ſeiner ſchönen Begleiterin den Durchſchnitt des Gartens,
als auf einmal der blonde Friedrich ihnen in den Weg trat und
ſie mit großem Gelächter und allerlei Poſſen aufhielt. Sie wollten
demohngeachtet ihren Weg weiter fortſetzen; da eilte er weg und
lief auf jenes entfernte Paar zu; der Vater und Mariane
ſchienen vor ihm zu fliehen, er lief nur deſto ſchneller, und Wil=
helm ſah jene faſt im Fluge durch die Allee hinſchweben. Natur
und Neigung forderten ihn auf, jenen zu Hilfe zu kommen, aber
die Hand der Amazone hielt ihn zurück. Wie gern ließ er ſich

halten! Mit dieser gemischten Empfindung wachte er auf und
fand sein Zimmer schon von der hellen Sonne erleuchtet.

Zweites Kapitel.

Der Knabe lud Wilhelmen zum Frühstück ein; dieser fand
den Abbé schon im Saale; Lothario, hieß es, sei ausgeritten;
der Abbé war nicht sehr gesprächig und schien eher nachdenklich
zu sein; er fragte nach Aureliens Tode und hörte mit Teilnahme
der Erzählung Wilhelms zu. Ach! rief er aus, wem es lebhaft
und gegenwärtig ist, welche unendliche Operationen Natur und
Kunst machen müssen, bis ein gebildeter Mensch dasteht, wer
selbst so viel als möglich an der Bildung seiner Mitbrüder teil-
nimmt, der möchte verzweifeln, wenn er sieht, wie freventlich
sich oft der Mensch zerstört und so oft in den Fall kommt, mit
oder ohne Schuld zerstört zu werden. Wenn ich das bedenke,
so scheint mir das Leben selbst eine so zufällige Gabe, daß ich
jeden loben möchte, der sie nicht höher als billig schätzt.

Er hatte kaum ausgesprochen, als die Thüre mit Heftigkeit
sich aufriß, ein junges Frauenzimmer hereinstürzte und den alten
Bedienten, der sich ihr in den Weg stellte, zurückstieß. Sie eilte
gerade auf den Abbé zu und konnte, indem sie ihn beim Arm
faßte, vor Weinen und Schluchzen kaum die wenigen Worte hervorbringen: Wo ist er? Wo habt ihr ihn? Es ist eine entsetz-
liche Verräterei! Gesteht nur! Ich weiß, was vorgeht! Ich will
ihm nach! Ich will wissen, wo er ist.

Beruhigen Sie sich, mein Kind, sagte der Abbé mit angenommener Gelassenheit, kommen Sie auf Ihr Zimmer, Sie sollen
alles erfahren; nur müssen Sie hören können, wenn ich Ihnen
erzählen soll. Er bot ihr die Hand an, im Sinne, sie wegzuführen. Ich werde nicht auf mein Zimmer gehen, rief sie aus,
ich hasse die Wände, zwischen denen ihr mich schon so lange gefangen haltet! Und doch habe ich alles erfahren, der Obrist hat
ihn herausgefordert, er ist hinausgeritten, seinen Gegner aufzusuchen, und vielleicht jetzt eben in diesem Augenblicke — es
war mir etlichemal, als hörte ich schießen. Lassen Sie anspannen
und fahren Sie mit mir, oder ich fülle das Haus, das ganze
Dorf mit meinem Geschrei.

Sie eilte unter den heftigsten Thränen nach dem Fenster;
der Abbé hielt sie zurück und suchte vergebens, sie zu besänftigen.

Man hörte einen Wagen fahren, sie riß das Fenster auf:
Er ist tot! rief sie, da bringen sie ihn. — Er steigt aus, sagte
der Abbé. Sie sehen, er lebt. — Er ist verwundet, versetzte sie

heftig, sonst käm' er zu Pferde! Sie führen ihn! Er ist gefähr=
lich verwundet! Sie rannte zur Thüre hinaus und die Treppe
hinunter, der Abbé eilte ihr nach, und Wilhelm folgte ihnen; er
sah, wie die Schöne ihrem heraufkommenden Geliebten begegnete.

Lothario lehnte sich auf seinen Begleiter, welchen Wilhelm
sogleich für seinen alten Gönner Jarno erkannte, sprach dem
trostlosen Frauenzimmer gar liebreich und freundlich zu, und
indem er sich auch auf sie stützte, kam er die Treppe langsam
herauf; er grüßte Wilhelmen und ward in sein Kabinett geführt.

Nicht lange darauf kam Jarno wieder heraus und trat zu
Wilhelmen: Sie sind, wie es scheint, sagte er, prädestiniert, überall
Schauspieler und Theater zu finden; wir sind eben in einem
Drama begriffen, das nicht ganz lustig ist.

Ich freue mich, versetzte Wilhelm, Sie in diesem sonderbaren
Augenblicke wiederzufinden; ich bin verwundert, erschrocken, und
Ihre Gegenwart macht mich gleich ruhig und gefaßt. Sagen
Sie mir, hat es Gefahr? Ist der Baron schwer verwundet? —
Ich glaube nicht, versetzte Jarno.

Nach einiger Zeit trat der junge Wundarzt aus dem Zim=
mer. Nun, was sagen Sie? rief ihm Jarno entgegen. — Daß
es sehr gefährlich steht, versetzte dieser und steckte einige Instru=
mente in seine lederne Tasche zusammen.

Wilhelm betrachtete das Band, das von der Tasche herunter=
hing; er glaubte es zu kennen. Lebhafte, widersprechende Farben,
ein seltsames Muster, Gold und Silber in wunderlichen Figuren
zeichneten dieses Band vor allen Bändern der Welt aus. Wil=
helm war überzeugt, die Instrumententasche des alten Chirur=
gus vor sich zu sehen, der ihn in jenem Walde verbunden hatte,
und die Hoffnung, nach so langer Zeit wieder eine Spur seiner
Amazone zu finden, schlug wie eine Flamme durch sein ganzes
Wesen.

Wo haben Sie die Tasche her? rief er aus. Wem gehörte
sie vor Ihnen? ich bitte, sagen Sie mir's. — Ich habe sie in
einer Auktion gekauft, versetzte jener; was kümmert's mich, wem
sie angehörte? Mit diesen Worten entfernte er sich, und Jarno
sagte: Wenn diesem jungen Menschen nur ein wahres Wort aus
dem Munde ginge. — So hat er also diese Tasche nicht erstanden?
versetzte Wilhelm. — So wenig, als es Gefahr mit Lothario
hat, antwortete Jarno.

Wilhelm stand in ein vielfaches Nachdenken versenkt, als
Jarno ihn fragte, wie es ihm zeither gegangen sei? Wilhelm
erzählte seine Geschichte im allgemeinen, und als er zuletzt von
Aureliens Tod und seiner Botschaft gesprochen hatte, rief jener
aus: Es ist doch sonderbar, sehr sonderbar!

Der Abbé trat aus dem Zimmer, winkte Jarno zu, an seiner

Statt hinein zu gehen, und sagte zu Wilhelmen: Der Baron läßt
Sie ersuchen, hier zu bleiben, einige Tage die Gesellschaft zu ver=
mehren und zu seiner Unterhaltung unter diesen Umständen bei=
zutragen. Haben Sie nötig, etwas an die Ihrigen zu bestellen,
so soll Ihr Brief gleich besorgt werden; und damit Sie diese
wunderbare Begebenheit verstehen, von der Sie Augenzeuge sind,
muß ich Ihnen erzählen, was eigentlich kein Geheimnis ist. Der
Baron hatte ein kleines Abenteuer mit einer Dame, das mehr
Aufsehen machte, als billig war, weil sie den Triumph, ihn einer
Nebenbuhlerin entrissen zu haben, allzu lebhaft genießen wollte.
Leider fand er nach einiger Zeit bei ihr nicht die nämliche Unter=
haltung, er vermied sie; allein bei ihrer heftigen Gemütsart
war es ihr unmöglich, ihr Schicksal mit gesetztem Mute zu tragen.
Bei einem Balle gab es einen öffentlichen Bruch, sie glaubte sich
äußerst beleidigt und wünschte gerächt zu werden; kein Ritter
fand sich, der sich ihrer angenommen hätte, bis endlich ihr Mann,
von dem sie sich lange getrennt hatte, die Sache erfuhr und sich
ihrer annahm, den Baron herausforderte und heute verwundete;
doch ist der Obrist, wie ich höre, noch schlimmer dabei gefahren.

Von diesem Augenblicke an ward unser Freund im Hause,
als gehöre er zur Familie, behandelt.

Drittes Kapitel.

Man hatte einigemal dem Kranken vorgelesen; Wilhelm
leistete diesen kleinen Dienst mit Freuden. Lydie kam nicht vom
Bette hinweg, ihre Sorgfalt für den Verwundeten verschlang
alle ihre übrige Aufmerksamkeit; aber heute schien auch Lothario
zerstreut, ja, er bat, daß man nicht weiter lesen möchte.

Ich fühle heute so lebhaft, sagte er, wie thöricht der Mensch
seine Zeit verstreichen läßt! Wie manches habe ich mir vorge=
nommen, wie manches durchdacht, und wie zaudert man nicht
bei seinen besten Vorsätzen! Ich habe die Vorschläge über die
Veränderungen gelesen, die ich auf meinen Gütern machen will,
und ich kann sagen, ich freue mich vorzüglich dieserwegen, daß
die Kugel keinen gefährlichern Weg genommen hat.

Lydie sah ihn zärtlich, ja mit Thränen in den Augen an,
als wollte sie fragen, ob denn sie, ob seine Freunde nicht auch
Anteil an der Lebensfreude fordern könnten? Jarno dagegen
versetzte: Veränderungen, wie Sie vorhaben, werden billig erst
von allen Seiten überlegt, bis man sich dazu entschließt.

Lange Ueberlegungen, versetzte Lothario, zeigen gewöhnlich,
daß man den Punkt nicht im Auge hat, von dem die Rede ist,

übereilte Handlungen, daß man ihn gar nicht kennt. Ich übersehe sehr deutlich, daß ich in vielen Stücken bei der Wirtschaft meiner Güter die Dienste meiner Landleute nicht entbehren kann, und daß ich auf gewissen Rechten strack und streng halten muß; ich sehe aber auch, daß andere Befugnisse mir zwar vorteilhaft, aber nicht ganz unentbehrlich sind, so daß ich davon meinen Leuten auch was gönnen kann. Man verliert nicht immer, wenn man entbehrt. Nutze ich nicht meine Güter weit besser als mein Vater? Werde ich meine Einkünfte nicht noch höher treiben? Und soll ich diesen wachsenden Vorteil allein genießen? Soll ich dem, der mit mir und für mich arbeitet, nicht auch in dem Seinigen Vorteile gönnen, die uns erweiterte Kenntnisse, die uns eine vorrückende Zeit darbietet?

Der Mensch ist nun einmal so! rief Jarno, und ich table mich nicht, wenn ich mich auch auf dieser Eigenheit ertappe; der Mensch begehrt, alles an sich zu reißen, um nur nach Belieben damit schalten und walten zu können; das Geld, das er nicht selbst ausgibt, scheint ihm selten wohl angewendet.

O ja, versetzte Lothario, wir könnten manches vom Kapital entbehren, wenn wir mit den Interessen weniger willkürlich umgingen.

Das einzige, was ich zu erinnern habe, sagte Jarno, und warum ich nicht raten kann, daß Sie eben jetzt diese Veränderungen machen, wodurch Sie wenigstens im Augenblicke verlieren, ist, daß Sie selbst noch Schulden haben, deren Abzahlung Sie einengt. Ich würde raten, Ihren Plan aufzuschieben, bis Sie völlig im reinen wären.

Und indessen einer Kugel oder einem Dachziegel zu überlassen, ob er die Resultate meines Lebens und meiner Thätigkeit auf immer vernichten wollte! O, mein Freund! fuhr Lothario fort, das ist ein Hauptfehler gebildeter Menschen, daß sie alles an eine Idee, wenig oder nichts an einen Gegenstand wenden mögen. Wozu habe ich Schulden gemacht? warum habe ich mich mit meinem Oheim entzweit, meine Geschwister so lange sich selbst überlassen, als um einer Idee willen? In Amerika glaubte ich zu wirken, über dem Meere glaubte ich nützlich und notwendig zu sein; war eine Handlung nicht mit tausend Gefahren umgeben, so schien sie mir nicht bedeutend, nicht würdig. Wie anders seh' ich jetzt die Dinge, und wie ist mir das Nächste so wert, so teuer geworden.

Ich erinnere mich wohl des Briefes, versetzte Jarno, den ich noch über das Meer erhielt. Sie schrieben mir: Ich werde zurückkehren und in meinem Hause, in meinem Baumgarten, mitten unter den Meinigen sagen: hier, oder nirgends ist Amerika!

Ja, mein Freund, und ich wiederhole noch immer dasselbe;
und doch schelte ich mich zugleich, daß ich hier nicht so thätig
wie dort bin. Zu einer gewissen gleichen, fortdauernden Gegen=
wart brauchen wir nur Verstand, und wir werden auch nur zu
Verstand, so daß wir das Außerordentliche, was jeder gleich=
gültige Tag von uns fordert, nicht mehr sehen und, wenn wir
es erkennen, doch tausend Entschuldigungen finden, es nicht zu
thun. Ein verständiger Mensch ist viel für sich, aber fürs Ganze
ist er wenig.

Wir wollen, sagte Jarno, dem Verstande nicht zu nahe treten
und bekennen, daß das Außerordentliche, was geschieht, meistens
thöricht ist.

Ja, und zwar eben deswegen, weil die Menschen das Außer=
ordentliche außer der Ordnung thun. So gibt mein Schwager
sein Vermögen, insofern er es veräußern kann, der Brüder=
gemeinde und glaubt, seiner Seele Heil dadurch zu befördern;
hätte er einen geringen Teil seiner Einkünfte aufgeopfert, so
hätte er viel glückliche Menschen machen und sich und ihnen einen
Himmel auf Erden schaffen können. Selten sind unsere Auf=
opferungen thätig; wir thun gleich Verzicht auf das, was wir
weggeben. Nicht entschlossen, sondern verzweifelt entsagen wir
dem, was wir besitzen. Diese Tage, ich gesteh' es, schwebt mir
der Graf immer vor Augen, und ich bin fest entschlossen, das
aus Ueberzeugung zu thun, wozu ihn ein ängstlicher Wahn treibt;
ich will meine Genesung nicht abwarten. Hier sind die Papiere,
sie dürfen nur ins reine gebracht werden. Nehmen Sie den
Gerichtshalter dazu, unser Gast hilft Ihnen auch, Sie wissen so
gut als ich, worauf es ankommt, und ich will hier genesend oder
sterbend dabei bleiben und ausrufen: hier, oder nirgends
ist Herrnhut!

Als Lydie ihren Freund von Sterben reden hörte, stürzte
sie vor seinem Bette nieder, hing an seinen Armen und weinte
bitterlich. Der Wundarzt kam herein, Jarno gab Wilhelmen
die Papiere und nötigte Lydien, sich zu entfernen.

Ums Himmels willen! rief Wilhelm, als sie in dem Saal
allein waren, was ist das mit dem Grafen? Welch ein Graf
ist das, der sich unter die Brüdergemeinde begibt?

Den Sie sehr wohl kennen, versetzte Jarno. Sie sind das
Gespenst, das ihn in die Arme der Frömmigkeit jagt, Sie sind
der Bösewicht, der sein artiges Weib in einen Zustand versetzt,
in dem sie erträglich findet, ihrem Manne zu folgen.

Und sie ist Lotharios Schwester? rief Wilhelm.

Nicht anders?

Und Lothario weiß —?

Alles.

O, laſſen Sie mich fliehen! rief Wilhelm aus; wie kann ich
vor ihm ſtehen? Was kann er ſagen?

Daß niemand einen Stein gegen den andern aufheben ſoll
und daß niemand lange Reden komponieren ſoll, um die Leute
zu beſchämen, er müßte ſie denn vor dem Spiegel halten wollen.
Auch das wiſſen Sie?

Wie manches andere, verſetzte Jarno lächelnd; doch diesmal,
fuhr er fort, werde ich Sie ſo leicht nicht wie das vorige Mal
loslaſſen, und vor meinem Werbeſold haben Sie ſich auch nicht
mehr zu fürchten. Ich bin kein Soldat mehr, und auch als
Soldat hätte ich Ihnen dieſen Argwohn nicht einflößen ſollen.
Seit der Zeit, daß ich Sie nicht geſehen habe, hat ſich vieles
geändert. Nach dem Tode meines Fürſten, meines einzigen
Freundes und Wohlthäters, habe ich mich aus der Welt und aus
allen weltlichen Verhältniſſen herausgeriſſen. Ich beförderte
gern, was vernünftig war, verſchwieg nicht, wenn ich etwas ab-
geſchmackt fand, und man hatte immer von meinem unruhigen
Kopf und von meinem böſen Maule zu reden. Das Menſchen-
pack fürchtet ſich vor nichts mehr, als vor dem Verſtande; vor
der Dummheit ſollten ſie ſich fürchten, wenn ſie begriffen, was
fürchterlich iſt; aber jener iſt unbequem, und man muß ihn bei-
ſeite ſchaffen; dieſe iſt nur verderblich, und das kann man abwarten. Doch es mag hingehen, ich habe zu leben, und von
meinem Plane ſollen Sie weiter hören. Sie ſollen teil daran
nehmen, wenn Sie mögen; aber ſagen Sie mir, wie es Ihnen
ergangen? Ich ſehe, ich fühle Ihnen an, auch Sie haben ſich
verändert. Wie ſteht's mit Ihrer alten Grille, etwas Schönes
und Gutes in Geſellſchaft von Zigeunern hervorzubringen?

Ich bin geſtraft genug! rief Wilhelm aus; erinnern Sie mich
nicht, woher ich komme und wohin ich gehe. Man ſpricht viel
vom Theater, aber wer nicht ſelbſt darauf war, kann ſich keine
Vorſtellung davon machen. Wie völlig dieſe Menſchen mit ſich
ſelbſt unbekannt ſind, wie ſie ihr Geſchäft ohne Nachdenken treiben,
wie ihre Anforderungen ohne Grenzen ſind, davon hat man
keinen Begriff. Nicht allein will jeder der erſte, ſondern auch
der einzige ſein, jeder möchte gerne alle übrigen ausſchließen
und ſieht nicht, daß er mit ihnen zuſammen kaum etwas leiſtet;
jeder dünkt ſich wunder Original zu ſein und iſt unfähig, ſich
in etwas zu finden, was außer dem Schlendrian iſt; dabei eine
immerwährende Unruhe nach etwas Neuem. Mit welcher Heftigkeit wirken ſie gegen einander! und nur die kleinlichſte Eigenliebe, der beſchränkteſte Eigennutz macht, daß ſie ſich mit einander
verbinden. Vom wechſelſeitigen Betragen iſt gar die Rede nicht;
ein ewiges Mißtrauen wird durch heimliche Tücke und ſchänd-
liche Reden unterhalten; wer nicht liederlich lebt, lebt albern.

Jeder macht Anspruch auf die unbedingteste Achtung, jeder ist empfindlich gegen den mindesten Tadel. Das hat er selbst alles schon besser gewußt! Und warum hat er denn immer das Gegenteil gethan? Immer bedürftig und immer ohne Zutrauen, scheint es, als wenn sie sich vor nichts so sehr fürchteten, als vor Vernunft und gutem Geschmack, und nichts so sehr zu erhalten suchten, als das Majestätsrecht ihrer persönlichen Willkür.

Wilhelm holte Atem, um seine Litanei noch weiter fortzusetzen, als ein unmäßiges Gelächter Jarnos ihn unterbrach. Die armen Schauspieler! rief er aus, warf sich in einen Sessel und lachte fort; die armen guten Schauspieler! Wissen Sie denn, mein Freund, fuhr er fort, nachdem er sich einigermaßen wieder erholt hatte, daß Sie nicht das Theater, sondern die Welt beschrieben haben, und daß ich Ihnen aus allen Ständen genug Figuren und Handlungen zu Ihren harten Pinselstrichen finden wollte? Verzeihen Sie mir, ich muß wieder lachen, daß Sie glaubten, diese schönen Qualitäten seien nur auf die Bretter gebannt.

Wilhelm faßte sich, denn wirklich hatte ihn das unbändige und unzeitige Gelächter Jarnos verdrossen. Sie können, sagte er, Ihren Menschenhaß nicht ganz verbergen, wenn Sie behaupten, daß diese Fehler allgemein seien.

Und es zeigt von Ihrer Unbekanntschaft mit der Welt, wenn Sie diese Erscheinungen dem Theater so hoch anrechnen. Wahrhaftig, ich verzeihe dem Schauspieler jeden Fehler, der aus dem Selbstbetrug und aus der Begierde, zu gefallen, entspringt; denn wenn er sich und andern nicht etwas scheint, so ist er nichts. Zum Schein ist er berufen, er muß den augenblicklichen Beifall hoch schätzen, denn er erhält keinen andern Lohn; er muß zu glänzen suchen, denn deswegen steht er da.

Sie erlauben, versetzte Wilhelm, daß ich von meiner Seite wenigstens lächle. Nie hätte ich geglaubt, daß Sie so billig, so nachsichtig sein könnten.

Nein, bei Gott! dies ist mein völliger, wohlbedachter Ernst. Alle Fehler des Menschen verzeih' ich dem Schauspieler, keine Fehler des Schauspielers verzeih' ich dem Menschen. Lassen Sie mich meine Klaglieder hierüber nicht anstimmen; sie würden heftiger klingen als die Ihrigen.

Der Chirurgus kam aus dem Kabinett, und auf Befragen, wie sich der Kranke befinde? sagte er mit lebhafter Freundlichkeit: Recht sehr wohl, ich hoffe, ihn bald völlig wiederhergestellt zu sehen. Sogleich eilte er zum Saal hinaus und erwartete Wilhelms Frage nicht, der schon den Mund öffnete, sich nochmals und dringender nach der Brieftasche zu erkundigen. Das Verlangen, von seiner Amazone etwas zu erfahren, gab ihm Ver-

trauen zu Jarno; er entdeckte ihm seinen Fall und bat ihn um
seine Beihilfe. Sie wissen so viel, sagte er, sollten Sie nicht
auch das erfahren können?

Jarno war einen Augenblick nachdenkend, dann sagte er zu
seinem jungen Freunde: Sein Sie ruhig und lassen Sie sich
weiter nichts merken; wir wollen der Schönen schon auf die
Spur kommen. Jetzt beunruhigt mich nur Lotharios Zustand:
die Sache steht gefährlich, das sagt mir die Freundlichkeit und
der gute Trost des Wundarztes. Ich hätte Lydien schon gerne
weggeschafft, denn sie nutzt hier gar nichts, aber ich weiß nicht,
wie ich es anfangen soll. Heute abend, hoff' ich, soll unser alter
Medikus kommen, und dann wollen wir weiter ratschlagen.

Viertes Kapitel.

Der Medikus kam; es war der gute, alte, kleine Arzt, den
wir schon kennen und dem wir die Mitteilung des interessanten
Manuskripts verdanken. Er besuchte vor allen Dingen den Verwundeten und schien mit dessen Befinden keineswegs zufrieden.
Dann hatte er mit Jarno eine lange Unterredung; doch ließen
sie nichts merken, als sie abends zu Tische kamen.

Wilhelm begrüßte ihn aufs freundlichste und erkundigte sich
nach seinem Harfenspieler. — Wir haben noch Hoffnung, den
Unglücklichen zurechte zu bringen, versetzte der Arzt. — Dieser
Mensch war eine traurige Zugabe zu Ihrem eingeschränkten und
wunderlichen Leben, sagte Jarno. Wie ist es ihm weiter ergangen? Lassen Sie mich es wissen.

Nachdem man Jarnos Neugierde befriediget hatte, fuhr der
Arzt fort: Nie habe ich ein Gemüt in einer so sonderbaren Lage
gesehen. Seit vielen Jahren hat er an nichts, was außer ihm
war, den mindesten Anteil genommen, ja, fast auf nichts gemerkt;
bloß in sich gekehrt, betrachtete er sein hohles leeres Ich, das
ihm als ein unermeßlicher Abgrund erschien. Wie rührend war
es, wenn er von diesem traurigen Zustande sprach! Ich sehe nichts
vor mir, nichts hinter mir, rief er aus, als eine unendliche Nacht,
in der ich mich in der schrecklichsten Einsamkeit befinde; kein Gefühl bleibt mir als das Gefühl meiner Schuld, die doch auch
nur wie ein entferntes unförmliches Gespenst sich rückwärts sehen
läßt. Doch da ist keine Höhe, keine Tiefe, kein Vor noch Zurück,
kein Wort drückt diesen immer gleichen Zustand aus. Manchmal
ruf' ich in der Not dieser Gleichgültigkeit: Ewig! ewig! mit
Heftigkeit aus, und dieses seltsame unbegreifliche Wort ist hell
und klar gegen die Finsternis meines Zustandes. Kein Strahl

einer Gottheit erscheint mir in dieser Nacht, ich weine meine
Thränen alle mir selbst und um mich selbst. Nichts ist mir
grausamer als Freundschaft und Liebe; denn sie allein locken
mir den Wunsch ab, daß die Erscheinungen, die mich umgeben,
wirklich sein möchten. Aber auch diese beiden Gespenster sind
nur aus dem Abgrunde gestiegen, um mich zu ängstigen und um
mir zuletzt auch das teure Bewußtsein dieses ungeheuren Daseins
zu rauben.

Sie sollten ihn hören, fuhr der Arzt fort, wenn er in vertraulichen Stunden auf diese Weise sein Herz erleichtert; mit der
größten Rührung habe ich ihm einigemal zugehört. Wenn sich
ihm etwas aufdringt, das ihn nötigt, einen Augenblick zu gestehen, eine Zeit sei vergangen, so scheint er wie erstaunt, und
dann verwirft er wieder die Veränderung an den Dingen als
eine Erscheinung der Erscheinungen. Eines Abends sang er ein
Lied über seine grauen Haare; wir saßen alle um ihn her und
weinten.

O, schaffen Sie es mir! rief Wilhelm aus.

Haben sie denn aber, fragte Jarno, nichts entdeckt von dem,
was er sein Verbrechen nennt, nicht die Ursache seiner sonderbaren
Tracht, sein Betragen beim Brande, seine Wut gegen das Kind?

Nur durch Mutmaßungen können wir seinem Schicksale näher
kommen; ihn unmittelbar zu fragen, würde gegen unsere Grundsätze sein. Da wir wohl merken, daß er katholisch erzogen ist,
haben wir geglaubt, ihm durch eine Beichte Linderung zu verschaffen; aber er entfernt sich auf eine sonderbare Weise jedesmal,
wenn wir ihn dem Geistlichen näher zu bringen suchen. Daß
ich aber Ihren Wunsch, etwas von ihm zu wissen, nicht ganz un-
befriedigt lasse, will ich Ihnen wenigstens unsere Vermutungen
entdecken. Er hat seine Jugend in dem geistlichen Stande zugebracht; daher scheint er sein langes Gewand und seinen Bart
erhalten zu wollen. Die Freuden der Liebe blieben ihm die
größte Zeit seines Lebens unbekannt. Erst spät mag eine Ver-
irrung mit einem sehr nahe verwandten Frauenzimmer, es mag
ihr Tod, der einem unglücklichen Geschöpfe das Dasein gab, sein
Gehirn völlig zerrüttet haben.

Sein größter Wahn ist, daß er überall Unglück bringe und
daß ihm der Tod durch einen unschuldigen Knaben bevorstehe.
Erst fürchtete er sich vor Mignon, ehe er wußte, daß es ein
Mädchen war; nun ängstigte ihn Felix, und da er das Leben bei
alle seinem Elend unendlich liebt, scheint seine Abneigung gegen
das Kind daher entstanden zu sein.

Was haben Sie denn zu seiner Besserung für Hoffnung?
fragte Wilhelm.

Es geht langsam vorwärts, versetzte der Arzt, aber doch

nicht zurück. Seine bestimmten Beschäftigungen treibt er fort, und wir haben ihn gewöhnt, die Zeitungen zu lesen, die er jetzt immer mit großer Begierde erwartet.

Ich bin auf seine Lieder neugierig, sagte Jarno.

Davon werde ich Ihnen verschiedene geben können, sagte der Arzt. Der älteste Sohn des Geistlichen, der seinem Vater die Predigten nachzuschreiben gewohnt ist, hat manche Strophe, ohne von dem Alten bemerkt zu werden, aufgezeichnet, und mehrere Lieder nach und nach zusammengesetzt.

Den andern Morgen kam Jarno zu Wilhelmen und sagte ihm: Sie müssen uns einen Gefallen thun; Lydie muß einige Zeit entfernt werden; ihre heftige und, ich darf wohl sagen, unbequeme Liebe und Leidenschaft hindert des Barons Genesung. Seine Wunde verlangt Ruhe und Gelassenheit, ob sie gleich bei seiner guten Natur nicht gefährlich ist. Sie haben gesehen, wie ihn Lydie mit stürmischer Sorgfalt, unbezwinglicher Angst und nie versiegenden Thränen quält, und — genug, setzte er nach einer Pause mit einem Lächeln hinzu, der Medikus verlangt ausdrücklich, daß sie das Haus auf einige Zeit verlassen solle. Wir haben ihr eingebildet, eine sehr gute Freundin halte sich in der Nähe auf, verlange sie zu sehen und erwarte sie jeden Augenblick. Sie hat sich bereden lassen, zu dem Gerichtshalter zu fahren, der nur zwei Stunden von hier wohnt. Dieser ist unterrichtet und wird herzlich bedauern, daß Fräulein Therese soeben weggefahren sei; er wird wahrscheinlich machen, daß man sie noch einholen könne, Lydie wird ihr nacheilen, und wenn das Glück gut ist, wird sie von einem Orte zum andern geführt werden. Zuletzt, wenn sie darauf besteht, wieder umzukehren, darf man ihr nicht widersprechen; man muß die Nacht zu Hilfe nehmen, der Kutscher ist ein gescheiter Kerl, mit dem man noch Abrede nehmen muß. Sie setzen sich zu ihr in den Wagen, unterhalten sie und dirigieren das Abenteuer.

Sie geben mir einen sonderbaren und bedenklichen Auftrag, versetzte Wilhelm; wie ängstlich ist die Gegenwart einer gekränkten treuen Liebe! und ich soll selbst das Werkzeug dazu sein? Es ist das erste Mal in meinem Leben, daß ich jemanden auf diese Weise hintergehe; denn ich habe immer geglaubt, daß es uns zu weit führen könne, wenn wir einmal um des Guten und Nützlichen willen zu betrügen anfangen.

Können wir doch die Kinder nicht anders erziehen, als auf diese Weise, versetzte Jarno.

Bei Kindern möchte es noch hingehen, sagte Wilhelm, indem wir sie so zärtlich lieben und offenbar übersehen; aber bei unsersgleichen, für die uns nicht immer das Herz so laut um Schonung anruft, möchte es oft gefährlich werden. Doch glauben Sie nicht,

fuhr er nach einem kurzen Nachdenken fort, daß ich deswegen
diesen Auftrag ablehne. Bei der Ehrfurcht, die mir Ihr Verstand
einflößt, bei der Neigung, die ich für Ihren trefflichen Freund
fühle, bei dem lebhaften Wunsch, seine Genesung, durch welche
Mittel sie auch möglich sei, zu befördern, mag ich mich gerne
selbst vergessen. Es ist nicht genug, daß man sein Leben für
einen Freund wagen könne, man muß auch im Notfall seine Ueber=
zeugung für ihn verleugnen. Unsere liebste Leidenschaft, unsere
besten Wünsche sind wir für ihn aufzuopfern schuldig. Ich über=
nehme den Auftrag, ob ich gleich schon die Qual voraussehe, die
ich von Lydiens Thränen, von ihrer Verzweiflung werde zu er=
dulden haben.

Dagegen erwartet Sie auch keine geringe Belohnung, ver=
setzte Jarno, indem Sie Fräulein Theresen kennen lernen, ein
Frauenzimmer, wie es ihrer wenige gibt; sie beschämt hundert
Männer, und ich möchte sie eine wahre Amazone nennen, wenn
andere nur als artige Hermaphroditen in dieser zweideutigen
Kleidung herum gehen.

Wilhelm war betroffen; er hoffte, in Theresen seine Amazone
wiederzufinden, um so mehr, als Jarno, von dem er einige Aus=
kunft verlangte, kurz abbrach und sich entfernte.

Die neue nahe Hoffnung, jene verehrte und geliebte Gestalt
wiederzusehen, brachte in ihm die sonderbarsten Bewegungen her=
vor. Er hielt nunmehr den Auftrag, der ihm gegeben worden
war, für ein Werk einer ausdrücklichen Schickung, und der Ge=
danke, daß er ein armes Mädchen von dem Gegenstande ihrer
aufrichtigsten und heftigsten Liebe hinterlistig zu entfernen im
Begriff war, erschien ihm nur im Vorübergehen, wie der Schatten
eines Vogels über die erleuchtete Erde wegfliegt.

Der Wagen stand vor der Thüre; Lydie zauderte einen Augen=
blick, hinein zu steigen. Grüßt Euren Herrn nochmals, sagte sie
zu dem alten Bedienten; vor Abend bin ich wieder zurück. Thränen
standen ihr im Auge, als sie im Fortfahren sich nochmals um=
wendete. Sie kehrte sich darauf zu Wilhelmen, nahm sich zu=
sammen und sagte: Sie werden an Fräulein Theresen eine sehr
interessante Person finden. Mich wundert, wie sie in diese Ge=
gend kommt: denn Sie werden wohl wissen, daß sie und der
Baron sich heftig liebten. Ohngeachtet der Entfernung war Lo=
thario oft bei ihr; ich war damals um sie; es schien, als ob sie
nur für einander leben würden. Auf einmal zerschlug sich's,
ohne daß ein Mensch begreifen konnte, warum. Er hatte mich
kennen lernen, und ich leugne nicht, daß ich Theresen herzlich
beneidete, daß ich meine Neigung zu ihm kaum verbarg und daß
ich ihn nicht zurückstieß, als er auf einmal mich statt Theresen
zu wählen schien. Sie betrug sich gegen mich, wie ich es nicht

beffer wünschen konnte, ob es gleich beinahe scheinen mußte, als hätte ich ihr einen so werten Liebhaber geraubt. Aber auch wie viel tausend Thränen und Schmerzen hat mich diese Liebe schon gekostet! Erst sahen wir uns nur zuweilen am dritten Orte verstohlen, aber lange konnte ich das Leben nicht ertragen; nur in seiner Gegenwart war ich glücklich, ganz glücklich! Fern von ihm hatte ich kein trocknes Auge, keinen ruhigen Pulsschlag. Einst verzog er mehrere Tage; ich war in Verzweiflung, machte mich auf den Weg und überraschte ihn hier. Er nahm mich liebevoll auf, und wäre nicht dieser unglückselige Handel dazwischen gekommen, so hätte ich ein himmlisches Leben geführt; und was ich ausgestanden habe, seitdem er in Gefahr ist, seitdem er leidet, sag' ich nicht, und noch in diesem Augenblicke mache ich mir lebhafte Vorwürfe, daß ich mich nur einen Tag von ihm habe entfernen können.

Wilhelm wollte sich eben näher nach Theresen erkundigen, als sie bei dem Gerichtshalter vorfuhren, der an den Wagen kam und von Herzen bedauerte, daß Fräulein Therese schon abgefahren sei. Er bot den Reisenden ein Frühstück an, sagte aber zugleich, der Wagen würde noch im nächsten Dorfe einzuholen sein. Man entschloß sich, nachzufahren, und der Kutscher säumte nicht; man hatte schon einige Dörfer zurückgelegt und niemand angetroffen. Lydie bestand nun darauf, man solle umkehren; der Kutscher fuhr zu, als verstünde er es nicht. Endlich verlangte sie es mit größter Heftigkeit; Wilhelm rief ihm zu und gab das verabredete Zeichen. Der Kutscher erwiderte: Wir haben nicht nötig, denselben Weg zurück zu fahren; ich weiß einen nähern, der zugleich viel bequemer ist. Er fuhr nun seitwärts durch einen Wald und über lange Triften weg. Endlich, da kein bekannter Gegenstand zum Vorschein kam, gestand der Kutscher, er sei unglücklicherweise irre gefahren, wolle sich aber bald wieder zurecht finden, indem er dort ein Dorf sehe. Die Nacht kam herbei und der Kutscher machte seine Sache so geschickt, daß er überall fragte und nirgends die Antwort abwartete. So fuhr man die ganze Nacht, Lydie schloß kein Auge: bei Mondschein fand sie überall Aehnlichkeiten, und immer verschwanden sie wieder. Morgens schienen ihr die Gegenstände bekannt, aber desto unerwarteter. Der Wagen hielt vor einem kleinen, artig gebauten Landhause stille; ein Frauenzimmer trat aus der Thüre und öffnete den Schlag. Lydie sah sie starr an, sah sich um, sah sie wieder an und lag ohnmächtig in Wilhelms Armen.

Fünftes Kapitel.

Wilhelm ward in ein Mansardzimmerchen geführt; das Haus war neu und so klein, als es beinah nur möglich war, äußerst reinlich und ordentlich. In Theresen, die ihn und Lydien an der Kutsche empfangen hatte, fand er seine Amazone nicht: es war ein anderes, ein himmelweit von ihr unterschiedenes Wesen. Wohlgebaut, ohne groß zu sein, bewegte sie sich mit viel Lebhaftigkeit, und ihren hellen, blauen, offnen Augen schien nichts verborgen zu bleiben, was vorging.

Sie trat in Wilhelms Stube und fragte, ob er etwas bedürfe? Verzeihen Sie, sagte sie, daß ich Sie in ein Zimmer logiere, das der Oelgeruch noch unangenehm macht; mein kleines Haus ist eben fertig geworden, und Sie weihen dieses Stübchen ein, das meinen Gästen bestimmt ist. Wären Sie nur bei einem angenehmern Anlaß hier! Die arme Lydie wird uns keine guten Tage machen, und überhaupt müssen Sie vorlieb nehmen; meine Köchin ist mir eben zur ganz unrechten Zeit aus dem Dienste gelaufen, und ein Knecht hat sich die Hand zerquetscht. Es thäte not, ich verrichtete alles selbst, und am Ende, wenn man sich darauf einrichtete, müßte es auch gehen. Man ist mit niemand mehr geplagt, als mit den Dienstboten; es will niemand dienen, nicht einmal sich selbst.

Sie sagte noch manches über verschiedene Gegenstände; überhaupt schien sie gern zu sprechen. Wilhelm fragte nach Lydien, ob er das gute Mädchen nicht sehen und sich bei ihr entschuldigen könnte.

Das wird jetzt nicht bei ihr wirken, versetzte Therese; die Zeit entschuldigt, wie sie tröstet. Worte sind in beiden Fällen von wenig Kraft. Lydie will Sie nicht sehen. — Lassen Sie mir ihn ja nicht vor die Augen kommen, rief sie, als ich sie verließ; ich möchte an der Menschheit verzweifeln! So ein ehrlich Gesicht, so ein offnes Betragen und diese heimliche Tücke! Lothario ist ganz bei ihr entschuldigt; auch sagt er in einem Briefe an das gute Mädchen: „Meine Freunde beredeten mich, meine Freunde nötigten mich!" Zu diesen rechnet Lydie Sie auch und verdammt Sie mit den übrigen.

Sie erzeigt mir zu viel Ehre, indem sie mich schilt, versetzte Wilhelm; ich darf an die Freundschaft dieses trefflichen Mannes noch keinen Anspruch machen und bin diesmal nur ein unschuldiges Werkzeug. Ich will meine Handlung nicht loben; genug, ich konnte sie thun! Es war von der Gesundheit, es war von dem Leben eines Mannes die Rede, den ich höher schätzen muß, als irgend jemand, den ich vorher kannte. O welch ein

Mann ist das, Fräulein! und welche Menschen umgeben ihn! In dieser Gesellschaft hab' ich, so darf ich wohl sagen, zum erstenmal ein Gespräch geführt; zum erstenmal kam mir der eigenste Sinn meiner Worte aus dem Munde eines andern reichhaltiger, voller und in einem größern Umfang wieder entgegen; was ich ahnete, ward mir klar, und was ich meinte, lernte ich anschauen. Leider ward dieser Genuß erst durch allerlei Sorgen und Grillen, dann durch den unangenehmen Auftrag unterbrochen. Ich übernahm ihn mit Ergebung; denn ich hielt für Schuldigkeit, selbst mit Aufopferung meines Gefühls diesem trefflichen Kreise von Menschen meinen Einstand abzutragen.

Therese hatte unter diesen Worten ihren Gast sehr freundlich angesehen. O, wie süß ist es, rief sie aus, seine eigne Ueberzeugung aus einem fremden Munde zu hören! Wie werden wir erst recht wir selbst, wenn uns ein anderer vollkommen recht gibt. Auch ich denke über Lothario vollkommen wie Sie; nicht jedermann läßt ihm Gerechtigkeit widerfahren; dafür schwärmen aber auch alle die für ihn, die ihn näher kennen, und das schmerzliche Gefühl, das sich in meinem Herzen zu seinem Andenken mischt, kann mich nicht abhalten, täglich an ihn zu denken. Ein Seufzer erweiterte ihre Brust, indem sie dieses sagte, und in ihrem rechten Auge blinkte eine schöne Thräne. Glauben Sie nicht, fuhr Sie fort, daß ich so weich, so leicht zu rühren bin! Es ist nur das Auge, das weint. Ich hatte eine kleine Warze am untern Augenlid; man hat mir sie glücklich abgebunden, aber das Auge ist seit der Zeit immer schwach geblieben; der geringste Anlaß drängt mir eine Thräne hervor. Hier saß das Wärzchen; Sie sehen keine Spur mehr davon.

Er sah keine Spur, aber er sah ihr ins Auge; es war klar wie Kryftall, er glaubte bis auf den Grund ihrer Seele zu sehen.

Wir haben, sagte sie, nun das Losungswort unserer Verbindung ausgesprochen; lassen Sie uns so bald als möglich mit einander völlig bekannt werden. Die Geschichte des Menschen ist sein Charakter. Ich will Ihnen erzählen, wie es mir ergangen ist; schenken Sie mir ein kleines Vertrauen und lassen Sie uns auch in der Ferne verbunden bleiben. Die Welt ist so leer, wenn man nur Berge, Flüsse und Städte darin denkt, aber hie und da jemand zu wissen, der mit uns übereinstimmt, mit dem wir auch stillschweigend fortleben, das macht uns dieses Erdenrund erst zu einem bewohnten Garten.

Sie eilte fort und versprach, ihn bald zum Spaziergange abzuholen. Ihre Gegenwart hatte sehr angenehm auf ihn gewirkt; er wünschte ihr Verhältnis zu Lothario zu erfahren. Er ward gerufen, sie kam ihm aus ihrem Zimmer entgegen.

Als sie die enge und beinahe steile Treppe einzeln hinunter-

gehen mußten, sagte sie: Das könnte alles weiter und breiter
sein, wenn ich auf das Anerbieten Ihres großmütigen Freundes
hätte hören wollen; doch, um seiner wert zu bleiben, muß ich
das an mir erhalten, was mich ihm so wert machte. Wo ist
der Verwalter? fragte sie, indem sie die Treppe völlig herunter
kam. Sie müssen nicht denken, fuhr sie fort, daß ich so reich
bin, um einen Verwalter zu brauchen; die wenigen Äcker meines
Freigütchens kann ich wohl selbst bestellen. Der Verwalter ge=
hört meinem neuen Nachbar, der das schöne Gut gekauft hat,
das ich in= und auswendig kenne; der gute alte Mann liegt
krank am Podagra; seine Leute sind in dieser Gegend neu, und
ich helfe ihnen gerne sich einrichten.

Sie machten einen Spaziergang durch Äcker, Wiesen und
einige Baumgärten. Therese bedeutete den Verwalter in allem,
sie konnte ihm von jeder Kleinigkeit Rechenschaft geben, und
Wilhelm hatte Ursache genug, sich über ihre Kenntnis, ihre
Bestimmtheit und über die Gewandtheit, wie sie in jedem Falle
Mittel anzugeben wußte, zu verwundern. Sie hielt sich nirgends
auf, eilte immer zu den bedeutenden Punkten, und so war die
Sache bald abgethan. Grüßt Euren Herrn, sagte sie, als sie
den Mann verabschiedete; ich werde ihn so bald als möglich be=
suchen und wünsche vollkommene Besserung. Da könnte ich nun
auch, sagte sie mit Lächeln, als er weg war, bald reich und viel=
habend werden; denn mein guter Nachbar wäre nicht abgeneigt,
mir seine Hand zu geben.

Der Alte mit dem Podagra? rief Wilhelm; ich wüßte nicht,
wie Sie in Ihren Jahren zu so einem verzweifelten Entschluß
kommen könnten. — Ich bin auch gar nicht versucht! versetzte
Therese. Wohlhabend ist jeder, der dem, was er besitzt, vorzu=
stehen weiß; vielhabend zu sein, ist eine lästige Sache, wenn
man es nicht versteht.

Wilhelm zeigte seine Verwunderung über ihre Wirtschafts=
kenntnisse. — Entschiedene Neigung, frühe Gelegenheit, äußerer
Antrieb und eine fortgesetzte Beschäftigung in einer nützlichen
Sache machen in der Welt noch viel mehr möglich, versetzte The=
rese, und wenn Sie erst erfahren werden, was mich dazu belebt
hat, so werden Sie sich über das sonderbar scheinende Talent
nicht mehr verwundern.

Sie ließ ihn, als sie zu Hause anlangten, in ihrem kleinen
Garten, in welchem er sich kaum herumdrehen konnte; so eng
waren die Wege und so reichlich war alles bepflanzt. Er mußte
lächeln, als er über den Hof zurückkehrte; denn da lag das Brenn=
holz so akkurat gesägt, gespalten und geschränkt, als wenn es
ein Teil des Gebäudes wäre und immer so liegen bleiben sollte.
Rein standen alle Gefäße an ihren Plätzen, das Häuschen war

weiß und rot angestrichen und lustig anzusehen. Was das Hand=
werk hervorbringen kann, das keine schönen Verhältnisse kennt,
aber für Bedürfnis, Dauer und Heiterkeit arbeitet, schien auf
dem Platze vereinigt zu sein. Man brachte ihm das Essen auf
sein Zimmer, und er hatte Zeit genug, Betrachtungen anzustellen.
Besonders fiel ihm auf, daß er nun wieder eine so interessante
Person kennen lernte, die mit Lothario in einem nahen Ver=
hältnisse gestanden hatte. Billig ist es, sagte er zu sich selbst,
daß so ein trefflicher Mann auch treffliche Weiberseelen an sich
ziehe! Wie weit verbreitet sich die Wirkung der Männlichkeit
und Würde! Wenn nur andere nicht so sehr dabei zu kurz kämen!
Ja, gestehe dir nur deine Furcht. Wenn du dereinst deine Ama=
zone wieder antriffst, diese Gestalt aller Gestalten, du findest sie,
trotz aller deiner Hoffnungen und Träume, zu deiner Beschämung
und Demütigung doch noch am Ende — als seine Braut.

Sechstes Kapitel.

Wilhelm hatte einen unruhigen Nachmittag nicht ganz ohne
Langeweile zugebracht, als sich gegen Abend seine Thüre öffnete
und ein junger artiger Jägerbursche mit einem Gruße herein=
trat. Wollen wir nun spazieren gehen? sagte der junge Mensch,
und in dem Augenblicke erkannte Wilhelm Theresen an ihren
schönen Augen.

Verzeihen Sie mir diese Maskerade, fing sie an, denn leider
ist es jetzt nur Maskerade. Doch da ich Ihnen einmal von der
Zeit erzählen soll, in der ich mich so gerne in dieser Weste sah,
will ich mir auch jene Tage auf alle Weise vergegenwärtigen.
Kommen Sie! selbst der Platz, an dem wir so oft von unsern
Jagden und Spaziergängen ausruhten, soll dazu beitragen.

Sie gingen, und auf dem Wege sagte Therese zu ihrem Be=
gleiter: Es ist nicht billig, daß Sie mich allein reden lassen;
schon wissen Sie genug von mir, und ich weiß noch nicht das
mindeste von Ihnen; erzählen Sie mir indessen etwas von sich,
damit ich Mut bekomme, Ihnen auch meine Geschichte und meine
Verhältnisse vorzulegen. Leider hab' ich, versetzte Wilhelm, nichts
zu erzählen als Irrtümer auf Irrtümer, Verirrungen auf Ver=
irrungen, und ich wüßte nicht, wem ich die Verworrenheiten, in
denen ich mich befand und befinde, lieber verbergen möchte als
Ihnen: Ihr Blick und alles, was Sie umgibt, Ihr ganzes Wesen
und Ihr Betragen zeigt mir, daß Sie sich Ihres vergangenen
Lebens freuen können, daß Sie auf einem schönen, reinen Wege
in einer sichern Folge gegangen sind, daß Sie keine Zeit ver=
loren, daß Sie sich nichts vorzuwerfen haben.

Therese lächelte und versetzte: Wir müssen abwarten, ob Sie auch noch so denken, wenn Sie meine Geschichte hören. Sie gingen weiter, und unter einigen allgemeinen Gesprächen fragte ihn Therese: Sind Sie frei? — Ich glaube es zu sein, versetzte er, aber ich wünsche es nicht. — Gut! sagte sie, das deutet auf einen komplizierten Roman und zeigt mir, daß Sie auch etwas zu erzählen haben.

Unter diesen Worten stiegen sie den Hügel hinan und lagerten sich bei einer großen Eiche, die ihren Schatten weit umher verbreitete. Hier, sagte Therese, unter diesem deutschen Baume will ich Ihnen die Geschichte eines deutschen Mädchens erzählen; hören Sie mich geduldig an.

Mein Vater war ein wohlhabender Edelmann dieser Provinz, ein heiterer, klarer, thätiger, wackrer Mann, ein zärtlicher Vater, ein redlicher Freund, ein trefflicher Wirt, an dem ich nur den einzigen Fehler kannte, daß er gegen eine Frau zu nachsichtig war, die ihn nicht zu schätzen wußte. Leider muß ich das von meiner eigenen Mutter sagen! Ihr Wesen war dem seinigen ganz entgegengesetzt. Sie war rasch, unbeständig, ohne Neigung weder für ihr Haus noch für mich, ihr einziges Kind, verschwenderisch, aber schön, geistreich, voller Talente, das Entzücken eines Zirkels, den sie um sich zu versammeln wußte. Freilich war ihre Gesellschaft niemals groß, oder blieb es nicht lange. Dieser Zirkel bestand meist aus Männern, denn keine Frau befand sich wohl neben ihr, und noch weniger konnte sie das Verdienst irgend eines Weibes dulden. Ich glich meinem Vater an Gestalt und Gesinnungen. Wie eine junge Ente gleich das Wasser sucht, so war von der ersten Jugend an die Küche, die Vorratskammer, die Scheunen und Böden mein Element. Die Ordnung und Reinlichkeit des Hauses schien, selbst da ich noch spielte, mein einziger Instinkt, mein einziges Augenmerk zu sein. Mein Vater freute sich darüber und gab meinem kindischen Bestreben stufenweise die zweckmäßigsten Beschäftigungen; meine Mutter dagegen liebte mich nicht und verhehlte es keinen Augenblick.

Ich wuchs heran, mit den Jahren vermehrte sich meine Thätigkeit und die Liebe meines Vaters zu mir. Wenn wir allein waren, auf die Felder gingen, wenn ich ihm die Rechnungen durchsehen half, dann konnte ich ihm recht anfühlen, wie glücklich er war. Wenn ich ihm in die Augen sah, so war es, als wenn ich in mich selbst hineinsähe, denn eben die Augen waren es, die mich ihm vollkommen ähnlich machten. Aber nicht eben den Mut, nicht eben den Ausdruck behielt er in der Gegenwart meiner Mutter; er entschuldigte mich gelind, wenn sie mich heftig und ungerecht tadelte, er nahm sich meiner an, nicht als wenn er mich beschützen, sondern als wenn er meine guten Eigenschaften nur entschuldigen könnte. So setzte er auch keiner von ihren Neigungen Hindernisse entgegen; sie fing an, mit größter Leidenschaft sich auf das Schauspiel zu werfen, ein Theater ward erbauet; an Männern fehlte es nicht von allen Altern und Gestalten, die sich mit ihr auf der Bühne darstellten, an Frauen hingegen mangelte es oft. Lydie, ein artiges Mädchen, das mit mir erzogen worden war und das gleich in ihrer ersten Jugend reizend zu werden versprach, mußte die zweiten Rollen übernehmen und eine alte Kammerfrau die Mütter und Tanten vorstellen, indes meine Mutter sich die ersten Liebhaberinnen, Heldinnen und Schäferinnen aller Art vorbehielt Ich kann Ihnen gar nicht sagen, wie lächerlich mir es vorkam, wenn die Menschen, die ich alle recht gut kannte, sich verkleidet hatten, da droben standen und für etwas andres, als sie waren, gehalten sein wollten. Ich sah immer nur meine Mutter und Lydien, diesen Baron und jenen Sekretär, sie mochten nun als Fürsten und Grafen oder als Bauern erscheinen, und ich konnte nicht begreifen, wie sie mir zumuten wollten, zu glauben, daß es ihnen wohl oder wehe sei, daß sie verliebt oder gleichgültig, geizig oder freigebig seien, da ich doch meist von dem Gegenteile genau unterrichtet war. Deswegen blieb ich auch sehr selten unter den Zuschauern; ich putzte ihnen immer die Lichter, damit ich nur etwas zu thun hatte, besorgte das Abendessen und hatte des andern Morgens, wenn sie noch lange schliefen, schon ihre Garderobe in Ordnung gebracht, die sie des Abends gewöhnlich über einander geworfen zurückließen.

Meiner Mutter schien diese Thätigkeit ganz recht zu sein, aber ihre Neigung konnte ich nicht erwerben; sie verachtete mich, und ich weiß noch recht gut, daß sie mehr als einmal mit Bitterkeit wiederholte: Wenn die Mutter so ungewiß sein könnte als der Vater, so würde man wohl schwerlich diese Magd für meine Tochter halten. Ich leugnete nicht, daß ihr Betragen mich nach und nach ganz von ihr entfernte; ich betrachtete ihre Handlungen wie die Handlungen einer fremden Person, und da ich gewohnt war, wie ein Falke das Gesinde zu beobachten — denn, im Vorbeigehen gesagt, darauf beruht eigentlich der Grund aller Haushaltung — so fielen mir natürlich auch die Verhältnisse meiner Mutter und ihrer Gesellschaft auf. Es ließ sich wohl bemerken, daß sie nicht alle Männer mit eben denselben Augen ansah; ich gab schärfer acht und bemerkte bald, daß Lydie Vertraute war und bei dieser Gelegenheit selbst mit einer Leidenschaft bekannter wurde, die sie von ihrer ersten Jugend an so oft vorgestellt hatte. Ich wußte alle ihre Zusammenkünfte, aber ich schwieg und sagte meinem Vater nichts, den ich zu betrüben fürchtete; endlich aber ward ich dazu genötigt. Manches konnten sie nicht unternehmen, ohne das Gesinde zu bestechen. Dieses fing an, mir zu trotzen, die Anordnungen meines Vaters zu vernachlässigen und meine Befehle nicht zu vollziehen; die Unordnungen, die daraus ent= standen, waren mir unerträglich, ich entdeckte, ich klagte alles meinem Vater.

Er hörte mich gelassen an. Gutes Kind! sagte er zuletzt mit Lächeln, ich weiß alles; sei ruhig, ertrag es mit Geduld, denn es ist nur um deinetwillen, daß ich es leide.

Ich war nicht ruhig, ich hatte keine Geduld. Ich schalt meinen Vater im stillen; denn ich glaubte nicht, daß er um irgend einer Ursache willen so etwas zu dulden brauche; ich bestand auf der Ordnung, und ich war entschlossen, die Sache aufs Aeußerste kommen zu lassen.

Meine Mutter war reich von sich, verzehrte aber doch mehr, als sie sollte, und dies gab, wie ich wohl merkte, manche Erklärung zwischen meinen Eltern. Lange war der Sache nicht geholfen, bis die Leidenschaften meiner Mutter selbst eine Art von Ent= wickelung hervorbrachten.

Der erste Liebhaber ward auf eine eklatante Weise ungetreu; das Haus, die Gegend, ihre Verhältnisse waren ihr zuwider. Sie wollte auf ein anderes Gut ziehen, da war es ihr zu einsam; sie wollte nach der Stadt, da galt sie nicht genug. Ich weiß nicht, was alles zwischen ihr und meinem Vater vorging; genug, er entschloß sich endlich unter Bedingungen, die ich nicht erfuhr, in eine Reise, die sie nach dem südlichen Frankreich thun wollte, einzuwilligen.

Wir waren nun frei und lebten wie im Himmel; ja, ich glaube, daß mein Vater nichts verloren hat, wenn er ihre Gegen= wart auch schon mit einer ansehnlichen Summe abkaufte. Alles unnütze Gesinde ward abgeschafft, und das Glück schien unsre Ordnung zu begünstigen; wir hatten einige sehr gute Jahre, alles gelang nach Wunsch. Aber leider dauerte dieser frohe Zustand nicht lange; ganz unvermutet ward mein Vater von einem Schlagflusse befallen, der ihm die rechte Seite lähmte und den reinen Gebrauch der Sprache benahm. Man mußte alles er= raten, was er verlangte, denn er brachte nie das Wort hervor, das er im Sinne hatte. Sehr ängstlich waren mir daher manche Augenblicke, in denen er mit mir ausdrücklich allein sein wollte; er deutete mit heftiger Gebärde, daß jedermann sich entfernen sollte, und wenn wir uns allein sahen, war er nicht im stande, das rechte Wort hervorzubringen. Seine Ungeduld stieg aufs äußerste, und sein Zustand betrübte mich im innersten Herzen. So viel schien mir gewiß, daß er mir etwas zu vertrauen hatte, das mich besonders anging. Welches Verlangen fühlt' ich nicht, es zu erfahren! Sonst konnt' ich ihm alles an den Augen an=

sehen; aber jetzt war es vergebens, selbst seine Augen sprachen nicht mehr. Nur so viel war mir deutlich: er wollte nichts, er begehrte nichts, er strebte nur, mir etwas zu entdecken, das ich leider nicht erfuhr. Sein Uebel wiederholte sich, er ward bald darauf ganz unthätig und unfähig; und nicht lange, so war er tot.

Ich weiß nicht, wie sich bei mir der Gedanke festgesetzt hatte, daß er irgendwo einen Schatz niedergelegt habe, den er mir nach seinem Tode lieber als meiner Mutter gönnen wollte; ich suchte schon bei seinen Lebzeiten nach, allein ich fand nichts; nach seinem Tode ward alles versiegelt. Ich schrieb meiner Mutter und bot ihr an, als Verwalter im Hause zu bleiben; sie schlug es aus, und ich mußte das Gut räumen. Es kam ein wechselseitiges Testament zum Vorschein, wodurch sie im Besitz und Genuß von allem und ich, wenigstens ihre ganze Lebenszeit über, von ihr abhängig blieb. Nun glaubte ich erst recht die Winke meines Vaters zu verstehen; ich bedauerte ihn, daß er so schwach gewesen war, auch nach seinem Tode ungerecht gegen mich zu sein. Denn einige meiner Freunde wollten sogar behaupten, es sei beinah nicht besser, als ob er mich enterbt hätte, und verlangten, ich sollte das Testament angreifen, wozu ich mich aber nicht entschließen konnte. Ich verehrte das Andenken meines Vaters zu sehr; ich vertraute dem Schicksal, ich vertraute mir selbst.

Ich hatte mit einer Dame in der Nachbarschaft, die große Güter besaß, immer in gutem Verhältnisse gestanden; sie nahm mich mit Vergnügen auf, und es ward mir leicht, bald ihrer Haushaltung vorzustehen. Sie lebte sehr regelmäßig und liebte die Ordnung in allem, und ich half ihr treulich in dem Kampf mit Verwalter und Gesinde. Ich bin weder geizig noch mißgünstig, aber wir Weiber bestehen überhaupt viel ernsthafter als selbst ein Mann darauf, daß nichts verschleudert werde. Jeder Unterschleif ist uns unerträglich; wir wollen, daß jeder nur genieße, insofern er dazu berechtigt ist.

Nun war ich wieder in meinem Elemente und trauerte still über den Tod meines Vaters. Meine Beschützerin war mit mir zufrieden, nur ein kleiner Umstand störte meine Ruhe. Lydie kam zurück; meine Mutter war grausam genug, das arme Mädchen abzustoßen, nachdem sie aus dem Grunde verdorben war. Sie hatte bei meiner Mutter gelernt, Leidenschaften als Bestimmung anzusehen; sie war gewöhnt, sich in nichts zu mäßigen. Als sie unvermutet wieder erschien, nahm meine Wohlthäterin auch sie auf; sie wollte mir an die Hand gehn und konnte sich in nichts schicken.

Um diese Zeit kamen die Verwandten und künftigen Erben meiner Dame oft ins Haus und belustigten sich mit der Jagd.

Auch Lothario war manchmal mit ihnen; ich bemerkte gar bald, wie sehr er sich vor allen andern auszeichnete, jedoch ohne die mindeste Beziehung auf mich selbst. Er war gegen alle höflich, und bald schien Lydie seine Aufmerksamkeit auf sich zu ziehen. Ich hatte immer zu thun und war selten bei der Gesellschaft; in seiner Gegenwart sprach ich weniger als gewöhnlich: denn ich will nicht leugnen, daß eine lebhafte Unterhaltung von jeher mir die Würze des Lebens war. Ich sprach mit meinem Vater gern viel über alles, was begegnete. Was man nicht bespricht, bedenkt man nicht recht. Keinem Menschen hatte ich jemals lieber zugehört, als Lothario, wenn er von seinen Reisen, von seinen Feldzügen erzählte. Die Welt lag ihm so klar, so offen da, wie mir die Gegend, in der ich gewirtschaftet hatte. Ich hörte nicht etwa die wunderlichen Schicksale des Abenteurers, die übertriebenen Halbwahrheiten eines beschränkten Reisenden, der immer nur seine Person an die Stelle des Landes setzt, wovon er uns ein Bild zu geben verspricht; er erzählte nicht, er führte uns an die Orte selbst; ich habe nicht leicht ein so reines Vergnügen empfunden.

Aber unaussprechlich war meine Zufriedenheit, als ich ihn eines Abends über die Frauen reden hörte. Das Gespräch machte sich ganz natürlich; einige Damen aus der Nachbarschaft hatten uns besucht und über die Bildung der Frauen die gewöhnlichen Gespräche geführt. Man sei ungerecht gegen unser Geschlecht, hieß es, die Männer wollten alle höhere Kultur für sich behalten, man wolle uns zu keinen Wissenschaften zulassen, man verlange, daß wir nur Tändelpuppen oder Haushälterinnen sein sollten. Lothario sprach wenig zu all diesem; als aber die Gesellschaft kleiner ward, sagte er auch hierüber offen seine Meinung. Es ist sonderbar, rief er aus, daß man es dem Manne verargt, der eine Frau an die höchste Stelle setzen will, die sie einzunehmen fähig ist: und welche ist höher als das Regiment des Hauses? Wenn der Mann sich mit äußern Verhältnissen quält, wenn er die Besitztümer herbeischaffen und beschützen muß, wenn er sogar an der Staatsverwaltung Anteil nimmt, überall von Umständen abhängt und, ich möchte sagen, nichts regiert, indem er zu regieren glaubt, immer nur politisch sein muß, wo er gern vernünftig wäre, versteckt, wo er offen, falsch, wo er redlich zu sein wünschte; wenn er um des Zieles willen, das er nie erreicht, das schönste Ziel, die Harmonie mit sich selbst, in jedem Augenblicke aufgeben muß: indessen herrscht eine vernünftige Hausfrau im Innern wirklich und macht einer ganzen Familie jede Thätigkeit, jede Zufriedenheit möglich. Was ist das höchste Glück des Menschen, als daß wir das ausführen, was wir als recht und gut einsehen? daß wir wirklich Herren über die Mittel zu unsern Zwecken sind? Und wo sollen, wo können unsere nächsten Zwecke liegen, als innerhalb des Hauses? Alle immer wiederkehrenden, unentbehrlichen Bedürfnisse, wo erwarten wir, wo fordern wir sie, als da, wo wir aufstehn und uns niederlegen, wo Küche und Keller und jede Art von Vorrat für uns und die Unsrigen immer bereit sein soll? Welche regelmäßige Thätigkeit wird erfordert, um diese immer wiederkehrende Ordnung in einer unverrückten lebendigen Folge durchzuführen! Wie wenig Männern ist es gegeben, gleichsam als ein Gestirn regelmäßig wiederzukehren und dem Tage sowie der Nacht vorzustehn! sich ihre häuslichen Werkzeuge zu bilden, zu pflanzen und zu ernten, zu verwahren und auszuspenden und den Kreis immer mit Ruhe, Liebe und Zweckmäßigkeit zu durchwandeln! Hat ein Weib einmal diese innere Herrschaft ergriffen, so macht sie den Mann, den sie liebt, erst allein dadurch zum Herrn; ihre Aufmerksamkeit erwirbt alle Kenntnisse, und ihre Thätigkeit weiß sie alle zu benutzen. So ist sie von niemand abhängig und verschafft ihrem Manne die wahre Unabhängigkeit, die häusliche, die innere; das, was er besitzt, sieht er gesichert; das, was er erwirbt, gut benutzt, und so kann er sein Gemüt nach großen Gegenständen wenden und, wenn das Glück gut ist, das dem Staate sein, was seiner Gattin zu Hause so wohl ansteht.

Er machte darauf eine Beschreibung, wie er sich eine Frau wünsche. Ich ward rot, denn er beschrieb mich, wie ich leibte und lebte. Ich genoß im stillen meinen Triumph, um so mehr, da ich aus allen Umständen sah, daß er mich persönlich nicht gemeint hatte, daß er mich eigentlich nicht kannte. Ich erinnere mich keiner angenehmern Empfindung in meinem ganzen Leben, als daß ein Mann, den ich so sehr schätzte, nicht meiner Person, sondern meiner innersten Natur den Vorzug gab. Welche Belohnung fühlte ich! Welche Aufmunterung war mir geworden!

Als sie weg waren, sagte meine würdige Freundin lächelnd zu mir: Schade, daß die Männer oft denken und reden, was sie doch nicht zur Ausführung kommen lassen, sonst wäre eine treffliche Partie für meine liebe Therese geradezu gefunden. Ich scherzte über ihre Aeußerung und fügte hinzu, daß zwar der Verstand der Männer sich nach Haushälterinnen umsehe, daß aber ihr Herz und ihre Einbildungskraft sich nach andern Eigenschaften sehne, und daß wir Haushälterinnen eigentlich gegen die liebenswürdigen und reizenden Mädchen keinen Wettstreit aushalten können. Diese Worte sagte ich Lydien zum Gehör; denn sie verbarg nicht, daß Lothario großen Eindruck auf sie gemacht habe, und auch er schien bei jedem neuen Besuch immer aufmerksamer auf sie zu werden. Sie war arm, sie war nicht von Stande, sie konnte an keine Heirat mit ihm denken; aber sie konnte der

Wonne nicht widerstehen, zu reizen und gereizt zu werden. Ich
hatte nie geliebt und liebte auch jetzt nicht; allein ob es mir schon
unendlich angenehm war, zu sehen, wohin meine Natur von einem
so verehrten Manne gestellt und gerechnet werde, will ich doch
nicht leugnen, daß ich damit nicht ganz zufrieden war. Ich
wünschte nun auch, daß er mich kennen, daß er persönlich Anteil
an mir nehmen möchte. Es entstand bei mir dieser Wunsch ohne
irgend einen bestimmten Gedanken, was daraus folgen könnte.

Der größte Dienst, den ich meiner Wohlthäterin leistete,
war, daß ich die schönen Waldungen ihrer Güter in Ordnung
zu bringen suchte. In diesen köstlichen Besitzungen, deren großen
Wert Zeit und Umstände immer vermehren, ging es leider nur
immer nach dem alten Schlendrian fort, nirgends war Plan
und Ordnung und des Stehlens und des Unterschleifs kein Ende.
Manche Berge standen öde, und einen gleichen Wuchs hatten
nur noch die ältesten Schläge. Ich beging alles selbst mit einem
geschickten Forstmann, ich ließ die Waldungen messen, ich ließ
schlagen, säen, pflanzen, und in kurzer Zeit war alles im Gange.
Ich hatte mir, um leichter zu Pferde fortzukommen und auch zu
Fuße nirgends gehindert zu sein, Mannskleider machen lassen;
ich war an vielen Orten, und man fürchtete mich überall.

Ich hörte, daß die Gesellschaft junger Freunde mit Lothario
wieder ein Jagen angestellt hatte; zum erstenmal in meinem
Leben fiel mir's ein, zu scheinen, oder, daß ich mir nicht unrecht thue, in den Augen des trefflichen Mannes für das zu
gelten, was ich war. Ich zog meine Mannskleider an, nahm die
Flinte auf den Rücken und ging mit unserm Jäger hinaus, um
die Gesellschaft an der Grenze zu erwarten. Sie kam, Lothario
kannte mich nicht gleich; einer von den Neffen meiner Wohlthäterin stellte mich ihm als einen geschickten Forstmann vor,
scherzte über meine Jugend und trieb sein Spiel zu meinem Lobe
so lange, bis endlich Lothario mich erkannte. Der Neffe sekun-
dierte meine Absicht, als wenn wir es abgeredet hätten. Umständlich erzählte er und dankbar, was ich für die Güter der
Tante und also auch für ihn gethan hatte.

Lothario hörte mit Aufmerksamkeit zu, unterhielt sich mit
mir, fragte nach allen Verhältnissen der Güter und der Gegend,
und ich war froh, meine Kenntnisse vor ihm ausbreiten zu können;
ich bestand in meinem Examen sehr gut, ich legte ihm einige
Vorschläge zu gewissen Verbesserungen zur Prüfung vor, er billigte
sie, erzählte mir ähnliche Beispiele und verstärkte meine Gründe
durch den Zusammenhang, den er ihnen gab. Meine Zufriedenheit wuchs mit jedem Augenblick. Aber glücklicherweise wollte
ich nur gekannt, wollte nicht geliebt sein: denn — wir kamen
nach Hause, und ich bemerkte mehr als sonst, daß die Aufmerk-

samkeit, die er Lydien bezeigte, eine heimliche Neigung zu ver=
raten schien. Ich hatte meinen Endzweck erreicht und war doch
nicht ruhig; er zeigte von dem Tage an eine wahre Achtung und
ein schönes Vertrauen gegen mich, er redete mich in Gesellschaft
gewöhnlich an, fragte mich um meine Meinung und schien be=
sonders in Haushaltungssachen das Zutrauen zu mir zu haben,
als wenn ich alles wisse. Seine Teilnahme munterte mich außer=
ordentlich auf; sogar wenn von allgemeiner Landesökonomie und
von Finanzen die Rede war, zog er mich ins Gespräch, und ich
suchte in seiner Abwesenheit mehr Kenntnisse von der Provinz,
ja von dem ganzen Lande zu erlangen. Es ward mir leicht, denn
es wiederholte sich nur im großen, was ich im kleinen so genau
wußte und kannte.

Er kam von dieser Zeit an öfter in unser Haus. Es ward,
ich kann wohl sagen, von allem gesprochen, aber gewissermaßen
ward unser Gespräch zuletzt immer ökonomisch, wenn auch nur
im uneigentlichen Sinne. Was der Mensch durch konsequente
Anwendung seiner Kräfte, seiner Zeit, seines Geldes, selbst durch
gering scheinende Mittel für ungeheure Wirkungen hervorbringen
könne, darüber ward viel gesprochen.

Ich widerstand der Neigung nicht, die mich zu ihm zog, und
ich fühlte leider nur zu bald, wie sehr, wie herzlich, wie rein und
aufrichtig meine Liebe war, da ich immer mehr zu bemerken
glaubte, daß seine öftern Besuche Lydien und nicht mir galten.
Sie wenigstens war auf das lebhafteste davon überzeugt; sie
machte mich zu ihrer Vertrauten, und dadurch fand ich mich noch
einigermaßen getröstet. Das, was sie so sehr zu ihrem Vorteil
auslegte, fand ich keineswegs bedeutend; von der Absicht einer
ernsthaften, dauernden Verbindung zeigte sich keine Spur, um
so deutlicher sah ich den Hang des leidenschaftlichen Mädchens,
um jeden Preis die Seinige zu werden.

So standen die Sachen, als mich die Frau vom Hause mit
einem unvermuteten Antrag überraschte. Lothario, sagte sie,
bietet Ihnen seine Hand an und wünscht, Sie in seinem Leben
immer zur Seite zu haben. Sie verbreitete sich über meine
Eigenschaften und sagte mir, was ich so gerne anhörte: daß
Lothario überzeugt sei, in mir die Person gefunden zu haben,
die er so lange gewünscht hatte.

Das höchste Glück war nun für mich erreicht: ein Mann
verlangte mich, den ich so sehr schätzte, bei dem und mit dem
ich eine völlige freie, ausgebreitete, nützliche Wirkung meiner
angebornen Neigung, meines durch Uebung erworbenen Talents
vor mir sah; die Summe meines ganzen Daseins schien sich ins
Unendliche vermehrt zu haben. Ich gab meine Einwilligung;
er kam selbst, er sprach mit mir allein, er reichte mir seine Hand,

er sah mir in die Augen, er umarmte mich und drückte einen
Kuß auf meine Lippen. Es war der erste und letzte. Er vertraute mir seine ganze Lage, was ihn sein amerikanischer Feld-
zug gekostet, welche Schulden er auf seine Güter geladen, wie er
sich mit seinem Großoheim einigermaßen darüber entzweit habe,
wie dieser würdige Mann für ihn zu sorgen denke, aber freilich
auf seine eigene Art: er wolle ihm eine reiche Frau geben, da
einem wohldenkenden Manne doch nur mit einer haushältischen
gedient sei; er hoffe, durch seine Schwester den Alten zu bereden.
Er legte mir den Zustand seines Vermögens, seine Plane, seine
Aussichten vor und erbat sich meine Mitwirkung. Nur bis zur
Einwilligung seines Oheims sollte es ein Geheimnis bleiben.

Kaum hatte er sich entfernt, so fragte mich Lydie: ob er
etwa von ihr gesprochen habe? Ich sagte Nein und machte ihr
Langeweile mit Erzählung von ökonomischen Gegenständen. Sie
war unruhig, mißlaunig, und sein Betragen, als er wieder kam,
verbesserte ihren Zustand nicht.

Doch ich sehe, daß die Sonne sich zu ihrem Untergange neigt!
Es ist Ihr Glück, mein Freund, Sie hätten sonst die Geschichte,
die ich mir so gerne selbst erzähle, mit allen ihren kleinen Umständen durchhören müssen. Lassen Sie mich eilen, wir nahen
einer Epoche, bei der nicht gut zu verweilen ist.

Lothario machte mich mit seiner trefflichen Schwester bekannt,
und diese wußte mich auf eine schickliche Weise beim Oheim einzuführen; ich gewann den Alten, er willigte in unsere Wünsche,
und ich kehrte mit einer glücklichen Nachricht zu meiner Wohlthäterin zurück. Die Sache war im Hause nun kein Geheimnis
mehr; Lydie erfuhr sie, sie glaubte etwas Unmögliches zu vernehmen. Als sie endlich daran nicht mehr zweifeln konnte, verschwand sie auf einmal, und man wußte nicht, wohin sie sich
verloren hatte.

Der Tag unserer Verbindung nahte heran; ich hatte ihn
schon oft um sein Bildnis gebeten, und ich erinnerte ihn, eben
als er wegreiten wollte, nochmals an sein Versprechen. Sie
haben vergessen, sagte er, mir das Gehäuse zu geben, wohinein
Sie es gepaßt wünschen. Es war so: ich hatte ein Geschenk von
einer Freundin, das ich sehr wert hielt. Von ihren Haaren war
ein verzogener Name unter dem äußern Glase befestigt, in-
wendig blieb ein leeres Elfenbein, worauf eben ihr Bild gemalt
werden sollte, als sie mir unglücklicherweise durch den Tod entrissen wurde. Lotharios Neigung beglückte mich in dem Augenblicke, da ihr Verlust mir noch sehr schmerzhaft war, und ich
wünschte die Lücke, die sie mir in ihrem Geschenk zurückgelassen
hatte, durch das Bild meines Freundes auszufüllen.

Ich eile nach meinem Zimmer, hole mein Schmuckkästchen

und eröffne es in seiner Gegenwart; kaum sieht er hinein, so erblickt er ein Medaillon mit dem Bilde eines Frauenzimmers, er nimmt es in die Hand, betrachtet es mit Aufmerksamkeit und fragt hastig: Wen soll dies Porträt vorstellen? — Meine Mutter, versetzte ich. — Hätt' ich doch geschworen, rief er aus, es sei das Porträt einer Frau von Saint Alban, die ich vor einigen Jahren in der Schweiz antraf. — Es ist einerlei Person, versetzte ich lächelnd, und Sie haben also Ihre Schwiegermutter, ohne es zu wissen, kennen gelernt. Saint Alban ist der romantische Name, unter dem meine Mutter reist; sie befindet sich unter demselben noch gegenwärtig in Frankreich.

Ich bin der unglücklichste aller Menschen! rief er aus, indem er das Bild in das Kästchen zurückwarf, seine Augen mit der Hand bedeckte und sogleich das Zimmer verließ. Er warf sich auf sein Pferd, ich lief auf den Balkon und rief ihm nach, er kehrte sich um, warf mir eine Hand zu, entfernte sich eilig — und ich habe ihn nicht wieder gesehen.

Die Sonne ging unter, Therese sah mit unverwandtem Blick in die Glut, und ihre beiden schönen Augen füllten sich mit Thränen.

Therese schwieg und legte auf ihres neuen Freundes Hände ihre Hand; er küßte sie mit Teilnehmung, sie trocknete ihre Thränen und stand auf. Lassen Sie uns zurückgehen, sagte sie, und für die Unsrigen sorgen!

Das Gespräch auf dem Wege war nicht lebhaft; sie kamen zur Gartenthüre herein und sahen Lydien auf einer Bank sitzen; sie stand auf, wich ihnen aus und begab sich ins Haus zurück; sie hatte ein Papier in der Hand, und zwei kleine Mädchen waren bei ihr. Ich sehe, sagte Therese, sie trägt ihren einzigen Trost, den Brief Lotharios, noch immer bei sich. Ihr Freund verspricht ihr, daß sie gleich, sobald er sich wohl befindet, wieder an seiner Seite leben soll; er bittet sie, so lange ruhig bei mir zu verweilen. An diesen Worten hängt sie, mit diesen Zeilen tröstet sie sich; aber seine Freunde sind übel bei ihr angeschrieben.

Indessen waren die beiden Kinder herangekommen, begrüßten Theresen und gaben ihr Rechenschaft von allem, was in ihrer Abwesenheit im Hause vorgegangen war. Sie sehen hier noch einen Teil meiner Beschäftigung, sagte Therese. Ich habe mit Lotharios trefflicher Schwester einen Bund gemacht; wir erziehen eine Anzahl Kinder gemeinschaftlich; ich bilde die lebhaften und dienstfertigen Haushälterinnen, und sie übernimmt diejenigen, an denen sich ein ruhigeres und feineres Talent zeigt; denn es ist billig, daß man auf jede Weise für das Glück der Männer und der Haushaltung sorge. Wenn Sie meine edle Freundin kennen lernen, so werden Sie ein neues Leben anfangen; ihre Schön=

heit, ihre Güte macht sie der Anbetung einer ganzen Welt würdig. Wilhelm getraute sich nicht, zu sagen, daß er leider die schöne Gräfin schon kenne und daß ihn sein vorübergehendes Verhältnis zu ihr auf ewig schmerzen werde; er war sehr zufrieden, daß Therese das Gespräch nicht fortsetzte und daß ihre Geschäfte sie in das Haus zurückzugehen nötigten. Er befand sich nun allein, und die letzte Nachricht, daß die junge schöne Gräfin auch schon genötigt sei, durch Wohlthätigkeit den Mangel an eignem Glück zu ersetzen, machte ihn äußerst traurig; er fühlte, daß es bei ihr nur eine Notwendigkeit war, sich zu zerstreuen und an die Stelle eines frohen Lebensgenusses die Hoffnung fremder Glückseligkeit zu setzen. Er pries Theresen glücklich, daß selbst bei jener un= erwarteten traurigen Veränderung keine Veränderung in ihr selbst vorzugehen brauchte. Wie glücklich ist der über alles, rief er aus, der, um sich mit dem Schicksal in Einigkeit zu setzen, nicht sein ganzes vorhergehendes Leben wegzuwerfen braucht!

Therese kam auf sein Zimmer und bat um Verzeihung, daß sie ihn störe. Hier in dem Wandschrank, sagte sie, steht meine ganze Bibliothek; es sind eher Bücher, die ich nicht wegwerfe, als die ich aufhebe. Lydie verlangt ein geistliches Buch, es findet sich wohl auch eins und das andere darunter. Die Menschen, die das ganze Jahr weltlich sind, bilden sich ein, sie müßten zur Zeit der Not geistlich sein; sie sehen alles Gute und Sittliche wie eine Arzenei an, die man mit Widerwillen zu sich nimmt, wenn man sich schlecht befindet; sie sehen in einem Geistlichen, einem Sittenlehrer nur einen Arzt, den man nicht geschwind genug aus dem Hause los werden kann; ich aber gestehe gern, ich habe vom Sittlichen den Begriff als von einer Diät, die eben dadurch nur Diät ist, wenn ich sie zur Lebensregel mache, wenn ich sie das ganze Jahr nicht außer Augen lasse.

Sie suchten unter den Büchern und fanden einige sogenannte Erbauungsschriften. Die Zuflucht zu diesen Büchern, sagte Therese, hat Lydie von meiner Mutter gelernt: Schauspiel und Roman waren ihr Leben, solange der Liebhaber treu blieb; seine Ent= fernung brachte sogleich diese Bücher wieder in Kredit. Ich kann überhaupt nicht begreifen, fuhr sie fort, wie man hat glauben können, daß Gott durch Bücher und Geschichten zu uns spreche. Wem die Welt nicht unmittelbar eröffnet, was sie für ein Ver= hältnis zu ihm hat, wem sein Herz nicht sagt, was er sich und andern schuldig ist, der wird es wohl schwerlich aus Büchern erfahren, die eigentlich nur geschickt sind, unsern Irrtümern Namen zu geben.

Sie ließ Wilhelmen allein, und er brachte seinen Abend mit Revision der kleinen Bibliothek zu; sie war wirklich bloß durch Zufall zusammen gekommen.

Therese blieb die wenigen Tage, die Wilhelm bei ihr ver=
weilte, sich immer gleich; sie erzählte ihm die Folgen ihrer Be=
gebenheit in verschiedenen Absätzen sehr umständlich. Ihrem Ge=
dächtnis war Tag und Stunde, Platz und Name gegenwärtig,
und wir ziehen, was unsern Lesern zu wissen nötig ist, hier ins
Kurze zusammen.

Die Ursache von Lotharios rascher Entfernung ließ sich leider
leicht erklären; er war Theresens Mutter auf ihrer Reise begegnet;
ihre Reize zogen ihn an, sie war nicht karg gegen ihn, und nun
entfernte ihn dieses unglückliche, schnell vorübergegangene Aben=
teuer von der Verbindung mit einem Frauenzimmer, das die
Natur selbst für ihn gebildet zu haben schien. Therese blieb in
dem reinen Kreise ihrer Beschäftigung und ihrer Pflicht. Man
erfuhr, daß Lydie sich heimlich in der Nachbarschaft aufgehalten
habe. Sie war glücklich, als die Heirat, obgleich aus unbekannten
Ursachen, nicht vollzogen wurde; sie suchte sich Lothario zu nähern,
und es schien, daß er mehr aus Verzweiflung als aus Neigung,
mehr überrascht als mit Ueberlegung, mehr aus Langerweile
als aus Vorsatz ihren Wünschen begegnet sei.

Therese war ruhig darüber; sie machte keine weitern An=
sprüche auf ihn, und selbst wenn er ihr Gatte gewesen wäre,
hätte sie vielleicht Mut genug gehabt, ein solches Verhältnis zu
ertragen, wenn es nur ihre häusliche Ordnung nicht gestört hätte;
wenigstens äußerte sie oft, daß eine Frau, die das Hauswesen
recht zusammenhalte, ihrem Manne jede kleine Phantasie nach=
sehen und von seiner Rückkehr jederzeit gewiß sein könne.

Theresens Mutter hatte bald die Angelegenheiten ihres Ver=
mögens in Unordnung gebracht; ihre Tochter mußte es ent=
gelten, denn sie erhielt wenig von ihr; die alte Dame, Theresens
Beschützerin, starb, hinterließ ihr das kleine Freigut und ein
artiges Kapital zum Vermächtnis. Therese wußte sich sogleich
in den engen Kreis zu finden; Lothario bot ihr ein besseres
Besitztum an, Jarno machte den Unterhändler, sie schlug es aus.
Ich will, sagte sie, im Kleinen zeigen, daß ich wert war, das
Große mit ihm zu teilen; aber das behalte ich mir vor, daß,
wenn der Zufall mich um meiner oder anderer willen in Ver=
legenheit setzt, ich zuerst zu meinem werten Freund ohne Be=
denken die Zuflucht nehmen könne.

Nichts bleibt weniger verborgen und ungenutzt, als zweck=
mäßige Thätigkeit. Kaum hatte sie sich auf ihrem kleinen Gute
eingerichtet, so suchten die Nachbarn schon ihre nähere Bekannt=
schaft und ihren Rat, und der neue Besitzer der angrenzenden
Güter gab nicht undeutlich zu verstehen, daß es nur auf sie an=
komme, ob sie seine Hand annehmen und Erbe des größten Teils
seines Vermögens werden wolle. Sie hatte schon gegen Wil=

helmen dieses Verhältnisses erwähnt und scherzte gelegentlich über Heiraten und Mißheiraten mit ihm.

Es gibt, sagte sie, den Menschen nichts mehr zu reden, als wenn einmal eine Heirat geschieht, die sie nach ihrer Art eine Mißheirat nennen können, und doch sind die Mißheiraten viel gewöhnlicher als die Heiraten; denn es sieht leider nach einer kurzen Zeit mit den meisten Verbindungen gar mißlich aus. Die Vermischung der Stände durch Heiraten verdienen nur insofern Mißheiraten genannt zu werden, als der eine Teil an der angebornen, angewohnten und gleichsam notwendig gewordenen Existenz des andern keinen Teil nehmen kann. Die verschiedenen Klassen haben verschiedene Lebensweisen, die sie nicht mit einander teilen noch verwechseln können, und das ist's, warum Verbindungen dieser Art besser nicht geschlossen werden; aber Ausnahmen und recht glückliche Ausnahmen sind möglich. So ist die Heirat eines jungen Mädchens mit einem bejahrten Manne immer mißlich, und doch habe ich sie recht gut ausschlagen sehen. Für mich kenne ich nur eine Mißheirat, wenn ich feiern und repräsentieren müßte; ich wollte lieber jedem ehrbaren Pächterssohn aus der Nachbarschaft meine Hand geben.

Wilhelm gedachte nunmehr, zurückzukehren, und bat seine neue Freundin, ihm noch ein Abschiedswort bei Lydien zu verschaffen. Das leidenschaftliche Mädchen ließ sich bewegen; er sagte ihr einige freundliche Worte, sie versetzte: Den ersten Schmerz hab' ich überwunden, Lothario wird mir ewig teuer sein; aber seine Freunde kenne ich, es ist mir leid, daß er so umgeben ist. Der Abbé wäre fähig, wegen einer Grille die Menschen in Not zu lassen, oder sie gar hinein zu stürzen; der Arzt möchte gern alles ins Gleiche bringen; Jarno hat kein Gemüt und Sie — wenigstens keinen Charakter! Fahren Sie nur so fort und lassen Sie sich als Werkzeug dieser drei Menschen brauchen; man wird Ihnen noch manche Exekution auftragen. Lange, mir ist es recht wohl bekannt, war ihnen meine Gegenwart zuwider; ich hatte ihr Geheimnis nicht entdeckt, aber ich hatte beobachtet, daß sie ein Geheimnis verbargen. Wozu diese verschlossenen Zimmer? diese wunderlichen Gänge? Warum kann niemand zu dem großen Turm gelangen? Warum verbannten sie mich, so oft sie nur konnten, in meine Stube? Ich will gestehen, daß Eifersucht zuerst mich auf diese Entdeckung brachte; ich fürchtete, eine glückliche Nebenbuhlerin sei irgendwo versteckt. Nun glaube ich das nicht mehr, ich bin überzeugt, daß Lothario mich liebt, daß er es redlich mit mir meint; aber eben so gewiß bin ich überzeugt, daß er von seinen künstlichen und falschen Freunden betrogen wird. Wenn Sie sich um ihn verdient machen wollen, wenn Ihnen verziehen werden soll, was Sie an mir verbrochen haben, so befreien Sie ihn aus den Händen dieser Menschen. Doch was hoffe ich! Ueberreichen Sie ihm diesen Brief, wiederholen Sie, was er enthält: daß ich ihn ewig lieben werde, daß ich mich auf sein Wort verlasse. Ach! rief sie aus, indem sie aufstand und am Halse Theresens weinte, er ist von meinen Feinden umgeben; sie werden ihn zu bereden suchen, daß ich ihm nichts aufgeopfert habe; o! der beste Mann mag gerne hören, daß er jedes Opfer wert ist, ohne dafür dankbar sein zu dürfen.

Wilhelms Abschied von Theresen war heiterer; sie wünschte ihn bald wiederzusehen. Sie kennen mich ganz! sagte sie; Sie haben mich immer reden lassen; es ist das nächste Mal Ihre Pflicht, meine Aufrichtigkeit zu erwidern.

Auf seiner Rückreise hatte er Zeit genug, diese neue, helle Erscheinung lebhaft in der Erinnerung zu betrachten. Welch ein Zutrauen hatte sie ihm eingeflößt! Er dachte an Mignon und Felix, wie glücklich die Kinder unter einer solchen Aufsicht werden könnten; dann dachte er an sich selbst und fühlte, welche Wonne es sein müsse, in der Nähe eines so ganz klaren menschlichen Wesens zu leben. Als er sich dem Schloß näherte, fiel ihm der Turm mit den vielen Gängen und Seitengebäuden mehr als sonst auf; er nahm sich vor, bei der nächsten Gelegenheit Jarno oder den Abbé darüber zur Rede zu stellen.

Siebentes Kapitel.

Als Wilhelm nach dem Schlosse kam, fand er den edlen Lothario auf dem Wege der völligen Besserung; der Arzt und der Abbé waren nicht zugegen, Jarno allein war geblieben. In kurzer Zeit ritt der Genesende schon wieder aus, bald allein, bald mit seinen Freunden. Sein Gespräch war ernsthaft und gefällig, seine Unterhaltung belehrend und erquickend; oft bemerkte man Spuren einer zarten Fühlbarkeit, ob er sie gleich zu verbergen suchte und, wenn sie sich wider seinen Willen zeigte, beinah zu mißbilligen schien.

So war er eines Abends still bei Tische, ob er gleich heiter aussah.

Sie haben heute gewiß ein Abenteuer gehabt? sagte endlich Jarno, und zwar ein angenehmes.

Wie Sie sich auf Ihre Leute verstehen! versetzte Lothario. Ja, es ist mir ein sehr angenehmes Abenteuer begegnet. Zu einer andern Zeit hätte ich es vielleicht nicht so reizend gefunden, als diesmal, da es mich so empfänglich antraf. Ich ritt gegen

Abend jenseit des Wassers durch die Dörfer, einen Weg, den ich oft genug in frühern Jahren besucht hatte. Mein körperliches Leiden muß mich mürber gemacht haben, als ich selbst glaubte: ich fühlte mich weich und, bei wieder auflebenden Kräften, wie neugeboren. Alle Gegenstände erschienen mir in eben dem Lichte, wie ich sie in frühern Jahren gesehen hatte; alle so lieblich, so anmutig, so reizend, wie sie mir lange nicht erschienen sind. Ich merkte wohl, daß es Schwachheit war; ich ließ mir sie aber ganz wohl gefallen, ritt sachte hin, und es wurde mir ganz begreiflich, wie Menschen eine Krankheit liebgewinnen können, welche uns zu süßen Empfindungen stimmt. Sie wissen vielleicht, was mich ehemals so oft diesen Weg führte?

Wenn ich mich recht erinnere, versetzte Jarno, so war es ein kleiner Liebeshandel, der sich mit der Tochter eines Pachters entsponnen hatte.

Man dürfte es wohl einen großen nennen, versetzte Lothario; denn wir hatten uns beide sehr lieb, recht im Ernste, und auch ziemlich lange. Zufälligerweise traf heute alles zusammen, mir die ersten Zeiten unserer Liebe recht lebhaft darzustellen. Die Knaben schüttelten eben wieder Maikäfer von den Bäumen, und das Laub der Eschen war eben nicht weiter als an dem Tage, da ich sie zum erstenmal sah. Nun war es lange, daß ich Margareten nicht gesehen habe, denn sie ist weit weg verheiratet; nur hörte ich zufällig, sie sei mit ihren Kindern vor wenigen Wochen gekommen, ihren Vater zu besuchen.

So war ja wohl dieser Spazierritt nicht so ganz zufällig?

Ich leugne nicht, sagte Lothario, daß ich sie anzutreffen wünschte. Als ich nicht weit von dem Wohnhaus war, sah ich ihren Vater vor der Thüre sitzen; ein Kind von ungefähr einem Jahre stand bei ihm. Als ich mich näherte, sah eine Frauensperson schnell oben zum Fenster heraus, und als ich gegen die Thüre kam, hörte ich jemand die Treppe herunter springen. Ich dachte gewiß, sie sei es, und, ich will's nur gestehen, ich schmeichelte mir, sie habe mich erkannt und sie komme mir eilig entgegen. Aber wie beschämt war ich, als sie zur Thüre heraussprang, das Kind, dem die Pferde näher kamen, anfaßte und in das Haus hineintrug. Es war mir eine unangenehme Empfindung, und nur wurde meine Eitelkeit ein wenig getröstet, als ich, wie sie hinweg eilte, an ihrem Nacken und an dem freistehenden Ohr eine merkliche Röte zu sehen glaubte.

Ich hielt still und sprach mit dem Vater und schielte indessen an den Fenstern herum, ob sie sich nicht hier oder da blicken ließe: allein ich bemerkte keine Spur von ihr. Fragen wollt' ich auch nicht, und so ritt ich vorbei. Mein Verdruß wurde durch Verwunderung einigermaßen gemildert; denn ob

ich gleich kaum das Gesicht gesehen hatte, so schien sie mir fast
gar nicht verändert, und zehn Jahre sind doch eine Zeit! ja, sie
schien mir jünger, eben so schlank, eben so leicht auf den Füßen,
der Hals wo möglich noch zierlicher als vorher, ihre Wange
eben so leicht der liebenswürdigen Röte empfänglich, dabei Mutter
von sechs Kindern, vielleicht noch von mehrern. Es paßte diese
Erscheinung so gut in die übrige Zauberwelt, die mich umgab,
daß ich nur um so mehr mit einem verjüngten Gefühl weiter
ritt und an dem nächsten Walde erst umkehrte, als die Sonne
im Untergehen war. So sehr mich auch der fallende Tau an
die Vorschrift des Arztes erinnerte und es wohl rätlicher gewesen wäre, gerade nach Hause zu kehren, so nahm ich doch
wieder meinen Weg nach der Seite des Pachthofs zurück. Ich
bemerkte, daß ein weibliches Geschöpf in dem Garten auf und
nieder ging, der mit einer leichten Hecke umzogen ist. Ich ritt
auf dem Fußpfade nach der Hecke zu, und ich fand mich eben
nicht weit von der Person, nach der ich verlangte.

Ob mir gleich die Abendsonne in den Augen lag, sah ich
doch, daß sie sich am Zaune beschäftigte, der sie nur leicht bedeckte. Ich glaubte meine alte Geliebte zu erkennen. Da ich an
sie kam, hielt ich still, nicht ohne Regung des Herzens. Einige
hohe Zweige wilder Rosen, die eine leise Luft hin und her wehte,
machten mir ihre Gestalt undeutlich. Ich redete sie an und
fragte, wie sie lebe. Sie antwortete mir mit halber Stimme:
Ganz wohl. Indes bemerkte ich, daß ein Kind hinter dem Zaune
beschäftigt war, Blumen auszureißen, und nahm die Gelegenheit,
sie zu fragen: wo denn ihre übrigen Kinder seien? Es ist nicht
mein Kind, sagte sie, das wäre früh! und in diesem Augenblicke
schickte sich's, daß ich durch die Zweige ihr Gesicht genau sehen
konnte, und ich wußte nicht, was ich zu der Erscheinung sagen
sollte. Es war meine Geliebte und war es nicht. Fast jünger,
fast schöner, als ich sie vor zehen Jahren gekannt hatte. Sind
Sie denn nicht die Tochter des Pachters? fragte ich halb verwirrt. Nein, sagte sie, ich bin ihre Muhme.

Aber Sie gleichen einander so außerordentlich, versetzte ich.

Das sagt jedermann, der sie vor zehen Jahren gekannt hat.

Ich fuhr fort, sie verschiedenes zu fragen; mein Irrtum
war mir angenehm, ob ich ihn gleich schon entdeckt hatte. Ich
konnte mich von dem lebendigen Bilde voriger Glückseligkeit, das
vor mir stand, nicht losreißen. Das Kind hatte sich indessen
von ihr entfernt und war Blumen zu suchen nach dem Teiche
gegangen. Sie nahm Abschied und eilte dem Kinde nach.

Indessen hatte ich doch erfahren, daß meine alte Geliebte
noch wirklich in dem Hause ihres Vaters sei, und indem ich ritt,
beschäftigte ich mich mit Mutmaßungen, ob sie selbst oder die

Muhme das Kind vor den Pferden gesichert habe. Ich wieder=
holte mir die ganze Geschichte mehrmals im Sinne, und ich
wüßte nicht leicht, daß irgend etwas angenehmer auf mich ge=
wirkt hätte. Aber ich fühle wohl, ich bin noch krank, und wir
wollen den Doktor bitten, daß er uns von dem Ueberreste dieser
Stimmung erlöse.

Es pflegt in vertraulichen Bekenntnissen anmutiger Liebes=
begebenheiten wie mit Gespenstergeschichten zu gehen: ist nur erst
eine erzählt, so fließen die übrigen von selbst zu.

Unsere kleine Gesellschaft fand in der Rückerinnerung ver=
gangener Zeiten manchen Stoff dieser Art. Lothario hatte am
meisten zu erzählen. Jarnos Geschichten trugen alle einen eignen
Charakter, und was Wilhelm zu gestehen hatte, wissen wir schon.
Indessen war ihm bange, daß man ihn an die Geschichte mit
der Gräfin erinnern möchte; allein niemand dachte derselben
auch nur auf die entfernteste Weise.

Es ist wahr, sagte Lothario, angenehmer kann keine Em=
pfindung in der Welt sein, als wenn das Herz nach einer gleich=
gültigen Pause sich der Liebe zu einem neuen Gegenstande wieder
öffnet, und doch wollt' ich diesem Glück für mein Leben entsagt
haben, wenn mich das Schicksal mit Theresen hätte verbinden
wollen. Man ist nicht immer Jüngling, und man sollte nicht
immer Kind sein. Dem Manne, der die Welt kennt, der weiß,
was er darin zu thun, was er von ihr zu hoffen hat, was kann
ihm erwünschter sein, als eine Gattin zu finden, die überall mit
ihm wirkt und die ihm alles vorzubereiten weiß, deren Thätig=
keit dasjenige aufnimmt, was die seinige liegen lassen muß, deren
Geschäftigkeit sich nach allen Seiten verbreitet, wenn die seinige
nur einen geraden Weg fortgehen darf. Welchen Himmel hatte
ich mir mit Theresen geträumt! Nicht den Himmel eines schwär=
merischen Glücks, sondern eines sichern Lebens auf der Erde:
Ordnung im Glück, Mut im Unglück, Sorge für das Geringste,
und eine Seele, fähig, das Größte zu fassen und wieder fahren
zu lassen. O! ich sah in ihr gar wohl die Anlagen, deren Ent=
wickelung wir bewundern, wenn wir in der Geschichte Frauen
sehen, die uns weit vorzüglicher als alle Männer erscheinen: diese
Klarheit über die Umstände, diese Gewandtheit in allen Fällen,
diese Sicherheit im einzelnen, wodurch das Ganze sich immer so
gut befindet, ohne daß sie jemals daran zu denken scheinen. Sie
können wohl, fuhr er fort, indem er sich lächelnd gegen Wil=
helmen wendete, mir verzeihen, wenn Therese mich Aurelien ent=
führte: mit jener konnte ich ein heiteres Leben hoffen, da bei
dieser auch nicht an eine glückliche Stunde zu denken war.

Ich leugne nicht, versetzte Wilhelm, daß ich mit großer Bitter=
keit im Herzen gegen Sie hierhergekommen bin und daß ich mir

vorgenommen hatte, Ihr Betragen gegen Aurelien sehr streng zu tadeln.

Auch verdient es Tadel, sagte Lothario; ich hätte meine Freundschaft zu ihr nicht mit dem Gefühl der Liebe verwechseln sollen, ich hätte nicht an die Stelle der Achtung, die sie verdiente, eine Neigung einbrängen sollen, die sie weder erregen noch erhalten konnte. Ach! sie war nicht liebenswürdig, wenn sie liebte, und das ist das größte Unglück, das einem Weibe begegnen kann.

Es sei drum, erwiderte Wilhelm, wir können nicht immer das Tadelnswerte vermeiden, nicht vermeiden, daß unsere Gesinnungen und Handlungen auf eine sonderbare Weise von ihrer natürlichen und guten Richtung abgelenkt werden; aber gewisse Pflichten sollten wir niemals aus den Augen setzen. Die Asche der Freundin ruhe sanft; wir wollen, ohne uns zu schelten und sie zu tadeln, mitleidig Blumen auf ihr Grab streuen. Aber bei dem Grabe, in welchem die unglückliche Mutter ruht, lassen Sie mich fragen, warum Sie sich des Kindes nicht annehmen? eines Sohnes, dessen sich jedermann erfreuen würde und den Sie ganz und gar zu vernachlässigen scheinen. Wie können Sie, bei Ihren reinen und zarten Gefühlen, das Herz eines Vaters gänzlich verleugnen? Sie haben diese ganze Zeit noch mit keiner Silbe an das köstliche Geschöpf gedacht, von dessen Anmut so viel zu erzählen wäre.

Von wem reden Sie? versetzte Lothario, ich verstehe Sie nicht.

Von wem anders, als von Ihrem Sohne, dem Sohne Aureliens, dem schönen Kinde, dem zu seinem Glücke nichts fehlt, als daß ein zärtlicher Vater sich seiner annimmt?

Sie irren sehr, mein Freund, rief Lothario; Aurelie hatte keinen Sohn, am wenigsten von mir; ich weiß von keinem Kinde, sonst würde ich mich dessen mit Freuden annehmen; aber auch im gegenwärtigen Falle will ich gern das kleine Geschöpf als eine Verlassenschaft von ihr ansehen und für seine Erziehung sorgen. Hat sie sich denn irgend etwas merken lassen, daß der Knabe ihr, daß er mir zugehöre?

Nicht daß ich mich erinnere, ein ausdrückliches Wort von ihr gehört zu haben; es war aber einmal so angenommen, und ich habe nicht einen Augenblick daran gezweifelt.

Ich kann, fiel Jarno ein, einigen Aufschluß hierüber geben. Ein altes Weib, das Sie oft müssen gesehen haben, brachte das Kind zu Aurelien; sie nahm es mit Leidenschaft auf und hoffte, ihre Leiden durch seine Gegenwart zu lindern; auch hat es ihr manchen vergnügten Augenblick gemacht.

Wilhelm war durch diese Entdeckung sehr unruhig geworden; er gedachte der guten Mignon neben dem schönen Felix auf das lebhaftefte, er zeigte feinen Wunfch, die beiden Kinder aus der Lage, in der fie fich befanden, herauszuziehen.

Wir wollen damit bald fertig fein, verfeßte Lothario. Das wunderliche Mädchen übergeben wir Therefen, fie kann unmöglich in beffere Hände geraten, und was den Knaben betrifft, den, dächt' ich, nehmen Sie felbft zu fich: denn was fogar die Frauen an uns ungebildet zurücklaffen, das bilden die Kinder aus, wenn wir uns mit ihnen abgeben.

Ueberhaupt dächte ich, verfeßte Jarno, Sie entfagten kurz und gut dem Theater, zu dem Sie doch einmal kein Talent haben.

Wilhelm war betroffen; er mußte fich zufammennehmen, denn Jarnos harte Worte hatten feine Eigenliebe nicht wenig verleßt. Wenn Sie mich davon überzeugen, verfeßte er mit ge- zwungenem Lächeln, fo werden Sie mir einen Dienft erweifen, ob es gleich nur ein trauriger Dienft ift, wenn man uns aus einem Lieblingstraume auffchüttelt.

Ohne viel weiter darüber zu reden, verfeßte Jarno, möchte ich Sie nur antreiben, erft die Kinder zu holen; das übrige wird fich fchon geben.

Ich bin bereit dazu, verfeßte Wilhelm; ich bin unruhig und neugierig, ob ich nicht von dem Schickfal des Knaben etwas Näheres entdecken kann; ich verlange das Mädchen wiederzufehen, das fich mit fo vieler Eigenheit an mich angefchloffen hat.

Man ward einig, daß er bald abreifen follte.

Den andern Tag hatte er fich dazu vorbereitet, das Pferd war gefattelt, nur wollte er noch von Lothario Abfchied nehmen. Als die Eßzeit herbeikam, feßte man fich wie gewöhnlich zu Tifche, ohne auf den Hausherrn zu warten, er kam erft fpät und feßte fich zu ihnen.

Ich wollte wetten, fagte Jarno, Sie haben heute Ihr zärt- liches Herz wieder auf die Probe geftellt. Sie haben der Be- gierde nicht widerftehen können, Ihre ehemalige Geliebte wieder- zufehen.

Erraten! verfeßte Lothario.

Laffen Sie uns hören, fagte Jarno, wie ift es abgelaufen? Ich bin äußerft neugierig.

Ich leugne nicht, verfeßte Lothario, daß mir das Abenteuer mehr als billig auf dem Herzen lag; ich faßte daher den Ent- fchluß, nochmals hinzureiten und die Perfon wirklich zu fehen, deren verjüngtes Bild mir eine fo angenehme Illufion gemacht hatte. Ich ftieg fchon in einiger Entfernung vom Haufe ab und ließ die Pferde befeite führen, um die Kinder nicht zu ftören, die vor dem Thore fpielten. Ich ging in das Haus, und von ungefähr kam fie mir entgegen, denn fie war es felbft, und ich erkannte fie ohngeachtet der großen Veränderung wieder. Sie war stärker geworden und schien größer zu sein; ihre Anmut blickte durch ein gesetztes Wesen hindurch, und ihre Munterkeit war in ein stilles Nachdenken übergegangen. Ihr Kopf, den sie sonst so leicht und frei trug, hing ein wenig gesenkt, und leise Falten waren über ihre Stirne gezogen.

Sie schlug die Augen nieder, als sie mich sah, aber keine Röte verkündigte eine innere Bewegung des Herzens. Ich reichte ihr die Hand, sie gab mir die ihrige; ich fragte nach ihrem Manne, er war abwesend; nach ihren Kindern, sie trat an die Thüre und rief sie herbei: alle kamen und versammelten sich um sie. Es ist nichts reizender, als eine Mutter zu sehen mit einem Kinde auf dem Arme, und nichts ehrwürdiger, als eine Mutter unter vielen Kindern. Ich fragte nach den Namen der Kleinen, um doch nur etwas zu sagen; sie bat mich, hinein zu treten und auf ihren Vater zu warten. Ich nahm es an; sie führte mich in die Stube, wo ich beinahe noch alles auf dem alten Platze fand, und — sonderbar! die schöne Muhme, ihr Ebenbild, saß auf eben dem Schemel hinter dem Spinnrocken, wo ich meine Geliebte in eben der Gestalt so oft gefunden hatte. Ein kleines Mädchen, das seiner Mutter vollkommen glich, war uns nachgefolgt, und so stand ich in der sonderbarsten Gegenwart, zwischen der Vergangenheit und Zukunft, wie in einem Orangenwalde, wo in einem kleinen Bezirk Blüten und Früchte stufenweise neben einander leben. Die Muhme ging hinaus, einige Erfrischung zu holen; ich gab dem ehemals so geliebten Geschöpfe die Hand und sagte zu ihr: Ich habe eine rechte Freude, Sie wiederzusehen. — Sie sind sehr gut, mir das zu sagen, versetzte sie; aber auch ich kann Ihnen versichern, daß ich eine unaussprechliche Freude habe. Wie oft habe ich mir gewünscht, Sie nur noch einmal in meinem Leben wiederzusehen, ich habe es in Augenblicken gewünscht, die ich für meine letzten hielt. Sie sagte das mit einer gesetzten Stimme, ohne Rührung, mit jener Natürlichkeit, die mich ehemals so sehr an ihr entzückte. Die Muhme kam wieder, ihr Vater dazu — und ich überlasse euch, zu denken, mit welchem Herzen ich blieb, und mit welchem ich mich entfernte.

Achtes Kapitel.

Wilhelm hatte auf seinem Wege nach der Stadt die edlen weiblichen Geschöpfe, die er kannte und von denen er gehört hatte, im Sinne; ihre sonderbaren Schicksale, die wenig Erfreuliches enthielten, waren ihm schmerzlich gegenwärtig. Ach! rief er aus, arme Mariane! was werde ich noch von dir erfahren

müffen? Und dich, herrliche Amazone, edler Schutzgeift, dem ich
fo viel fchuldig bin, dem ich überall zu begegnen hoffe und den
ich leider nirgends finde, in welchen traurigen Umftänden treff'
ich dich vielleicht, wenn du mir einft wieder begegneft!

In der Stadt war niemand von feinen Bekannten zu Haufe;
er eilte auf das Theater, er glaubte, fie in der Probe zu finden;
alles war ftill, das Haus fchien leer, doch fah er einen Laden
offen. Als er auf die Bühne kam, fand er Aureliens alte Die=
nerin befchäftigt, Leinwand zu einer neuen Dekoration zufammen
zu nähen; es fiel nur fo viel Licht herein, als nötig war, ihre
Arbeit zu erhellen. Felix und Mignon faßen neben ihr auf der
Erde; beide hielten ein Buch, und indem Mignon laut las, fagte
ihr Felix alle Worte nach, als wenn er die Buchftaben kennte,
als wenn er auch zu lefen verftünde.

Die Kinder fprangen auf und begrüßten den Ankommenden;
er umarmte fie aufs zärtlichfte und führte fie näher zu der Alten.
Bift du es, fagte er zu ihr mit Ernft, die diefes Kind Aurelien
zugeführt hatte? Sie fah von ihrer Arbeit auf und wendete ihr
Geficht zu ihm; er fah fie in vollem Lichte, erfchrak, trat einige
Schritte zurück; es war die alte Barbara.

Wo ift Mariane? rief er aus. — Weit von hier, verfetzte
die Alte.

Und Felix?

Ift der Sohn diefes unglücklichen, nur allzu zärtlich liebenden
Mädchens. Möchten Sie niemals empfinden, was Sie uns ge=
koftet haben! Möchte der Schatz, den ich Ihnen überliefere, Sie
fo glücklich machen, als er uns unglücklich gemacht hat!

Sie ftand auf, um wegzugehen. Wilhelm hielt fie feft. Ich
denke Ihnen nicht zu entlaufen, fagte fie; laffen Sie mich ein
Dokument holen, das fie erfreuen und fchmerzen wird. Sie ent=
fernte fich, und Wilhelm fah den Knaben mit einer ängftlichen
Freude an; er durfte fich das Kind noch nicht zueignen. Er ift
dein, rief Mignon, er ift dein! und drückte das Kind an Wil=
helms Knie.

Die Alte kam und überreichte ihm einen Brief. Hier find
Marianens letzte Worte, fagte fie.

Sie ift tot! rief er aus.

Tot! fagte die Alte; möchte ich Ihnen doch alle Vorwürfe
erfparen können.

Ueberrafcht und verwirrt erbrach Wilhelm den Brief, er
hatte aber kaum die erften Worte gelefen, als ihn ein bittrer
Schmerz ergriff; er ließ den Brief fallen, ftürzte auf eine Rafen=
bank und blieb eine Zeitlang liegen. Mignon bemühte fich um
ihn. Indeffen hatte Felix den Brief aufgehoben und zerrte feine
Gefpielin fo lange, bis diefe nachgab und zu ihm kniete und

ihm vorlas. Felix wiederholte die Worte, und Wilhelm war
genötigt, sie zweimal zu hören. „Wenn dieses Blatt jemals zu
dir kommt, so bedaure deine unglückliche Geliebte. Deine Liebe
hat ihr den Tod gegeben: der Knabe, dessen Geburt ich nur
wenige Tage überlebe, ist dein; ich sterbe dir treu, so sehr der
Schein auch gegen mich sprechen mag; mit dir verlor ich alles,
was mich an das Leben fesselte. Ich sterbe zufrieden, da man
mir versichert, das Kind sei gesund und werde leben. Höre die
alte Barbara, verzeih ihr, leb wohl und vergiß mich nicht!"

Welch ein schmerzlicher und noch zu seinem Troste halb rätsel=
hafter Brief! dessen Inhalt ihm erst recht fühlbar ward, da ihn
die Kinder stockend und stammelnd vortrugen und wiederholten.

Da haben Sie es nun! rief die Alte, ohne abzuwarten, bis
er sich erholt hatte; danken Sie dem Himmel, daß nach dem Ver=
luste eines so guten Mädchens Ihnen noch ein so vortreffliches
Kind übrig bleibt. Nichts wird Ihrem Schmerze gleichen, wenn
Sie vernehmen, wie das gute Mädchen Ihnen bis ans Ende treu
geblieben, wie unglücklich sie geworden ist, und was sie Ihnen
alles aufgeopfert hat.

Laß mich den Becher des Jammers und der Freuden, rief
Wilhelm aus, auf einmal trinken! Ueberzeuge mich, ja überrede
mich nur, daß sie ein gutes Mädchen war, daß sie meine Achtung
wie meine Liebe verdiente, und überlaß mich dann meinen
Schmerzen über ihren unersetzlichen Verlust.

Es ist jetzt nicht Zeit, versetzte die Alte, ich habe zu thun
und wünschte nicht, daß man uns beisammen fände. Lassen Sie
es ein Geheimnis sein, daß Felix Ihnen angehört; ich hätte über
meine bisherige Verstellung zu viel Vorwürfe von der Gesell=
schaft zu erwarten. Mignon verrät uns nicht, sie ist gut und
verschwiegen.

Ich wußte es lange und sagte nichts, versetzte Mignon. —
Wie ist es möglich? rief die Alte. — Woher? fiel Wilhelm ein.

Der Geist hat mir's gesagt.

Wie? Wo?

Im Gewölbe, da der Alte das Messer zog, rief mir's zu:
Rufe seinen Vater, und da fielst du mir ein.

Wer rief denn?

Ich weiß nicht, im Herzen, im Kopfe; ich war so angst, ich
zitterte, ich betete, da rief's, und ich verstand's.

Wilhelm drückte sie an sein Herz, empfahl ihr Felix und
entfernte sich. Er bemerkte erst zuletzt, daß sie viel blässer und
magerer geworden war, als er sie verlassen hatte. Madame
Melina fand er von seinen Bekannten zuerst; sie begrüßte ihn
aufs freundlichste. O! daß Sie doch alles, rief sie aus, bei uns
finden möchten, wie Sie wünschen!

Ich zweifle daran, sagte Wilhelm, und erwartete es nicht. Gestehen Sie nur, man hat alle Anstalten gemacht, mich entbehren zu können.

Warum sind Sie auch weggegangen? versetzte die Freundin. Man kann die Erfahrung nicht früh genug machen, wie entbehrlich man in der Welt ist. Welche wichtige Personen glauben wir zu sein! Wir denken allein den Kreis zu beleben, in welchem wir wirken; in unserer Abwesenheit muß, bilden wir uns ein, Leben, Nahrung und Atem stocken; und die Lücke, die entsteht, wird kaum bemerkt, sie füllt sich so geschwind wieder aus, ja, sie wird oft nur der Platz, wo nicht für etwas Besseres, doch für etwas Angenehmeres.

Und die Leiden unserer Freunde bringen wir nicht in Anschlag?

Auch unsere Freunde thun wohl, wenn sie sich bald finden, wenn sie sich sagen: Da, wo du bist, da, wo du bleibst, wirke, was du kannst, sei thätig und gefällig und laß dir die Gegenwart heiter sein.

Bei näherer Erkundigung fand Wilhelm, was er vermutet hatte: die Oper war eingerichtet und zog die ganze Aufmerksamkeit des Publikums an sich. Seine Rollen waren inzwischen durch Laertes und Horatio besetzt worden, und beide lockten den Zuschauern einen weit lebhaftern Beifall ab, als er jemals hatte erlangen können.

Laertes trat herein und Madame Melina rief aus: Sehn Sie hier diesen glücklichen Menschen, der bald ein Kapitalist, oder Gott weiß was, werden wird! Wilhelm umarmte ihn und fühlte ein vortrefflich feines Tuch an seinem Rocke; seine übrige Kleidung war einfach, aber alles vom besten Zeuge.

Lösen Sie mir das Rätsel! rief Wilhelm aus.

Es ist noch Zeit genug, versetzte Laertes, um zu erfahren, daß mir mein Hin- und Herlaufen nunmehr bezahlt wird, daß ein Patron eines großen Handelshauses von meiner Unruhe, meinen Kenntnissen und Bekanntschaften Vorteil zieht und mir einen Teil davon abläßt; ich wollte viel drum geben, wenn ich mir dabei auch Zutrauen gegen die Weiber ermäkeln könnte: denn es ist eine hübsche Nichte im Hause, und ich merke wohl, wenn ich wollte, könnte ich bald ein gemachter Mann sein.

Sie wissen wohl noch nicht, sagte Madame Melina, daß sich indessen auch unter uns eine Heirat gemacht hat? Serlo ist wirklich mit der schönen Elmire öffentlich getraut, da der Vater ihre heimliche Vertraulichkeit nicht gut heißen wollte.

So unterhielten sie sich über manches, was sich in seiner Abwesenheit zugetragen hatte, und er konnte gar wohl bemerken, daß er, dem Geist und dem Sinne der Gesellschaft nach, wirklich längst verabschiedet war.

Mit Ungebuld erwartete er die Alte, die ihm tief in der Nacht ihren sonderbaren Besuch angekündigt hatte. Sie wollte kommen, wenn alles schlief, und verlangte solche Vorbereitungen, eben als wenn das jüngste Mädchen sich zu einem Geliebten schleichen wollte. Er las indes Marianens Brief wohl hundert= mal durch, las mit unaussprechlichem Entzücken das Wort Treue von ihrer geliebten Hand und mit Entsetzen die Ankündigung ihres Todes, dessen Annäherung sie nicht zu fürchten schien.

Mitternacht war vorbei, als etwas an der halboffnen Thüre rauschte und die Alte mit einem Körbchen hereintrat. Ich soll Euch, sagte sie, die Geschichte unserer Leiden erzählen, und ich muß erwarten, daß Ihr ungerührt dabei sitzt, daß Ihr nur, um Eure Neugierde zu befriedigen, mich so sorgsam erwartet, und daß Ihr Euch jetzt, wie damals, in Eure kalte Eigenliebe hüllet, wenn uns das Herz bricht. Aber seht her! so brachte ich an jenem glücklichen Abend die Champagnerflasche hervor, so stellte ich die drei Gläser auf den Tisch, und so fingt Ihr an, uns mit gut= mütigen Kindergeschichten zu täuschen und einzuschläfern, wie ich Euch jetzt mit traurigen Wahrheiten aufklären und wach er= halten muß.

Wilhelm wußte nicht, was er sagen sollte, als die Alte wirklich den Stöpsel springen ließ und die drei Gläser voll= schenkte.

Trinkt! rief sie, nachdem sie ihr schäumendes Glas schnell ausgeleert hatte, trinkt! ehe der Geist verraucht! Dieses dritte Glas soll zum Andenken meiner unglücklichen Freundin unge= nossen verschäumen. Wie rot waren ihre Lippen, als sie Euch damals Bescheid that! Ach, und nun auf ewig verblaßt und erstarrt!

Sibylle! Furie! rief Wilhelm aus, indem er aufsprang und mit der Faust auf den Tisch schlug, welch ein böser Geist besitzt und treibt dich? Für wen hältst du mich, daß du denkst, die einfachste Geschichte von Marianens Tod und Leiden werde mich nicht empfindlich genug kränken, daß du noch solche höllische Kunst= griffe brauchst, um meine Marter zu schärfen? Geht deine un= ersättliche Völlerei so weit, daß du beim Totenmahle schwelgen mußt, so trink und rede! Ich habe dich von jeher verabscheut, und noch kann ich mir Marianen nicht unschuldig denken, wenn ich dich, ihre Gesellschafterin, nur ansehe.

Gemach, mein Herr, versetzte die Alte, Sie werden mich nicht aus meiner Fassung bringen. Sie sind uns noch sehr verschuldet, und von einem Schuldner läßt man sich nicht übel begegnen. Aber Sie haben recht, auch meine einfachste Erzählung ist Strafe genug für Sie. So hören Sie denn den Kampf und den Sieg Marianens, um die Ihrige zu bleiben.

Die Meinige! rief Wilhelm aus; welch ein Märchen willst du beginnen?

Unterbrechen Sie mich nicht, fiel sie ein, hören Sie mich, und dann glauben Sie, was Sie wollen, es ist ohnedem jetzt ganz einerlei. Haben Sie nicht am letzten Abend, als Sie bei uns waren, ein Billet gefunden und mitgenommen?

Ich fand das Blatt erst, als ich es mitgenommen hatte; es war in das Halstuch verwickelt, das ich aus inbrünstiger Liebe ergriff und zu mir steckte.

Was enthielt das Papier?

Die Aussichten eines verdrießlichen Liebhabers, in der nächsten Nacht besser als gestern aufgenommen zu werden. Und daß man ihm Wort gehalten hat, habe ich mit eigenen Augen gesehen, denn er schlich früh vor Tage aus eurem Hause hinweg.

Sie können ihn gesehen haben; aber was bei uns vorging, wie traurig Mariane diese Nacht, wie verdrießlich ich sie zubrachte, das werden Sie erst jetzt erfahren. Ich will ganz aufrichtig sein, weder leugnen noch beschönigen, daß ich Marianen beredete, sich einem gewissen Norberg zu ergeben; sie folgte, ja, ich kann sagen, sie gehorchte mir mit Widerwillen. Er war reich, er schien verliebt, und ich hoffte, er werde beständig sein. Gleich darauf mußte er eine Reise machen, und Mariane lernte Sie kennen. Was hatte ich da nicht auszustehen! was zu hindern! was zu erdulden! O! rief sie manchmal, hättest du meiner Jugend, meiner Unschuld nur noch vier Wochen geschont, so hätte ich einen würdigen Gegenstand meiner Liebe gefunden, ich wäre seiner würdig gewesen, und die Liebe hätte das mit einem ruhigen Bewußtsein geben dürfen, was ich jetzt wider Willen verkauft habe. Sie überließ sich ganz ihrer Neigung, und ich darf nicht fragen, ob Sie glücklich waren. Ich hatte eine uneingeschränkte Gewalt über ihren Verstand, denn ich kannte alle Mittel, ihre kleinen Neigungen zu befriedigen; ich hatte keine Macht über ihr Herz, denn niemals billigte sie, was ich für sie that, wozu ich sie bewegte, wenn ihr Herz widersprach; nur der unbezwinglichen Not gab sie nach, und die Not erschien ihr bald sehr drückend. In den ersten Zeiten ihrer Jugend hatte es ihr an nichts gemangelt; ihre Familie verlor durch eine Verwickelung von Umständen ihr Vermögen; das arme Mädchen war an mancherlei Bedürfnisse gewöhnt, und ihrem kleinen Gemüt waren gewisse gute Grundsätze eingeprägt, die sie unruhig machten, ohne ihr viel zu helfen. Sie hatte nicht die mindeste Gewandtheit in weltlichen Dingen, sie war unschuldig im eigentlichen Sinne; sie hatte keinen Begriff, daß man kaufen könne, ohne zu bezahlen; für nichts war ihr mehr bange, als wenn sie schuldig war; sie hätte immer lieber gegeben als genommen, und nur eine solche Lage machte es möglich, daß sie genötigt ward, sich selbst hinzugeben, um eine Menge kleiner Schulden los zu werden.

Und hättest du, fuhr Wilhelm auf, sie nicht retten können?

O ja, versetzte die Alte, mit Hunger und Not, mit Kummer und Entbehrung, und darauf war ich niemals eingerichtet.

Abscheuliche, niederträchtige Kupplerin! so hast du das unglückliche Geschöpf geopfert? so hast du sie deiner Kehle, deinem unersättlichen Heißhunger hingegeben?

Ihr thätet besser, Euch zu mäßigen und mit Schimpfreden inne zu halten, versetzte die Alte. Wenn Ihr schimpfen wollt, so geht in Eure großen vornehmen Häuser, da werdet Ihr Mütter finden, die recht ängstlich besorgt sind, wie sie für ein liebenswürdiges, himmlisches Mädchen den allerabscheulichsten Menschen auffinden wollen, wenn er nur zugleich der reichste ist. Seht das arme Geschöpf vor seinem Schicksale zittern und beben und nirgends Trost finden, als bis ihr irgend eine erfahrene Freundin begreiflich macht, daß sie durch den Ehestand das Recht erwerbe, über ihr Herz und ihre Person künftig nach Gefallen disponieren zu können.

Schweig! rief Wilhelm, glaubst du denn, daß ein Verbrechen durch das andere entschuldigt werden könne? Erzähle, ohne weitere Anmerkungen zu machen.

So hören Sie, ohne mich zu tadeln! Mariane ward wider meinen Willen die Ihre. Bei diesem Abenteuer habe ich mir wenigstens nichts vorzuwerfen. Norberg kam zurück, er eilte, Marianen zu sehen, die ihn kalt und verdrießlich aufnahm und ihm nicht einen Kuß erlaubte. Ich brauchte meine ganze Kunst, um ihr Betragen zu entschuldigen; ich ließ ihn merken, daß ein Beichtvater ihr das Gewissen geschärft habe und daß man ein Gewissen, solange es spricht, respektieren müsse. Ich brachte ihn dahin, daß er ging, und versprach ihm, mein Bestes zu thun. Er war reich und roh, aber er hatte einen Grund von Gutmütigkeit und liebte Marianen auf das äußerste. Er versprach mir Geduld, und ich arbeitete desto lebhafter, um ihn nicht zu sehr zu prüfen. Ich hatte mit Marianen einen harten Stand; ich überredete sie, ja, ich kann sagen, ich zwang sie endlich durch die Drohung, daß ich sie verlassen würde, an ihren Liebhaber zu schreiben und ihn auf die Nacht einzuladen. Sie kamen und rafften zufälligerweise seine Antwort in dem Halstuch auf. Ihre unvermutete Gegenwart hatte mir ein böses Spiel gemacht. Kaum waren Sie weg, so ging die Qual von neuem an; sie schwur, daß sie Ihnen nicht untreu werden könne, und war so leidenschaftlich, so außer sich, daß sie mir ein herzliches Mitleid ablockte. Ich versprach ihr endlich, daß ich auch diese Nacht Nor-

bergen beruhigen und ihn unter allerlei Vorwänden entfernen
wollte; ich bat sie, zu Bette zu gehen, allein sie schien mir nicht
zu trauen: sie blieb angezogen und schlief zuletzt, bewegt und aus=
geweint, wie sie war, in ihren Kleidern ein.

Norberg kam, ich suchte ihn abzuhalten; ich stellte ihm ihre
Gewissensbisse, ihre Reue mit den schwärzesten Farben vor; er
wünschte, sie nur zu sehen, und ich ging in das Zimmer, um sie
vorzubereiten; er schritt mir nach, und wir traten beide zu
gleicher Zeit vor ihr Bette. Sie erwachte, sprang mit Wut auf
und entriß sich unsern Armen; sie beschwur und bat, sie flehte,
drohte und versicherte, daß sie nicht nachgeben würde. Sie war
unvorsichtig genug, über ihre wahre Leidenschaft einige Worte
fallen zu lassen, die der arme Norberg im geistlichen Sinne
deuten mußte. Endlich verließ er sie, und sie schloß sich ein.
Ich behielt ihn noch lange bei mir und sprach mit ihm über
ihren Zustand, daß sie guter Hoffnung sei und daß man das
arme Mädchen schonen müsse. Er fühlte sich so stolz auf seine
Vaterschaft; er freute sich so sehr auf einen Knaben, daß er alles
einging, was sie von ihm verlangte, und daß er versprach, lieber
einige Zeit zu verreisen, als seine Geliebte zu ängstigen und ihr
durch diese Gemütsbewegungen zu schaden. Mit diesen Ge=
sinnungen schlich er morgens früh von mir weg, und Sie, mein
Herr, wenn Sie Schildwache gestanden haben, so hätte es zu
Ihrer Glückseligkeit nichts weiter bedurft, als in den Busen
Ihres Nebenbuhlers zu sehen, den Sie so begünstigt, so glücklich
hielten und dessen Erscheinung Sie zur Verzweiflung brachte.

Redest du wahr? sagte Wilhelm.

So wahr, sagte die Alte, als ich noch hoffe, Sie zur Ver=
zweiflung zu bringen.

Ja gewiß. Sie würden verzweifeln, wenn ich Ihnen das
Bild unsers nächsten Morgens recht lebhaft darstellen könnte.
Wie heiter wachte sie auf! wie freundlich rief sie mich herein!
wie lebhaft dankte sie mir! wie herzlich drückte sie mich an ihren
Busen! Nun, sagte sie, indem sie lächelnd vor den Spiegel trat,
darf ich mich wieder an mir selbst, mich an meiner Gestalt
freuen, da ich wieder mir, da ich meinem einzig geliebten Freund
angehöre. Wie ist es so süß, überwunden zu haben! welch eine
himmlische Empfindung ist es, seinem Herzen zu folgen! Wie
dank' ich dir, daß du dich meiner angenommen, daß du deine
Klugheit, deinen Verstand auch einmal zu meinem Vorteil an=
gewendet hast! Steh mir bei und ersinne, was mich ganz glück=
lich machen kann!

Ich gab ihr nach, ich wollte sie nicht reizen, ich schmeichelte
ihrer Hoffnung, und sie liebkoste mich auf das anmutigste. Ent=
fernte sie sich einen Augenblick vom Fenster, so mußte ich Wache

stehen: denn Sie sollten nun ein für allemal vorbei gehen, man wollte Sie wenigstens sehen; so ging der ganze Tag unruhig hin. Nachts, zur gewöhnlichen Stunde, erwarteten wir Sie ganz gewiß. Ich paßte schon an der Treppe; die Zeit ward mir lang, ich ging wieder zu ihr hinein. Ich fand sie zu meiner Ver= wunderung in ihrer Offizierstracht, sie sah unglaublich heiter und reizend aus. Verdien' ich nicht, sagte sie, heute in Manns= tracht zu erscheinen? Habe ich mich nicht brav gehalten? Mein Geliebter soll mich heute wie das erste Mal sehen; ich will ihn so zärtlich und mit mehr Freiheit an mein Herz drücken, als damals: denn bin ich jetzt nicht viel mehr die Seine als damals, da mich ein edler Entschluß noch nicht frei gemacht hatte? Aber, fügte sie nach einigem Nachdenken hinzu, noch hab' ich nicht ganz gewonnen, noch muß ich erst das Aeußerste wagen, um seiner wert, um seines Besitzes gewiß zu sein; ich muß ihm alles ent= decken, meinen ganzen Zustand offenbaren und ihm alsdann überlassen, ob er mich behalten oder verstoßen will. Diese Szene bereite ich ihm, bereite ich mir zu: und wäre sein Gefühl mich zu verstoßen fähig, so würde ich alsdann ganz wieder mir selbst angehören, ich würde in meiner Strafe meinen Trost finden und alles erdulden, was das Schicksal mir auferlegen wollte.

Mit diesen Gesinnungen, mit diesen Hoffnungen, mein Herr, erwartete Sie das liebenswürdige Mädchen; Sie kamen nicht. O! wie soll ich den Zustand des Wartens und Hoffens beschrei= ben? Ich sehe dich noch vor mir, mit welcher Liebe, mit welcher Inbrunst du von dem Manne sprachst, dessen Grausamkeit du noch nicht erfahren hattest!

Gute, liebe Barbara, rief Wilhelm, indem er aufsprang und die Alte bei der Hand faßte, es ist nun genug der Verstellung, genug der Vorbereitung! Dein gleichgültiger, dein ruhiger, dein zufriedner Ton hat dich verraten! Gib mir Marianen wieder! sie lebt, sie ist in der Nähe. Nicht umsonst hast du diese späte einsame Stunde zu deinem Besuche gewählt, nicht umsonst hast du mich durch diese entzückende Erzählung vorbereitet. Wo hast du sie? Wo verbirgst du sie? Ich glaube dir alles, ich verspreche, dir alles zu glauben, wenn du mir sie zeigst, wenn du sie meinen Armen wiedergibst. Ihren Schatten habe ich schon im Fluge gesehen, laß mich sie wieder in meine Arme fassen! Ich will vor ihr auf den Knieen liegen, ich will sie um Vergebung bitten, ich will ihr zu ihrem Kampfe, zu ihrem Siege über sich und dich Glück wünschen, ich will ihr meinen Felix zuführen. Komm! Wo hast du sie versteckt? Laß sie, laß mich nicht länger in Unge= wißheit! Dein Endzweck ist erreicht. Wo hast du sie verborgen? Komm, daß ich sie mit diesem Licht beleuchte! daß ich wieder ihr holdes Angesicht sehe!

Er hatte die Alte vom Stuhl aufgezogen; sie sah ihn starr an; die Thränen stürzten ihr aus den Augen, und ein ungeheurer Schmerz ergriff sie. Welch ein unglücklicher Irrtum, rief sie aus, läßt Sie noch einen Augenblick hoffen! — Ja, ich habe sie verborgen, aber unter die Erde; weder das Licht der Sonne noch eine vertrauliche Kerze wird ihr holdes Angesicht jemals wieder erleuchten. Führen Sie den guten Felix an ihr Grab und sagen Sie ihm: Da liegt deine Mutter, die dein Vater ungehört verdammt hat. Das liebe Herz schlägt nicht mehr vor Ungeduld, Sie zu sehen, nicht etwa in einer benachbarten Kammer wartet sie auf den Ausgang meiner Erzählung oder meines Märchens; die dunkle Kammer hat sie aufgenommen, wohin kein Bräutigam folgt, woraus man keinem Geliebten entgegen geht.

Sie warf sich auf die Erde an einem Stuhle nieder und weinte bitterlich; Wilhelm war zum erstenmale völlig überzeugt, daß Mariane tot sei; er befand sich in einem traurigen Zustande. Die Alte richtete sich auf. Ich habe Ihnen weiter nichts zu sagen, rief sie und warf ein Paket auf den Tisch. Hier diese Briefschaften mögen völlig Ihre Grausamkeit beschämen; lesen Sie diese Blätter mit trocknen Augen durch, wenn es Ihnen möglich ist. Sie schlich leise fort, und Wilhelm hatte diese Nacht das Herz nicht, die Brieftasche zu öffnen; er hatte sie selbst Marianen geschenkt, er wußte, daß sie jedes Blättchen, das sie von ihm erhalten hatte, sorgfältig darin aufhob. Den andern Morgen vermochte er es über sich; er löste das Band, und es fielen ihm kleine Zettelchen, mit Bleistift von seiner eigenen Hand geschrieben, entgegen und riefen ihm jede Situation, von dem ersten Tage ihrer anmutigen Bekanntschaft bis zu dem letzten ihrer grausamen Trennung, wieder herbei. Allein nicht ohne die lebhaftesten Schmerzen durchlas er eine kleine Sammlung von Billeten, die an ihn geschrieben waren und die, wie er aus dem Inhalt sah, von Wernern waren zurückgewiesen worden.

* * *

Keines meiner Blätter hat bis zu dir durchdringen können; mein Bitten und Flehen hat dich nicht erreicht; hast du selbst diese grausamen Befehle gegeben? Soll ich dich nie wieder sehen? Noch einmal versuch' ich es, ich bitte dich: komm, o komm! ich verlange dich nicht zu behalten, wenn ich dich nur noch einmal an mein Herz drücken kann.

Wenn ich sonst bei dir saß, deine Hände hielt, dir in die Augen sah und mit vollem Herzen der Liebe und des Zutrauens zu dir sagte: Lieber, lieber guter Mann! das hörtest du so gern, ich mußt' es dir so oft wiederholen; ich wiederhole es noch einmal: Lieber, lieber guter Mann! sei gut, wie du warst, komm und laß mich nicht in meinem Elende verderben!

———

Du hältst mich für schuldig; ich bin es auch, aber nicht, wie du denkst. Komm, damit ich nur den einzigen Trost habe, von dir ganz gekannt zu sein, es gehe mir nachher, wie es wolle.

———

Nicht um meinetwillen allein, auch um dein selbst willen fleh' ich dich an, zu kommen. Ich fühle die unerträglichen Schmerzen, die du leidest, indem du mich fliehst: komm, daß unsere Trennung weniger grausam werde! Ich war vielleicht nie deiner würdig, als eben in dem Augenblick, da du mich in ein grenzenloses Elend zurückstößest.

———

Bei allem, was heilig ist, bei allem, was ein menschliches Herz rühren kann, ruf' ich dich an! Es ist um eine Seele, es ist um ein Leben zu thun, um zwei Leben, von denen dir eins ewig teuer sein muß. Dein Argwohn wird auch das nicht glauben, und doch werde ich es in der Stunde des Todes aussprechen: das Kind, das ich unter dem Herzen trage, ist dein. Seitdem ich dich liebe, hat kein anderer mir auch nur die Hand gedrückt; o daß deine Liebe, daß deine Rechtschaffenheit die Gefährten meiner Jugend gewesen wären!

———

Du willst mich nicht hören? so muß ich denn zuletzt wohl verstummen; aber diese Blätter sollen nicht untergehen, vielleicht können sie noch zu dir sprechen, wenn das Leichentuch schon meine Lippe bedeckt, und wenn die Stimme deiner Reue nicht mehr zu meinem Ohre reichen kann. Durch mein trauriges Leben bis an den letzten Augenblick wird das mein einziger Trost sein: daß ich ohne Schuld gegen dich war, wenn ich mich auch nicht unschuldig nennen durfte.

* * *

Wilhelm konnte nicht weiter; er überließ sich ganz seinem Schmerz, aber noch mehr war er bedrängt, als Laertes hereintrat, dem er seine Empfindungen zu verbergen suchte. Dieser brachte einen Beutel mit Dukaten hervor, zählte und rechnete und versicherte Wilhelmen: es sei nichts Schöneres in der Welt, als wenn man eben auf dem Wege sei, reich zu werden; es könne uns auch alsdann nichts stören oder abhalten. Wilhelm erinnerte sich seines Traums und lächelte; aber zugleich gedachte er auch mit Schaudern: daß in jenem Traumgesichte Mariane ihn verlassen, um

seinem verstorbenen Vater zu folgen, und daß beide zuletzt wie
Geister schwebend sich um den Garten bewegt hatten.

Laertes riß ihn aus seinem Nachdenken und führte ihn auf
ein Kaffeehaus, wo sich sogleich mehrere Personen um ihn versammelten, die ihn sonst gern auf dem Theater gesehen hatten;
sie freuten sich seiner Gegenwart, bedauerten aber, daß er, wie
sie hörten, die Bühne verlassen wolle; sie sprachen so bestimmt
und vernünftig von ihm und seinem Spiele, von dem Grade
seines Talents, von ihren Hoffnungen, daß Wilhelm nicht ohne
Rührung zuletzt ausrief: O, wie unendlich wert wäre mir diese
Teilnahme vor wenig Monaten gewesen! wie belehrend und wie
erfreuend! Niemals hätte ich mein Gemüt so ganz von der
Bühne abgewendet, und niemals wäre ich so weit gekommen, am
Publiko zu verzweifeln.

Dazu sollte es überhaupt nicht kommen, sagte ein ältlicher
Mann, der hervortrat; das Publikum ist groß, wahrer Verstand
und wahres Gefühl sind nicht so selten, als man glaubt; nur
muß der Künstler niemals einen unbedingten Beifall für das,
was er hervorbringt, verlangen; denn eben der unbedingte ist
am wenigsten wert, und den bedingten wollen die Herren nicht
gerne. Ich weiß wohl, im Leben wie in der Kunst muß man
mit sich zu Rate gehen, wenn man etwas thun und hervorbringen
soll; wenn es aber gethan oder vollendet ist, so darf man mit
Aufmerksamkeit nur viele hören, und man kann sich mit einiger
Uebung aus diesen vielen Stimmen gar bald ein ganzes Urteil
zusammen setzen: denn diejenigen, die uns diese Mühe ersparen
könnten, halten sich meist stille genug.

Das sollten sie eben nicht, sagte Wilhelm. Ich habe so oft
gehört, daß Menschen, die selbst über gute Werke schwiegen, doch
beklagten und bedauerten, daß geschwiegen wird.

So wollen wir heute laut werden, rief ein junger Mann; Sie
müssen mit uns speisen, und wir wollen alles einholen, was wir
Ihnen und manchmal der guten Aurelie schuldig geblieben sind.

Wilhelm lehnte die Einladung ab und begab sich zu Madame
Melina, die er wegen der Kinder sprechen wollte, indem er sie
von ihr wegzunehmen gedachte.

Das Geheimnis der Alten war nicht zum besten bei ihm
verwahrt. Er verriet sich, als er den schönen Felix wieder ansichtig ward. O, mein Kind! rief er aus, mein liebes Kind! Er
hub ihn auf und drückte ihn an sein Herz. Vater! was hast du
mir mitgebracht? rief das Kind. Mignon sah beide an, als wenn
sie warnen wollte, sich nicht zu verraten.

Was ist das für eine neue Erscheinung? sagte Madame Melina. Man suchte die Kinder beiseite zu bringen, und Wilhelm,
der der Alten das strengste Geheimnis nicht schuldig zu sein

glaubte, entdeckte seiner Freundin das ganze Verhältnis. Ma=
dame Melina sah ihn lächelnd an. O! über die leichtgläubigen
Männer! rief sie aus; wenn nur etwas auf ihrem Wege ist, so
kann man es ihnen sehr leicht aufbürden; aber dafür sehen sie
sich auch ein andermal weder rechts noch links um und wissen
nichts zu schätzen, als was sie vorher mit dem Stempel einer
willkürlichen Leidenschaft bezeichnet haben. Sie konnte einen
Seufzer nicht unterdrücken, und wenn Wilhelm nicht ganz blind
gewesen wäre, so hätte er eine nie ganz besiegte Neigung in ihrem
Betragen erkennen müssen.

Er sprach nunmehr mit ihr von den Kindern, wie er Felix
bei sich zu behalten und Mignon auf das Land zu thun gedächte.
Frau Melina, ob sie sich gleich ungerne von beiden zugleich
trennte, fand doch den Vorschlag gut, ja notwendig. Felix ver=
wilderte bei ihr, und Mignon schien einer freien Luft und an=
derer Verhältnisse zu bedürfen; das gute Kind war kränklich und
konnte sich nicht erholen.

Laffen Sie sich nicht irren, fuhr Madame Melina fort, daß
ich einige Zweifel, ob Ihnen der Knabe wirklich zugehöre, leicht=
sinnig geäußert habe. Der Alten ist freilich wenig zu trauen;
doch wer Unwahrheit zu seinem Nutzen ersinnt, kann auch ein=
mal wahr reden, wenn ihm die Wahrheiten nützlich scheinen.
Aurelien hatte die Alte vorgespiegelt, Felix sei ein Sohn Lo=
thorios, und die Eigenheit haben wir Weiber, daß wir die Kinder
unserer Liebhaber recht herzlich lieben, wenn wir schon die Mutter
nicht kennen oder sie von Herzen hassen. Felix kam herein ge=
sprungen; sie drückte ihn an sich, mit einer Lebhaftigkeit, die
ihr sonst nicht gewöhnlich war.

Wilhelm eilte nach Hause und bestellte die Alte, die ihm,
jedoch nicht eher als in der Dämmerung, zu besuchen versprach;
er empfing sie verdrießlich und sagte zu ihr: Es ist nichts
Schändlicheres in der Welt, als sich auf Lügen und Märchen
einzurichten! Schon hast du viel Böses damit gestiftet, und
jetzt, da dein Wort das Glück meines Lebens entscheiden könnte,
jetzt steh' ich zweifelhaft und wage nicht, das Kind in meine
Arme zu schließen, dessen ungetrübter Besitz mich äußerst glück=
lich machen würde. Ich kann dich, schändliche Kreatur, nicht ohne
Haß und Verachtung ansehen.

Euer Betragen kommt mir, wenn ich aufrichtig reden soll,
versetzte die Alte, ganz unerträglich vor. Und wenn's nun Euer
Sohn nicht wäre, so ist es das schönste, angenehmste Kind von
der Welt, das man gern für jeden Preis kaufen möchte, um es
nur immer um sich zu haben. Ist es nicht wert, daß Ihr Euch
seiner annehmt? Verdiene ich für meine Sorgfalt, für meine
Mühe mit ihm nicht einen kleinen Unterhalt für mein künftiges

Leben? O! ihr Herren, denen nichts abgeht, ihr habt gut von
Wahrheit und Geradheit reden; aber wie eine arme Kreatur,
deren geringstem Bedürfnis nichts entgegen kommt, die in ihren
Verlegenheiten keinen Freund, keinen Rat, keine Hilfe sieht, wie
die sich durch die selbstischen Menschen durchdrücken und im stillen
darben muß — davon würde manches zu sagen sein, wenn ihr
hören wolltet und könntet. Haben Sie Marianens Briefe ge=
lesen? Es sind dieselben, die sie zu jener unglücklichen Zeit
schrieb. Vergebens suchte ich mich Ihnen zu nähern, vergebens
Ihnen diese Blätter zuzustellen; Ihr grausamer Schwager hatte
Sie so umlagert, daß alle List und Klugheit vergebens war, und
zuletzt, als er mir und Marianen mit dem Gefängnis drohte,
mußte ich wohl alle Hoffnung aufgeben. Trifft nicht alles mit
dem überein, was ich erzählt habe? Und setzt nicht Norbergs
Brief die ganze Geschichte außer allen Zweifel?

Was für ein Brief? fragte Wilhelm.

Haben Sie ihn nicht in der Brieftasche gefunden? versetzte
die Alte.

Ich habe noch nicht alles durchlesen.

Geben Sie nur die Brieftasche her! auf dieses Dokument
kommt alles an. Norbergs unglückliches Billet hat die traurige
Verwirrung gemacht, ein anderes von seiner Hand mag auch
den Knoten lösen, insofern am Faden noch etwas gelegen ist.
Sie nahm ein Blatt aus der Brieftasche; Wilhelm erkannte jene
verhaßte Hand, er nahm sich zusammen und las:

„Sag' mir nur, Mädchen, wie vermagst du das über mich?
Hätt' ich doch nicht geglaubt, daß eine Göttin selbst mich zum
seufzenden Liebhaber umschaffen könnte. Anstatt mir mit offenen
Armen entgegen zu eilen, ziehst du dich zurück; man hätte es
wahrhaftig für Abscheu nehmen können, wie du dich betrugst.
Ist's erlaubt, daß ich die Nacht mit der alten Barbara auf einem
Koffer in einer Kammer zubringen mußte? Und mein geliebtes
Mädchen war nur zwei Thüren davon. Es ist zu toll, sag' ich
dir! Ich habe versprochen, dir einige Bedenkzeit zu lassen, nicht
gleich in dich zu dringen, und ich möchte rasend werden über
jede verlorne Viertelstunde. Habe ich dir nicht geschenkt, was
ich mußte und konnte? Zweifelst du noch an meiner Liebe?
Was willst du haben? sag' es nur! es soll dir an nichts fehlen.
Ich wollte, der Pfaffe müßte verstummen und verblinden, der
dir solches Zeug in den Kopf gesetzt hat. Mußtest du auch ge=
rade an so einen kommen! Es gibt so viele, die jungen Leuten
etwas nachzusehen wissen. Genug, ich sage dir, es muß anders
werden, in ein paar Tagen muß ich Antwort wissen, denn ich
gehe bald wieder weg, und wenn du nicht wieder freundlich und
gefällig bist, so sollst du mich nicht wieder sehen ....“

In dieser Art ging der Brief noch lange fort, drehte sich zu Wilhelms schmerzlicher Zufriedenheit immer um denselben Punkt herum und zeugte für die Wahrheit der Geschichte, die er von Barbara vernommen hatte. Ein zweites Blatt bewies deutlich, daß Mariane auch in der Folge nicht nachgegeben hatte, und Wilhelm vernahm aus diesen und mehreren Papieren nicht ohne tiefen Schmerz die Geschichte des unglücklichen Mädchens bis zur Stunde ihres Todes.

Die Alte hatte den rohen Menschen nach und nach zahm ge= macht, indem sie ihm den Tod Marianens meldete und ihm den Glauben ließ, als wenn Felix sein Sohn sei; er hatte ihr einige= mal Geld geschickt, das sie aber für sich behielt, da sie Aurelien die Sorge für des Kindes Erziehung aufgeschwatzt hatte. Aber leider dauerte dieser heimliche Erwerb nicht lange. Norberg hatte durch ein wildes Leben den größten Teil seines Vermögens verzehrt und wiederholte Liebesgeschichten sein Herz gegen seinen ersten, eingebildeten Sohn verhärtet.

So wahrscheinlich das alles lautete und so schön es zusam= mentraf, traute Wilhelm doch noch nicht, sich der Freude zu über= lassen; er schien sich vor einem Geschenke zu fürchten, das ihm ein böser Genius darreichte.

Ihre Zweifelsucht, sagte die Alte, die seine Gemütsstim= mung erriet, kann nur die Zeit heilen. Sehen Sie das Kind als ein fremdes an und geben Sie desto genauer auf ihn acht; bemerken Sie seine Gaben, seine Natur, seine Fähigkeiten, und wenn Sie nicht nach und nach sich selbst wiedererkennen, so müssen Sie schlechte Augen haben. Denn das versichre ich Sie, wenn ich ein Mann wäre, mir sollte niemand ein Kind unter= schieben; aber es ist ein Glück für die Weiber, daß die Männer in diesen Fällen nicht so scharfsichtig sind.

Nach allem diesem setzte sich Wilhelm mit der Alten aus einander; er wollte den Felix mit sich nehmen, sie sollte Mignon zu Theresen bringen und hernach eine kleine Pension, die er ihr versprach, wo sie wollte, verzehren.

Er ließ Mignon rufen, um sie auf diese Veränderung vor= zubereiten. — Meister! sagte sie, behalte mich bei dir; es wird mir wohl thun und weh.

Er stellte ihr vor, daß sie nun herangewachsen sei und daß noch etwas für ihre weitere Bildung gethan werden müsse. — Ich bin gebildet genug, versetzte sie, um zu lieben und zu trauern.

Er machte sie auf ihre Gesundheit aufmerksam, daß sie eine anhaltende Sorgfalt und die Leitung eines geschickten Arztes bedürfe. — Warum soll man für mich sorgen, sagte sie, da so viel zu sorgen ist?

Nachdem er sich viele Mühe gegeben, sie zu überzeugen, daß

er sie jetzt nicht mit sich nehmen könne, daß er sie zu Personen bringen wolle, wo er sie öfters sehen werde, schien sie von alle dem nichts gehört zu haben. Du willst mich nicht bei dir? sagte sie. Vielleicht ist es besser, schicke mich zum alten Harfenspieler, der arme Mann ist so allein.

Wilhelm suchte ihr begreiflich zu machen, daß der Alte gut aufgehoben sei. — Ich sehne mich jede Stunde nach ihm, versetzte das Kind.

Ich habe aber nicht bemerkt, sagte Wilhelm, daß du ihm so geneigt seist, als er noch mit uns lebte.

Ich fürchtete mich vor ihm, wenn er wachte; ich konnte nur seine Augen nicht sehen; aber wenn er schlief, setzte ich mich gern zu ihm, ich wehrte ihm die Fliegen und konnte mich nicht satt an ihm sehen. O! er hat mir in schrecklichen Augenblicken beigestanden; es weiß niemand, was ich ihm schuldig bin. Hätt' ich nur den Weg gewußt, ich wäre schon zu ihm gelaufen.

Wilhelm stellte ihr die Umstände weitläufig vor und sagte: sie sei so ein vernünftiges Kind, sie möchte doch auch diesmal 'einen Wünschen folgen. — Die Vernunft ist grausam, versetzte sie, das Herz ist besser. Ich will hingehen, wohin du willst, aber laß mir deinen Felix!

Nach vielem Hin= und Widerreden war sie immer auf ihrem Sinne geblieben, und Wilhelm mußte sich zuletzt entschließen, die beiden Kinder der Alten zu übergeben und sie zusammen an Fräulein Therese zu schicken. Es ward ihm das um so leichter, als er sich noch immer fürchtete, den schönen Felix sich als seinen Sohn zuzueignen. Er nahm ihn auf den Arm und trug ihn herum; das Kind mochte gern vor den Spiegel gehoben sein, und ohne sich es zu gestehen, trug Wilhelm ihn gern vor den Spiegel und suchte dort Aehnlichkeiten zwischen sich und dem Kinde auszuspähen. Ward es ihm dann einen Augenblick recht wahrscheinlich, so drückte er den Knaben an seine Brust; aber auf einmal, erschreckt durch den Gedanken, daß er sich betrügen könne, setzte er das Kind nieder und ließ es hinlaufen. O! rief er aus, wenn ich mir dieses unschätzbare Gut zueignen könnte, und es würde mir dann entrissen, so wäre ich der unglücklichste aller Menschen.

Die Kinder waren weggefahren, und Wilhelm wollte nun seinen förmlichen Abschied vom Theater nehmen, als er fühlte, daß er schon abgeschieden sei und nur zu gehen brauchte. Mariane war nicht mehr, seine zwei Schutzgeister hatten sich entfernt, und seine Gedanken eilten ihnen nach. Der schöne Knabe schwebte wie eine reizende ungewisse Erscheinung vor seiner Einbildungskraft; er sah ihn an Theresens Hand durch Felder und Wälder laufen, in der freien Luft und neben einer freien und heitern

Begleiterin sich bilden; Therese war ihm noch viel werter ge=
worden, seitdem er das Kind in ihrer Gesellschaft dachte. Selbst
als Zuschauer im Theater erinnerte er sich ihrer mit Lächeln;
beinahe war er in ihrem Falle, die Vorstellungen machten ihm
keine Illusion mehr.

Serlo und Melina waren äußerst höflich gegen ihn, sobald
sie merkten, daß er an seinen vorigen Platz keinen weitern An=
spruch machte. Ein Teil des Publikums wünschte ihn nochmals
auftreten zu sehen; es wäre ihm unmöglich gewesen, und bei
der Gesellschaft wünschte es niemand als allenfalls Frau Melina.

Er nahm nun wirklich Abschied von dieser Freundin; er war
gerührt und sagte: Wenn doch der Mensch sich nicht vermessen
wollte, irgend etwas für die Zukunft zu versprechen! Das Ge=
ringste vermag er nicht zu halten, geschweige wenn sein Vorsatz
von Bedeutung ist. Wie schäme ich mich, wenn ich denke, was
ich Ihnen allen zusammen in jener unglücklichen Nacht versprach,
da wir beraubt, krank, verletzt und verwundet in eine elende
Schenke zusammengedrängt waren. Wie erhöhte damals das
Unglück meinen Mut, und welchen Schatz glaubte ich in meinem
guten Willen zu finden! Nun ist aus allem dem nichts, gar
nichts geworden! Ich verlasse Sie als Ihr Schuldner, und
mein Glück ist, daß man mein Versprechen nicht mehr achtete,
als es wert war, und daß niemand mich jemals deßhalb ge=
mahnt hat.

Sein Sie nicht ungerecht gegen sich selbst, versetzte Frau
Melina; wenn niemand erkennt, was Sie für uns gethan hatten,
so werde ich es nicht verkennen: denn unser ganzer Zustand
wäre völlig anders, wenn wir Sie nicht besessen hätten. Geht
es doch unsern Vorsätzen wie unsern Wünschen. Sie sehen sich
gar nicht mehr ähnlich, wenn sie ausgeführt, wenn sie erfüllt
sind, und wir glauben nichts gethan, nichts erlangt zu haben.

Sie werden, versetzte Wilhelm, durch Ihre freundschaftliche
Auslegung mein Gewissen nicht beruhigen, und ich werde mir
immer als Ihr Schuldner vorkommen.

Es ist auch wohl möglich, daß Sie es sind, versetzte Ma=
dame Melina, nur nicht auf die Art, wie Sie es denken. Wir
rechnen uns zur Schande, ein Versprechen nicht zu erfüllen, das
wir mit dem Munde gethan haben. O, mein Freund, ein guter
Mensch verspricht durch seine Gegenwart nur immer zu viel! Das
Vertrauen, das er hervorlockt, die Neigung, die er einflößt,
die Hoffnungen, die er erregt, sind unendlich; er wird und bleibt
ein Schuldner, ohne es zu wissen. Leben Sie wohl. Wenn
unsere äußern Umstände sich unter Ihrer Leitung recht glücklich
hergestellt haben, so entsteht in meinem Innern durch Ihren
Abschied eine Lücke, die sich so leicht nicht wieder ausfüllen wird.

Wilhelm schrieb vor seiner Abreise aus der Stadt noch einen weitläufigen Brief an Wernern. Sie hatten zwar einige Briefe gewechselt, aber weil sie nicht einig werden konnten, hörten sie zuletzt auf, zu schreiben. Nun hatte sich Wilhelm wieder genähert: er war im Begriff, dasjenige zu thun, was jener so sehr wünschte; er konnte sagen: ich verlasse das Theater und verbinde mich mit Männern, deren Umgang mich in jedem Sinne zu einer reinen und sichern Thätigkeit führen muß. Er erkundigte sich nach seinem Vermögen, und es schien ihm nunmehr sonderbar, daß er so lange sich nicht darum bekümmert hatte. Er wußte nicht, daß es die Art aller der Menschen sei, denen an ihrer innern Bildung viel gelegen ist, daß sie die äußeren Verhältnisse ganz und gar vernachlässigen. Wilhelm hatte sich in diesem Falle befunden; er schien nunmehr zum erstenmal zu merken, daß er äußerer Hilfsmittel bedürfe, um nachhaltig zu wirken. Er reiste fort mit einem ganz andern Sinn, als das erste Mal; die Aussichten, die sich ihm zeigten, waren reizend, und er hoffte auf seinem Wege etwas Frohes zu erleben.

Neuntes Kapitel.

Als er nach Lotharios Gut zurückkam, fand er eine große Veränderung. Jarno kam ihm entgegen mit der Nachricht, daß der Oheim gestorben, daß Lothario hingegangen sei, die hinterlassenen Güter in Besitz zu nehmen. Sie kommen eben zur rechten Zeit, sagte er, um mir und dem Abbé beizustehn. Lothario hat uns den Handel um wichtige Güter in unserer Nachbarschaft aufgetragen; es war schon lange vorbereitet, und nun finden wir Geld und Kredit eben zur rechten Stunde. Das einzige war dabei bedenklich, daß ein auswärtiges Handelshaus auch schon auf dieselben Güter Absicht hatte; nun sind wir kurz und gut entschlossen, mit jenem gemeine Sache zu machen, denn sonst hätten wir uns ohne Not und Vernunft hinaufgetrieben. Wir haben, so scheint es, mit einem klugen Manne zu thun. Nun machen wir Kalkuls und Anschläge; auch muß ökonomisch überlegt werden, wie wir die Güter teilen können, so daß jeder ein schönes Besitztum erhält. Es wurden Wilhelmen die Papiere vorgelegt, man besah die Felder, Wiesen, Schlösser, und obgleich Jarno und der Abbé die Sache sehr gut zu verstehen schienen, so wünschte Wilhelm doch, daß Fräulein Therese von der Gesellschaft sein möchte.

Sie brachten mehrere Tage mit diesen Arbeiten zu, und Wilhelm hatte kaum Zeit, seine Abenteuer und seine zweifel=

hafte Vaterschaft den Freunden zu erzählen, die eine ihm so
wichtige Begebenheit gleichgültig und leichtsinnig behandelten.

Er hatte bemerkt, daß sie manchmal in vertrauten Ge=
sprächen, bei Tische und auf Spaziergängen, auf einmal inne
hielten, ihren Worten eine andere Wendung gaben und dadurch
wenigstens anzeigten, daß sie unter sich manches abzuthun hatten,
das ihm verborgen sei. Er erinnerte sich an das, was Lydie ge=
sagt hatte, und glaubte um so mehr daran, als eine ganze Seite
des Schlosses vor ihm immer unzugänglich gewesen war. Zu
gewissen Galerieen und besonders zu dem alten Turm, den er
von außen recht gut kannte, hatte er bisher vergebens Weg und
Eingang gesucht.

Eines Abends sagte Jarno zu ihm: Wir können Sie nun
so sicher als den Unsern ansehen, daß es unbillig wäre, wenn
wir Sie nicht tiefer in unsere Geheimnisse einführten. Es ist
gut, daß der Mensch, der erst in die Welt tritt, viel von sich
halte, daß er sich viele Vorzüge zu erwerben denke, daß er alles
möglich zu machen suche; aber wenn seine Bildung auf einem
gewissen Grade steht, dann ist es vorteilhaft, wenn er sich in
einer größern Masse verlieren lernt, wenn er lernt, um anderer
willen zu leben und seiner selbst in einer pflichtmäßigen Thätig=
keit zu vergessen. Da lernt er erst sich selbst kennen; denn das
Handeln eigentlich vergleicht uns mit andern. Sie sollen bald
erfahren, welch eine kleine Welt sich in Ihrer Nähe befindet, und
wie gut Sie in dieser kleinen Welt gekannt sind; morgen früh,
vor Sonnenaufgang, sein Sie angezogen und bereit!

Jarno kam zur bestimmten Stunde und führte ihn durch
bekannte und unbekannte Zimmer des Schlosses, dann durch
einige Galerieen, und sie gelangten endlich vor eine große alte
Thüre, die stark mit Eisen beschlagen war. Jarno pochte, die
Thüre that sich ein wenig auf, so daß eben ein Mensch hinein=
schlüpfen konnte. Jarno schob Wilhelmen hinein, ohne ihm zu
folgen. Dieser fand sich in einem dunkeln und engen Behält=
nisse; es war finster um ihn, und als er einen Schritt vorwärts
gehen wollte, stieß er schon wider. Eine nicht ganz unbekannte
Stimme rief ihm zu: Tritt herein! und nun bemerkte er erst,
daß die Seiten des Raums, in dem er sich befand, nur mit
Teppichen behangen waren, durch welche ein schwaches Licht hin=
durchschimmerte. Tritt herein! rief es nochmals; er hob den
Teppich auf und trat hinein.

Der Saal, in dem er sich nunmehr befand, schien ehemals
eine Kapelle gewesen zu sein; anstatt des Altars stand ein großer
Tisch auf einigen Stufen, mit einem grünen Teppich behangen,
darüber schien ein zugezogener Vorhang ein Gemälde zu bedecken;
an den Seiten waren schön gearbeitete Schränke, mit feinen

Drahtgittern verschlossen, wie man sie in Bibliotheken zu sehen
pflegt, nur sah er anstatt der Bücher viele Rollen aufgestellt.
Niemand befand sich in dem Saal; die aufgehende Sonne fiel
durch die farbigen Fenster Wilhelmen gerade entgegen und be=
grüßte ihn freundlich.

Setze dich! rief eine Stimme, die von dem Altare her zu
tönen schien. Wilhelm setzte sich auf einen kleinen Armstuhl,
der wider den Verschlag des Eingangs stand; es war kein anderer
Sitz im ganzen Zimmer, er mußte sich darein ergeben, ob ihn
schon die Morgensonne blendete; der Sessel stand fest, er konnte
nur die Hand vor die Augen halten.

Indem eröffnete sich mit einem kleinen Geräusche der Vor=
hang über dem Altar und zeigte, innerhalb eines Rahmens, eine
leere, dunkle Oeffnung. Es trat ein Mann hervor in gewöhn=
licher Kleidung, der ihn begrüßte und zu ihm sagte: Sollten
Sie mich nicht wieder erkennen? Sollten Sie, unter andern
Dingen, die Sie wissen möchten, nicht auch zu erfahren wün=
schen, wo die Kunstsammlung Ihres Großvaters sich gegenwärtig
befindet? Erinnern Sie sich des Gemäldes nicht mehr, das Ihnen
so reizend war? Wo mag der kranke Königssohn wohl jetzo
schmachten? — Wilhelm erkannte leicht den Fremden, der in
jener bedeutenden Nacht sich mit ihm im Gasthause unterhalten
hatte. Vielleicht, fuhr dieser fort, können wir jetzt über Schick=
sal und Charakter eher einig werden.

Wilhelm wollte eben antworten, als der Vorhang sich wieder
rasch zusammenzog. Sonderbar! sagte er bei sich selbst, sollten
zufällige Ereignisse einen Zusammenhang haben? und das, was
wir Schicksal nennen, sollte es bloß Zufall sein? Wo mag sich
meines Großvaters Sammlung befinden? und warum erinnert
man mich in diesen feierlichen Augenblicken daran?

Er hatte nicht Zeit, weiter zu denken, denn der Vorhang
öffnete sich wieder, und ein Mann stand vor seinen Augen, den
er sogleich für den Landgeistlichen erkannte, der mit ihm und
der lustigen Gesellschaft jene Wasserfahrt gemacht hatte; er glich
dem Abbé, ob er gleich nicht dieselbe Person schien. Mit einem
heitern Gesichte und einem würdigen Ausdruck fing der Mann
an: Nicht vor Irrtum zu bewahren, ist die Pflicht des Menschen=
erziehers, sondern den Irrenden zu leiten, ja, ihn seinen Irrtum
aus vollen Bechern ausschlürfen zu lassen, das ist Weisheit der
Lehrer. Wer seinen Irrtum nur kostet, hält lange damit Haus,
er freuet sich dessen als eines seltenen Glücks; aber wer ihn
ganz erschöpft, der muß ihn kennen lernen, wenn er nicht wahn=
sinnig ist. Der Vorhang schloß sich abermals, und Wilhelm
hatte Zeit, nachzudenken. Von welchem Irrtum kann der Mann
sprechen? sagte er zu sich selbst, als von dem, der mich mein

ganzes Leben verfolgt hat, daß ich da Bildung suchte, wo keine zu finden war, daß ich mir einbildete, ein Talent erwerben zu können, zu dem ich nicht die geringste Anlage hatte.

Der Vorhang riß sich schneller auf; ein Offizier trat hervor und sagte nur im Vorbeigehen: Lernen Sie die Menschen kennen, zu denen man Zutrauen haben kann! Der Vorhang schloß sich, und Wilhelm brauchte sich nicht lange zu besinnen, um diesen Offizier für denjenigen zu erkennen, der ihn in des Grafen Park umarmt hatte und schuld gewesen war, daß er Jarno für einen Werber hielt. Wie dieser hierher gekommen und wer er sei, war Wilhelmen völlig ein Rätsel. — Wenn so viele Menschen an dir teilnahmen, deinen Lebensweg kannten und wußten, was darauf zu thun sei, warum führten sie dich nicht strenger, warum nicht ernster? warum begünstigten sie deine Spiele, anstatt dich davon wegzuführen?

Rechte nicht mit uns! rief eine Stimme. Du bist gerettet und auf dem Wege zum Ziel. Du wirst keine deiner Thorheiten bereuen und keine zurück wünschen; kein glücklicheres Schicksal kann einem Menschen werden. Der Vorhang riß sich von einander, und in voller Rüstung stand der alte König von Dänemark in dem Raume. Ich bin der Geist deines Vaters, sagte das Bildniß, und scheide getrost, da meine Wünsche für dich, mehr als ich sie selbst begriff, erfüllt sind. Steile Gegenden lassen sich nur durch Umwege erklimmen, auf der Ebene führen gerade Wege von einem Ort zum andern. Lebe wohl und gedenke mein, wenn du genießest, was ich dir vorbereitet habe.

Wilhelm war äußerst betroffen; er glaubte die Stimme seines Vaters zu hören, und doch war sie es auch nicht; er befand sich durch die Gegenwart und die Erinnerung in der verworrensten Lage.

Nicht lange konnte er nachdenken, als der Abbé hervortrat und sich hinter den grünen Tisch stellte. Treten Sie herbei! rief er seinem verwunderten Freunde zu. Er trat herbei und stieg die Stufen hinan. Auf dem Teppiche lag eine kleine Rolle. Hier ist Ihr Lehrbrief, sagte der Abbé; beherzigen Sie ihn! er ist von wichtigem Inhalt. Wilhem nahm ihn auf, öffnete ihn und las:

Lehrbrief.

Die Kunst ist lang, das Leben kurz, das Urteil schwierig, die Gelegenheit flüchtig. Handeln ist leicht, denken schwer; nach dem Gedachten handeln unbequem. Aller Anfang ist heiter, die Schwelle ist der Platz der Erwartung. Der Knabe staunt, der Eindruck bestimmt ihn; er lernt spielend, der Ernst überrascht ihn. Die Nachahmung ist uns angeboren, das Nachzuahmende wird nicht leicht erkannt. Selten wird das Treffliche gefunden, seltner geschätzt. Die Höhe reizt uns, nicht die Stufen; den Gipfel im Auge, wandeln wir gerne auf der Ebene. Nur ein Teil der Kunst kann gelehrt werden, der Künstler braucht sie ganz. Wer sie halb kennt, ist immer irre und redet viel; wer sie ganz besitzt, mag nur thun und redet selten oder spät. Jene haben keine Geheimnisse und keine Kraft, ihre Lehre ist wie gebacknes Brot schmackhaft und sättigend für einen Tag; aber Mehl kann man nicht säen, und die Saatfrüchte sollen nicht vermahlen werden. Die Worte sind gut, sie sind aber nicht das Beste. Das Beste wird nicht deutlich durch Worte. Der Geist, aus dem wir handeln, ist das Höchste. Die Handlung wird nur vom Geiste begriffen und wieder dargestellt. Niemand weiß, was er thut, wenn er recht handelt; aber des Unrechten sind wir uns immer bewußt. Wer bloß mit Zeichen wirkt, ist ein Pedant, ein Heuchler oder ein Pfuscher. Es sind ihrer viel, und es wird ihnen wohl zusammen. Ihr Geschwätz hält den Schüler zurück, und ihre beharrliche Mittelmäßigkeit ängstigt die Besten. Des echten Künstlers Lehre schließt den Sinn auf; denn wo die Worte fehlen, spricht die That. Der echte Schüler lernt aus dem Bekannten das Unbekannte entwickeln und nähert sich dem Meister.

Genug! rief der Abbé; das übrige zu seiner Zeit. Jetzt sehen Sie sich in jenen Schränken um.

Wilhelm ging hin und las die Aufschriften der Rollen. Er fand mit Verwunderung Lotharios Lehrjahre, Jarnos Lehrjahre und seine eignen Lehrjahre daselbst aufgestellt, unter vielen andern, deren Namen ihm unbekannt waren.

Darf ich hoffen, in diese Rollen einen Blick zu werfen?

Es ist für Sie nunmehr in diesem Zimmer nichts verschlossen.

Darf ich eine Frage thun?

Ohne Bedenken! und Sie können entscheidende Antwort erwarten, wenn es eine Angelegenheit betrifft, die Ihnen zunächst am Herzen liegen soll.

Gut denn! Ihr sonderbaren und weisen Menschen, deren Blick in so viele Geheimnisse dringt, könnt ihr mir sagen, ob Felix wirklich mein Sohn sei? —

Heil Ihnen über diese Frage! rief der Abbé, indem er vor Freuden die Hände zusammenschlug; Felix ist Ihr Sohn! Bei dem Heiligsten, was unter uns verborgen liegt, schwör' ich Ihnen: Felix ist Ihr Sohn! und der Gesinnung nach war seine abgeschiedne Mutter Ihrer nicht unwert. Empfangen Sie das liebliche Kind aus unserer Hand, kehren Sie sich um, und wagen Sie es, glücklich zu sein!

Wilhelm hörte ein Geräusch hinter sich; er kehrte sich um und sah ein Kindergesicht schalkhaft durch die Teppiche des Eingangs hervor gucken: es war Felix. Der Knabe versteckte sich sogleich scherzend, als er gesehen wurde. Komm hervor! rief der Abbé. Er kam gelaufen, sein Vater stürzte ihm entgegen, nahm ihn in die Arme und drückte ihn an sein Herz. Ja, ich fühl's, rief er aus, du bist mein! Welche Gabe des Himmels habe ich meinen Freunden zu verdanken! Wo kommst du her, mein Kind, gerade in diesem Augenblick?

Fragen Sie nicht, sagte der Abbé. Heil dir, junger Mann! Deine Lehrjahre sind vorüber; die Natur hat dich losgesprochen.

Achtes Buch.

Erstes Kapitel.

Felix war in den Garten gesprungen, Wilhelm folgte ihm mit Entzücken; der schönste Morgen zeigte jeden Gegenstand mit neuen Reizen, und Wilhelm genoß den heitersten Augenblick. Felix war neu in der freien und herrlichen Welt, und sein Vater nicht viel bekannter mit den Gegenständen, nach denen der Kleine wiederholt und unermüdet fragte. Sie gesellten sich endlich zum Gärtner, der die Namen und den Gebrauch mancher Pflanzen hererzählen mußte; Wilhelm sah die Natur durch ein neues Organ, und die Neugierde, die Wißbegierde des Kindes ließen ihn erst fühlen, welch ein schwaches Interesse er an den Dingen außer sich genommen hatte, wie wenig er kannte und wußte. An diesem Tage, dem vergnügtesten seines Lebens, schien auch seine eigene Bildung erst anzufangen; er fühlte die Notwendigkeit, sich zu belehren, indem er zu lehren aufgefordert ward.

Jarno und der Abbé hatten sich nicht wieder sehen lassen; abends kamen sie und brachten einen Fremden mit. Wilhelm ging ihm mit Erstaunen entgegen, er traute seinen Augen nicht: es war Werner, der gleichfalls einen Augenblick anstand, ihn anzuerkennen. Beide umarmten sich aufs zärtlichste, und beide konnten nicht verbergen, daß sie sich wechselsweise verändert fanden. Werner behauptete, sein Freund sei größer, stärker, gerader, in seinem Wesen gebildeter und in seinem Betragen angenehmer geworden. — Etwas von seiner alten Treuherzigkeit vermiss' ich, setzte er hinzu. — Sie wird sich auch schon wieder zeigen, wenn wir uns nur von der ersten Verwunderung erholt haben, sagte Wilhelm.

Es fehlte viel, daß Werner einen gleich vorteilhaften Ein=
druck auf Wilhelmen gemacht hätte. Der gute Mann schien eher
zurück als vorwärts gegangen zu sein. Er war viel magerer,
als ehemals; sein spitzes Gesicht schien feiner, seine Nase länger
zu sein, seine Stirn und sein Scheitel waren von Haaren ent=
blößt, seine Stimme hell, heftig und schreiend; und seine ein=
gedrückte Brust, seine vorfallenden Schultern, seine farblosen
Wangen ließen keinen Zweifel übrig, daß ein arbeitsamer Hypo=
chondrist gegenwärtig sei.

Wilhelm war bescheiden genug, um sich über diese große Ver=
änderung sehr mäßig zu erklären, da der andere hingegen seiner
freundschaftlichen Freude völligen Lauf ließ. Wahrhaftig! rief
er aus, wenn du deine Zeit schlecht angewendet und, wie ich
vermute, nichts gewonnen hast, so bist du doch indessen ein Per=
sönchen geworden, das sein Glück machen kann und muß; ver=
schlendere und verschleudere nur auch das nicht wieder; du sollst
mir mit dieser Figur eine reiche und schöne Erbin erkaufen. —
Du wirst doch, versetzte Wilhelm lächelnd, deinen Charakter nicht
verleugnen! Kaum findest du nach langer Zeit deinen Freund
wieder, so siehst du ihn schon als eine Ware, als einen Gegen=
stand deiner Spekulation an, mit dem sich etwas gewinnen läßt.

Jarno und der Abbé schienen über diese Erkennung keines=
weges verwundert und ließen beide Freunde sich nach Belieben
über das Vergangene und Gegenwärtige ausbreiten. Werner
ging um seinen Freund herum, drehte ihn hin und her, so daß
er ihn fast verlegen machte. Nein! nein! rief er aus, so was
ist mir noch nicht vorgekommen, und doch weiß ich wohl, daß
ich mich nicht betrüge. Deine Augen sind tiefer, deine Stirn ist
breiter, deine Nase feiner und dein Mund lieblicher geworden.
Seht nur einmal, wie er steht! wie das alles paßt und zusammen=
hängt! Wie doch das Faulenzen gedeihet! Ich armer Teufel
dagegen — er besah sich im Spiegel — wenn ich diese Zeit her
nicht recht viel Geld gewonnen hätte, so wäre doch auch gar nichts
an mir.

Werner hatte Wilhelms letzten Brief nicht empfangen; ihre
Handlung war das fremde Haus, mit welchem Lothario die
Güter in Gemeinschaft zu kaufen die Absicht hatte. Dieses Ge=
schäft führte Wernern hierher; er hatte keine Gedanken, Wilhelmen
auf seinem Wege zu finden. Der Gerichtshalter kam, die Pa=
piere wurden vorgelegt, und Werner fand die Vorschläge billig.
Wenn Sie es mit diesem jungen Manne, wie es scheint, gut
meinen, sagte er, so sorgen Sie selbst dafür, daß unser Teil nicht
verkürzt werde; es soll von meinem Freunde abhängen, ob er das
Gut annehmen und einen Teil seines Vermögens daran wenden
will. Jarno und der Abbé versicherten, daß es dieser Erinnerung

nicht bedürfe. Man hatte die Sache kaum im allgemeinen ver=
handelt, als Werner sich nach einer Partie l'Hombre sehnte, wozu
sich denn auch gleich der Abbé und Jarno mit hinsetzten; er war
es nun einmal so gewohnt, er konnte des Abends ohne Spiel
nicht leben.

Als die beiden Freunde nach Tische allein waren, befragten
und besprachen sie sich sehr lebhaft über alles, was sie sich mit=
zuteilen wünschten. Wilhelm rühmte seine Lage und das Glück
seiner Aufnahme unter so trefflichen Menschen. Werner dagegen
schüttelte den Kopf und sagte: Man sollte doch auch nichts glau=
ben, als was man mit Augen sieht! Mehr als ein dienstfertiger
Freund hat mir versichert, du lebtest mit einem liederlichen
jungen Edelmann, führtest ihm Schauspielerinnen zu, hälfest ihm
sein Geld durchbringen und seiest schuld, daß er mit seinen sämt=
lichen Anverwandten gespannt sei. — Es würde mich um meinet=
und um der guten Menschen willen verdrießen, daß wir so ver=
kannt werden, versetzte Wilhelm, wenn mich nicht meine thea=
tralische Laufbahn mit jeder übeln Nachrede versöhnt hätte. Wie
sollten die Menschen unsere Handlungen beurteilen, die ihnen
nur einzeln und abgerissen erscheinen, wovon sie das wenigste
sehen, weil Gutes und Böses im Verborgenen geschieht und eine
gleichgültige Erscheinung meistens nur an den Tag kommt. Bringt
man ihnen doch Schauspieler und Schauspielerinnen auf erhöhte
Bretter, zündet von allen Seiten Licht an, das ganze Werk ist
in wenig Stunden abgeschlossen, und doch weiß selten jemand
eigentlich, was er daraus machen soll.

Nun ging es an ein Fragen nach der Familie, nach den
Jugendfreunden und der Vaterstadt. Werner erzählte mit großer
Hast alles, was sich verändert hatte und was noch bestand und
geschah. Die Frauen im Hause, sagte er, sind vergnügt und glück=
lich, es fehlt nie an Geld. Die eine Hälfte der Zeit bringen sie
zu, sich zu putzen, und die andere Hälfte, sich geputzt sehen zu
lassen. Haushältisch sind sie so viel, als billig ist. Meine Kinder
lassen sich zu gescheiten Jungen an. Ich sehe sie im Geiste schon
sitzen und schreiben und rechnen, laufen, handeln und trödeln;
einem jeden soll sobald als möglich ein eignes Gewerbe einge=
richtet werden, und was unser Vermögen betrifft, daran sollst
du deine Lust sehen. Wenn wir mit den Gütern in Ordnung
sind, mußt du gleich mit nach Hause; denn es sieht doch aus,
als wenn du mit einiger Vernunft in die menschlichen Unter=
nehmungen eingreifen könntest. Deine neuen Freunde sollen ge=
priesen sein, daß sie dich auf den rechten Weg gebracht haben.
Ich bin ein närrischer Teufel und merke erst, wie lieb ich dich
habe, da ich mich nicht satt an dir sehen kann, daß du so wohl
und so gut aussiehst. Das ist doch noch eine andere Gestalt,

als das Porträt, das du einmal an deine Schwester schicktest und
worüber im Hause großer Streit war. Mutter und Tochter
fanden den jungen Herrn allerliebst, mit offnem Halse, halbfreier
Brust, großer Krause, herumhängendem Haar, rundem Hut, kur=
zem Westchen und schlotternden langen Hosen, indessen ich be=
hauptete, das Kostüm sei nur noch zwei Finger breit vom Hans=
wurst. Nun siehst du doch aus wie ein Mensch; nur fehlt der
Zopf, in den ich deine Haare einzubinden bitte, sonst hält man
dich denn doch einmal unterwegs als Juden an und fordert Zoll
und Geleite von dir.

Felix war indessen in die Stube gekommen und hatte sich,
als man auf ihn nicht achtete, aufs Kanapee gelegt und war ein=
geschlafen. Was ist das für ein Wurm? fragte Werner. Wil=
helm hatte in dem Augenblicke den Mut nicht, die Wahrheit zu
sagen, noch Lust, eine doch immer zweideutige Geschichte einem
Manne zu erzählen, der von Natur nichts weniger als gläubig war.

Die ganze Gesellschaft begab sich nunmehr auf die Güter,
um sie zu besehen und den Handel abzuschließen. Wilhelm ließ
seinen Felix nicht von der Seite und freute sich um des Knaben
willen recht lebhaft des Besitzes, dem man entgegen sah. Die
Lüsternheit des Kindes nach den Kirschen und Beeren, die bald
reif werden sollten, erinnerten ihn an die Zeit seiner Jugend
und an die vielfache Pflicht des Vaters, den Seinigen den Ge=
nuß vorzubereiten, zu verschaffen und zu erhalten. Mit welchem
Interesse betrachtete er die Baumschulen und die Gebäude! Wie
lebhaft sann er darauf, das Vernachlässigte wiederherzustellen
und das Verfallene zu erneuern! Er sah die Welt nicht mehr wie
ein Zugvogel an, ein Gebäude nicht mehr für eine geschwind zu=
sammengestellte Laube, die vertrocknet, ehe man sie verläßt. Alles,
was er anzulegen gedachte, sollte dem Knaben entgegen wachsen,
und alles, was er herstellte, sollte eine Dauer auf einige Ge=
schlechter haben. In diesem Sinne waren seine Lehrjahre geendigt,
und mit dem Gefühl des Vaters hatte er auch alle Tugenden
eines Bürgers erworben. Er fühlte es, und seiner Freude konnte
nichts gleichen. O, der unnötigen Strenge der Moral! rief er
aus, da die Natur uns auf ihre liebliche Weise zu allem bildet,
was wir sein sollen. O, der seltsamen Anforderungen der bürger=
lichen Gesellschaft, die uns erst verwirrt und mißleitet und dann
mehr als die Natur selbst von uns fordert! Wehe jeder Art von
Bildung, welche die wirksamsten Mittel wahrer Bildung zerstört
und uns auf das Ende hinweist, anstatt uns auf dem Wege
selbst zu beglücken!

So manches er auch in seinem Leben schon gesehen hatte,
so schien ihm doch die menschliche Natur erst durch die Beobach=
tung des Kindes deutlich zu werden. Das Theater war ihm,

wie die Welt, nur als eine Menge ausgeschütteter Würfel vor
gekommen, deren jeder einzeln auf seiner Oberfläche bald mehr,
bald weniger bedeutet und die allenfalls zusammengezählt eine
Summe machen. Hier im Kinde lag ihm, konnte man sagen, ein
einzelner Würfel vor, auf dessen vielfachen Seiten der Wert und
der Unwert der menschlichen Natur so deutlich eingegraben war.

Das Verlangen des Kindes nach Unterscheidung wuchs mit
jedem Tage. Da es einmal erfahren hatte, daß die Dinge Namen
haben, so wollte es auch den Namen von allem hören, es glaubte
nicht anders, sein Vater müsse alles wissen, quälte ihn oft mit
Fragen, und gab ihm Anlaß, sich nach Gegenständen zu erkundigen, denen er sonst wenig Aufmerksamkeit gewidmet hatte. Auch
der eingeborne Trieb, die Herkunft und das Ende der Dinge zu
erfahren, zeigte sich frühe bei dem Knaben. Wenn er fragte, wo
der Wind herkomme und wo die Flamme hinkomme, war dem
Vater seine eigene Beschränkung erst recht lebendig, er wünschte
zu erfahren, wie weit sich der Mensch mit seinen Gedanken wagen
und wovon er hoffen dürfe, sich und andern jemals Rechenschaft
zu geben. Die Heftigkeit des Kindes, wenn es irgend einem
lebendigen Wesen Unrecht geschehen sah, erfreute den Vater höchlich als das Zeichen eines trefflichen Gemüts. Das Kind schlug
heftig nach dem Küchenmädchen, das einige Tauben abgeschnitten
hatte. Dieser schöne Begriff wurde denn freilich bald wieder
zerstört, als er den Knaben fand, der ohne Barmherzigkeit
Frösche totschlug und Schmetterlinge zerrupfte. Es erinnerte ihn
dieser Zug an so viele Menschen, die höchst gerecht erscheinen,
wenn sie ohne Leidenschaft sind und die Handlungen anderer
beobachten.

Dieses angenehme Gefühl, daß der Knabe so einen schönen
und wahren Einfluß auf sein Dasein habe, ward einen Augenblick gestört, als Wilhelm in kurzem bemerkte, daß wirklich der
Knabe mehr ihn, als er den Knaben erziehe. Er hatte an dem
Kinde nichts auszusetzen; er war nicht im stande, ihm eine Richtung zu geben, die es nicht selbst nahm, und sogar die Unarten,
gegen die Aurelie so viel gearbeitet hatte, waren, so schien es,
nach dem Tode dieser Freundin alle wieder in ihre alten Rechte
getreten. Noch machte das Kind die Thüre niemals hinter sich
zu, noch wollte er seinen Teller nicht abessen, und sein Behagen
war niemals größer, als wenn man ihm nachsah, daß er den
Bissen unmittelbar aus der Schüssel nehmen, das volle Glas
stehen lassen und aus der Flasche trinken konnte. So war er
auch ganz allerliebst, wenn er sich mit einem Buche in die Ecke
setzte und sehr ernsthaft sagte: Ich muß das gelehrte Zeug studieren! ob er gleich die Buchstaben noch lange weder unterscheiden konnte noch wollte.

Bedachte nun Wilhelm, wie wenig er bisher für das Kind gethan hatte, wie wenig er zu thun fähig sei, so entstand eine Unruhe in ihm, die sein ganzes Glück aufzuwiegen im stande war. Sind wir Männer denn, sagte er zu sich, so selbstisch geboren, daß wir unmöglich für ein Wesen außer uns Sorge tragen können? Bin ich mit dem Knaben nicht eben auf dem Wege, auf dem ich mit Mignon war? Ich zog das liebe Kind an, seine Gegenwart ergötzte mich, und dabei hab' ich es aufs grausamste vernachlässigt. Was that ich zu seiner Bildung, nach der es so sehr strebte? Nichts! Ich überließ es sich selbst und allen Zufälligkeiten, denen es in einer ungebildeten Gesellschaft nur ausgesetzt sein konnte; und dann für diesen Knaben, der dir so merkwürdig war, ehe er dir so wert sein konnte, hat dich denn dein Herz geheißen, auch nur jemals das Geringste für ihn zu thun? Es ist nicht mehr Zeit, daß du deine eigenen Jahre und die Jahre anderer vergeudest; nimm dich zusammen und denke, was du für dich und die guten Geschöpfe zu thun hast, welche Natur und Neigung so fest an dich knüpfte.

Eigentlich war dieses Selbstgespräch nur eine Einleitung, sich zu bekennen, daß er schon gedacht, gesorgt, gesucht und gewählt hatte; er konnte nicht länger zögern, sich es selbst zu gestehen. Nach oft vergebens wiederholtem Schmerz über den Verlust Marianens fühlte er nur zu deutlich, daß er eine Mutter für den Knaben suchen müsse und daß er sie nicht sichrer als in Theresen finden werde. Er kannte dieses vortreffliche Frauenzimmer ganz. Eine solche Gattin und Gehilfin schien die einzige zu sein, der man sich und die Seinen anvertrauen könnte. Ihre edle Neigung zu Lothario machte ihm keine Bedenklichkeit. Sie waren durch ein sonderbares Schicksal auf ewig getrennt; Therese hielt sich für frei und hatte von einer Heirat zwar mit Gleichgültigkeit, doch als von einer Sache gesprochen, die sich von selbst versteht.

Nachdem er lange mit sich zu Rate gegangen war, nahm er sich vor, ihr von sich zu sagen, so viel er nur wußte. Sie sollte ihn kennen lernen, wie er sie kannte, und er fing nun an, seine eigene Geschichte durchzudenken; sie schien ihm an Begebenheiten so leer und im ganzen jedes Bekenntnis so wenig zu seinem Vorteil, daß er mehr als einmal von dem Vorsatz abzustehn im Begriff war. Endlich entschloß er sich, die Rolle seiner Lehrjahre aus dem Turme von Jarno zu verlangen; dieser sagte: Es ist eben zur rechten Zeit, und Wilhelm erhielt sie.

Es ist eine schauderhafte Empfindung, wenn ein edler Mensch mit Bewußtsein auf dem Punkte steht, wo er über sich selbst aufgeklärt werden soll. Alle Uebergänge sind Krisen, und ist eine Krise nicht Krankheit? Wie ungern tritt man nach einer Krank-

heit vor den Spiegel! Die Besserung fühlt man, und man sieht
nur die Wirkung des vergangenen Uebels. Wilhelm war in=
dessen vorbereitet genug; die Umstände hatten schon lebhaft zu
ihm gesprochen, seine Freunde hatten ihn eben nicht geschont,
und wenn er gleich das Pergament mit einiger Hast aufrollte,
so ward er doch immer ruhiger, je weiter er las. Er fand die
umständliche Geschichte seines Lebens in großen scharfen Zügen
geschildert; weder einzelne Begebenheiten, noch beschränkte Em=
pfindungen verwirrten seinen Blick; allgemeine liebevolle Betrach=
tungen gaben ihm Fingerzeige, ohne ihn zu beschämen, und er
sah zum erstenmal sein Bild außer sich, zwar nicht wie im Spiegel,
ein zweites Selbst, sondern wie im Porträt, ein anderes Selbst;
man bekennt sich zwar nicht zu allen Zügen, aber man freut
sich, daß ein denkender Geist uns so hat fassen, ein großes
Talent uns so hat darstellen wollen, daß ein Bild von dem,
was wir waren, noch besteht und daß es länger als wir selbst
dauern kann.

Wilhelm beschäftigte sich nunmehr, indem alle Umstände
durch dies Manuskript in sein Gedächtnis zurückkamen, die Ge=
schichte seines Lebens für Theresen aufzusetzen, und er schämte
sich fast, daß er gegen ihre großen Tugenden nichts aufzustellen
hatte, was eine zweckmäßige Thätigkeit beweisen konnte. So um=
ständlich er in dem Aufsatze war, so kurz faßte er sich in dem
Briefe, den er an sie schrieb: er bat sie um ihre Freundschaft,
um ihre Liebe, wenn's möglich wäre; er bot ihr seine Hand an
und bat sie um baldige Entscheidung.

Nach einigem innerlichen Streit, ob er diese wichtige Sache
noch erst mit seinen Freunden, mit Jarno und dem Abbé be=
raten solle, entschied er sich, zu schweigen. Er war zu fest ent=
schlossen, die Sache war für ihn zu wichtig, als daß er sie noch
hätte dem Urteil des vernünftigsten und besten Mannes unter=
werfen mögen; ja, sogar brauchte er die Vorsicht, seinen Brief
auf der nächsten Post selbst zu bestellen. Vielleicht hatte ihm
der Gedanke, daß er in so vielen Umständen seines Lebens, in
denen er frei und im Verborgnen zu handeln glaubte, beobachtet,
ja sogar geleitet worden war, wie ihm aus der geschriebenen
Rolle nicht undeutlich erschien, eine Art von unangenehmer Em=
pfindung gegeben, und nun wollte er wenigstens zu Theresens
Herzen rein vom Herzen reden und ihrer Entschließung und Ent=
scheidung sein Schicksal schuldig sein, und so machte er sich kein
Gewissen, seine Wächter und Aufseher in diesem wichtigen Punkte
wenigstens zu umgehen.

Zweites Kapitel.

Kaum war der Brief abgesendet, als Lothario zurückkam. Jedermann freute sich, die vorbereiteten wichtigen Geschäfte ab= geschlossen und bald geendigt zu sehen, und Wilhelm erwartete mit Verlangen, wie so viele Fäden teils neu geknüpft, teils auf= gelöst und nun sein eignes Verhältnis auf die Zukunft bestimmt werden sollte. Lothario begrüßte sie alle aufs beste: er war völlig wiederhergestellt und heiter; er hatte das Ansehen eines Mannes, der weiß, was er thun soll, und dem in allem, was er thun will, nichts im Wege steht.

Wilhelm konnte ihm seinen herzlichen Gruß nicht zurück= geben. Dies ist, mußte er zu sich selbst sagen, der Freund, der Geliebte, der Bräutigam Theresens, an dessen Statt du dich einzudrängen denkst. Glaubst du denn jemals einen solchen Ein= druck auszulöschen oder zu verbannen? — Wäre der Brief noch nicht fort gewesen, er hätte vielleicht nicht gewagt, ihn abzu= senden. Glücklicherweise war der Wurf schon gethan, vielleicht war Therese schon entschieden, nur die Entfernung deckte noch eine glückliche Vollendung mit ihrem Schleier. Gewinn und Ver= lust mußten sich bald entscheiden. Er suchte sich durch alle diese Betrachtungen zu beruhigen, und doch waren die Bewegungen seines Herzens beinahe fieberhaft. Nur wenig Aufmerksamkeit konnte er auf das wichtige Geschäft wenden, woran gewisser= maßen das Schicksal seines ganzen Vermögens hing. Ach! wie unbedeutend erscheint dem Menschen in leidenschaftlichen Augen= blicken alles, was ihn umgibt, alles, was ihm angehört!

Zu seinem Glücke behandelte Lothario die Sache groß und Werner mit Leichtigkeit. Dieser hatte bei seiner heftigen Be= gierde zum Erwerb eine lebhafte Freude über den schönen Besitz, der ihm oder vielmehr seinem Freunde werden sollte. Lothario von seiner Seite schien ganz andere Betrachtungen zu machen. Ich kann mich nicht sowohl über einen Besitz freuen, sagte er, als über die Rechtmäßigkeit desselben.

Nun, beim Himmel! rief Werner, wird denn dieser unser Besitz nicht rechtmäßig genug?

Nicht ganz! versetzte Lothario.

Geben wir denn nicht unser bares Geld dafür?

Recht gut! sagte Lothario; auch werden Sie dasjenige, was ich zu erinnern habe, vielleicht für einen leeren Skrupel halten. Mir kommt kein Besitz ganz rechtmäßig, ganz rein vor, als der dem Staate seinen schuldigen Teil abträgt.

Wie? sagte Werner, so wollten Sie also lieber, daß unsere freigekauften Güter steuerbar wären?

Ja, versetzte Lothario, bis auf einen gewissen Grad: denn

durch diese Gleichheit mit allen übrigen Besitzungen entsteht ganz allein die Sicherheit des Besitzes. Was hat der Bauer in den neuern Zeiten, wo so viele Begriffe schwankend werden, für einen Hauptanlaß, den Besitz des Edelmanns für weniger gegründet anzusehen, als den seinigen? nur den, daß jener nicht belastet ist und auf ihn lastet.

Wie wird es aber mit den Zinsen unseres Kapitals aussehen? versetzte Werner.

Um nichts schlimmer, sagte Lothario, wenn uns der Staat gegen eine billige regelmäßige Abgabe das Lehns-Hokus-Pokus erlassen und uns mit unsern Gütern nach Belieben zu schalten erlauben wollte, daß wir sie nicht in so großen Massen zusammenhalten müßten, daß wir sie unter unsere Kinder gleicher verteilen könnten, um alle in eine lebhafte freie Thätigkeit zu versetzen, statt ihnen nur die beschränkten und beschränkenden Vorrechte zu hinterlassen, welche zu genießen wir immer die Geister unserer Vorfahren hervorrufen müssen. Wie viel glücklicher wären Männer und Frauen, wenn sie mit freien Augen umher sehen und bald ein würdiges Mädchen, bald einen trefflichen Jüngling, ohne andere Rücksichten, durch ihre Wahl erheben könnten. Der Staat würde mehr, vielleicht bessere Bürger haben und nicht so oft um Köpfe und Hände verlegen sein.

Ich kann Sie versichern, sagte Werner, daß ich in meinem Leben nie an den Staat gedacht habe; meine Abgaben, Zölle und Geleite habe ich nur so bezahlt, weil es einmal hergebracht ist.

Nun, sagte Lothario, ich hoffe, Sie noch zum guten Patrioten zu machen; denn wie der nur ein guter Vater ist, der bei Tische erst seinen Kindern vorlegt, so ist der nur ein guter Bürger, der vor allen andern Ausgaben das, was er dem Staate zu entrichten hat, zurücklegt.

Durch solche allgemeine Betrachtungen wurden ihre besondern Geschäfte nicht aufgehalten, vielmehr beschleunigt. Als sie ziemlich damit zu stande waren, sagte Lothario zu Wilhelmen: Ich muß Sie nun an einen Ort schicken, wo Sie nötiger sind als hier; meine Schwester läßt Sie ersuchen, so bald als möglich zu ihr zu kommen; die arme Mignon scheint sich zu verzehren, und man glaubt, Ihre Gegenwart könnte vielleicht noch dem Uebel Einhalt thun. Meine Schwester schickte mir dieses Billet noch nach, woraus Sie sehen können, wie viel ihr daran gelegen ist. Lothario überreichte ihm ein Blättchen. Wilhelm, der schon in der größten Verlegenheit zugehört hatte, erkannte sogleich an diesen flüchtigen Bleistiftzügen die Hand der Gräfin und wußte nicht, was er antworten sollte.

Nehmen Sie Felix mit, sagte Lothario, damit die Kinder sich unter einander aufheitern. Sie müßten morgen früh bei-

zeiten weg; der Wagen meiner Schwester, in welchem meine
Leute hergefahren sind, ist noch hier, ich gebe Ihnen Pferde bis
auf halben Weg, dann nehmen Sie Post. Leben Sie recht wohl
und richten viele Grüße von mir aus. Sagen Sie dabei meiner
Schwester, ich werde sie bald wiedersehen, und sie soll sich über=
haupt auf einige Gäste vorbereiten. Der Freund unseres Groß=
oheims, der Marchese Cipriani, ist auf dem Wege, hierher zu
kommen; er hoffte, den alten Mann noch am Leben anzutreffen,
und sie wollten sich zusammen an der Erinnerung früherer Ver=
hältnisse ergötzen und sich ihrer gemeinsamen Kunstliebhaberei
erfreuen. Der Marchese war viel jünger als mein Oheim und
verdankte ihm den besten Teil seiner Bildung: wir müssen alles
aufbieten, um einigermaßen die Lücke auszufüllen, die er finden
wird, und das wird am besten durch eine größere Gesellschaft
geschehen.

Lothario ging darauf mit dem Abbé in sein Zimmer, Jarno
war vorher weggeritten; Wilhelm eilte auf seine Stube; er
hatte niemand, dem er sich vertrauen, niemand, durch den er
einen Schritt, vor dem er sich so sehr fürchtete, hätte abwenden
können. Der kleine Diener kam und ersuchte ihn, einzupacken,
weil sie noch diese Nacht aufbinden wollten, um mit Anbruch
des Tages wegzufahren. Wilhelm mußte nicht, was er thun
sollte; endlich rief er aus: Du willst nur machen, daß du aus
diesem Hause kommst; unterwegs überlegst du, was zu thun ist,
und bleibst allenfalls auf der Hälfte des Weges liegen, schickst
einen Boten zurück, schreibst, was du dir nicht zu sagen getraust,
und dann mag werden, was will. Ohngeachtet dieses Entschlusses
brachte er eine schlaflose Nacht zu; nur ein Blick auf den so schön
ruhenden Felix gab ihm einige Erquickung. O! rief er aus, wer
weiß, was noch für Prüfungen auf mich warten, wer weiß, wie
sehr mich begangene Fehler noch quälen, wie oft mir gute und
vernünftige Pläne für die Zukunft mißlingen sollen; aber diesen
Schatz, den ich einmal besitze, erhalte mir, du erbittliches oder
unerbittliches Schicksal! Wäre es möglich, daß dieser beste Teil
von mir selbst vor mir zerstört, daß dieses Herz von meinem
Herzen gerissen werden könnte, so lebe wohl, Verstand und Ver=
nunft, lebe wohl, jede Sorgfalt und Vorsicht, verschwinde, du
Trieb zur Erhaltung! Alles, was uns vom Tiere unterscheidet,
verliere sich! und wenn es nicht erlaubt ist, seine traurigen Tage
freiwillig zu endigen, so hebe ein frühzeitiger Wahnsinn das Be=
wußtsein auf, ehe der Tod, der es auf immer zerstört, die lange
Nacht herbeiführt!

Er faßte den Knaben in seine Arme, küßte ihn, drückte ihn
an sich und benetzte ihn mit reichlichen Thränen. Das Kind
wachte auf; sein helles Auge, sein freundlicher Blick rührten den

Vater aufs innigste. Welche Szene steht mir bevor, rief er aus, wenn ich dich der schönen unglücklichen Gräfin vorstellen soll, wenn sie dich an ihren Busen drückt, den dein Vater so tief verletzt hat! Muß ich nicht fürchten, sie stößt dich wieder von sich mit einem Schrei, sobald deine Berührung ihren wahren oder eingebildeten Schmerz erneuert!

Der Kutscher ließ ihm nicht Zeit, weiter zu denken oder zu wählen, er nötigte ihn vor Tage in den Wagen; nun wickelte er seinen Felix wohl ein; der Morgen war kalt, aber heiter, das Kind sah zum erstenmal in seinem Leben die Sonne aufgehn. Sein Erstaunen über den ersten feurigen Blick, über die wachsende Gewalt des Lichts, seine Freude und seine wunderlichen Bemerkungen erfreuten den Vater und ließen ihn einen Blick in das Herz thun, vor welchem die Sonne wie über einem reinen stillen See emporsteigt und schwebt.

In einer kleinen Stadt spannte der Kutscher aus und ritt zurück. Wilhelm nahm sogleich ein Zimmer in Besitz und fragte sich nun, ob er bleiben oder vorwärts gehen solle? In dieser Unentschlossenheit wagte er das Blättchen wieder hervorzunehmen, das er bisher nochmals anzusehen sich nicht getraut hatte; es enthielt folgende Worte: Schicke mir deinen jungen Freund ja bald; Mignon hat sich diese beiden letzten Tage eher verschlimmert. So traurig diese Gelegenheit ist, so soll mich's doch freuen, ihn kennen zu lernen.

Die letzten Worte hatte Wilhelm beim ersten Blick nicht bemerkt. Er erschrak darüber und war sogleich entschieden, daß er nicht gehen wollte. Wie? rief er aus, Lothario, der das Verhältnis weiß, hat ihr nicht eröffnet, wer ich bin? Sie erwartet nicht mit gesetztem Gemüt einen Bekannten, den sie lieber nicht wiedersähe, sie erwartet einen Fremden, und ich trete hinein! Ich sehe sie zurückschaudern, ich sehe sie erröten! Nein, es ist mir unmöglich, dieser Szene entgegen zu gehen. Soeben wurden die Pferde herausgeführt und eingespannt; Wilhelm war entschlossen, abzupacken und hier zu bleiben. Er war in der größten Bewegung. Als er ein Mädchen zur Treppe heraufkommen hörte, die ihm anzeigen wollte, daß alles fertig sei, sann er geschwind auf eine Ursache, die ihn hier zu bleiben nötigte, und seine Augen ruhten ohne Aufmerksamkeit auf dem Billet, das er in der Hand hielt. Um Gottes willen! rief er aus, was ist das? das ist nicht die Hand der Gräfin, es ist die Hand der Amazone!

Das Mädchen trat herein, bat ihn, herunter zu kommen, und führte Felix mit sich fort. Ist es möglich? rief er aus, ist es wahr? was soll ich thun? bleiben und abwarten und aufklären? oder eilen? eilen! und mich einer Entwicklung entgegenstürzen? Du bist auf dem Wege zu ihr, und kannst zaudern? Diesen Abend

sollst du sie sehen, und willst dich freiwillig ins Gefängnis ein=
sperren? Es ist ihre Hand, ja, sie ist's! diese Hand beruft dich,
ihr Wagen ist angespannt, dich zu ihr zu führen; nun löst sich
das Rätsel: Lothario hat zwei Schwestern. Er weiß mein Ver=
hältnis zu der einen; wie viel ich der andern schuldig bin, ist
ihm unbekannt. Auch sie weiß nicht, daß der verwundete Vaga=
bund, der ihr, wo nicht sein Leben, doch seine Gesundheit ver=
dankt, in dem Hause ihres Bruders so unverdient gütig aufge=
nommen worden ist.

Felix, der sich unten im Wagen schaukelte, rief: Vater, komm!
o komm, sieh die schönen Wolken, die schönen Farben! Ja, ich
komme, rief Wilhelm, indem er die Treppe hinunter sprang, und
alle Erscheinungen des Himmels, die du gutes Kind noch sehr
bewunderst, sind nichts gegen den Anblick, den ich erwarte.

Im Wagen sitzend, rief er nun alle Verhältnisse in sein Ge=
dächtnis zurück. So ist also auch diese Natalie die Freundin
Theresens! welch eine Entdeckung, welche Hoffnung und welche
Aussichten! Wie seltsam, daß die Furcht, von der einen Schwester
reden zu hören, mir das Dasein der andern ganz und gar ver=
bergen konnte! Mit welcher Freude sah er seinen Felix an; er
hoffte für den Knaben wie für sich die beste Aufnahme.

Der Abend kam heran, die Sonne war untergegangen, der
Weg nicht der beste, der Postillon fuhr langsam; Felix war ein=
geschlafen, und neue Sorgen und Zweifel stiegen in dem Busen
unseres Freundes auf. Von welchem Wahn, von welchen Ein=
fällen wirst du beherrscht! sagte er zu sich selbst; eine ungewisse
Aehnlichkeit der Handschrift macht dich auf einmal sicher und
gibt dir Gelegenheit, das wunderbarste Märchen auszudenken.
Er nahm das Billet wieder vor, und bei dem abgehenden Tages=
licht glaubte er wieder die Handschrift der Gräfin zu erkennen;
seine Augen wollten im einzelnen nicht wiederfinden, was ihm
sein Herz im ganzen auf einmal gesagt hatte. — So ziehen dich
denn doch diese Pferde zu einer schrecklichen Szene! wer weiß,
ob sie dich nicht in wenig Stunden schon wieder zurückführen
werden? Und wenn du sie nur noch allein anträfest! aber viel=
leicht ist ihr Gemahl gegenwärtig, vielleicht die Baronesse? Wie
verändert werde ich sie finden! Werde ich vor ihr auf den Füßen
stehen können?

Nur eine schwache Hoffnung, daß er seiner Amazone entgegen
gehe, konnte manchmal durch die trüben Vorstellungen durch=
blicken. Es war Nacht geworden, der Wagen rasselte in einen
Hof hinein und hielt still; ein Bedienter mit einer Wachsfackel
trat aus einem prächtigen Portal hervor und kam die breiten
Stufen herunter bis an den Wagen. Sie werden schon lange
erwartet, sagte er, indem er das Leder aufschlug. Wilhelm,

nachdem er ausgestiegen war, nahm den schlafenden Felix auf
den Arm, und der erste Bediente rief zu einem zweiten, der mit
einem Lichte in der Thüre stand: Führe den Herrn gleich zur
Baronesse.

Blitzschnell fuhr Wilhelmen durch die Seele: Welch ein Glück!
es sei vorsätzlich oder zufällig, die Baronesse ist hier! ich soll sie
zuerst sehen! wahrscheinlich schläft die Gräfin schon! Ihr guten
Geister, helft, daß der Augenblick der größten Verlegenheit leib-
lich vorübergehe!

Er trat in das Haus und fand sich an dem ernsthaftesten,
seinem Gefühle nach, dem heiligsten Orte, den er je betreten
hatte. Eine herabhängende blendende Laterne erleuchtete eine
breite sanfte Treppe, die ihm entgegenstand und sich oben beim
Umwenden in zwei Teile teilte. Marmorne Statuen und Büsten
standen auf Piedestalen und in Nischen geordnet; einige schienen
ihm bekannt. Jugendeindrücke verlöschen nicht, auch in ihren
kleinsten Teilen. Er erkannte eine Muse, die seinem Großvater
gehört hatte, zwar nicht an ihrer Gestalt und an ihrem Wert,
doch an einem restaurierten Arme und an den neueingesetzten
Stücken des Gewandes. Es war, als wenn er ein Märchen erlebte. Das Kind ward ihm schwer; er zauderte auf den Stufen
und kniete nieder, als ob er es bequemer fassen wollte. Eigentlich aber bedurfte er einer augenblicklichen Erholung. Er konnte
kaum sich wieder aufheben. Der vorleuchtende Bediente wollte
ihm das Kind abnehmen, er konnte es nicht von sich lassen. Darauf trat er in den Vorsaal, und zu seinem noch größern Erstaunen erblickte er das wohlbekannte Bild vom kranken Königssohn an der Wand. Er hatte kaum Zeit, einen Blick darauf zu
werfen, der Bediente nötigte ihn durch ein paar Zimmer in ein
Kabinett. Dort, hinter einem Lichtschirme, der sie beschattete, saß
ein Frauenzimmer und las. O, daß sie es wäre! sagte er zu sich
selbst in diesem entscheidenden Augenblick. Er setzte das Kind
nieder, das aufzuwachen schien, und dachte sich der Dame zu
nähern; aber das Kind sank schlaftrunken zusammen, das Frauenzimmer stand auf und kam ihm entgegen. Die Amazone war's!
Er konnte sich nicht halten, stürzte auf seine Kniee und rief aus:
Sie ist's! Er faßte ihre Hand und küßte sie mit unendlichem
Entzücken. Das Kind lag zwischen ihnen beiden auf dem Teppich
und schlief sanft.

Felix ward auf das Kanapee gebracht; Natalie setzte sich zu
ihm; sie hieß Wilhelmen auf den Sessel sitzen, der zunächst dabei stand. Sie bot ihm einige Erfrischungen an, die er ausschlug,
indem er nur beschäftigt war, sich zu versichern, daß sie es sei,
und ihre durch den Lichtschirm beschatteten Züge genau wieder
zu sehen und sicher wieder zu erkennen. Sie erzählte ihm von

Mignons Krankheit im allgemeinen, daß das Kind von wenigen
tiefen Empfindungen nach und nach aufgezehrt werde, daß es
bei seiner großen Reizbarkeit, die es verberge, von einem Krampf
an seinem armen Herzen oft heftig und gefährlich leide, daß
dieses erste Organ des Lebens bei unvermuteten Gemütsbewe=
gungen manchmal plötzlich stille stehe und keine Spur der heil=
samen Lebensregung in dem Busen des guten Kindes gefühlt
werden könne. Sei dieser ängstliche Krampf vorbei, so äußere
sich die Kraft der Natur wieder in gewaltsamen Pulsen und
ängstige das Kind nunmehr durch Uebermaß, wie es vorher durch
Mangel gelitten habe.

Wilhelm erinnerte sich einer solchen krampfhaften Szene, und
Natalie bezog sich auf den Arzt, der weiter mit ihm über die
Sache sprechen und die Ursache, warum man den Freund und
Wohlthäter des Kindes gegenwärtig herbeigerufen, umständlicher
vorlegen würde. Eine sonderbare Veränderung, fuhr Natalie
fort, werden Sie an ihr finden; sie geht nunmehr in Frauen=
kleidern, vor denen sie sonst einen so großen Abscheu zu haben
schien.

Wie haben Sie das erreicht? fragte Wilhelm.

Wenn es wünschenswert war, so sind wir es nur dem Zu=
fall schuldig. Hören Sie, wie es zugegangen ist. Sie wissen
vielleicht, daß ich immer eine Anzahl junger Mädchen um mich
habe, deren Gesinnungen ich, indem sie neben mir aufwachsen,
zum Guten und Rechten zu bilden wünsche. Aus meinem Munde
hören sie nichts, als was ich selber für wahr halte; doch kann
ich und will ich nicht hindern, daß sie nicht auch von andern
manches vernehmen, was als Irrtum, als Vorurteil in der Welt
gäng und gäbe ist. Fragen sie mich darüber, so suche ich, so viel
nur möglich ist, jene fremden ungehörigen Begriffe irgendwo
an einen richtigen anzuknüpfen, um sie dadurch, wo nicht nütz=
lich, doch unschädlich zu machen. Schon seit einiger Zeit hatten
meine Mädchen aus dem Munde der Bauerkinder gar manches
von Engeln, vom Knechte Ruprecht, vom heiligen Christe ver=
nommen, die zu gewissen Zeiten in Person erscheinen, gute
Kinder beschenken und unartige bestrafen sollten. Sie hatten
eine Vermutung, daß es verkleidete Personen sein müßten, worin
ich sie denn auch bestärkte und, ohne mich viel auf Deutungen
einzulassen, mir vornahm, ihnen bei der ersten Gelegenheit ein
solches Schauspiel zu geben. Es fand sich eben, daß der Geburts=
tag von Zwillingsschwestern, die sich immer sehr gut betragen
hatten, nahe war; ich versprach, daß ihnen diesmal ein Engel
die kleinen Geschenke bringen sollte, die sie so wohl verdient
hätten. Sie waren äußerst gespannt auf diese Erscheinung. Ich
hatte mir Mignon zu dieser Rolle ausgesucht, und sie ward an

dem bestimmten Tage in ein langes, leichtes, weißes Gewand anständig gekleidet. Es fehlte nicht an einem goldenen Gürtel um die Brust und an einem gleichen Diadem in den Haaren. Anfangs wollte ich die Flügel weglassen, doch bestanden die Frauenzimmer, die sie anputzten, auf ein Paar große goldene Schwingen, an denen sie recht ihre Kunst zeigen wollten. So trat, mit einer Lilie in der einen Hand und mit einem Körbchen in der andern, die wundersame Erscheinung in die Mitte der Mädchen und überraschte mich selbst. Da kommt der Engel! sagte ich. Die Kinder traten alle wie zurück; endlich riefen sie aus: Es ist Mignon! und getrauten sich doch nicht, dem wunder= samen Bilde näher zu treten.

Hier sind eure Gaben, sagte sie und reichte das Körbchen hin. Man versammelte sich um sie, man betrachtete, man be= fühlte, man befragte sie.

Bist du ein Engel? fragte das eine Kind.

Ich wollte, ich wär' es, versetzte Mignon.

Warum trägst du eine Lilie?

So rein und offen sollte mein Herz sein, dann wär' ich glücklich.

Wie ist's mit den Flügeln? Laß sie sehen!

Sie stellen schönere vor, die noch nicht entfaltet sind.

Und so antwortete sie bedeutend auf jede unschuldige, leichte Frage. Als die Neugierde der kleinen Gesellschaft befriedigt war und der Eindruck dieser Erscheinung stumpf zu werden anfing, wollte man sie wieder auskleiden. Sie verwehrte es, nahm ihre Zither, setzte sich hier auf diesen hohen Schreibtisch hinauf und sang ein Lied mit unglaublicher Anmut:

So laßt mich scheinen, bis ich werde;
Zieht mir das weiße Kleid nicht aus!
Ich eile von der schönen Erde
Hinab in jenes feste Haus.

Dort ruh' ich eine kleine Stille,
Dann öffnet sich der frische Blick;
Ich lasse dann die reine Hülle,
Den Gürtel und den Kranz zurück.

Und jene himmlische Gestalten,
Sie fragen nicht nach Mann und Weib,
Und keine Kleider, keine Falten
Umgeben den verklärten Leib.

Zwar lebt' ich ohne Sorg' und Mühe,
Doch fühlt' ich tiefen Schmerz genung.
Vor Kummer altert' ich zu frühe;
Macht mich auf ewig wieder jung!

Ich entschloß mich sogleich, fuhr Natalie fort, ihr das Kleid zu lassen und ihr noch einige der Art anzuschaffen, in denen sie nun auch geht und in denen, wie es mir scheint, ihr Wesen einen ganz andern Ausdruck hat.

Da es schon spät war, entließ Natalie den Ankömmling, der nicht ohne einige Bangigkeit sich von ihr trennte. Ist sie verheiratet oder nicht? dachte er bei sich selbst. Er hatte gefürchtet, so oft sich etwas regte, eine Thüre möchte sich aufthun und der Gemahl hereintreten. Der Bediente, der ihn in sein Zimmer einließ, entfernte sich schneller, als er Mut gefaßt hatte, nach diesem Verhältnis zu fragen. Die Unruhe hielt ihn noch eine Zeitlang wach, und er beschäftigte sich, das Bild der Amazone mit dem Bilde seiner neuen gegenwärtigen Freundin zu vergleichen. Sie wollten noch nicht mit einander zusammenfließen; jenes hatte er sich gleichsam geschaffen, und dieses schien fast ihn umschaffen zu wollen.

Drittes Kapitel.

Den andern Morgen, da noch alles still und ruhig war, ging er, sich im Hause umzusehen. Es war die reinste, schönste, würdigste Baukunst, die er gesehen hatte. Ist doch wahre Kunst, rief er aus, wie gute Gesellschaft: sie nötigt uns auf die angenehmste Weise, das Maß zu erkennen, nach dem und zu dem unser Innerstes gebildet ist. Unglaublich angenehm war der Eindruck, den die Statuen und Büsten seines Großvaters auf ihn machten. Mit Verlangen eilte er dem Bilde vom kranken Königssohn entgegen, und noch immer fand er es reizend und rührend. Der Bediente öffnete ihm verschiedene andere Zimmer; er fand eine Bibliothek, eine Naturaliensammlung, ein physikalisches Kabinett. Er fühlte sich so fremd vor allen diesen Gegenständen. Felix war indessen erwacht und ihm nachgesprungen, der Gedanke, wie und wann er Theresens Brief erhalten werde, machte ihm Sorge; er fürchtete sich vor dem Anblick Mignons, gewissermaßen vor dem Anblick Nataliens. Wie ungleich war sein gegenwärtiger Zustand mit jenen Augenblicken, als er den Brief an Theresen gesiegelt hatte und mit frohem Mut sich ganz einem so edlen Wesen hingab.

Natalie ließ ihn zum Frühstück einladen. Er trat in ein Zimmer, in welchem verschiedene reinlich gekleidete Mädchen, alle, wie es schien, unter zehn Jahren, einen Tisch zurechte machten, indem eine ältliche Person verschiedene Arten von Getränken hereinbrachte.

Wilhelm beschaute ein Bild, das über dem Kanapee hing,

mit Aufmerksamkeit; er mußte es für das Bild Nataliens er=
kennen, so wenig es ihm genug thun wollte. Natalie trat herein,
und die Aehnlichkeit schien ganz zu verschwinden. Zu seinem
Troste hatte es ein Ordenskreuz an der Brust, und er sah ein
gleiches an der Brust Nataliens.

Ich habe das Porträt hier angesehen, sagte er zu ihr, und
mich verwundert, wie ein Maler zugleich so wahr und so falsch
sein kann. Das Bild gleicht Ihnen im allgemeinen recht sehr
gut, und doch sind es weder Ihre Züge noch Ihr Charakter.

Es ist vielmehr zu verwundern, versetzte Natalie, daß es so
viel Aehnlichkeit hat; denn es ist gar mein Bild nicht; es ist
das Bild einer Tante, die mir noch in ihrem Alter glich, da ich
erst ein Kind war. Es ist gemalt, als sie ungefähr meine Jahre
hatte, und beim ersten Anblick glaubt jedermann, mich zu sehen.
Sie hätten diese treffliche Person kennen sollen. Ich bin ihr so
viel schuldig. Eine sehr schwache Gesundheit, vielleicht zu viel
Beschäftigung mit sich selbst und dabei eine sittliche und religiöse
Aengstlichkeit ließen sie das der Welt nicht sein, was sie unter
andern Umständen hätte werden können. Sie war ein Licht, das
nur wenigen Freunden und mir besonders leuchtete.

Wäre es möglich, versetzte Wilhelm, der sich einen Augenblick
besonnen hatte, indem nun auf einmal so vielerlei Umstände ihm
zusammentreffend erschienen, wäre es möglich, daß jene schöne
herrliche Seele, deren stille Bekenntnisse auch mir mitgeteilt
worden sind, Ihre Tante sei?

Sie haben das Heft gelesen? fragte Natalie.

Ja! versetzte Wilhelm, mit der größten Teilnahme und nicht
ohne Wirkung auf mein ganzes Leben. Was mir am meisten
aus dieser Schrift entgegen leuchtete, war, ich möchte so sagen,
die Reinlichkeit des Daseins, nicht allein ihrer selbst, sondern auch
alles dessen, was sie umgab; diese Selbständigkeit ihrer Natur
und die Unmöglichkeit, etwas in sich aufzunehmen, was mit der
edlen, liebevollen Stimmung nicht harmonisch war.

So sind Sie, versetzte Natalie, billiger, ich darf wohl
sagen, gerechter gegen diese schöne Natur, als manche andere,
denen man auch dieses Manuskript mitgeteilt hat. Jeder ge=
bildete Mensch weiß, wie sehr er an sich und andern mit einer
gewissen Roheit zu kämpfen hat, wie viel ihn seine Bildung
kostet, und wie sehr er doch in gewissen Fällen nur an sich selbst
denkt und vergißt, was er andern schuldig ist. Wie oft macht
der gute Mensch sich Vorwürfe, daß er nicht zart genug gehandelt
habe; und doch, wenn nun eine schöne Natur sich allzu zart, sich
allzu gewissenhaft bildet, ja, wenn man will, sich überbildet, für
diese scheint keine Duldung, keine Nachsicht in der Welt zu sein.
Dennoch sind die Menschen dieser Art außer uns, was die Ideale

im Innern sind, Vorbilder, nicht zum Nachahmen, sondern zum
Nachstreben. Man lacht über die Reinlichkeit der Holländerinnen;
aber wäre Freundin Therese, was sie ist, wenn ihr nicht eine
ähnliche Idee in ihrem Hauswesen immer vorschwebte?

So finde ich also, rief Wilhelm aus, in Theresens Freundin
jene Natalie vor mir, an welcher das Herz jener köstlichen Verwandten hing, jene Natalie, die von Jugend an so teilnehmend,
so liebevoll und hilfreich war! Nur aus einem solchen Geschlecht
konnte eine solche Natur entstehen! Welch eine Aussicht eröffnet
sich vor mir, da ich auf einmal Ihre Voreltern und den ganzen
Kreis, dem Sie angehören, überschaue.

Ja! versetzte Natalie, Sie könnten in einem gewissen Sinne
nicht besser von uns unterrichtet sein, als durch den Aufsatz
unserer Tante; freilich hat ihre Neigung zu mir sie zu viel Gutes
von dem Kinde sagen lassen. Wenn man von einem Kinde redet,
spricht man niemals den Gegenstand, immer nur seine Hoffnungen aus.

Wilhelm hatte indessen schnell überdacht, daß er nun auch
von Lotharios Herkunft und früher Jugend unterrichtet sei; die
schöne Gräfin erschien ihm als Kind mit den Perlen ihrer Tante
um den Hals; auch er war diesen Perlen so nahe gewesen, als
ihre zarten, liebevollen Lippen sich zu den seinigen herunter
neigten; er suchte diese schönen Erinnerungen durch andere Gedanken zu entfernen. Er ließ die Bekanntschaften durch, die ihm
jene Schrift verschafft hatte. So bin ich denn, rief er aus, in
dem Hause des würdigen Oheims! Es ist kein Haus, es ist ein
Tempel, und Sie sind die würdige Priesterin, ja der Genius
selbst; ich werde mich des Eindrucks von gestern abend zeitlebens
erinnern, als ich hereintrat und die alten Kunstbilder der frühsten
Jugend wieder vor mir standen. Ich erinnerte mich der mit-
leidigen Marmorbilder in Mignons Lied; aber diese Bilder hatten
über mich nicht zu trauern, sie sahen mich mit hohem Ernst an
und schlossen meine früheste Zeit unmittelbar an diesen Augenblick. Diesen unsern alten Familienschatz, diese Lebensfreude
meines Großvaters finde ich hier zwischen so vielen andern
würdigen Kunstwerken aufgestellt, und mich, den die Natur zum
Liebling dieses guten alten Mannes gemacht hatte, mich Unwürdigen, finde ich nun auch hier, o Gott! in welchen Verbindungen, in welcher Gesellschaft!

Die weibliche Jugend hatte nach und nach das Zimmer verlassen, um ihren kleinen Beschäftigungen nachzugehn. Wilhelm,
der mit Natalien allein geblieben war, mußte ihr seine letzten
Worte deutlicher erklären. Die Entdeckung, daß ein schätzbarer
Teil der aufgestellten Kunstwerke seinem Großvater angehört
hatte, gab eine sehr heitere, gesellige Stimmung. So wie er

durch jenes Manustript mit dem Hause bekannt worden war,
so fand er sich nun auch gleichsam in seinem Erbteile wieder.
Nun wünschte er Mignon zu sehen; die Freundin bat ihn, sich
noch so lange zu gedulden, bis der Arzt, der in der Nachbarschaft
gerufen worden, wieder zurückkäme. Man kann leicht denken,
daß es derselbe kleine thätige Mann war, den wir schon kennen
und dessen auch die Bekenntnisse einer schönen Seele erwähnten.

Da ich mich, fuhr Wilhelm fort, mitten in jenem Familien-
kreis befinde, so ist ja wohl der Abbé, dessen jene Schrift erwähnt, auch der wunderbare, unerklärliche Mann, den ich in
dem Hause Ihres Bruders nach den seltsamsten Ereignissen
wiedergefunden habe? Vielleicht geben Sie mir einige nähere
Aufschlüsse über ihn?

Natalie versetzte: Ueber ihn wäre vieles zu sagen; wovon
ich am genauesten unterrichtet bin, ist der Einfluß, den er auf
unsere Erziehung gehabt hat. Er war, wenigstens eine Zeitlang,
überzeugt, daß die Erziehung sich nur an die Neigung anschließen
müsse; wie er jetzt denkt, kann ich nicht sagen. Er behauptete:
das Erste und Letzte am Menschen sei Thätigkeit, und man könne
nichts thun, ohne die Anlage dazu zu haben, ohne den Instinkt,
der uns dazu treibe. Man gibt zu, pflegte er zu sagen, daß
Poeten geboren werden, man gibt es bei allen Künsten zu, weil
man muß und weil jene Wirkungen der menschlichen Natur kaum
scheinbar nachgeäfft werden können; aber wenn man es genau
betrachtet, so wird jede, auch nur die geringste Fähigkeit uns
angeboren, und es gibt keine unbestimmte Fähigkeit. Nur unsere
zweideutige, zerstreute Erziehung macht die Menschen ungewiß;
sie erregt Wünsche, statt Triebe zu beleben, und anstatt den wirklichen Anlagen aufzuhelfen, richtet sie das Streben nach Gegenständen, die so oft mit der Natur, die sich nach ihnen bemüht,
nicht übereinstimmen. Ein Kind, ein junger Mensch, die auf
ihrem eigenen Wege irre gehen, sind mir lieber, als manche, die
auf fremdem Wege recht wandeln. Finden jene, entweder durch
sich selbst, oder durch Anleitung, den rechten Weg, das ist den,
der ihrer Natur gemäß ist, so werden sie ihn nie verlassen, anstatt daß diese jeden Augenblick in Gefahr sind, ein fremdes Joch
abzuschütteln und sich einer unbedingten Freiheit zu übergeben.

Es ist sonderbar, sagte Wilhelm, daß dieser merkwürdige
Mann auch an mir teilgenommen und mich, wie es scheint, nach
seiner Weise, wo nicht geleitet, doch wenigstens eine Zeitlang
in meinen Irrtümern gestärkt hat. Wie er es künftig verant-
worten will, daß er, in Verbindung mit mehreren, mich gleichsam zum besten hatte, muß ich wohl mit Geduld erwarten.

Ich habe mich nicht über diese Grille, wenn sie eine ist,
zu beklagen, sagte Natalie; denn ich bin freilich unter meinen

Geschwistern am besten dabei gefahren. Auch seh' ich nicht, wie
mein Bruder Lothario hätte schöner ausgebildet werden können;
nur hätte vielleicht meine gute Schwester, die Gräfin, anders be=
handelt werden sollen, vielleicht hätte man ihrer Natur etwas
mehr Ernst und Stärke einflößen können. Was aus Bruder
Friedrich werden soll, läßt sich gar nicht denken; ich fürchte, er
wird das Opfer dieser pädagogischen Versuche werden.

Sie haben noch einen Bruder? rief Wilhelm.

Ja! versetzte Natalie, und zwar eine sehr lustige, leichtfertige
Natur; und da man ihn nicht abgehalten hatte, in der Welt
herumzufahren, so weiß ich nicht, was aus diesem losen, lockern
Wesen werden soll. Ich habe ihn seit langer Zeit nicht gesehen.
Das einzige beruhigt mich, daß der Abbé und überhaupt die
Gesellschaft meines Bruders jederzeit unterrichtet sind, wo er
sich aufhält und was er treibt.

Wilhelm war eben im Begriff, Nataliens Gedanken sowohl
über diese Paradoxen zu erforschen, als auch über die geheim=
nisvolle Gesellschaft von ihr Aufschlüsse zu begehren, als der
Medikus hereintrat und nach dem ersten Willkommen sogleich
von Mignons Zustande zu sprechen anfing.

Natalie, die darauf den Felix bei der Hand nahm, sagte, sie
wolle ihn zu Mignon führen und das Kind auf die Erscheinung
seines Freundes vorbereiten.

Der Arzt war nunmehr mit Wilhelm allein und fuhr fort:
Ich habe Ihnen wunderbare Dinge zu erzählen, die Sie kaum
vermuten. Natalie läßt uns Raum, damit wir freier von Dingen
sprechen können, die, ob ich sie gleich nur durch sie selbst erfahren
konnte, doch in ihrer Gegenwart so frei nicht abgehandelt werden
dürften. Die sonderbare Natur des guten Kindes, von dem jetzt
die Rede ist, besteht beinah nur aus einer tiefen Sehnsucht; das
Verlangen, ihr Vaterland wiederzusehen, und das Verlangen nach
Ihnen, mein Freund, ist, möchte ich fast sagen, das einzige Ir=
dische an ihr; beides greift nur in eine unendliche Ferne, beide
Gegenstände liegen unerreichbar vor diesem einzigen Gemüt.
Sie mag in der Gegend von Mailand zu Hause sein und ist in
sehr früher Jugend durch eine Gesellschaft Seiltänzer ihren Eltern
entführt worden. Näheres kann man von ihr nicht erfahren,
teils weil sie zu jung war, um Ort und Namen genau angeben
zu können, besonders aber, weil sie einen Schwur gethan hat,
keinem lebendigen Menschen ihre Wohnung und Herkunft näher
zu bezeichnen. Denn eben jene Leute, die sie in der Irre fanden
und denen sie ihre Wohnung so genau beschrieb, mit so dringen=
den Bitten, sie nach Hause zu führen, nahmen sie nur desto eiliger
mit sich fort und scherzten nachts in der Herberge, da sie glaubten,
das Kind schlafe schon, über den guten Fang und beteuerten,

daß es den Weg zurück nicht wieder finden sollte. Da überfiel das arme Geschöpf eine gräßliche Verzweiflung, in der ihm zuletzt die Mutter Gottes erschien und ihm versicherte, daß sie sich seiner annehmen wolle. Es schwur darauf bei sich selbst einen heiligen Eid, daß sie künftig niemand mehr vertrauen, niemand ihre Geschichte erzählen und in der Hoffnung einer unmittelbaren göttlichen Hilfe leben und sterben wolle. Selbst dieses, was ich Ihnen hier erzähle, hat sie Natalien nicht ausdrücklich vertraut; unsere werte Freundin hat es aus einzelnen Aeußerungen, aus Liedern und kindlichen Unbesonnenheiten, die gerade das verraten, was sie verschweigen wollen, zusammengereiht.

Wilhelm konnte sich nunmehr manches Lied, manches Wort dieses guten Kindes erklären. Er bat seinen Freund aufs dringendste, ihm ja nichts vorzuenthalten, was ihm von den sonderbaren Gesängen und Bekenntnissen des einzigen Wesens bekannt worden sei.

O! sagte der Arzt, bereiten Sie sich auf ein sonderbares Bekenntnis, auf eine Geschichte, an der Sie, ohne sich zu erinnern, viel Anteil haben, die, wie ich fürchte, für Tod und Leben dieses guten Geschöpfes entscheidend ist.

Lassen Sie mich hören, versetzte Wilhelm, ich bin äußerst ungeduldig.

Erinnern Sie sich, sagte der Arzt, eines geheimen, nächtlichen, weiblichen Besuchs nach der Aufführung des Hamlets?

Ja, ich erinnere mich dessen wohl! rief Wilhelm beschämt, aber ich glaubte nicht, in diesem Augenblick daran erinnert zu werden.

Wissen Sie, wer es war?

Nein! Sie erschrecken mich! Ums Himmels willen, doch nicht Mignon? Wer war's? sagen Sie mir's.

Ich weiß es selbst nicht.

Also nicht Mignon?

Nein, gewiß nicht! aber Mignon war im Begriff, sich zu Ihnen zu schleichen, und mußte aus einem Winkel mit Entsetzen sehen, daß eine Nebenbuhlerin ihr zuvorkam.

Eine Nebenbuhlerin! rief Wilhelm aus, reden Sie weiter, Sie verwirren mich ganz und gar.

Sein Sie froh, sagte der Arzt, daß Sie diese Resultate so schnell von mir erfahren können. Natalie und ich, die wir doch nur einen entfernteren Anteil nehmen, wir waren genug gequält, bis wir den verworrenen Zustand dieses guten Wesens, dem wir zu helfen wünschten, nur so deutlich einsehen konnten. Durch leichtsinnige Reden Philinens und der andern Mädchen, durch ein gewisses Liedchen aufmerksam gemacht, war ihr der Gedanke so reizend geworden, eine Nacht bei dem Geliebten zuzubringen,

ohne daß sie dabei etwas weiter als eine vertrauliche, glückliche
Ruhe zu denken wußte. Die Neigung für Sie, mein Freund,
war in dem guten Herzen schon lebhaft und gewaltsam; in Ihren
Armen hatte das gute Kind schon von manchem Schmerz aus=
geruht, sie wünschte sich nun dieses Glück in seiner ganzen Fülle.
Bald nahm sie sich vor, Sie freundlich darum zu bitten, bald hielt
sie ein heimlicher Schauder wieder davon zurück. Endlich gab
ihr der lustige Abend und die Stimmung des häufig genossenen
Weins den Mut, das Wagestück zu versuchen und sich jene Nacht
bei Ihnen einzuschleichen. Schon war sie vorausgelaufen, um
sich, in der unverschlossenen Stube zu verbergen; allein als sie
eben die Treppe hinaufgekommen war, hörte sie ein Geräusch; sie
verbarg sich und sah ein weißes, weibliches Wesen in Ihr Zimmer
schleichen. Sie kamen selbst bald darauf, und sie hörte den großen
Riegel zuschieben.

Mignon empfand unerhörte Qual; alle die heftigen Em=
pfindungen einer leidenschaftlichen Eifersucht mischten sich zu dem
unerkannten Verlangen einer dunkeln Begierde und griffen die
halb entwickelte Natur gewaltsam an. Ihr Herz, das bisher
vor Sehnsucht und Erwartung lebhaft geschlagen hatte, fing auf
einmal an zu stocken und drückte wie eine bleierne Last ihren
Busen; sie konnte nicht zu Atem kommen, sie wußte sich nicht
zu helfen, sie hörte die Harfe des Alten, eilte zu ihm unter das
Dach und brachte die Nacht zu seinen Füßen unter entsetzlichen
Zuckungen hin.

Der Arzt hielt einen Augenblick inne, und da Wilhelm stille
schwieg, fuhr er fort: Natalie hat mir versichert, es habe sie in
ihrem Leben nichts so erschreckt und angegriffen, als der Zu=
stand des Kindes bei dieser Erzählung; ja, unsre edle Freundin
machte sich Vorwürfe, daß sie durch ihre Fragen und Anlei=
tungen diese Bekenntnisse hervorgelockt und durch die Erinne=
rung die lebhaften Schmerzen des guten Mädchens so grausam
erneuert habe.

Das gute Geschöpf, so erzählte mir Natalie, war kaum
auf diesem Punkte seiner Erzählung oder vielmehr seiner Ant=
worten auf meine steigenden Fragen, als es auf einmal vor mir
niederstürzte und, mit der Hand am Busen, über den wieder
kehrenden Schmerz jener schrecklichen Nacht sich beklagte. Es wand
sich wie ein Wurm an der Erde, und ich mußte alle meine Fas=
sung zusammennehmen, um die Mittel, die mir für Geist und
Körper unter diesen Umständen bekannt waren, zu denken und
anzuwenden.

Sie setzen mich in eine bängliche Lage, rief Wilhelm, indem
Sie mich, eben im Augenblicke, da ich das liebe Geschöpf wieder=
sehen soll, mein vielfaches Unrecht gegen dasselbe so lebhaft fühlen

laffen. Soll ich sie sehen, warum nehmen Sie mir den Mut, ihr mit Freiheit entgegen zu treten? Und soll ich Ihnen gestehen, da ihr Gemüt so gestimmt ist, so seh' ich nicht ein, was meine Gegenwart helfen soll? Sind Sie als Arzt überzeugt, daß jene doppelte Sehnsucht ihre Natur so weit untergraben hat, daß sie sich vom Leben abzuscheiden droht, warum soll ich durch meine Gegenwart ihre Schmerzen erneuern und vielleicht ihr Ende beschleunigen?

Mein Freund! versetzte der Arzt, wo wir nicht helfen können, sind wir doch schuldig, zu lindern, und wie sehr die Gegenwart eines geliebten Gegenstandes der Einbildungskraft ihre zerstörende Gewalt nimmt und die Sehnsucht in ein ruhiges Schauen verwandelt, davon habe ich die wichtigsten Beispiele. Alles mit Maß und Ziel! Denn eben so kann die Gegenwart eine verlöschende Leidenschaft wieder anfachen. Sehen Sie das gute Kind, betragen Sie sich freundlich und lassen Sie uns abwarten, was daraus entsteht.

Natalie kam eben zurück und verlangte, daß Wilhelm ihr zu Mignon folgen sollte. Sie scheint mit Felix ganz glücklich zu sein und wird den Freund, hoffe ich, gut empfangen. Wilhelm folgte nicht ohne einiges Widerstreben; er war tief gerührt von dem, was er vernommen hatte, und fürchtete eine leidenschaftliche Szene. Als er hineintrat, ergab sich gerade das Gegenteil.

Mignon im langen weißen Frauengewande, teils mit lockigen, teils aufgebundenen reichen, braunen Haaren, saß, hatte Felix auf dem Schoße und drückte ihn an ihr Herz; sie sah völlig aus wie ein abgeschiedner Geist und der Knabe wie das Leben selbst; es schien, als wenn Himmel und Erde sich umarmten. Sie reichte Wilhelm lächelnd die Hand und sagte: Ich danke dir, daß du mir das Kind wieder bringst; sie hatten ihn, Gott weiß wie, entführt, und ich konnte nicht leben zeither. Solange mein Herz auf der Erde noch etwas bedarf, soll dieser die Lücke ausfüllen.

Die Ruhe, womit Mignon ihren Freund empfangen hatte, versetzte die Gesellschaft in große Zufriedenheit. Der Arzt verlangte, daß Wilhelm sie öfters sehen und daß man sie sowohl körperlich als geistig im Gleichgewicht erhalten sollte. Er selbst entfernte sich und versprach, in kurzer Zeit wieder zu kommen.

Wilhelm konnte nun Natalien in ihrem Kreise beobachten: man hätte sich nichts Besseres gewünscht, als neben ihr zu leben. Ihre Gegenwart hatte den reinsten Einfluß auf junge Mädchen und Frauenzimmer von verschiedenem Alter, die teils in ihrem Hause wohnten, teils aus der Nachbarschaft sie mehr oder weniger zu besuchen kamen.

Der Gang Ihres Lebens, sagte Wilhelm einmal zu ihr, ist wohl immer sehr gleich gewesen? denn die Schilderung, die Ihre Tante von Ihnen als Kind machte, scheint, wenn ich nicht irre, noch immer zu passen. Sie haben sich, man fühlt es Ihnen wohl an, nie verwirrt. Sie waren nie genötigt, einen Schritt zurück zu thun.

Das bin ich meinem Oheim und dem Abbé schuldig, versetzte Natalie, die meine Eigenheiten so gut zu beurteilen wußten. Ich erinnere mich von Jugend an kaum eines lebhaftern Eindrucks, als daß ich überall die Bedürfnisse der Menschen sah und ein unüberwindliches Verlangen empfand, sie auszugleichen. Das Kind, das noch nicht auf seinen Füßen stehen konnte, der Alte, der sich nicht mehr auf den seinigen erhielt, das Verlangen einer reichen Familie nach Kindern, die Unfähigkeit einer armen, die ihrigen zu erhalten, jedes stille Verlangen nach einem Gewerbe, den Trieb zu einem Talente, die Anlage zu hundert kleinen notwendigen Fähigkeiten, diese überall zu entdecken, schien mein Auge von der Natur bestimmt. Ich sah, worauf mich niemand aufmerksam gemacht hatte; ich schien aber auch nur geboren, um das zu sehen. Die Reize der leblosen Natur, für die so viele Menschen äußerst empfänglich sind, hatten keine Wirkung auf mich; beinah noch weniger die Reize der Kunst; meine angenehmste Empfindung war und ist es noch, wenn sich mir ein Mangel, ein Bedürfnis in der Welt darstellte, sogleich im Geiste einen Ersatz, ein Mittel, eine Hilfe aufzufinden.

Sah ich einen Armen in Lumpen, so fielen mir die überflüssigen Kleider ein, die ich in den Schränken der Meinigen hatte hängen sehen; sah ich Kinder, die sich ohne Sorgfalt und ohne Pflege verzehrten, so erinnerte ich mich dieser oder jener Frau, der ich, bei Reichtum und Bequemlichkeit, Langeweile abgemerkt hatte; sah ich viele Menschen in einem engen Raum eingesperrt, so dachte ich, sie müßten in die großen Zimmer mancher Häuser und Paläste einquartiert werden. Diese Art, zu sehen, war bei mir ganz natürlich, ohne die mindeste Reflexion, so daß ich darüber als Kind das wunderlichste Zeug von der Welt machte und mehr als einmal durch die sonderbarsten Anträge die Menschen in Verlegenheit setzte. Noch eine Eigenheit war es, daß ich das Geld nur mit Mühe und spät als ein Mittel, die Bedürfnisse zu befriedigen, ansehen konnte; alle meine Wohlthaten bestanden in Naturalien, und ich weiß, daß oft genug über mich gelacht worden ist. Nur der Abbé schien mich zu verstehen; er kam mir überall entgegen, er machte mich mit mir selbst, mit diesen Wünschen und Neigungen bekannt und lehrte mich, sie zweckmäßig befriedigen.

Haben Sie denn, fragte Wilhelm, bei der Erziehung Ihrer

kleinen weiblichen Welt auch die Grundsätze jener sonderbaren
Männer angenommen? lassen Sie denn auch jede Natur sich selbst
ausbilden? lassen Sie denn auch die Ihrigen suchen und irren,
Mißgriffe thun, sich glücklich am Ziele finden, oder unglücklich
in die Irre verlieren?

Nein! sagte Natalie; diese Art, mit Menschen zu handeln,
würde ganz gegen meine Gesinnungen sein. Wer nicht im Augenblick hilft, scheint mir nie zu helfen; wer nicht im Augenblicke
Rat gibt, nie zu raten. Eben so nötig scheint es mir, gewisse
Gesetze auszusprechen und den Kindern einzuschärfen, die dem
Leben einen gewissen Halt geben. Ja, ich möchte beinah behaupten: es sei besser, nach Regeln zu irren, als zu irren, wenn
uns die Willkür unsrer Natur hin und her treibt; und wie ich
die Menschen sehe, scheint mir in ihrer Natur immer eine Lücke
zu bleiben, die nur durch ein entschieden ausgesprochenes Gesetz
ausgefüllt werden kann.

So ist also Ihre Handlungsweise, sagte Wilhelm, völlig von
jener verschieden, welche unsere Freunde beobachten?

Ja! versetzte Natalie; Sie können aber hieraus die unglaubliche Toleranz jener Männer sehen, daß sie eben auch mich auf
meinem Wege, gerade deswegen, weil es mein Weg ist, keines-
weges stören, sondern mir in allem, was ich nur wünschen kann,
entgegenkommen.

Einen umständlichern Bericht, wie Natalie mit ihren Kindern verfuhr, versparen wir auf eine andere Gelegenheit.

Mignon verlangte oft, in der Gesellschaft zu sein, und man
vergönnte es ihr um so lieber, als sie sich nach und nach wieder
an Wilhelmen zu gewöhnen, ihr Herz gegen ihn aufzuschließen
und überhaupt heiterer und lebenslustiger zu werden schien. Sie
hing sich beim Spazierengehen, da sie leicht müde ward, gern
an seinen Arm. Nun, sagte sie, Mignon klettert und springt
nicht mehr, und doch fühlt sie noch immer die Begierde, über
die Gipfel der Berge wegzuspazieren, von einem Hause aufs
andere, von einem Baume auf den andern zu schreiten. Wie
beneidenswert sind die Vögel, besonders wenn sie so artig und
vertraulich ihre Nester bauen.

Es ward nun bald zur Gewohnheit, daß Mignon ihren Freund
mehr als einmal in den Garten lud. War dieser beschäftigt oder
nicht zu finden, so mußte Felix die Stelle vertreten, und wenn
das gute Mädchen in manchen Augenblicken ganz von der Erde
los schien, so hielt sie sich in andern gleichsam wieder fest an
Vater und Sohn und schien eine Trennung von diesen mehr als
alles zu fürchten.

Natalie schien nachdenklich. Wir haben gewünscht, durch Ihre
Gegenwart, sagte sie, das arme gute Herz wieder aufzuschließen;

ob wir wohl gethan haben, weiß ich nicht. Sie schwieg und
schien zu erwarten, daß Wilhelm etwas sagen sollte. Auch fiel
ihm ein, daß durch seine Verbindung mit Theresen Mignon unter
den gegenwärtigen Umständen aufs äußerste gekränkt werden
müsse; allein er getraute sich in seiner Ungewißheit nicht, von
diesem Vorhaben zu sprechen; er vermutete nicht, daß Natalie
davon unterrichtet sei.

Eben so wenig konnte er mit Freiheit des Geistes die Unter=
redung verfolgen, wenn seine edle Freundin von ihrer Schwester
sprach, ihre guten Eigenschaften rühmte und ihren Zustand be=
dauerte. Er war nicht wenig verlegen, als Natalie ihm ankün=
digte, daß er die Gräfin bald hier sehen werde. Ihr Gemahl,
sagte sie, hat nun keinen andern Sinn, als den abgeschiedenen
Grafen in der Gemeinde zu ersetzen, durch Einsicht und Thätig=
keit diese große Anstalt zu unterstützen und weiter aufzubauen.
Er kommt mit ihr zu uns, um eine Art von Abschied zu nehmen;
er wird nachher die verschiedenen Orte besuchen, wo die Gemeinde
sich niedergelassen hat; man scheint ihn nach seinen Wünschen
zu behandeln, und fast glaub' ich, er wagt mit meiner armen
Schwester eine Reise nach Amerika, um ja seinem Vorgänger
recht ähnlich zu werden; und da er einmal schon beinah über=
zeugt ist, daß ihm nicht viel fehle, ein Heiliger zu sein, so mag
ihm der Wunsch manchmal vor der Seele schweben, womöglich
zuletzt auch noch als Märtyrer zu glänzen.

Viertes Kapitel.

Oft genug hatte man bisher von Fräulein Therese gesprochen,
oft genug ihrer im Vorbeigehen erwähnt, und fast jedesmal war
Wilhelm im Begriff, seiner neuen Freundin zu bekennen, daß
er jenem trefflichen Frauenzimmer sein Herz und seine Hand an=
geboten habe. Ein gewisses Gefühl, das er sich nicht erklären
konnte, hielt ihn zurück; er zauderte so lange, bis endlich Natalie
selbst mit dem himmlischen, bescheidnen, heitern Lächeln, das
man an ihr zu sehen gewohnt war, zu ihm sagte: So muß ich
denn doch zuletzt das Stillschweigen brechen und mich in Ihr
Vertrauen gewaltsam eindrängen! Warum machen Sie mir ein
Geheimnis, mein Freund, aus einer Angelegenheit, die Ihnen
so wichtig ist und die mich selbst so nahe angeht? Sie haben
meiner Freundin Ihre Hand angeboten; ich mische mich nicht
ohne Beruf in diese Sache, hier ist meine Legitimation! hier ist
der Brief, den sie durch mich Ihnen sendet.

Einen Brief von Theresen! rief er aus.

Ja, mein Herr! und Ihr Schicksal ist entschieden, Sie sind glücklich. Lassen Sie mich Ihnen und meiner Freundin Glück wünschen.

Wilhelm verstummte und sah vor sich hin. Natalie sah ihn an; sie bemerkte, daß er blaß ward. Ihre Freude ist stark, fuhr sie fort, sie nimmt die Gestalt des Schreckens an, sie raubt Ihnen die Sprache. Mein Anteil ist darum nicht weniger herzlich, weil er mich noch zum Worte kommen läßt. Ich hoffe, Sie werden dankbar sein; denn ich darf Ihnen sagen: mein Einfluß auf Theresens Entschließung war nicht gering; sie fragte mich um Rat, und sonderbarerweise waren Sie eben hier; ich konnte die wenigen Zweifel, die meine Freundin noch hegte, glücklich besiegen, die Boten gingen lebhaft hin und wieder; hier ist ihr Entschluß, hier ist die Entwicklung! Und nun sollen Sie alle ihre Briefe lesen, Sie sollen in das schöne Herz Ihrer Braut einen freien, reinen Blick thun.

Wilhelm entfaltete das Blatt, das sie ihm unversiegelt überreichte; es enthielt die freundlichen Worte:

„Ich bin die Ihre, wie ich bin und wie Sie mich kennen. Ich nenne Sie den Meinen, wie Sie sind und wie ich Sie kenne. Was an uns selbst, was an unsern Verhältnissen der Ehestand verändert, werden wir durch Vernunft, frohen Mut und guten Willen zu übertragen wissen. Da uns keine Leidenschaft, sondern Neigung und Zutrauen zusammenführt, so wagen wir weniger als tausend andere. Sie verzeihen mir gewiß, wenn ich mich manchmal meines alten Freundes herzlich erinnere; dafür will ich Ihren Sohn als Mutter an meinen Busen drücken. Wollen Sie mein kleines Haus sogleich mit mir teilen, so sind Sie Herr und Meister; indessen wird der Gutskauf abgeschlossen. Ich wünschte, daß dort keine neue Einrichtung ohne mich gemacht würde, um sogleich zu zeigen, daß ich das Zutrauen verdiene, das Sie mir schenken. Leben Sie wohl, lieber, lieber Freund! geliebter Bräutigam, verehrter Gatte! Therese drückt Sie an ihre Brust mit Hoffnung und Lebensfreude. Meine Freundin wird Ihnen mehr, wird Ihnen alles sagen."

Wilhelm, dem dieses Blatt seine Therese wieder völlig vergegenwärtigt hatte, war auch wieder völlig zu sich selbst gekommen. Unter dem Lesen wechselten die schnellsten Gedanken in seiner Seele. Mit Entsetzen fand er lebhafte Spuren einer Neigung gegen Natalien in seinem Herzen; er schalt sich, er erklärte jeden Gedanken der Art für Unsinn; er stellte sich Theresen in ihrer ganzen Vollkommenheit vor, er las den Brief wieder, er ward heiter, oder vielmehr er erholte sich so weit, daß er heiter scheinen konnte. Natalie legte ihm die gewechselten Briefe vor, aus denen wir einige Stellen ausziehen wollen.

Nachdem Therese ihren Bräutigam nach ihrer Art geschildert
hatte, fuhr sie fort:

„So stelle ich mir den Mann vor, der mir jetzt seine Hand
anbietet. Wie er von sich selbst denkt, wirst du künftig aus den
Papieren sehen, in welchen er sich mir ganz offen beschreibt; ich
bin überzeugt, daß ich mit ihm glücklich sein werde."

———————

„Was den Stand betrifft, so weißt du, wie ich von jeher
drüber gedacht habe. Einige Menschen fühlen die Mißverhält=
nisse der äußern Zustände fürchterlich und können sie nicht über=
tragen. Ich will niemanden überzeugen, so wie ich nach meiner
Ueberzeugung handeln will. Ich denke kein Beispiel zu geben,
wie ich doch nicht ohne Beispiel handle. Mich ängstigen nur die
innern Mißverhältnisse, ein Gefäß, das sich zu dem, was es
enthalten soll, nicht schickt; viel Prunk und wenig Genuß, Reich=
tum und Geiz, Adel und Roheit, Jugend und Pedanterei, Be=
dürfnis und Zeremonien, diese Verhältnisse wären's, die mich
vernichten könnten, die Welt mag sie stempeln und schätzen, wie
sie will."

———————

„Wenn ich hoffe, daß wir zusammen passen werden, so gründe
ich meinen Ausspruch vorzüglich darauf, daß er dir, liebe Na=
talie, die ich so unendlich schätze und verehre, daß er dir ähnlich
ist. Ja, er hat von dir das edle Suchen und Streben nach dem
Bessern, wodurch wir das Gute, das wir zu finden glauben,
selbst hervorbringen. Wie oft habe ich dich nicht im stillen ge=
tadelt, daß du diesen oder jenen Menschen anders behandeltest,
daß du in diesem oder jenem Fall dich anders betrugst, als ich
würde gethan haben; und doch zeigte der Ausgang meist, daß
du recht hattest. Wenn wir, sagtest du, die Menschen nur nehmen,
wie sie sind, so machen wir sie schlechter; wenn wir sie behan=
deln, als wären sie, was sie sein sollten, so bringen wir sie dahin,
wohin sie zu bringen sind. Ich kann weder so sehen noch han=
deln, das weiß ich recht gut. Einsicht, Ordnung, Zucht, Befehl,
das ist meine Sache. Ich erinnere mich noch wohl, was Jarno
sagte: Therese dressiert ihre Zöglinge, Natalie bildet sie. Ja,
er ging so weit, daß er mir einst die drei schönen Eigenschaften,
Glaube, Liebe und Hoffnung, völlig absprach. Statt des Glau=
bens, sagte er, hat sie die Einsicht, statt der Liebe die Beharr=
lichkeit, und statt der Hoffnung das Zutrauen. Auch will ich
dir gerne gestehen, ehe ich dich kannte, kannte ich nichts Höheres
in der Welt, als Klarheit und Klugheit; nur deine Gegenwart
hat mich überzeugt, belebt, überwunden, und deiner schönen, hohen
Seele trete ich gerne den Rang ab. Auch meinen Freund ver=

ehre ich in eben demselben Sinn; seine Lebensbeschreibung ist ein
ewiges Suchen und Nichtfinden; aber nicht das leere Suchen,
sondern das wunderbare, gutmütige Suchen begabt ihn, er wähnt,
man könne ihm das geben, was nur von ihm kommen kann.
So, meine Liebe, schadet mir auch diesmal meine Klarheit nichts;
ich kenne meinen Gatten besser, als er sich selbst kennt, und ich
achte ihn nur um desto mehr. Ich sehe ihn, aber ich übersehe
ihn nicht, und alle meine Einsicht reicht nicht hin, zu ahnen,
was er wirken kann. Wenn ich an ihn denke, vermischt sich sein
Bild immer mit dem deinigen, und ich weiß nicht, wie ich es
wert bin, zwei solchen Menschen anzugehören. Aber ich will es
wert sein dadurch, daß ich meine Pflicht thue, dadurch, daß ich
erfülle, was man von mir erwarten und hoffen kann."

„Ob ich Lotharios gedenke? Lebhaft und täglich. Ihn kann
ich in der Gesellschaft, die mich im Geiste umgibt, nicht einen
Augenblick missen. O, wie bedaure ich den trefflichen Mann,
der durch einen Jugendfehler mit mir verwandt ist, daß die
Natur ihn dir so nahe gewollt hat. Wahrlich, ein Wesen, wie
du, wäre seiner mehr wert als ich. Dir könnt' ich, dir müßt' ich
ihn abtreten. Laß uns ihm sein, was nur möglich ist, bis er
eine würdige Gattin findet, und auch dann laß uns zusammen
sein und zusammen bleiben."

Was werden nun aber unsre Freunde sagen? begann Natalie. — Ihr Bruder weiß nichts davon? — Nein! so wenig
als die Ihrigen; die Sache ist diesmal nur unter uns Weibern
verhandelt worden. Ich weiß nicht, was Lydie Theresen für
Grillen in den Kopf gesetzt hat; sie scheint dem Abbé und Jarno
zu mißtrauen. Lydie hat ihr gegen gewisse geheime Verbindungen und Plane, von denen ich wohl im allgemeinen weiß, in die
ich aber niemals einzudringen gedachte, wenigstens einigen Argwohn eingeflößt, und bei diesem entscheidenden Schritt ihres
Lebens wollte sie niemand als mir einigen Einfluß verstatten.
Mit meinem Bruder war sie schon früher übereingekommen, daß
sie sich wechselweise ihre Heirat nur melden, sich darüber nicht
zu Rate ziehen wollten.

Natalie schrieb nun einen Brief an ihren Bruder; sie lud
Wilhelmen ein, einige Worte dazu zu setzen, Therese hatte sie
darum gebeten. Man wollte eben siegeln, als Jarno sich unvermutet anmelden ließ. Aufs freundlichste ward er empfangen;
auch schien er sehr munter und scherzhaft und konnte endlich nicht
unterlassen, zu sagen: Eigentlich komme ich hierher, um Ihnen

eine sehr wunderbare, doch angenehme Nachricht zu bringen; sie betrifft unsere Therese. Sie haben uns manchmal getadelt, schöne Natalie, daß wir uns um so vieles bekümmern; nun aber sehen Sie, wie gut es ist, überall seine Spione zu haben. Raten Sie und lassen Sie uns einmal Ihre Sagazität sehen!

Die Selbstgefälligkeit, womit er diese Worte aussprach, die schalkhafte Miene, womit er Wilhelmen und Natalien ansah, überzeugten beide, daß ihr Geheimnis entdeckt sei. Natalie antwortete lächelnd: Wir sind viel künstlicher, als Sie denken; wir haben die Auflösung des Rätsels, noch ehe es uns aufgegeben wurde, schon zu Papiere gebracht.

Sie überreichte ihm mit diesen Worten den Brief an Lothario und war zufrieden, der kleinen Ueberraschung und Beschämung, die man ihnen zugedacht hatte, auf diese Weise zu begegnen. Jarno nahm das Blatt mit einiger Verwunderung, überlief es nur, staunte, ließ es aus der Hand sinken und sah sie beide mit großen Augen, mit einem Ausdruck der Ueberraschung, ja des Entsetzens an, den man auf seinem Gesichte nicht gewohnt war. Er sagte kein Wort.

Wilhelm und Natalie waren nicht wenig betroffen. Jarno ging in der Stube auf und ab. Was soll ich sagen, rief er aus, oder soll ich's sagen? Es kann kein Geheimnis bleiben, die Verwirrung ist nicht zu vermeiden. Also denn Geheimnis gegen Geheimnis! Ueberraschung gegen Ueberraschung! Therese ist nicht die Tochter ihrer Mutter! das Hindernis ist gehoben: ich komme hierher, Sie zu bitten, das edle Mädchen zu einer Verbindung mit Lothario vorzubereiten.

Jarno sah die Bestürzung der beiden Freunde, welche die Augen zur Erde niederschlugen. Dieser Fall ist einer von denen, sagte er, die sich in Gesellschaft am schlechtesten ertragen lassen. Was jedes dabei zu denken hat, denkt es am besten in der Einsamkeit; ich wenigstens erbitte mir auf eine Stunde Urlaub. Er eilte in den Garten; Wilhelm folgte ihm mechanisch, aber in der Ferne.

Nach Verlauf einer Stunde fanden sie sich wieder zusammen. Wilhelm nahm das Wort und sagte: Sonst, da ich ohne Zweck und Plan leicht, ja leichtfertig lebte, kamen mir Freundschaft, Liebe, Neigung, Zutrauen mit offenen Armen entgegen, ja, sie drängten sich zu mir; jetzt, da es Ernst wird, scheint das Schicksal mit mir einen andern Weg zu nehmen. Der Entschluß, Theresen meine Hand anzubieten, ist vielleicht der erste, der ganz rein aus mir selbst kommt. Mit Ueberlegung machte ich meinen Plan, meine Vernunft war völlig damit einig, und durch die Zusage des trefflichen Mädchens wurden alle meine Hoffnungen erfüllt. Nun drückt das sonderbarste Geschick meine ausgestreckte Hand

nieder, Therese reicht mir die ihrige von ferne, wie im Traume,
ich kann sie nicht fassen, und das schöne Bild verläßt mich auf
ewig. So lebe denn wohl, du schönes Bild! und ihr Bilder der
reichsten Glückseligkeit, die ihr euch darum her versammeltet!

Er schwieg einen Augenblick still, sah vor sich hin, und Jarno
wollte reden. Lassen Sie mich noch etwas sagen, fiel Wilhelm
ihm ein; denn um mein ganzes Geschick wird ja doch diesmal
das Los geworfen. In diesem Augenblick kommt mir der Eindruck zu Hilfe, den Lotharios Gegenwart beim ersten Anblick
mir einprägte und der mir beständig geblieben ist. Dieser Mann
verdient jede Art von Neigung und Freundschaft, und ohne Aufopferung läßt sich keine Freundschaft denken. Um seinetwillen
war es mir leicht, ein unglückliches Mädchen zu bethören; um
seinetwillen soll mir möglich werden, der würdigsten Braut zu
entsagen. Gehen Sie hin, erzählen Sie ihm die sonderbare Geschichte und sagen Sie ihm, wozu ich bereit bin.

Jarno versetzte hierauf: In solchen Fällen, halte ich dafür,
ist schon alles gethan, wenn man sich nur nicht übereilt. Lassen
Sie uns keinen Schritt ohne Lotharios Einwilligung thun! Ich
will zu ihm, erwarten Sie meine Zurückkunft oder seine Briefe
ruhig.

Er ritt weg und hinterließ die beiden Freunde in der
größten Wehmut. Sie hatten Zeit, sich diese Begebenheit auf
mehr als eine Weise zu wiederholen und ihre Bemerkungen
darüber zu machen. Nun fiel es ihnen erst auf, daß sie diese
wunderbare Erklärung so gerade von Jarno angenommen und
sich nicht um die nähern Umstände erkundigt hatten. Ja, Wilhelm wollte sogar einigen Zweifel hegen; aber aufs höchste stieg
ihr Erstaunen, ja ihre Verwirrung, als den andern Tag ein Bote
von Theresen ankam, der folgenden sonderbaren Brief an Natalien
mitbrachte:

„So seltsam es auch scheinen mag, so muß ich doch meinem
vorigen Briefe sogleich noch einen nachsenden und dich ersuchen,
mir meinen Bräutigam eilig zu schicken. Er soll mein Gatte
werden, was man auch für Pläne macht, mir ihn zu rauben.
Gib ihm inliegenden Brief! Nur vor keinem Zeugen, es mag
gegenwärtig sein, wer will.“

Der Brief an Wilhelmen enthielt folgendes: „Was werden
Sie von Ihrer Therese denken, wenn sie auf einmal, leidenschaftlich, auf eine Verbindung dringt, die der ruhigste Verstand
nur eingeleitet zu haben schien? Lassen Sie sich durch nichts
abhalten, gleich nach dem Empfang des Briefes abzureisen.
Kommen Sie, lieber, lieber Freund, nun dreifach Geliebter,
da man mir Ihren Besitz rauben oder wenigstens erschweren
will.“

Was ist zu thun? rief Wilhelm aus, als er diesen Brief gelesen hatte.

Noch in keinem Fall, versetzte Natalie nach einigem Nach= denken, hat mein Herz und mein Verstand so geschwiegen, als in diesem; ich wüßte nichts zu thun, so wie ich nichts zu raten weiß.

Wäre es möglich, rief Wilhelm mit Heftigkeit aus, daß Lothario selbst nichts davon wüßte, oder wenn er davon weiß, daß er mit uns das Spiel versteckter Pläne wäre? Hat Jarno, indem er unsern Brief gesehen, das Mährchen aus dem Stegreife erfunden? Würde er uns was anders gesagt haben, wenn wir nicht zu voreilig gewesen wären? Was kann man wollen? Was für Absichten kann man haben? Was kann Therese für einen Plan meinen? Ja, es läßt sich nicht leugnen, Lothario ist von geheimen Wirkungen und Verbindungen umgeben; ich habe selbst erfahren, daß man thätig ist, daß man sich in einem gewissen Sinne um die Handlungen, um die Schicksale mehrerer Menschen bekümmert und sie zu leiten weiß. Von den Endzwecken dieser Geheimnisse verstehe ich nichts, aber diese neueste Absicht, mir Theresen zu entreißen, sehe ich nur allzu deutlich. Auf einer Seite malt man mir das mögliche Glück Lotharios, vielleicht nur zum Scheine, vor; auf der andern sehe ich meine Geliebte, meine verehrte Braut, die mich an ihr Herz ruft. Was soll ich thun? Was soll ich unterlassen?

Nur ein wenig Geduld! sagte Natalie, nur eine kurze Be= denkzeit! In dieser sonderbaren Verknüpfung weiß ich nur so viel, daß wir das, was unwiederbringlich ist, nicht übereilen sollen. Gegen ein Mährchen, gegen einen künstlichen Plan stehen Beharrlichkeit und Klugheit uns bei; es muß sich bald aufklären, ob die Sache wahr, oder ob sie erfunden ist. Hat mein Bruder wirklich Hoffnung, sich mit Theresen zu verbinden, so wäre es grausam, ihm ein Glück auf ewig zu entreißen, in dem Augen= blicke, da es ihm so freundlich erscheint. Lassen Sie uns nur abwarten, ob er etwas davon weiß, ob er selbst glaubt, ob er selbst hofft.

Diesen Gründen ihres Rats kam glücklicherweise ein Brief von Lothario zu Hilfe: Ich schicke Jarno nicht wieder zurück, schrieb er; von meiner Hand eine Zeile ist dir mehr, als die umständlichsten Worte eines Boten. Ich bin gewiß, daß Therese nicht die Tochter ihrer Mutter ist, und ich kann die Hoffnung, sie zu besitzen, nicht aufgeben, bis sie auch überzeugt ist und als= dann zwischen mir und dem Freunde mit ruhiger Ueberlegung entscheidet. Laß ihn, ich bitte dich, nicht von deiner Seite! Das Glück, das Leben eines Bruders hängt davon ab. Ich verspreche dir, diese Ungewißheit soll nicht lange dauern.

Sie sehen, wie die Sache steht, sagte sie freundlich zu Wilhelmen; geben Sie mir Ihr Ehrenwort, nicht aus dem Hause zu gehen.

Ich gebe es! rief er aus, indem er ihr die Hand reichte; ich will dieses Haus wider Ihren Willen nicht verlassen. Ich danke Gott und meinem guten Geist, daß ich diesmal geleitet werde, und zwar von Ihnen.

Natalie schrieb Theresen den ganzen Verlauf und erklärte, daß sie ihren Freund nicht von sich lassen werde; sie schickte zugleich Lotharios Brief mit.

Therese antwortete: „Ich bin nicht wenig verwundert, daß Lothario selbst überzeugt ist, denn gegen seine Schwester wird er sich nicht auf diesen Grad verstellen. Ich bin verdrießlich, sehr verdrießlich. Es ist besser, ich sage nichts weiter. Am besten ist's, ich komme zu dir, wenn ich nur erst die arme Lydie untergebracht habe, mit der man grausam umgeht. Ich fürchte, wir sind alle betrogen und werden so betrogen, um nie ins klare zu kommen. Wenn der Freund meinen Sinn hätte, so entschlüpfte er dir doch und würfe sich an das Herz seiner Therese, die ihm dann niemand entreißen sollte; aber ich fürchte, ich soll ihn verlieren und Lothario nicht wieder gewinnen. Diesem entreißt man Lydien, indem man ihm die Hoffnung, mich besitzen zu können, von weitem zeigt. Ich will nichts weiter sagen, die Verwirrung wird noch größer werden. Ob nicht indessen die schönsten Verhältnisse so verschoben, so untergraben und so zerrüttet werden, daß auch dann, wenn alles im klaren sein wird, doch nicht wieder zu helfen ist, mag die Zeit lehren. Reißt sich mein Freund nicht los, so komme ich in wenigen Tagen, um ihn bei dir aufzusuchen und fest zu halten. Du wunderst dich, wie diese Leidenschaft sich deiner Therese bemächtiget hat. Es ist keine Leidenschaft, es ist Ueberzeugung, daß, da Lothario nicht mein werden konnte, dieser neue Freund das Glück meines Lebens machen wird. Sag' ihm das im Namen des kleinen Knaben, der mit ihm unter der Eiche saß und sich seiner Teilnahme freute! Sag' ihm das im Namen Theresens, die seinem Antrage mit einer herzlichen Offenheit entgegen kam! Mein erster Traum, wie ich mit Lothario leben würde, ist weit von meiner Seele weggerückt; der Traum, wie ich mit meinem neuen Freund zu leben gedachte, steht noch ganz gegenwärtig vor mir. Achtet man mich so wenig, daß man glaubt, es sei so was Leichtes, diesen mit jenem aus dem Stegreife wieder umzutauschen?"

Ich verlasse mich auf Sie, sagte Natalie zu Wilhelmen, indem sie ihm den Brief Theresens gab; Sie entfliehen mir nicht. Bedenken Sie, daß Sie das Glück meines Lebens in Ihrer Hand haben! Mein Dasein ist mit dem Dasein meines Bruders so

innig verbunden und verwurzelt, daß er keine Schmerzen fühlen
kann, die ich nicht empfinde, keine Freude, die nicht auch mein
Glück macht. Ja, ich kann wohl ſagen, daß ich allein durch ihn
empfunden habe, daß das Herz gerührt und erhoben, daß auf der
Welt Freude, Liebe und ein Gefühl ſein kann, das über alles
Bedürfnis hinaus befriedigt.

Sie hielt inne, Wilhelm nahm ihre Hand und rief: O, fahren
Sie fort! es iſt die rechte Zeit zu einem wahren wechſelſeitigen
Vertrauen; wir haben nie nötiger gehabt, uns genauer zu kennen.

Ja, mein Freund, ſagte ſie lächelnd, mit ihrer ruhigen,
ſanften, unbeſchreiblichen Hoheit, es iſt vielleicht nicht außer der
Zeit, wenn ich Ihnen ſage, daß alles, was uns ſo manches Buch,
was uns die Welt als Liebe nennt und zeigt, mir immer nur
als ein Märchen erſchienen ſei.

Sie haben nicht geliebt? rief Wilhelm aus.

Nie oder immer! verſetzte Natalie.

Fünftes Kapitel.

Sie waren unter dieſem Geſpräch im Garten auf und ab
gegangen; Natalie hatte verſchiedene Blumen von ſeltſamer Ge-
ſtalt gebrochen, die Wilhelmen völlig unbekannt waren und nach
deren Namen er fragte.

Sie vermuten wohl nicht, ſagte Natalie, für wen ich dieſen
Strauß pflücke? Er iſt für meinen Oheim beſtimmt, dem wir
einen Beſuch machen wollen. Die Sonne ſcheint eben ſo lebhaft
nach dem Saale der Vergangenheit; ich muß Sie dieſen Augenblick hineinführen, und ich gehe niemals hin, ohne einige von
den Blumen, die mein Oheim beſonders begünſtigte, mitzubringen.
Er war ein ſonderbarer Mann und der eigenſten Eindrücke fähig.
Für gewiſſe Pflanzen und Tiere, für gewiſſe Menſchen und Gegenden, ja ſogar zu einigen Steinarten hatte er eine entſchiedene
Neigung, die ſelten erklärlich war. Wenn ich nicht, pflegte er
oft zu ſagen, mir von Jugend auf ſo ſehr widerſtanden hätte,
wenn ich nicht geſtrebt hätte, meinen Verſtand ins Weite und
Allgemeine auszubilden, ſo wäre ich der beſchränkteſte und un-
erträglichſte Menſch geworden: denn nichts iſt unerträglicher,
als abgeſchnittene Eigenheit an demjenigen, von dem man eine
reine gehörige Thätigkeit fordern kann. Und doch mußte er
ſelbſt geſtehen, daß ihm gleichſam Leben und Atem ausgehen
würde, wenn er ſich nicht von Zeit zu Zeit nachſähe und ſich
erlaubte, das mit Leidenſchaft zu genießen, was er eben nicht
immer loben und entſchuldigen konnte. Meine Schuld iſt es
nicht, ſagte er, wenn ich meine Triebe und meine Vernunft nicht

völlig habe in Einstimmung bringen können. Bei solchen Ge=
legenheiten pflegte er meist über mich zu scherzen und zu sagen:
Natalien kann man bei Leibesleben selig preisen, da ihre Natur
nichts fordert, als was die Welt wünscht und braucht.

Unter diesen Worten waren sie wieder in das Hauptgebäude
gelangt. Sie führte ihn durch einen geräumigen Gang auf eine
Thüre zu, vor der zwei Sphinxe von Granit lagen. Die Thüre
selbst war auf ägyptische Weise oben ein wenig enger als unten,
und ihre ehernen Flügel bereiteten zu einem ernsthaften, ja zu
einem schauerlichen Anblick vor. Wie angenehm war man daher
überrascht, als diese Erwartung sich in die reinste Heiterkeit
auflöste, indem man in einen Saal trat, in welchem Kunst und
Leben jede Erinnerung an Tod und Grab aufhoben. In die
Wände waren verhältnismäßige Bogen vertieft, in denen größere
Sarkophagen standen; in den Pfeilern dazwischen sah man kleinere
Oeffnungen, mit Aschenkästchen und Gefäßen geschmückt; die
übrigen Flächen der Wände und des Gewölbes sah man regel=
mäßig abgeteilt und zwischen heitern und mannigfaltigen Ein=
fassungen, Kränzen und Zieraten heitere und bedeutende Ge=
stalten in Feldern von verschiedener Größe gemalt. Die archi=
tektonischen Glieder waren mit dem schönen gelben Marmor, der
ins Rötliche hinüberblickt, bekleidet, hellblaue Streifen von einer
glücklichen chemischen Komposition ahmten den Lasurstein nach
und gaben, indem sie gleichsam in einem Gegensatz das Auge
befriedigten, dem Ganzen Einheit und Verbindung. Alle diese
Pracht und Zierde stellte sich in reinen architektonischen Verhält=
nissen dar, und so schien jeder, der hineintrat, über sich selbst
erhoben zu sein, indem er durch die zusammentreffende Kunst
erst erfuhr, was der Mensch sei und was er sein könne.

Der Thüre gegenüber sah man auf einem prächtigen Sarko=
phagen das Marmorbild eines würdigen Mannes, an ein Polster
gelehnt. Er hielt eine Rolle vor sich und schien mit stiller Auf=
merksamkeit darauf zu blicken. Sie war so gerichtet, daß man
die Worte, die sie enthielt, bequem lesen konnte. Es stand dar=
auf: Gedenke zu leben.

Natalie, indem sie einen verwelkten Strauß wegnahm, legte
den frischen vor das Bild des Oheims; denn er selbst war in
der Figur vorgestellt, und Wilhelm glaubte sich noch der Züge
des alten Herrn zu erinnern, den er damals im Walde gesehen
hatte. — Hier brachten wir manche Stunde zu, sagte Natalie,
bis dieser Saal fertig war. In seinen letzten Jahren hatte er
einige geschickte Künstler an sich gezogen, und seine beste Unter=
haltung war, die Zeichnungen und Kartone zu diesen Gemälden
aussinnen und bestimmen zu helfen.

Wilhelm konnte sich nicht genug der Gegenstände freuen,

die ihn umgaben. Welch ein Leben, rief er aus, in diesem Saale
der Vergangenheit! Man könnte ihn eben so gut den Saal der
Gegenwart und der Zukunst nennen. So war alles, und so
wird alles sein! Nichts ist vergänglich, als der eine, der genießt
und zuschaut. Hier dieses Bild der Mutter, die ihr Kind ans
Herz drückt, wird viele Generationen glücklicher Mütter über=
leben. Nach Jahrhunderten vielleicht erfreut sich ein Vater dieses
bärtigen Mannes, der seinen Ernst ablegt und sich mit seinem
Sohne neckt. So verschämt wird durch alle Zeiten die Braut
sitzen und bei ihren stillen Wünschen noch bedürfen, daß man
sie tröste, daß man ihr zurede; so ungeduldig wird der Bräu=
tigam auf der Schwelle horchen, ob er hereintreten darf.

Wilhelms Augen schweiften auf unzählige Bilder umher.
Vom ersten frohen Triebe der Kindheit, jedes Glied im Spiele
nur zu brauchen und zu üben, bis zum ruhigen abgeschiedenen
Ernste des Weisen konnte man in schöner lebendiger Folge sehen,
wie der Mensch keine angeborne Neigung und Fähigkeit besitzt,
ohne sie zu brauchen und zu nutzen. Von dem ersten zarten
Selbstgefühl, wenn das Mädchen verweilt, den Krug aus dem
klaren Wasser wieder heraufzuheben, und indessen ihr Bild ge=
fällig betrachtet, bis zu jenen hohen Feierlichkeiten, wenn Könige
und Völker zu Zeugen ihrer Verbindungen die Götter am Altare
anrufen, zeigte sich alles bedeutend und kräftig.

Es war eine Welt, es war ein Himmel, der den Beschauen=
den an dieser Stätte umgab, und außer den Gedanken, welche
jene gebildeten Gestalten erregten, außer den Empfindungen,
welche sie einflößten, schien noch etwas andres gegenwärtig zu
sein, wovon der ganze Mensch sich angegriffen fühlte. Auch
Wilhelm bemerkte es, ohne sich davon Rechenschaft geben zu
können. Was ist das, rief er aus, das, unabhängig von aller
Bedeutung, frei von allem Mitgefühl, das uns menschliche Be=
gebenheiten und Schicksale einflößen, so stark und zugleich so
anmutig auf mich zu wirken vermag? Es spricht aus dem Ganzen,
es spricht aus jedem Teile mich an, ohne daß ich jenes begreifen,
ohne daß ich diese mir besonders zueignen könnte. Welchen
Zauber ahn' ich in diesen Flächen, diesen Linien, diesen Höhen
und Breiten, diesen Massen und Farben! Was ist es, das diese
Figuren, auch nur obenhin betrachtet, schon als Zierat so er=
freulich macht? Ja, ich fühle, man könnte hier verweilen, ruhen,
alles mit den Augen fassen, sich glücklich finden und ganz etwas
anderes fühlen und denken, als das, was vor Augen steht.

Und gewiß! könnten wir beschreiben, wie glücklich alles ein=
geteilt war, wie an Ort und Stelle durch Verbindung oder
Gegensatz, durch Einfärbigkeit oder Buntheit alles bestimmt, so
und nicht anders erschien, als es erscheinen sollte, und eine so

vollkommene als deutliche Wirkung hervorbrachte: so würden
wir den Leser an einen Ort versetzen, von dem er sich sobald
nicht zu entfernen wünschte.

Vier große marmorne Kandelaber standen in den Ecken des
Saals, vier kleinere in der Mitte um einen sehr schön gearbei=
teten Sarkophag, der seiner Größe nach eine junge Person von
mittlerer Gestalt konnte enthalten haben.

Natalie blieb bei diesem Monumente stehen, und indem sie
die Hand darauf legte, sagte sie: Mein guter Oheim hatte große
Vorliebe zu diesem Werke des Altertums. Er sagte manchmal:
Nicht allein die ersten Blüten fallen ab, die ihr da oben in
jenen kleinen Räumen verwahren könnt, sondern auch Früchte,
die am Zweige hängend uns noch lange die schönste Hoffnung
geben, indes ein heimlicher Wurm ihre frühere Reife und ihre
Zerstörung vorbereitet. Ich fürchte, fuhr sie fort, er hat auf das
liebe Mädchen geweißsagt, das sich unserer Pflege nach und nach
zu entziehen und zu dieser ruhigen Wohnung zu neigen scheint.

Als sie im Begriff waren, wegzugehen, sagte Natalie: Ich
muß Sie noch auf etwas aufmerksam machen. Bemerken Sie
diese halbrunden Oeffnungen in der Höhe auf beiden Seiten!
Hier können die Chöre der Sänger verborgen stehen, und diese
ehernen Zieraten unter dem Gesimse dienen, die Teppiche zu
befestigen, die nach der Verordnung meines Oheims bei jeder
Bestattung aufgehängt werden sollen. Er konnte nicht ohne
Musik, besonders nicht ohne Gesang leben und hatte dabei die
Eigenheit, daß er die Sänger nicht sehen wollte. Er pflegte
zu sagen: Das Theater verwöhnt uns gar zu sehr, die Musik
dient dort nur gleichsam dem Auge, sie begleitet die Bewegungen,
nicht die Empfindungen. Bei Oratorien und Konzerten stört
uns immer die Gestalt des Musikus; die wahre Musik ist allein
fürs Ohr: eine schöne Stimme ist das Allgemeinste, was sich
denken läßt, und indem das eingeschränkte Individuum, das sie
hervorbringt, sich vors Auge stellt, zerstört es den reinen Effekt
jener Allgemeinheit. Ich will jeden sehen, mit dem ich reden
soll, denn es ist ein einzelner Mensch, dessen Gestalt und Cha=
rakter die Rede wert oder unwert macht; hingegen, wer mir
singt, soll unsichtbar sein; seine Gestalt soll mich nicht bestechen
oder irre machen. Hier spricht nur ein Organ zum Organe,
nicht der Geist zum Geiste, nicht eine tausendfältige Welt zum
Auge, nicht ein Himmel zum Menschen. Eben so wollte er auch
bei Instrumentalmusiken die Orchester so viel als möglich ver=
steckt haben, weil man durch die mechanischen Bemühungen und
durch die notdürftigen, immer seltsamen Gebärden der Instru=
mentenspieler so sehr zerstreut und verwirrt werde. Er pflegte
daher eine Musik nicht anders als mit zugeschlossenen Augen

anzuhören, um sein ganzes Dasein auf den einzigen, reinen Ge=
nuß des Ohrs zu konzentrieren.

Sie wollten eben den Saal verlassen, als sie die Kinder in dem
Gange heftig laufen und den Felix rufen hörten: Nein, ich! nein, ich!

Mignon warf sich zuerst zur geöffneten Thüre herein; sie war
außer Atem und konnte kein Wort sagen. Felix, noch in einiger
Entfernung, rief: Mutter Therese ist da. Die Kinder hatten, so
schien es, die Nachricht zu überbringen, einen Wettlauf angestellt.
Mignon lag in Nataliens Armen, ihr Herz pochte gewaltsam.

Böses Kind, sagte Natalie, ist dir nicht alle heftige Bewegung
untersagt? Sieh, wie dein Herz schlägt!

Laß es brechen! sagte Mignon mit einem schweren Seufzer;
es schlägt schon zu lange.

Man hatte sich von dieser Verwirrung, von dieser Art von
Bestürzung kaum erholt, als Therese hereintrat. Sie flog auf
Natalien zu, umarmte sie und das gute Kind. Dann wendete sie
sich zu Wilhelmen, sah ihn mit ihren klaren Augen an und sagte:
Nun, mein Freund, wie steht es? Sie haben sich doch nicht irre
machen lassen? Er that einen Schritt gegen sie, sie sprang auf
ihn zu und hing an seinem Halse. O meine Therese! rief er aus.

Mein Freund! mein Geliebter! mein Gatte! ja, auf ewig
die Deine! rief sie unter den lebhaftesten Küssen.

Felix zog sie am Rocke und rief: Mutter Therese, ich bin
auch da! Natalie stand und sah vor sich hin; Mignon fuhr auf
einmal mit der linken Hand nach dem Herzen, und indem sie
den rechten Arm heftig ausstreckte, fiel sie mit einem Schrei zu
Nataliens Füßen für tot nieder.

Der Schrecken war groß: keine Bewegung des Herzens noch
des Pulses war zu spüren. Wilhelm nahm sie auf seinen Arm
und trug sie eilig hinauf; der schlotternde Körper hing über seine
Schultern. Die Gegenwart des Arztes gab wenig Trost; er und
der junge Wundarzt, den wir schon kennen, bemühten sich ver=
gebens. Das liebe Geschöpf war nicht ins Leben zurückzurufen.

Natalie winkte Theresen. Diese nahm ihren Freund bei der
Hand und führte ihn aus dem Zimmer. Er war stumm und
ohne Sprache und hatte den Mut nicht, ihren Augen zu begeg=
nen. So saß er neben ihr auf dem Kanapee, auf dem er Na=
talien zuerst angetroffen hatte. Er dachte mit großer Schnelle
eine Reihe von Schicksalen durch, oder vielmehr er dachte nicht,
er ließ das auf seine Seele wirken, was er nicht entfernen konnte.
Es gibt Augenblicke des Lebens, in welchen die Begebenheiten,
gleich geflügelten Weberschiffchen, vor uns sich hin und wider
bewegen und unaufhaltsam ein Gewebe vollenden, das wir mehr
oder weniger selbst gesponnen und angelegt haben. Mein Freund,
sagte Therese, mein Geliebter! indem sie das Stillschweigen unter=

brach und ihn bei der Hand nahm, laß uns diesen Augenblick
fest zusammenhalten, wie wir noch öfters, vielleicht in ähnlichen
Fällen, werden zu thun haben. Dies sind die Ereignisse, welche
zu ertragen man zu zweien in der Welt sein muß. Bedenke, mein
Freund, fühle, daß du nicht allein bist, zeige, daß du deine Therese
liebst, zuerst dadurch, daß du deine Schmerzen ihr mitteilst! Sie
umarmte ihn und schloß ihn sanft an ihren Busen; er faßte sie
in seine Arme und drückte sie mit Heftigkeit an sich. Das arme
Kind, rief er aus, suchte in traurigen Augenblicken Schutz und
Zuflucht an meinem unsichern Busen; laß die Sicherheit des
deinigen mir in dieser schrecklichen Stunde zu gute kommen.
Sie hielten sich fest umschlossen, er fühlte ihr Herz an seinem
Busen schlagen; aber in seinem Geiste war es öde und leer;
nur die Bilder Mignons und Nataliens schwebten wie Schatten
vor seiner Einbildungskraft.

Natalie trat herein. Gib uns deinen Segen! rief Therese, laß
uns in diesem traurigen Augenblicke vor dir verbunden sein. —
Wilhelm hatte sein Gesicht an Theresens Halse verborgen; er
war glücklich genug, weinen zu können. Er hörte Natalien nicht
kommen, er sah sie nicht, nur bei dem Klang ihrer Stimme ver-
doppelten sich seine Thränen. Was Gott zusammenfügt, will ich
nicht scheiden, sagte Natalie lächelnd; aber verbinden kann ich
euch nicht und kann nicht loben, daß Schmerz und Neigung die
Erinnerung an meinen Bruder völlig aus euren Herzen zu verbannen scheint. Wilhelm riß sich bei diesen Worten aus den
Armen Theresens. Wo wollen Sie hin? riefen beide Frauen. —
Lassen Sie mich das Kind sehen, rief er aus, das ich getötet
habe! Das Unglück, das wir mit Augen sehen, ist geringer, als
wenn unsere Einbildungskraft das Uebel gewaltsam in unser
Gemüt einsenkt; lassen Sie uns den abgeschiedenen Engel sehen!
Seine heitere Miene wird uns sagen, daß ihm wohl ist! — Da
die Freundinnen den bewegten Jüngling nicht abhalten konnten,
folgten sie ihm; aber der gute Arzt, der mit dem Chirurgus
ihnen entgegen kam, hielt sie ab, sich der Verblichenen zu nähern,
und sagte: Halten Sie sich von diesem traurigen Gegenstande entfernt und erlauben Sie mir, daß ich den Resten dieses sonderbaren Wesens, so viel meine Kunst vermag, einige Dauer gebe.
Ich will die schöne Kunst, einen Körper nicht allein zu balsa-
mieren, sondern ihm auch ein lebendiges Ansehn zu erhalten, bei
diesem geliebten Geschöpfe sogleich anwenden. Da ich ihren Tod
voraussah, habe ich alle Anstalten gemacht, und mit diesem
Gehilfen hier soll mir's gewiß gelingen. Erlauben Sie mir nur
noch einige Tage Zeit und verlangen Sie das liebe Kind nicht
wieder zu sehen, bis wir es in den Saal der Vergangenheit gebracht haben.

Der junge Chirurgus hatte jene merkwürdige Instrumententasche wieder in Händen. Von wem kann er sie wohl haben? fragte Wilhelm den Arzt. Ich kenne sie sehr gut, versetzte Natalie; er hat sie von seinem Vater, der Sie damals im Walde verband.

O, so habe ich mich nicht geirrt, rief Wilhelm, ich erkannte das Band sogleich! Treten Sie mir es ab! Es brachte mich zuerst wieder auf die Spur von meiner Wohlthäterin. Wie viel Wohl und Wehe überdauert nicht ein solches lebloses Wesen! Bei wie viel Schmerzen war dies Band nicht schon gegenwärtig, und seine Fäden halten noch immer! Wie vieler Menschen letzten Augenblick hat es schon begleitet, und seine Farben sind noch nicht verblichen! Es war gegenwärtig in einem der schönsten Augenblicke meines Lebens, da ich verwundet auf der Erde lag und Ihre hilfreiche Gestalt vor mir erschien, als das Kind, mit blutigen Haaren, mit der zärtlichsten Sorgfalt für mein Leben besorgt war, dessen frühzeitigen Tod wir nun beweinen.

Die Freunde hatten nicht lange Zeit, sich über diese traurige Begebenheit zu unterhalten und Fräulein Theresen über das Kind und über die wahrscheinliche Ursache seines unerwarteten Todes aufzuklären; denn es wurden Fremde gemeldet, die, als sie sich zeigten, keineswegs fremd waren. Lothario, Jarno, der Abbé traten herein. Natalie ging ihrem Bruder entgegen; unter den übrigen entstand ein augenblickliches Stillschweigen. Therese sagte lächelnd zu Lothario: Sie glaubten wohl kaum, mich hier zu finden; wenigstens ist es eben nicht rätlich, daß wir uns in diesem Augenblick aufsuchen; indessen seien Sie mir nach einer so langen Abwesenheit herzlich gegrüßt.

Lothario reichte ihr die Hand und versetzte: Wenn wir einmal leiden und entbehren sollen, so mag es immerhin auch in der Gegenwart des geliebten, wünschenswerten Gutes geschehen. Ich verlange keinen Einfluß auf Ihre Entschließung, und mein Vertrauen auf Ihr Herz, auf Ihren Verstand und reinen Sinn ist noch immer so groß, daß ich Ihnen mein Schicksal und das Schicksal meines Freundes gerne in die Hände lege.

Das Gespräch wendete sich sogleich zu allgemeinen, ja, man darf sagen, zu unbedeutenden Gegenständen. Die Gesellschaft trennte sich bald zum Spazierengehen in einzelne Paare. Natalie war mit Lothario, Therese mit dem Abbé gegangen, und Wilhelm war mit Jarno auf dem Schlosse geblieben.

Die Erscheinung der drei Freunde in dem Augenblick, da Wilhelmen ein schwerer Schmerz auf der Brust lag, hatte, statt ihn zu zerstreuen, seine Laune gereizt und verschlimmert; er war verdrießlich und argwöhnisch und konnte und wollte es nicht verhehlen, als Jarno ihn über sein mürrisches Stillschweigen zur Rede setzte. Was braucht's da weiter? rief Wilhelm aus. Lothario kommt mit seinen Beiständen, und es wäre wunderbar, wenn jene geheimnisvollen Mächte des Turms, die immer so geschäftig sind, jetzt nicht auf uns wirken und, ich weiß nicht, was für einen seltsamen Zweck mit und an uns ausführen sollten. Soviel ich diese heiligen Männer kenne, scheint es jederzeit ihre löbliche Absicht, das Verbundene zu trennen und das Getrennte zu verbinden. Was daraus für ein Gewebe entstehen kann, mag wohl unsern unheiligen Augen ewig ein Rätsel bleiben.

Sie sind verdrießlich und bitter, sagte Jarno, das ist recht schön und gut. Wenn Sie nur erst einmal recht böse werden, wird es noch besser sein.

Dazu kann auch Rat werden, versetzte Wilhelm, und ich fürchte sehr, daß man Lust hat, meine angeborne und angebildete Geduld diesmal aufs äußerste zu reizen.

So möchte ich Ihnen denn doch, sagte Jarno, indessen, bis wir sehen, wo unsere Geschichten hinaus wollen, etwas von dem Turme erzählen, gegen den Sie ein so großes Mißtrauen zu hegen scheinen.

Es steht bei Ihnen, versetzte Wilhelm, wenn Sie es auf meine Zerstreuung hin wagen wollen. Mein Gemüt ist so vielfach beschäftigt, daß ich nicht weiß, ob es an diesen würdigen Abenteuern den schuldigen Teil nehmen kann.

Ich lasse mich, sagte Jarno, durch Ihre angenehme Stimmung nicht abschrecken, Sie über diesen Punkt aufzuklären. Sie halten mich für einen gescheiten Kerl, und Sie sollen mich auch noch für einen ehrlichen halten, und was mehr ist, diesmal hab' ich Auftrag. — Ich wünschte, versetzte Wilhelm, Sie sprächen aus eigner Bewegung und aus gutem Willen, mich aufzuklären; und da ich Sie nicht ohne Mißtrauen hören kann, warum soll ich Sie anhören? — Wenn ich jetzt nichts Besseres zu thun habe, sagte Jarno, als Märchen zu erzählen, so haben Sie ja auch wohl Zeit, ihnen einige Aufmerksamkeit zu widmen; vielleicht sind Sie dazu geneigter, wenn ich Ihnen gleich anfangs sage: alles, was Sie im Turme gesehen haben, sind eigentlich nur noch Reliquien von einem jugendlichen Unternehmen, bei dem es anfangs den meisten Eingeweihten großer Ernst war, und über das nun alle gelegentlich nur lächeln.

Also mit diesen würdigen Zeichen und Worten spielt man nur! rief Wilhelm aus. Man führt uns mit Feierlichkeit an einen Ort, der uns Ehrfurcht einflößt, man läßt uns die wunderlichsten Erscheinungen sehen, man gibt uns Rollen voll herrlicher, geheimnisvoller Sprüche, davon wir freilich das wenigste verstehn, man eröffnet uns, daß wir bisher Lehrlinge waren, man spricht uns los, und wir sind so klug wie vorher. — Haben Sie

das Pergament nicht bei der Hand? fragte Jarno; es enthält
viel Gutes; denn jene allgemeinen Sprüche sind nicht aus der
Luft gegriffen; freilich scheinen sie demjenigen leer und dunkel,
der sich keiner Erfahrung dabei erinnert. Geben Sie mir den
sogenannten Lehrbrief doch, wenn er in der Nähe ist. — Gewiß
ganz nah, versetzte Wilhelm; so ein Amulett sollte man immer
auf der Brust tragen. — Nun, sagte Jarno lächelnd, wer weiß,
ob der Inhalt nicht einmal in Ihrem Kopf und Herzen Platz
findet.

Jarno blickte hinein und überlief die erste Hälfte mit den
Augen. Diese, sagte er, bezieht sich auf die Ausbildung des Kunst-
sinnes, wovon andere sprechen mögen; die zweite handelt vom
Leben, und da bin ich besser zu Hause.

Er fing darauf an, Stellen zu lesen, sprach dazwischen und
knüpfte Anmerkungen und Erzählungen mit ein. Die Neigung
der Jugend zum Geheimnis, zu Zeremonien und großen Worten
ist außerordentlich und oft ein Zeichen einer gewissen Tiefe des
Charakters. Man will in diesen Jahren sein ganzes Wesen, wenn
auch nur dunkel und unbestimmt, ergriffen und berührt fühlen.
Der Jüngling, der vieles ahnet, glaubt in einem Geheimnisse
viel zu finden, in ein Geheimnis viel legen und durch dasselbe
wirken zu müssen. In diesen Gesinnungen bestärkte der Abbé
eine junge Gesellschaft, teils nach seinen Grundsätzen, teils aus
Neigung und Gewohnheit, da er wohl ehemals mit einer Gesellschaft in Verbindung stand, die selbst viel im Verborgenen gewirkt haben mochte. Ich konnte mich am wenigsten in dieses
Wesen finden. Ich war älter, als die andern, ich hatte von Jugend auf klar gesehen und wünschte in allen Dingen nichts als
Klarheit; ich hatte kein anderes Interesse, als die Welt zu kennen,
wie sie war, und steckte mit dieser Liebhaberei die übrigen besten
Gefährten an, und fast hätte darüber unsere ganze Bildung eine
falsche Richtung genommen; denn wir fingen an, nur die Fehler
der andern und ihre Beschränkung zu sehen und uns selbst für
treffliche Wesen zu halten. Der Abbé kam uns zu Hilfe und
lehrte uns, daß man die Menschen nicht beobachten müsse, ohne
sich für ihre Bildung zu interessieren, und daß man sich selbst
eigentlich nur in der Thätigkeit zu beobachten und zu erlauschen
im stande sei. Er riet uns, jene ersten Formen der Gesellschaft
beizubehalten; es blieb daher etwas Gesetzliches in unsern Zu-
sammenkünften; man sah wohl die ersten mystischen Eindrücke
auf die Einrichtung des Ganzen, nachher nahm es, wie durch
ein Gleichnis, die Gestalt eines Handwerks an, das sich bis zur
Kunst erhob. Daher kamen die Benennungen von Lehrlingen,
Gehilfen und Meistern. Wir wollten mit eignen Augen sehen
und uns ein eigenes Archiv unserer Weltkenntnis bilden; daher

entstanden die vielen Konfessionen, die wir teils selbst schrieben, teils wozu wir andere veranlaßten und aus denen nachher die Lehrjahre zusammengesetzt wurden. Nicht allen Menschen ist es eigentlich um ihre Bildung zu thun; viele wünschen nur so ein Hausmittel zum Wohlbefinden, Rezepte zum Reichtum und zu jeder Art von Glückseligkeit. Alle diese, die nicht auf ihre Füße gestellt sein wollten, wurden mit Mystifikationen und anderm Hokus-Pokus teils aufgehalten, teils beiseite gebracht. Wir sprachen nach unserer Art nur diejenigen los, die lebhaft fühlten und deutlich bekannten, wozu sie geboren seien, und die sich genug geübt hatten, um mit einer gewissen Fröhlichkeit und Leichtigkeit ihren Weg zu verfolgen.

So haben Sie sich mit mir sehr übereilt, versetzte Wilhelm; denn, was ich kann, will oder soll, weiß ich, gerade seit jenem Augenblick, am allerwenigsten. — Wir sind ohne Schuld in diese Verwirrung geraten, das gute Glück mag uns wieder heraushelfen; indessen hören Sie nur: Derjenige, an dem viel zu entwickeln ist, wird später über sich und die Welt aufgeklärt. Es sind nur wenige, die den Sinn haben und zugleich zur That fähig sind. Der Sinn erweitert, aber lähmt; die That belebt, aber beschränkt.

Ich bitte Sie, fiel Wilhelm ein, lesen Sie mir von diesen wunderlichen Worten nichts mehr! Diese Phrasen haben mich schon verwirrt genug gemacht. — So will ich bei der Erzählung bleiben, sagte Jarno, indem er die Rolle halb zuwickelte und nur manchmal einen Blick hinein that. Ich selbst habe der Gesellschaft und den Menschen am wenigsten genützt; ich bin ein sehr schlechter Lehrmeister, es ist mir unerträglich, zu sehen, wenn jemand ungeschickte Versuche macht; einem Irrenden muß ich gleich zurufen, und wenn es ein Nachtwandler wäre, den ich in Gefahr sähe, geraden Weges den Hals zu brechen. Darüber hatte ich nun immer meine Not mit dem Abbé, der behauptet, der Irrtum könne nur durch das Irren geheilt werden. Auch über Sie haben wir uns oft gestritten; er hatte Sie besonders in Gunst genommen, und es will schon etwas heißen, in dem hohen Grade seine Aufmerksamkeit auf sich zu ziehen. Sie müssen mir nachsagen, daß ich Ihnen, wo ich Sie antraf, die reine Wahrheit sagte. — Sie haben mich wenig geschont, sagte Wilhelm, und Sie scheinen Ihren Grundsätzen treu zu bleiben. — Was ist denn da zu schonen, versetzte Jarno, wenn ein junger Mensch von mancherlei guten Anlagen eine ganz falsche Richtung nimmt? — Verzeihen Sie, sagte Wilhelm, Sie haben mir streng genug alle Fähigkeit zum Schauspieler abgesprochen; ich gestehe Ihnen, daß, ob ich gleich dieser Kunst ganz entsagt habe, so kann ich mich doch unmöglich bei mir selbst dazu für ganz unfähig erklären. — Und bei mir, sagte Jarno, ist es doch so rein entschieden: daß, wer sich nur selbst spielen kann, kein Schauspieler ist. Wer sich nicht dem Sinn und der Gestalt nach in viele Gestalten verwandeln kann, verdient nicht diesen Namen. So haben Sie zum Beispiel den Hamlet und einige andere Rollen recht gut gespielt, bei denen Ihr Charakter, Ihre Gestalt und die Stimmung des Augenblicks Ihnen zu gute kamen. Das wäre nun für ein Liebhabertheater und für einen jeden gut genug, der keinen andern Weg vor sich sähe. Man soll sich, fuhr Jarno fort, indem er auf die Rolle sah, vor einem Talente hüten, das man in Vollkommenheit aus=zuüben nicht Hoffnung hat. Man mag es darin so weit bringen, als man will, so wird man doch immer zuletzt, wenn uns einmal das Verdienst des Meisters klar wird, den Verlust von Zeit und Kräften, die man auf eine solche Pfuscherei gewendet hat, schmerz=lich bedauern.

Lesen Sie nichts! sagte Wilhelm, ich bitte Sie inständig, sprechen Sie fort, erzählen Sie mir, klären Sie mich auf! Und so hat also der Abbé nur zum Hamlet geholfen, indem er einen Geist herbeischaffte? — Ja, denn er versicherte, daß es der ein=zige Weg sei, Sie zu heilen, wenn Sie heilbar wären. — Und darum ließ er mir den Schleier zurück und hieß mich fliehen? — Ja, er hoffte sogar, mit der Vorstellung des Hamlet sollte Ihre ganze Lust gebüßt sein. Sie würden nachher das Theater nicht wieder betreten, behauptete er; ich glaubte das Gegenteil und behielt recht. Wir stritten noch selbigen Abend nach der Vor=stellung darüber. — Und Sie haben mich also spielen sehen? — O gewiß! — Und wer stellte den Geist vor? — Das kann ich selbst nicht sagen; entweder der Abbé oder sein Zwillingsbruder, doch glaub' ich dieser; denn er ist um ein weniges größer. — Sie haben also auch Geheimnisse unter einander? — Freunde können und müssen Geheimnisse vor einander haben; sie sind einander doch kein Geheimnis.

Es verwirrt mich schon das Andenken dieser Verworrenheit. Klären Sie mich über den Mann auf, dem ich so viel schuldig bin und dem ich so viel Vorwürfe zu machen habe.

Was ihn uns so schätzbar macht, versetzte Jarno, was ihm gewissermaßen die Herrschaft über uns alle erhält, ist der freie und scharfe Blick, den ihm die Natur über alle Kräfte, die im Menschen nur wohnen und wovon sich jede in ihrer Art aus=bilden läßt, gegeben hat. Die meisten Menschen, selbst die vor=züglichen, sind nur beschränkt; jeder schätzt gewisse Eigenschaften an sich und andern; nur die begünstigt er, nur die will er aus=gebildet wissen. Ganz entgegengesetzt wirkt der Abbé; er hat Sinn für alles, Lust an allem, es zu erkennen und zu beför=dern. Da muß ich doch wieder in die Rolle sehen! fuhr Jarno fort: Nur alle Menschen machen die Menschheit aus, nur alle Kräfte zusammengenommen die Welt. Diese sind unter sich oft im Widerstreit, und indem sie sich zu zerstören suchen, hält sie die Natur zusammen und bringt sie wieder hervor. Von dem geringsten tierischen Handwerkstriebe bis zur höchsten Ausübung der geistigsten Kunst, vom Lallen und Jauchzen des Kindes bis zur trefflichsten Aeußerung des Redners und Sängers, vom ersten Balgen der Knaben bis zu den ungeheuren Anstalten, wodurch Länder erhalten und erobert werden, vom leichtesten Wohl= wollen und der flüchtigsten Liebe bis zu der heftigsten Leiden= schaft und zum ernstesten Bunde, von dem reinsten Gefühl der sinnlichen Gegenwart bis zu den leisesten Ahnungen und Hoff= nungen der entferntesten geistigen Zukunft, alles das und weit mehr liegt im Menschen und muß ausgebildet werden: aber nicht in e i n e m, sondern in v i e l e n. Jede Anlage ist wichtig, und sie muß entwickelt werden. Wenn einer nur das Schöne, der andere nur das Nützliche befördert, so machen beide zusammen erst einen Menschen aus. Das Nützliche befördert sich selbst, denn die Menge bringt es hervor, und alle können's nicht entbehren; das Schöne muß befördert werden, denn wenige stellen's dar, und viele bedürfen's.

Halten Sie inne! rief Wilhelm, ich habe das alles gelesen. — Nur noch einige Zeilen! versetzte Jarno; hier sind' ich den Abbé ganz wieder: Eine Kraft beherrscht die andere, aber keine kann die andere bilden; in jeder Anlage liegt auch allein die Kraft, sich zu vollenden; das verstehen so wenig Menschen, die doch lehren und wirken wollen. — Und ich verstehe es auch nicht, versetzte Wilhelm. — Sie werden über diesen Text den Abbé noch oft genug hören; und so lassen Sie uns nur immer recht deutlich sehen und festhalten, was an u n s ist, und was wir an u n s ausbilden können; lassen Sie uns gegen die andern gerecht sein, denn wir sind nur insofern zu achten, als wir zu schätzen wissen. — Um Gottes willen! keine Sentenzen weiter! ich fühle, sie sind ein schlechtes Heilmittel für ein verwundetes Herz. Sagen Sie mir lieber, mit Ihrer grausamen Bestimmtheit, was Sie von mir erwarten, und wie und auf welche Weise Sie mich aufopfern wollen. — Jeden Verdacht, ich versichere Sie, werden Sie uns künftig abbitten. Es ist Ihre Sache, zu prüfen und zu wählen, und die unsere, Ihnen beizustehn. Der Mensch ist nicht eher glücklich, als bis sein unbedingtes Streben sich selbst seine Begrenzung bestimmt. Nicht an mich halten Sie sich, son= dern an den Abbé; nicht an sich denken Sie, sondern an das, was Sie umgibt. Lernen Sie zum Beispiel Lotharios Trefflich= keit einsehen, wie sein Ueberblick und seine Thätigkeit unzertrenn= lich mit einander verbunden sind, wie er immer im Fortschreiten

ist, wie er sich ausbreitet und jeden mit fortreißt. Er führt,
wo er auch sei, eine Welt mit sich; seine Gegenwart belebt und
feuert an. Sehen Sie unsern guten Medikus dagegen! Es
scheint gerade die entgegengesetzte Natur zu sein. Wenn jener
nur ins Ganze und auch in die Ferne wirkt, so richtet dieser
seinen hellen Blick nur auf die nächsten Dinge; er verschafft mehr
die Mittel zur Thätigkeit, als daß er die Thätigkeit hervorbrächte
und belebte; sein Handeln sieht einem guten Wirtschaften vollkommen ähnlich, seine Wirksamkeit ist still, indem er einen jeden
in seinem Kreis befördert; sein Wissen ist ein beständiges Sammeln und Ausspenden, ein Nehmen und Mitteilen im kleinen.
Vielleicht könnte Lothario in e i n e m Tage zerstören, woran
dieser jahrelang gebaut hat; aber vielleicht teilt auch Lothario
in einem Augenblick andern die Kraft mit, das Zerstörte hun-
dertfältig wiederherzustellen. — Es ist ein trauriges Geschäft,
sagte Wilhelm, wenn man über die reinen Vorzüge der andern
in einem Augenblicke denken soll, da man mit sich selbst uneins
ist; solche Betrachtungen stehen dem ruhigen Manne wohl an,
nicht dem, der von Leidenschaft und Ungewißheit bewegt ist. —
Ruhig und vernünftig zu betrachten, ist zu keiner Zeit schädlich,
und indem wir uns gewöhnen, über die Vorzüge anderer zu
denken, stellen sich die unsern unvermerkt selbst an ihren Platz,
und jede falsche Thätigkeit, wozu uns die Phantasie lockt, wird
alsdann gern von uns aufgegeben. Befreien Sie wo möglich
Ihren Geist von allem Argwohn und aller Aengstlichkeit! Dort
kommt der Abbé; sein Sie ja freundlich gegen ihn, bis Sie noch
mehr erfahren, wie viel Dank Sie ihm schuldig sind. Der Schalk!
da geht er zwischen Natalien und Theresen; ich wollte wetten,
er denkt sich was aus. So wie er überhaupt gern ein wenig
das Schicksal spielt, so läßt er auch nicht von der Liebhaberei,
manchmal eine Heirat zu stiften.

Wilhelm, dessen leidenschaftliche und verdrießliche Stimmung
durch alle die klugen und guten Worte Jarnos nicht verbessert
worden war, fand höchst undelikat, daß sein Freund gerade in
diesem Augenblick eines solchen Verhältnisses erwähnte, und
sagte, zwar lächelnd, doch nicht ohne Bitterkeit: Ich dächte, man
überließe die Liebhaberei, Heiraten zu stiften, Personen, die sich
lieb haben.

Sechstes Kapitel.

Die Gesellschaft hatte sich eben wieder begegnet, und unsere
Freunde sahen sich genötigt, das Gespräch abzubrechen. Nicht
lange, so ward ein Kurier gemeldet, der einen Brief in Lotharios

eigene Hände übergeben wollte; der Mann ward vorgeführt, er sah rüstig und tüchtig aus, seine Livree war sehr reich und geschmackvoll. Wilhelm glaubte ihn zu kennen, und er irrte sich nicht; es war derselbe Mann, den er damals Philinen und der vermeinten Mariane nachgeschickt hatte und der nicht wieder zurückgekommen war. Eben wollte er ihn anreden, als Lothario, der den Brief gelesen hatte, ernsthaft und fast verdrießlich fragte: Wie heißt Sein Herr?

Das ist unter allen Fragen, versetzte der Kurier mit Bescheidenheit, auf die ich am wenigsten zu antworten weiß; ich hoffe, der Brief wird das Nötige vermelden; mündlich ist mir nichts aufgetragen.

Es sei, wie ihm sei, versetzte Lothario mit Lächeln, da Sein Herr das Zutrauen zu mir hat, mir so hasenfüßig zu schreiben, so soll er uns willkommen sein. Er wird nicht lange auf sich warten lassen, versetzte der Kurier mit einer Verbeugung und entfernte sich.

Vernehmet nur, sagte Lothario, die tolle abgeschmackte Botschaft. Da unter allen Gästen, so schreibt der Unbekannte, ein guter Humor der angenehmste Gast sein soll, wenn er sich einstellt, und ich denselben als Reisegefährten beständig mit mir herumführe, so bin ich überzeugt, der Besuch, den ich Ew. Gnaden und Liebden zugedacht habe, wird nicht übel vermerkt werden, vielmehr hoffe ich mit der sämtlichen hohen Familie vollkommener Zufriedenheit anzulangen und gelegentlich mich wieder zu entfernen, der ich mich, und so weiter, Graf von Schneckenfuß.

Das ist eine neue Familie, sagte der Abbé.

Es mag ein Vikariatsgraf sein, versetzte Jarno.

Das Geheimnis ist leicht zu erraten, sagte Natalie; ich wette, es ist Bruder Friedrich, der uns schon seit dem Tode des Oheims mit einem Besuche droht.

Getroffen! schöne und weise Schwester, rief jemand aus einem nahen Busche, und zugleich trat ein angenehmer, heiterer junger Mann hervor; Wilhelm konnte sich kaum eines Schreies enthalten. Wie? rief er, unser blonder Schelm, der soll mir auch hier noch erscheinen? Friedrich ward aufmerksam, sah Wilhelmen an und rief: Wahrlich, weniger erstaunt wär' ich gewesen, die berühmten Pyramiden, die doch in Ägypten so fest stehen, oder das Grab des Königs Mausolus, das, wie man mir versichert hat, gar nicht mehr existiert, hier in dem Garten meines Oheims zu finden, als Euch, meinen alten Freund und vielfachen Wohlthäter. Seid mir besonders und schönstens gegrüßt!

Nachdem er ringsherum alles bewillkommt und geküßt hatte, sprang er wieder auf Wilhelmen los und rief: Haltet mir ihn ja warm, diesen Helden, Heerführer und dramatischen Philosophen! Ich habe ihn bei unsrer ersten Bekanntschaft schlecht, ja, ich darf wohl sagen, mit der Hechel frisiert, und er hat mir doch nachher eine tüchtige Tracht Schläge erspart. Er ist großmütig wie Scipio, freigebig wie Alexander, gelegentlich auch verliebt, doch ohne seine Nebenbuhler zu hassen. Nicht etwa, daß er seinen Feinden Kohlen aufs Haupt sammelte, welches, wie man sagt, ein schlechter Dienst sein soll, den man jemanden erzeigen kann, nein, er schickt vielmehr den Freunden, die ihm sein Mädchen entführen, gute und treue Diener nach, damit ihr Fuß an keinen Stein stoße.

In diesem Geschmack fuhr er unaufhaltsam fort, ohne daß jemand ihm Einhalt zu thun im stande gewesen wäre, und da niemand in dieser Art ihm erwidern konnte, so behielt er das Wort ziemlich allein. Verwundert euch nicht, rief er aus, über meine große Belesenheit in heiligen und Profan-Skribenten; ihr sollt erfahren, wie ich zu diesen Kenntnissen gelangt bin. Man wollte von ihm wissen, wie es ihm gehe, wo er herkomme? allein er konnte vor lauter Sittensprüchen und alten Geschichten nicht zur deutlichen Erklärung gelangen.

Natalie sagte leise zu Theresen: Seine Art von Lustigkeit thut mir wehe; ich wollte wetten, daß ihm dabei nicht wohl ist.

Da Friedrich außer einigen Späßen, die ihm Jarno erwiderte, keinen Anklang für seine Possen in der Gesellschaft fand, sagte er: Es bleibt mir nichts übrig, als mit der ernsthaften Familie auch ernsthaft zu werden, und weil mir unter solchen bedenklichen Umständen sogleich meine sämtliche Sündenlast schwer auf die Seele fällt, so will ich mich kurz und gut zu einer Generalbeichte entschließen, wovon ihr aber, meine werten Herren und Damen, nichts vernehmen sollt. Dieser edle Freund hier, dem schon einiges von meinem Leben und Thun bekannt ist, soll es allein erfahren, um so mehr, als er allein darnach zu fragen einige Ursache hat. Wäret Ihr nicht neugierig, zu wissen, fuhr er gegen Wilhelmen fort, wie und wo? wer? wann und warum? wie sieht's mit der Konjugation des griechischen Verbi Phileo, Philô und mit den Derivativis dieses allerliebsten Zeitwortes aus?

Somit nahm er Wilhelmen beim Arme, führte ihn fort, indem er ihn auf alle Weise drückte und küßte.

Kaum war Friedrich auf Wilhelms Zimmer gekommen, als er im Fenster ein Pudermesser liegen fand, mit der Inschrift: Gedenke mein. Ihr hebt Eure werten Sachen gut auf! sagte er; wahrlich, das ist Philinens Pudermesser, das sie Euch jenen Tag schenkte, als ich Euch so geraust hatte. Ich hoffe, Ihr habt des schönen Mädchens fleißig dabei gedacht, und ich versichere Euch, sie hat Euch auch nicht vergessen, und wenn ich nicht jede

Spur von Eifersucht schon lange aus meinem Herzen verbannt hätte, so würde ich Euch nicht ohne Neid ansehen.

Reden Sie nichts mehr von diesem Geschöpfe, versetzte Wilhelm. Ich leugne nicht, daß ich den Eindruck ihrer angenehmen Gegenwart lange nicht los werden konnte, aber das war auch alles.

Pfui! schämt Euch, rief Friedrich, wer wird eine Geliebte verleugnen? und Ihr habt sie so komplett geliebt, als man es nur wünschen konnte. Es verging kein Tag, daß Ihr dem Mädchen nicht etwas schenktet, und wenn der Deutsche schenkt, liebt er gewiß. Es blieb mir nichts übrig, als sie Euch zuletzt wegzuputzen, und dem roten Offizierchen ist es denn auch endlich geglückt.

Wie? Sie waren der Offizier, den wir bei Philinen antrafen und mit dem sie wegreiste?

Ja, versetzte Friedrich, den Sie für Marianen hielten. Wir haben genug über den Irrtum gelacht.

Welche Grausamkeit! rief Wilhelm, mich in einer solchen Ungewißheit zu lassen.

Und noch dazu den Kurier, den Sie uns nachschickten, gleich in Dienste zu nehmen! versetzte Friedrich. Es ist ein tüchtiger Kerl und ist diese Zeit nicht von unserer Seite gekommen. Und das Mädchen lieb' ich noch immer so rasend, wie jemals. Mir hat sie's ganz eigens angethan, daß ich mich ganz nahezu in einem mythologischen Falle befinde und alle Tage befürchte, verwandelt zu werden.

Sagen Sie mir nur, fragte Wilhelm, wo haben Sie Ihre ausgebreitete Gelehrsamkeit her? Ich höre mit Verwunderung der seltsamen Manier zu, die Sie angenommen haben, immer mit Beziehung auf alte Geschichten und Fabeln zu sprechen.

Auf die lustigste Weise, sagte Friedrich, bin ich gelehrt und zwar sehr gelehrt geworden. Philine ist nun bei mir; wir haben einem Pachter das alte Schloß eines Rittergutes abgemietet, worin wir wie die Kobolde aufs lustigste leben. Dort haben wir eine zwar kompendiöse, aber doch ausgesuchte Bibliothek gefunden, enthaltend eine Bibel in Folio, Gottfrieds Chronik, zwei Bände Theatrum Europaeum, die Acerra Philologica, Gryphii Schriften und noch einige minder wichtige Bücher. Nun hatten wir denn doch, wenn wir ausgetobt hatten, manchmal Langeweile; wir wollten lesen, und ehe wir's uns versahen, ward unsere lange Weile noch länger. Endlich hatte Philine den herrlichen Einfall, die sämtlichen Bücher auf einem großen Tisch aufzuschlagen; wir setzten uns gegen einander und lasen gegen einander, und immer nur stellenweise, aus einem Buch wie aus dem andern. Das war nun eine rechte Lust! Wir

glaubten wirklich in guter Gesellschaft zu sein, wo man für un=
schicklich hält, irgend eine Materie zu lange fortsetzen, oder wohl
gar gründlich erörtern zu wollen; wir glaubten in lebhafter Ge=
sellschaft zu sein, wo keins das andere zum Wort kommen läßt.
Diese Unterhaltung geben wir uns regelmäßig alle Tage und
werden dadurch nach und nach so gelehrt, daß wir uns selbst dar=
über verwundern. Schon finden wir nichts Neues mehr unter
der Sonne, zu allem bietet uns unsere Wissenschaft einen Beleg
an. Wir variieren diese Art, uns zu unterrichten, auf gar vielerlei
Weise. Manchmal lesen wir nach einer alten verdorbenen Sand=
uhr, die in einigen Minuten ausgelaufen ist. Schnell dreht sie
das andere herum und fängt aus einem Buche zu lesen an, und
kaum ist wieder der Sand im untern Glase, so beginnt das
andere schon wieder seinen Spruch, und so studieren wir wirk=
lich auf wahrhaft akademische Weise, nur daß wir kürzere Stunden
haben und unsere Studien äußerst mannigfaltig sind.

Diese Tollheit begreife ich wohl, sagte Wilhelm, wenn ein=
mal so ein lustiges Paar beisammen ist; wie aber das lockere
Paar so lange beisammen bleiben kann, das ist mir nicht so
bald begreiflich.

Das ist, rief Friedrich, eben das Glück und das Unglück;
Philine darf sich nicht sehen lassen, sie mag sich selbst nicht sehen,
sie ist guter Hoffnung. Unförmlicher und lächerlicher ist nichts
in der Welt als sie. Noch kurz, ehe ich wegging, kam sie zu=
fälligerweise vor den Spiegel. Pfui Teufel! sagte sie und wen=
dete das Gesicht ab, die leibhaftige Frau Melina! das garstige
Bild! Man sieht doch ganz niederträchtig aus!

Ich muß gestehen, versetzte Wilhelm lächelnd, daß es ziemlich
komisch sein mag, euch als Vater und Mutter beisammen zu sehen.

Es ist ein recht närrischer Streich, sagte Friedrich, daß ich
noch zuletzt als Vater gelten soll. Sie behauptet's, und die Zeit
trifft auch. Anfangs machte mich der verwünschte Besuch, den
sie Euch nach dem Hamlet abgestattet hatte, ein wenig irre.

Was für ein Besuch?

Ihr werdet das Andenken daran doch nicht ganz und gar
verschlafen haben? Das allerliebste, fühlbare Gespenst jener
Nacht, wenn Ihr's noch nicht wißt, war Philine. Die Ge=
schichte war mir freilich eine harte Mitgift, doch wenn man sich
so etwas nicht mag gefallen lassen, so muß man gar nicht lieben.
Die Vaterschaft beruht überhaupt nur auf der Ueberzeugung: ich
bin überzeugt, und also bin ich Vater. Da seht Ihr, daß ich die
Logik auch am rechten Ort zu brauchen weiß. Und wenn das
Kind sich nicht gleich nach der Geburt auf der Stelle zu Tode
lacht, so kann es, wo nicht ein nützlicher, doch angenehmer Welt=
bürger werden.

Indessen die Freunde sich auf diese lustige Weise von leicht=
fertigen Gegenständen unterhielten, hatte die übrige Gesellschaft
ein ernsthaftes Gespräch angefangen. Kaum hatten Friedrich und
Wilhelm sich entfernt, als der Abbé die Freunde unvermerkt in
einen Gartensaal führte und, als sie Platz genommen hatten,
seinen Vortrag begann.

Wir haben, sagte er, im allgemeinen behauptet, daß Fräulein
Therese nicht die Tochter ihrer Mutter sei; es ist nötig, daß wir
uns hierüber auch nun im einzelnen erklären. Hier ist die Ge=
schichte, die ich sodann auf alle Weise zu belegen und zu beweisen
mich erbiete.

Frau von *** lebte die ersten Jahre ihres Ehestandes mit
ihrem Gemahl in dem besten Vernehmen, nur hatten sie das
Unglück, daß die Kinder, zu denen einigemal Hoffnung war, tot
zur Welt kamen und bei dem dritten die Aerzte der Mutter beinahe den Tod verkündigten und ihn bei einem folgenden als
ganz unvermeidlich weissagten. Man war genötigt, sich zu ent=
schließen; man wollte das Eheband nicht aufheben, man befand
sich, bürgerlich genommen, zu wohl. Frau von *** suchte in der
Ausbildung ihres Geistes, in einer gewissen Repräsentation, in
den Freuden der Eitelkeit eine Art von Entschädigung für das
Mutterglück, das ihr versagt war. Sie sah ihrem Gemahl mit
sehr viel Heiterkeit nach, als er Neigung zu einem Frauenzimmer
faßte, welche die ganze Haushaltung versah, eine schöne Gestalt
und einen sehr soliden Charakter hatte. Frau von *** bot nach
kurzer Zeit einer Einrichtung selbst die Hände, nach welcher das
gute Mädchen sich Theresens Vater überließ, in der Besorgung
des Hauswesens fortfuhr und gegen die Frau vom Hause fast
noch mehr Dienstfertigkeit und Ergebung als vorher bezeigte.

Nach einiger Zeit erklärte sie sich guter Hoffnung, und die
beiden Eheleute kamen bei dieser Gelegenheit, obwohl aus ganz
verschiedenen Anlässen, auf einerlei Gedanken. Herr von ***
wünschte das Kind seiner Geliebten als sein rechtmäßiges im
Hause einzuführen, und Frau von ***, verdrießlich, daß durch
die Indiskretion ihres Arztes ihr Zustand in der Nachbar=
schaft hatte verlauten wollen, dachte durch ein untergeschobenes
Kind sich wieder in Ansehen zu setzen und durch eine solche Nach=
giebigkeit ein Uebergewicht im Hause zu erhalten, das sie unter
den übrigen Umständen zu verlieren fürchtete. Sie war zurück=
haltender als ihr Gemahl; sie merkte ihm seinen Wunsch ab
und wußte, ohne ihm entgegen zu gehn, eine Erklärung zu
erleichtern. Sie machte ihre Bedingungen und erhielt fast alles,
was sie verlangte, und so entstand das Testament, worin so
wenig für das Kind gesorgt zu sein schien. Der alte Arzt war
gestorben; man wendete sich an einen jungen, thätigen gescheiten

Mann, er ward gut belohnt; und er konnte selbst eine Ehre darin
suchen, die Unschicklichkeit und Uebereilung seines abgeschiedenen
Kollegen ins Licht zu setzen und zu verbessern. Die wahre Mutter
willigte nicht ungern ein; man spielte die Verstellung sehr gut,
Therese kam zur Welt und wurde einer Stiefmutter zugeeignet,
indes ihre wahre Mutter ein Opfer dieser Verstellung ward,
indem sie sich zu früh wieder herauswagte, starb und den guten
Mann trostlos hinterließ.

Frau von *** hatte indessen ganz ihre Absicht erreicht; sie
hatte vor den Augen der Welt ein liebenswürdiges Kind, mit
dem sie übertrieben paradierte; sie war zugleich eine Nebenbuhlerin losgeworden, deren Verhältnis sie denn doch mit nei-
dischen Augen ansah und deren Einfluß sie, für die Zukunft
wenigstens, heimlich fürchtete; sie überhäufte das Kind mit Zärtlichkeit und wußte ihren Gemahl in vertraulichen Stunden durch
eine so lebhafte Teilnahme an seinem Verlust dergestalt an sich
zu ziehen, daß er sich ihr, man kann wohl sagen, ganz ergab,
sein Glück und das Glück seines Kindes in ihre Hände legte
und kaum kurze Zeit vor seinem Tode, und noch gewissermaßen
nur durch seine erwachsene Tochter, wieder Herr im Hause ward.
Das war, schöne Therese, das Geheimnis, das Ihnen Ihr kranker
Vater wahrscheinlich so gern entdeckt hätte; das ist's, was ich
Ihnen jetzt, eben da der junge Freund, der durch die sonderbarste Verknüpfung von der Welt Ihr Bräutigam geworden ist,
in der Gesellschaft fehlt, umständlich vorlegen wollte. Hier sind
die Papiere, die aufs strengste beweisen, was ich behauptet habe.
Sie werden daraus zugleich erfahren, wie lange ich schon dieser
Entdeckung auf der Spur war, und wie ich doch erst jetzt zur
Gewißheit kommen konnte; wie ich nicht wagte, meinem Freund
etwas von der Möglichkeit des Glücks zu sagen, da es ihn zu
tief gekränkt haben würde, wenn diese Hoffnung zum zweiten-
male verschwunden wäre. Sie werden Lydiens Argwohn begreifen; denn ich gestehe gern, daß ich die Neigung unseres
Freundes zu diesem guten Mädchen keineswegs begünstigte, seitdem ich seiner Verbindung mit Theresen wieder entgegen sah).

Niemand erwiderte etwas auf diese Geschichte. Die Frauenzimmer gaben die Papiere nach einigen Tagen zurück, ohne derselben weiter zu erwähnen.

Man hatte Mittel genug in der Nähe, die Gesellschaft, wenn
sie beisammen war, zu beschäftigen; auch bot die Gegend so
manche Reize dar, daß man sich gern darin, teils einzeln, teils
zusammen, zu Pferde, zu Wagen oder zu Fuße umsah. Jarno
richtete bei einer solchen Gelegenheit seinen Auftrag an Wilhelmen aus, legte ihm die Papiere vor, schien aber weiter keine
Entschließung von ihm zu verlangen.

In diesem höchst sonderbaren Zustand, in dem ich mich befinde, sagte Wilhelm darauf, brauche ich Ihnen nur das zu wiederholen, was ich sogleich anfangs in Gegenwart Nataliens und gewiß mit einem reinen Herzen gesagt habe: Lothario und seine Freunde können jede Art von Entsagung von mir fordern; ich lege Ihnen hiermit alle meine Ansprüche an Theresen in die Hand, verschaffen Sie mir dagegen meine förmliche Entlassung. O! es bedarf, mein Freund, keines großen Bedenkens, mich zu entschließen. Schon diese Tage hab' ich gefühlt, daß Therese Mühe hat, nur einen Schein der Lebhaftigkeit, mit der sie mich hier zuerst begrüßte, zu erhalten. Ihre Neigung ist mir entwendet, oder vielmehr, ich habe sie nie besessen.

Solche Fälle möchten sich wohl besser nach und nach, unter Schweigen und Erwarten aufklären, versetzte Jarno, als durch vieles Reden, wodurch immer eine Art von Verlegenheit und Gärung entsteht.

Ich dächte vielmehr, sagte Wilhelm, daß gerade dieser Fall der ruhigsten und der reinsten Entscheidung fähig sei. Man hat mir so oft den Vorwurf des Zauderns und der Ungewißheit gemacht, warum will man jetzt, da ich entschlossen bin, geradezu einen Fehler, den man an mir tadelte, gegen mich selbst begehen? Gibt sich die Welt nur darum so viel Mühe, uns zu bilden, um uns fühlen zu lassen, daß sie sich nicht bilden mag? Ja, gönnen Sie mir recht bald das heitere Gefühl, ein Mißverhältnis los zu werden, in das ich mit den reinsten Gesinnungen von der Welt geraten bin.

Ohngeachtet dieser Bitte vergingen einige Tage, in denen er nichts von dieser Sache hörte, noch auch eine weitere Veränderung an seinen Freunden bemerkte; die Unterhaltung war vielmehr bloß allgemein und gleichgültig.

Siebentes Kapitel.

Einst saßen Natalie, Jarno und Wilhelm zusammen, und Natalie begann: Sie sind nachdenklich, Jarno; ich kann es Ihnen schon einige Zeit abmerken.

Ich bin es, versetzte der Freund, und ich sehe ein wichtiges Geschäft vor mir, das bei uns schon lange vorbereitet ist, und jetzt notwendig angegriffen werden muß. Sie wissen schon etwas im allgemeinen davon, und ich darf wohl vor unserm jungen Freunde davon reden, weil es auf ihn ankommen soll, ob er teil daran zu nehmen Lust hat. Sie werden mich nicht lange mehr sehen, denn ich bin im Begriff, nach Amerika überzuschiffen.

Nach Amerika? verſetzte Wilhelm lächelnd; ein ſolches Abenteuer hätte ich nicht von Ihnen erwartet, noch weniger, daß Sie mich zum Gefährten auserſehen würden.

Wenn Sie unſern Plan ganz kennen, verſetzte Jarno, ſo werden Sie ihm einen beſſern Namen geben und vielleicht für ihn eingenommen werden. Hören Sie mich an! Man darf nur ein wenig mit den Welthändeln bekannt ſein, um zu bemerken, daß uns große Veränderungen bevorſtehen und daß die Beſitztümer beinah nirgends mehr recht ſicher ſind.

Ich habe keinen deutlichen Begriff von den Welthändeln, fiel Wilhelm ein, und habe mich erſt vor kurzem um meine Beſitztümer bekümmert. Vielleicht hätte ich wohl gethan, ſie mir noch länger aus dem Sinne zu ſchlagen, da ich bemerken muß, daß die Sorge für ihre Erhaltung ſo hypochondriſch macht.

Hören Sie mich aus, ſagte Jarno; die Sorge geziemt dem Alter, damit die Jugend eine Zeitlang ſorglos ſein könne. Das Gleichgewicht in den menſchlichen Handlungen kann leider nur durch Gegenſätze hergeſtellt werden. Es iſt gegenwärtig nichts weniger als rätlich, nur an einem Ort zu beſitzen, nur einem Platze ſein Geld anzuvertrauen, und es iſt wieder ſchwer, an vielen Orten Aufſicht darüber zu führen; wir haben uns deswegen etwas andres ausgedacht; aus unſerm alten Turm ſoll eine Societät ausgehen, die ſich in alle Teile der Welt ausbreiten, in die man aus jedem Teile der Welt eintreten kann. Wir aſſekurieren uns unter einander unſere Exiſtenz, auf den einzigen Fall, daß eine Staatsrevolution den einen oder den andern von ſeinen Beſitztümern völlig vertriebe. Ich gehe nun hinüber nach Amerika, um die guten Verhältniſſe zu benutzen, die ſich unſer Freund bei ſeinem dortigen Aufenthalt gemacht hat. Der Abbé will nach Rußland gehn, und Sie ſollen die Wahl haben, wenn Sie ſich an uns anſchließen wollen, ob Sie Lothario in Deutſchland beiſtehn, oder mit mir gehen wollen. Ich dächte, Sie wählten das letzte; denn eine große Reiſe zu thun, iſt für einen jungen Mann äußerſt nützlich.

Wilhelm nahm ſich zuſammen und antwortete: Der Antrag iſt aller Ueberlegung wert, denn mein Wahlſpruch wird doch nächſtens ſein: je weiter weg, je beſſer. Sie werden mich, hoffe ich, mit Ihrem Plane näher bekannt machen. Es kann von meiner Unbekanntſchaft mit der Welt herrühren, mir ſcheinen aber einer ſolchen Verbindung ſich unüberwindliche Schwierigkeiten entgegen zu ſetzen.

Davon ſich die meiſten nur dadurch heben werden, verſetzte Jarno, daß unſer bis jetzt nur wenig ſind, redliche, geſcheite und entſchloſſene Leute, die einen gewiſſen allgemeinen Sinn haben, aus dem allein der geſellige Sinn entſtehen kann.

Friedrich, der bisher nur zugehört hatte, versetzte darauf: Und wenn ihr mir ein gutes Wort gebt, gehe ich auch mit.

Jarno schüttelte den Kopf.

Nun, was habt ihr an mir auszusetzen? fuhr Friedrich fort. Bei einer neuen Kolonie werden auch junge Kolonisten erfordert, und die bring' ich gleich mit; auch lustige Kolonisten, das ver= sichere ich euch. Und dann wüßte ich noch ein gutes junges Mädchen, das hierüben nicht mehr am Platz ist, die süße reizende Lydie. Wo soll das arme Kind mit seinem Schmerz und Jammer hin, wenn sie ihn nicht gelegentlich in die Tiefe des Meeres werfen kann und wenn sich nicht ein braver Mann ihrer an= nimmt? Ich dächte, mein Jugendfreund, da Ihr doch im Gange seid, Verlaßne zu trösten, Ihr entschlößt Euch, jeder nähme sein Mädchen unter den Arm, und wir folgten dem alten Herrn.

Dieser Antrag verdroß Wilhelmen. Er antwortete mit ver= stellter Ruhe: Weiß ich doch nicht einmal, ob sie frei ist, und da ich überhaupt im Werben nicht glücklich zu sein scheine, so möchte ich einen solchen Versuch nicht machen.

Natalie sagte darauf: Bruder Friedrich, du glaubst, weil du für dich so leichtsinnig handelst, auch für andere gelte deine Ge= sinnung. Unser Freund verdient ein weibliches Herz, das ihm ganz angehöre, das nicht an seiner Seite von fremden Erinne= rungen bewegt werde; nur mit einem höchst vernünftigen und reinen Charakter, wie Theresens, war ein Wagestück dieser Art zu raten.

Was Wagestück! rief Friedrich; in der Liebe ist alles Wage= stück. Unter der Laube oder vor dem Altar, mit Umarmungen oder goldenen Ringen, beim Gesange der Heimchen oder bei Trompeten und Pauken: es ist alles nur ein Wagestück, und der Zufall thut alles.

Ich habe immer gesehen, versetzte Natalie, daß unsere Grund= sätze nur ein Supplement zu unsern Existenzen sind. Wir hängen unsern Fehlern gar zu gern das Gewand eines gültigen Gesetzes um. Gib nur acht, welchen Weg dich die Schöne noch führen wird, die dich auf eine so gewaltsame Weise angezogen hat und festhält.

Sie ist selbst auf einem sehr guten Wege, versetzte Fried= rich, auf dem Wege zur Heiligkeit. Es ist freilich ein Umweg, aber desto lustiger und sicherer; Maria von Magdala ist ihn auch gegangen, und wer weiß, wie viel andere. Überhaupt, Schwester, wenn von Liebe die Rede ist, solltest du dich gar nicht drein mischen. Ich glaube, du heiratest nicht eher, als bis einmal irgendwo eine Braut fehlt, und du gibst dich alsdann nach deiner gewohnten Gutherzigkeit auch als Supplement irgend einer Exi= stenz hin. Also laß uns nur jetzt mit diesem Seelenverkäufer

da unsern Handel schließen und über unsere Reisegesellschaft
einig werden.

Sie kommen mit Ihren Vorschlägen zu spät, sagte Jarno;
für Lydien ist gesorgt.

Und wie? fragte Friedrich.

Ich habe ihr selbst meine Hand angeboten, versetzte Jarno.

Alter Herr, sagte Friedrich, da macht Ihr einen Streich,
zu dem man, wenn man ihn als ein Substantivum betrachtet,
verschiedene Adjektiva, und folglich, wenn man ihn als Subjekt
betrachtet, verschiedene Prädikate finden könnte.

Ich muß aufrichtig gestehen, versetzte Natalie, es ist ein
gefährlicher Versuch, sich ein Mädchen zuzueignen, in dem Augenblicke, da sie aus Liebe zu einem andern verzweifelt.

Ich habe es gewagt, versetzte Jarno; sie wird unter einer
gewissen Bedingung mein. Und glauben Sie mir, es ist in der
Welt nichts schätzbarer als ein Herz, das der Liebe und der Leidenschaft fähig ist. Ob es geliebt habe? ob es noch liebe? darauf kommt es nicht an. Die Liebe, mit der ein anderer geliebt
wird, ist mir beinah reizender als die, mit der ich geliebt werden
könnte; ich sehe die Kraft, die Gewalt eines schönen Herzens,
ohne daß die Eigenliebe mir den reinen Anblick trübt.

Haben Sie Lydien in diesen Tagen schon gesprochen? versetzte Natalie.

Jarno nickte lächelnd; Natalie schüttelte den Kopf und sagte,
indem sie aufstand: Ich weiß bald nicht mehr, was ich aus euch
machen soll; aber mich sollt ihr gewiß nicht irre machen.

Sie wollte sich eben entfernen, als der Abbé mit einem
Brief in der Hand hereintrat und zu ihr sagte: Bleiben Sie!
ich habe hier einen Vorschlag, bei dem Ihr Rat willkommen
sein wird. Der Marchese, der Freund Ihres verstorbenen Oheims,
den wir seit einiger Zeit erwarten, muß in diesen Tagen hier
sein. Er schreibt mir, daß ihm doch die deutsche Sprache nicht
so geläufig sei, als er geglaubt, daß er eines Gesellschafters bedürfe, der sie vollkommen nebst einigem andern besitze; da er
mehr wünsche in wissenschaftliche als politische Verbindungen zu
treten, so sei ihm ein solcher Dolmetscher unentbehrlich. Ich
wüßte niemand geschickter dazu, als unsern jungen Freund. Er
kennt die Sprache, ist sonst in vielem unterrichtet, und es wird
für ihn selbst ein großer Vorteil sein, in so guter Gesellschaft
und unter so vorteilhaften Umständen Deutschland zu sehen.
Wer sein Vaterland nicht kennt, hat keinen Maßstab für fremde
Länder. Was sagen Sie, meine Freunde? was sagen Sie,
Natalie?

Niemand wußte gegen den Antrag etwas einzuwenden;
Jarno schien seinen Vorschlag, nach Amerika zu reisen, selbst als

kein Hindernis anzusehn, indem er ohnehin nicht sogleich auf-
brechen würde; Natalie schwieg, und Friedrich führte verschiedene
Sprichwörter über den Nutzen des Reisens an.

Wilhelm war über diesen neuen Vorschlag im Herzen so ent-
rüstet, daß er es kaum verbergen konnte. Er sah eine Verab-
redung, ihn baldmöglichst loszuwerden, nur gar zu deutlich, und
was das Schlimmste war, man ließ sie so offenbar, so ganz ohne
Schonung sehen. Auch der Verdacht, den Lydie bei ihm erregt,
alles, was er selbst erfahren hatte, wurde wieder aufs neue vor
seiner Seele lebendig, und die natürliche Art, wie Jarno ihm
alles ausgelegt hatte, schien ihm auch nur eine künstliche Darstellung zu sein.

Er nahm sich zusammen und antwortete: Dieser Antrag
verdient allerdings eine reifliche Ueberlegung.

Eine geschwinde Entschließung möchte nötig sein, versetzte
der Abbé.

Dazu bin ich jetzt nicht gefaßt, antwortete Wilhelm. Wir
können die Ankunft des Mannes abwarten und dann sehen, ob
wir zusammen passen. Eine Hauptbedingung aber muß man zum
voraus eingehen, daß ich meinen Felix mitnehmen und ihn überall
mit hinführen darf.

Diese Bedingung wird schwerlich zugestanden werden, versetzte der Abbé.

Und ich sehe nicht, rief Wilhelm aus, warum ich mir von
irgend einem Menschen sollte Bedingungen vorschreiben lassen?
und warum ich, wenn ich einmal mein Vaterland sehen will, einen
Italiener zur Gesellschaft brauche?

Weil ein junger Mensch, versetzte der Abbé mit einem
gewissen imponierenden Ernste, immer Ursache hat, sich anzuschließen.

Wilhelm, der wohl merkte, daß er länger an sich zu halten
nicht im stande sei, da sein Zustand nur durch die Gegenwart
Nataliens noch einigermaßen gelindert ward, ließ sich hierauf
mit einiger Hast vernehmen: Man vergönne mir nur noch kurze
Bedenkzeit, und ich vermute, es wird sich geschwind entscheiden,
ob ich Ursache habe, mich weiter anzuschließen, oder ob nicht vielmehr Herz und Klugheit mir unwiderstehlich gebieten, mich von
so mancherlei Banden loszureißen, die mir eine ewige, elende
Gefangenschaft drohen.

So sprach er, mit einem lebhaft bewegten Gemüt. Ein Blick
auf Natalien beruhigte ihn einigermaßen, indem sich in diesem
leidenschaftlichen Augenblick ihre Gestalt und ihr Wert nur desto
tiefer bei ihm eindrückten.

Ja, sagte er zu sich selbst, indem er sich allein fand, gestehe
dir nur, du liebst sie, und du fühlst wieder, was es heiße, wenn

der Mensch mit allen Kräften lieben kann. So liebte ich Marianen
und ward so schrecklich an ihr irre; ich liebte Philinen und
mußte sie verachten. Aurelien achtete ich und konnte sie nicht
lieben; ich verehrte Theresen, und die väterliche Liebe nahm die
Gestalt einer Neigung zu ihr an; und jetzt, da in deinem Her en
alle Empfindungen zusammentreffen, die den Menschen glücklich
machen sollten, jetzt bist du genötigt, zu fliehen! Ach! warum
muß sich zu diesen Empfindungen, zu diesen Erkenntnissen das
unüberwindliche Verlangen des Besitzes gesellen? und warum
richten ohne Besitz eben diese Empfindungen, diese Ueberzeugungen
jede andere Art von Glückseligkeit völlig zu Grunde? Werde
ich künftig der Sonne und der Welt, der Gesellschaft oder irgend
eines Glücksgutes genießen? wirst du nicht immer zu dir sagen:
Natalie ist nicht da! und doch wird leider Natalie dir immer
gegenwärtig sein. Schließest du die Augen, so wird sie sich dir
darstellen; öffnest du sie, so wird sie vor allen Gegenständen hin-
schweben, wie die Erscheinung, die ein blendendes Bild im Auge
zurückläßt. War nicht schon früher die schnell vorübergegangene
Gestalt der Amazone deiner Einbildungskraft immer gegenwärtig?
und du hattest sie nur gesehen, du kanntest sie nicht. Nun, da
du sie kennst, da du ihr so nahe warst, da sie so vielen Anteil
an dir gezeigt hat, nun sind ihre Eigenschaften so tief in dein
Gemüt geprägt, als ihr Bild jemals in deine Sinne. Aengstlich
ist es immer zu suchen, aber viel ängstlicher, gefunden zu haben
und verlassen zu müssen. Wornach soll ich in der Welt nun
weiter fragen? wornach soll ich mich weiter umsehen? welche
Gegend, welche Stadt verwahrt einen Schatz, der diesem gleich
ist? und ich soll reisen, um nur immer das Geringere zu finden?
Ist denn das Leben bloß wie eine Rennbahn, wo man sogleich
schnell wieder umkehren muß, wenn man das äußerste Ende erreicht hat? Und steht das Gute, das Vortreffliche nur wie ein
festes, unverrücktes Ziel da, von dem man sich eben so schnell
mit raschen Pferden wieder entfernen muß, als man es erreicht
zu haben glaubt? anstatt, daß jeder andere, der nach irdischen
Waren strebt, sie sich in den verschiedenen Himmelsgegenden, oder
wohl gar auf der Messe und dem Jahrmarkt anschaffen kann.

Komm, lieber Knabe! rief er seinem Sohn entgegen, der eben
daher gesprungen kam, sei und bleibe du mir alles! Du warst
mir zum Ersatz deiner geliebten Mutter gegeben, du solltest mir
die zweite Mutter ersetzen, die ich dir bestimmt hatte, und nun
hast du noch die größere Lücke auszufüllen. Beschäftige mein
Herz, beschäftige meinen Geist mit deiner Schönheit, deiner
Liebenswürdigkeit, deiner Wißbegierde und deinen Fähigkeiten!

Der Knabe war mit einem neuen Spielwerke beschäftigt; der
Vater suchte es ihm besser, ordentlicher, zweckmäßiger einzurichten;

aber in dem Augenblicke verlor auch das Kind die Lust daran. Du bist ein wahrer Mensch! rief Wilhelm aus; komm, mein Sohn! komm, mein Bruder, laß uns in der Welt zwecklos hin= spielen, so gut wir können.

Sein Entschluß, sich zu entfernen, das Kind mit sich zu nehmen und sich an den Gegenständen der Welt zu zerstreuen, war nun sein fester Vorsatz. Er schrieb an Wernern, ersuchte ihn um Geld und Kreditbriefe und schickte Friedrichs Kurier mit dem geschärftsten Auftrage weg, bald wiederzukommen. So sehr er gegen die übrigen Freunde auch verstimmt war, so rein blieb sein Verhältnis zu Natalien. Er vertraute ihr seine Absicht; auch sie nahm für bekannt an, daß er gehen könne und müsse, und wenn ihn auch gleich diese scheinbare Gleichgültigkeit an ihr schmerzte, so beruhigte ihn doch ihre gute Art und ihre Gegen= wart vollkommen. Sie riet ihm, verschiedene Städte zu besuchen, um dort einige ihrer Freunde und Freundinnen kennen zu lernen. Der Kurier kam zurück, brachte, was Wilhelm verlangt hatte, obgleich Werner mit diesem neuen Ausflug nicht zufrieden zu sein schien. Meine Hoffnung, daß du vernünftig werden würdest, schrieb dieser, ist nun wieder eine gute Weile hinausgeschoben. Wo schweift ihr nun alle zusammen herum? und wo bleibt denn das Frauenzimmer, zu dessen wirtschaftlichem Beistande du mir Hoff= nung machtest? Auch die übrigen Freunde sind nicht gegenwärtig; dem Gerichtshalter und mir ist das ganze Geschäft aufgewälzt. Ein Glück, daß er eben ein so guter Rechtsmann ist, als ich ein Finanzmann bin, und daß wir beide etwas zu schleppen gewohnt sind. Lebe wohl! Deine Ausschweifungen sollen dir verziehen sein, da doch ohne sie unser Verhältnis in dieser Gegend nicht hätte so gut werden können.

Was das Aeußere betraf, hätte er nun immer abreisen können, allein sein Gemüt war noch durch zwei Hindernisse gebunden. Man wollte ihm ein für allemal Mignons Körper nicht zeigen, als bei den Exequien, welche der Abbé zu halten gedachte, zu welcher Feierlichkeit noch nicht alles bereit war. Auch war der Arzt durch einen sonderbaren Brief des Landgeistlichen abgerufen worden. Es betraf den Harfenspieler, von dessen Schicksalen Wilhelm näher unterrichtet sein wollte.

In diesem Zustande fand er weder bei Tag noch bei Nacht Ruhe der Seele oder des Körpers. Wenn alles schlief, ging er in dem Hause hin und her. Die Gegenwart der alten bekannten Kunstwerke zog ihn an und stieß ihn ab. Er konnte nichts, was ihn umgab, weder ergreifen noch lassen, alles erinnerte ihn an alles; er übersah den ganzen Ring seines Lebens, nur lag er leider zerbrochen vor ihm und schien sich auf ewig nicht schließen zu wollen. Diese Kunstwerke, die sein Vater verkauft hatte, schienen ihm ein Symbol, daß auch er von einem ruhigen und gründlichen Besitz des Wünschenswerten in der Welt teils aus- geschlossen, teils desselben durch eigne oder fremde Schuld beraubt werden sollte. Er verlor sich so weit in diesen sonderbaren und traurigen Betrachtungen, daß er sich selbst manchmal wie ein Geist vorkam und, selbst wenn er die Dinge außer sich befühlte und betastete, sich kaum des Zweifels erwehren konnte, ob er denn auch wirklich lebe und da sei.

Nur der lebhafte Schmerz, der ihn manchmal ergriff, daß er alles das Gefundene und Wiedergefundene so freventlich und doch so notwendig verlassen müsse, nur seine Thränen gaben ihm das Gefühl seines Daseins wieder. Vergebens rief er sich den glück- lichen Zustand, in dem er sich doch eigentlich befand, vors Ge- dächtnis. So ist denn alles nichts, rief er aus, wenn das e i n e fehlt, das dem Menschen alles übrige wert ist!

Der Abbé verkündigte der Gesellschaft die Ankunft des Mar- chese. Sie sind zwar, wie es scheint, sagte er zu Wilhelmen, mit Ihrem Knaben allein abzureisen entschlossen; lernen Sie jedoch wenigstens diesen Mann kennen, der Ihnen, wo Sie ihn auch unterwegs antreffen, auf alle Fälle nützlich sein kann. Der Mar- chese erschien, es war ein Mann noch nicht hoch in Jahren, eine von den wohlgestalteten, gefälligen lombardischen Figuren. Er hatte als Jüngling mit dem Oheim, der schon um vieles älter war, bei der Armee, dann in Geschäften Bekanntschaft gemacht; sie hatten nachher einen großen Teil von Italien zusammen durchreist, und die Kunstwerke, die der Marchese hier wiederfand, waren zum großen Teil in seiner Gegenwart und unter manchen glücklichen Umständen, deren er sich noch wohl erinnerte, gekauft und angeschafft worden.

Der Italiener hat überhaupt ein tieferes Gefühl für die hohe Würde der Kunst als andere Nationen; jeder, der nur irgend etwas treibt, will Künstler, Meister und Professor heißen und bekennt wenigstens durch diese Titelsucht, daß es nicht genug sei, nur etwas durch Ueberlieferung zu erhaschen, oder durch Uebung irgend eine Gewandtheit zu erlangen; er gesteht, daß jeder viel- mehr über das, was er thut, auch fähig sein solle zu denken, Grundsätze aufzustellen und die Ursachen, warum dieses oder jenes zu thun sei, sich selbst und andern deutlich zu machen.

Der Fremde war gerührt, so schöne Besitztümer ohne den Besitzer wiederzufinden, und erfreut, den Geist seines Freundes aus den vortrefflichen Hinterlassenen sprechen zu hören. Sie gingen die verschiedenen Werke durch und fanden eine große Behaglichkeit, sich einander verständlich machen zu können. Der Marchese und der Abbé führten das Wort; Natalie, die sich wieder in die Gegenwart ihres Oheims versetzt fühlte, wußte sich sehr gut in ihre Meinungen und Gesinnungen zu finden; Wilhelm mußte sich's in theatralische Terminologie übersetzen, wenn er etwas davon verstehen wollte. Man hatte Not, Friedrichs Scherze in Schranken zu halten. Jarno war selten zugegen.

Bei der Betrachtung, daß vortreffliche Kunstwerke in der neuern Zeit so selten seien, sagte der Marchese: Es läßt sich nicht leicht denken und übersehen, was die Umstände für den Künstler thun müssen, und dann sind bei dem größten Genie, bei dem entschiedensten Talente noch immer die Forderungen un- endlich, die er an sich selbst zu machen hat, unsäglich der Fleiß, der zu seiner Ausbildung nötig ist. Wenn nun die Umstände wenig für ihn thun, wenn er bemerkt, daß die Welt sehr leicht zu befriedigen ist und selbst nur einen leichten, gefälligen, behag- lichen Schein begehrt, so wäre es zu verwundern, wenn nicht Bequemlichkeit und Eigenliebe ihn bei dem Mittelmäßigen fest hielten; es wäre seltsam, wenn er nicht lieber für Modewaren Geld und Lob eintauschen, als den rechten Weg wählen sollte, der ihn mehr oder weniger zu einem kümmerlichen Märtyrertum führt. Deswegen bieten die Künstler unserer Zeit nur immer an, um niemals zu geben. Sie wollen immer reizen, um niemals zu befriedigen; alles ist nur angedeutet, und man findet nirgends Grund noch Ausführung. Man darf aber auch nur eine Zeitlang ruhig in einer Galerie verweilen und beobachten, nach welchen Kunstwerken sich die Menge zieht, welche gepriesen und welche vernachlässigt werden, so hat man wenig Lust an der Gegenwart und für die Zukunft wenig Hoffnung.

Ja, versetzte der Abbé, und so bilden sich Liebhaber und Künstler wechselsweise; der Liebhaber sucht nur einen allgemeinen unbestimmten Genuß; das Kunstwerk soll ihm ungefähr wie ein Naturwerk behagen, und die Menschen glauben, die Organe, ein Kunstwerk zu genießen, bildeten sich eben so von selbst aus, wie die Zunge und der Gaum, man urteile über ein Kunstwerk, wie über eine Speise. Sie begreifen nicht, was für einer andern Kultur es bedarf, um sich zum wahren Kunstgenusse zu erheben. Das Schwerste finde ich die Art von Absonderung, die der Mensch in sich selbst bewirken muß, wenn er sich überhaupt bilden will; deswegen finden wir so viel einseitige Kulturen, wovon doch jede sich anmaßt, über das Ganze abzusprechen.

Was Sie da sagen, ist mir nicht ganz deutlich, sagte Jarno, der eben hinzutrat.

Auch ist es schwer, versetzte der Abbé, sich in der Kürze be- stimmt hierüber zu erklären. Ich sage nur so viel: sobald der Mensch an mannigfaltige Thätigkeit oder mannigfaltigen Genuß Anspruch macht, so muß er auch fähig sein, mannigfaltige Organe an sich, gleichsam unabhängig von einander, auszubilden. Wer

alles und jedes in seiner ganzen Menschheit thun oder genießen
will, wer alles außer sich zu einer solchen Art von Genuß ver-
knüpfen will, der wird seine Zeit nur mit einem ewig unbe-
friedigten Streben hinbringen. Wie schwer ist es, was so natürlich scheint, eine gute Statue, ein treffliches Gemälde an und
für sich zu beschauen, den Gesang um des Gesangs willen zu
vernehmen, den Schauspieler im Schauspieler zu bewundern, sich
eines Gebäudes um seiner eigenen Harmonie und seiner Dauer
willen zu erfreuen. Nun sieht man aber meist die Menschen entschiedene Werke der Kunst geradezu behandeln, als wenn es ein
weicher Thon wäre. Nach ihren Neigungen, Meinungen und
Grillen soll sich der gebildete Marmor sogleich wieder ummodeln,
das festgemauerte Gebäude sich ausdehnen oder zusammenziehen,
ein Gemälde soll lehren, ein Schauspiel bessern, und alles soll
alles werden. Eigentlich aber, weil die meisten Menschen selbst
formlos sind, weil sie sich und ihrem Wesen selbst keine Gestalt
geben können, so arbeiten sie, den Gegenständen ihre Gestalt zu
nehmen, damit ja alles loser und lockrer Stoff werde, wozu sie
auch gehören. Alles reduzieren sie zuletzt auf den sogenannten
Effekt, alles ist relativ, und so wird auch alles relativ, außer
dem Unsinn und der Abgeschmacktheit, die denn auch ganz ab-
solut regiert.

Ich verstehe Sie, versetzte Jarno, oder vielmehr, ich sehe
wohl ein, wie das, was Sie sagen, mit den Grundsätzen zusammenhängt, an denen Sie so fest halten; ich kann es aber mit
den armen Teufeln von Menschen unmöglich so genau nehmen.
Ich kenne freilich ihrer genug, die sich bei den größten Werken
der Kunst und der Natur sogleich ihres armseligsten Bedürfnisses
erinnern, ihr Gewissen und ihre Moral mit in die Oper nehmen,
ihre Liebe und Haß vor einem Säulengange nicht ablegen und
das Beste und Größte, was ihnen von außen gebracht werden
kann, in ihrer Vorstellungsart erst möglichst verkleinern müssen,
um es mit ihrem kümmerlichen Wesen nur einigermaßen verbinden zu können.

Achtes Kapitel.

Am Abend lud der Abbé zu den Exequien Mignons ein.
Die Gesellschaft begab sich in den Saal der Vergangenheit und
fand denselben auf das sonderbarste erhellt und ausgeschmückt.
Mit himmelblauen Teppichen waren die Wände fast von oben
bis unten bekleidet, so daß nur Sockel und Fries hervorschienen.
Auf den vier Kandelabern in den Ecken brannten große Wachs-

fackeln, und so nach Verhältnis auf den vier kleinern, die den mittlern Sarkophag umgaben. Neben diesem standen vier Knaben, himmelblau mit Silber gekleidet, und schienen einer Figur, die auf dem Sarkophag ruhte, mit breiten Fächern von Straußen= federn Luft zuzuwehen. Die Gesellschaft setzte sich, und zwei un= sichtbare Chöre fingen mit holdem Gesang an, zu fragen: Wen bringt ihr uns zur stillen Gesellschaft? Die vier Kinder ant= worteten mit lieblicher Stimme: Einen müden Gespielen bringen wir euch; laßt ihn unter euch ruhen, bis das Jauchzen himmlischer Geschwister ihn dereinst wieder aufweckt.

Chor.

Erstling der Jugend in unserm Kreise, sei willkommen! mit Trauer willkommen! Dir folge kein Knabe, kein Mädchen nach! Nur das Alter nahe sich willig und gelassen der stillen Halle, und in ernster Gesellschaft ruhe das liebe, liebe Kind!

Knaben.

Ach! wie ungern brachten wir ihn her! Ach! und er soll hier bleiben! Laßt uns auch bleiben, laßt uns weinen, weinen an seinem Sarge!

Chor.

Seht die mächtigen Flügel doch an! seht das leichte reine Gewand! wie blinkt die goldene Binde vom Haupt! Seht die schöne, die würdige Ruh!

Knaben.

Ach! die Flügel heben sie nicht; im leichten Spiele flattert das Gewand nicht mehr; als wir mit Rosen kränzten ihr Haupt, blickte sie hold und freundlich nach uns.

Chor.

Schaut mit den Augen des Geistes hinan! In euch lebe die bildende Kraft, die das Schönste, das Höchste, hinauf über die Sterne das Leben trägt.

Knaben.

Aber, ach! wir vermissen sie hier; in den Gärten wandelt sie nicht, sammelt der Wiese Blumen nicht mehr. Laßt uns weinen, wir lassen sie hier! Laßt uns weinen und bei ihr bleiben!

Chor.

Kinder, kehret ins Leben zurück! Eure Thränen trockne die frische Luft, die um das schlängelnde Wasser spielt. Entflieht der Nacht! Tag und Lust und Dauer ist das Los der Lebendigen.

Knaben.

Auf, wir kehren ins Leben zurück. Gebe der Tag uns Arbeit und Lust, bis der Abend uns Ruhe bringt und der nächtliche Schlaf uns erquickt.

Chor.

Kinder! eilet ins Leben hinan! In der Schönheit reinem Gewande begegn' euch die Liebe mit himmlischem Blick und dem Kranz der Unsterblichkeit!

Die Knaben waren schon fern, der Abbé stand von seinem Sessel auf und trat hinter den Sarg. Es ist die Verordnung, sagte er, des Mannes, der diese stille Wohnung bereitet hat, daß jeder neue Ankömmling mit Feierlichkeit empfangen werden soll. Nach ihm, dem Erbauer dieses Hauses, dem Errichter dieser Stätte, haben wir zuerst einen jungen Fremdling hierher gebracht, und so faßt schon dieser kleine Raum zwei ganz verschiedene Opfer der strengen, willkürlichen und unerbittlichen Todesgöttin. Nach bestimmten Gesetzen treten wir ins Leben ein, die Tage sind gezählt, die uns zum Anblicke des Lichts reif machen, aber für die Lebensdauer ist kein Gesetz. Der schwächste Lebensfaden zieht sich in unerwartete Länge, und den stärksten zerschneidet gewaltsam die Schere einer Parze, die sich in Widersprüchen zu gefallen scheint. Von dem Kinde, das wir hier bestatten, wissen wir wenig zu sagen. Noch ist uns unbekannt, woher es kam; seine Eltern kennen wir nicht, und die Zahl seiner Lebensjahre vermuten wir nur. Sein tiefes, verschlossenes Herz ließ uns seine innersten Angelegenheiten kaum erraten; nichts war deutlich an ihm, nichts offenbar, als die Liebe zu dem Manne, der es aus den Händen eines Barbaren rettete. Diese zärtliche Neigung, diese lebhafte Dankbarkeit schien die Flamme zu sein, die das Oel ihres Lebens aufzehrte; die Geschicklichkeit des Arztes konnte das schöne Leben nicht erhalten, die sorgfältigste Freundschaft vermochte nicht, es zu fristen. Aber wenn die Kunst den scheidenden Geist nicht zu fesseln vermochte, so hat sie alle ihre Mittel angewandt, den Körper zu erhalten und ihn der Vergänglichkeit zu entziehen. Eine balsamische Masse ist durch alle Adern gedrungen und färbt nun an der Stelle des Bluts die so früh verblichenen Wangen. Treten Sie näher, meine Freunde, und sehen Sie das Wunder der Kunst und Sorgfalt!

Er hub den Schleier auf, und das Kind lag in seinen Engelkleidern, wie schlafend, in der angenehmsten Stellung. Alle traten herbei und bewunderten diesen Schein des Lebens. Nur Wilhelm blieb in seinem Sessel sitzen, er konnte sich nicht fassen; was er empfand, durfte er nicht denken, und jeder Gedanke schien seine Empfindung zerstören zu wollen.

Die Rede war um des Marchese willen französisch gesprochen worden. Dieser trat mit den andern herbei und betrachtete die Gestalt mit Aufmerksamkeit. Der Abbé fuhr fort: Mit einem heiligen Vertrauen war auch dieses gute, gegen die Menschen so verschlossene Herz beständig zu seinem Gott gewendet. Die Demut, ja eine Neigung, sich äußerlich zu erniedrigen, schien ihm angeboren. Mit Eifer hing es an der katholischen Religion, in der es geboren und erzogen war. Oft äußerte sie den stillen Wunsch, auf geweihtem Boden zu ruhen, und wir haben, nach den Gebräuchen der Kirche, dieses marmorne Behältnis und die wenige Erde geweihet, die in ihrem Kopfkissen verborgen ist. Mit welcher Inbrunst küßte sie in ihren letzten Augenblicken das Bild des Gekreuzigten, das auf ihren zarten Armen mit vielen hundert Punkten sehr zierlich abgebildet steht. Er streifte zugleich, indem er das sagte, ihren rechten Arm auf, und ein Kruzifix, von verschiedenen Buchstaben und Zeichen begleitet, sah man bläulich auf der weißen Haut.

Der Marchese betrachtete diese neue Erscheinung ganz in der Nähe. O Gott! rief er aus, indem er sich aufrichtete und seine Hände gen Himmel hob: Armes Kind! unglückliche Nichte! Finde ich dich hier wieder! Welche schmerzliche Freude, dich, auf die wir schon lange Verzicht gethan hatten, diesen guten lieben Körper, den wir lange im See einen Raub der Fische glaubten, hier wiederzufinden, zwar tot, aber erhalten! Ich wohne deiner Bestattung bei, die so herrlich durch ihr Aeußeres und noch herrlicher durch die guten Menschen wird, die dich zu deiner Ruhestätte begleiten. Und wenn ich werde reden können, sagte er mit gebrochener Stimme, werde ich ihnen danken.

Die Thränen verhinderten ihn, etwas weiter hervorzubringen. Durch den Druck einer Feder versenkte der Abbé den Körper in die Tiefe des Marmors. Vier Jünglinge, gekleidet wie jene Knaben, traten hinter den Teppichen hervor, hoben den schweren, schön verzierten Deckel auf den Sarg und fingen zugleich ihren Gesang an.

Die Jünglinge.

Wohl verwahrt ist nun der Schatz, das schöne Gebild der Vergangenheit! hier im Marmor ruht es unverzehrt; auch in euren Herzen lebt es, wirkt es fort. Schreitet, schreitet ins Leben zurück! Nehmet den heiligen Ernst mit hinaus; denn der Ernst, der heilige, macht allein das Leben zur Ewigkeit.

Das unsichtbare Chor fiel in die letzten Worte mit ein; aber niemand von der Gesellschaft vernahm die stärkenden Worte, jedes war zu sehr mit den wunderbaren Entdeckungen und seinen eigenen Empfindungen beschäftigt. Der Abbé und Natalie führ-

ten den Marchese, Wilhelmen Therese und Lothario hinaus, und
erst als der Gesang ihnen völlig verhallte, fielen die Schmerzen,
die Betrachtungen, die Gedanken, die Neugierde sie mit aller Gewalt wieder an, und sehnlich wünschten sie sich in jenes Element
wieder zurück.

Neuntes Kapitel.

Der Marchese vermied, von der Sache zu reden, hatte aber
heimliche und lange Gespräche mit dem Abbé. Er erbat sich,
wenn die Gesellschaft beisammen war, öfters Musik; man sorgte
gern dafür, weil jedermann zufrieden war, des Gesprächs über-
hoben zu sein. So lebte man einige Zeit fort, als man bemerkte,
daß er Anstalt zur Abreise mache. Eines Tages sagte er zu
Wilhelmen: Ich verlange nicht, die Reste des guten Kindes zu
beunruhigen; es bleibe an dem Orte zurück, wo es geliebt und
gelitten hat; aber seine Freunde müssen mir versprechen, mich
in seinem Vaterlande, an dem Platze zu besuchen, wo das arme
Geschöpf geboren und erzogen wurde; sie müssen die Säulen und
Statuen sehen, von denen ihm noch eine dunkle Idee übrig geblieben ist. Ich will sie in die Buchten führen, wo sie so gern
die Steinchen zusammenlas. Sie werden sich, lieber junger
Mann, der Dankbarkeit einer Familie nicht entziehen, die Ihnen
so viel schuldig ist. Morgen reise ich weg. Ich habe dem Abbé
die ganze Geschichte vertraut; er wird sie Ihnen wieder erzählen;
er konnte mir verzeihen, wenn mein Schmerz mich unterbrach,
und er wird als ein dritter die Begebenheiten mit mehr Zusammenhang vortragen. Wollen Sie mir noch, wie der Abbé
vorschlug, auf meiner Reise durch Deutschland folgen, so sind Sie
willkommen. Lassen Sie Ihren Knaben nicht zurück; bei jeder
kleinen Unbequemlichkeit, die er uns macht, wollen wir uns Ihrer
Vorsorge für meine arme Nichte wieder erinnern.

Noch selbigen Abend ward man durch die Ankunft der Gräfin
überrascht. Wilhelm bebte an allen Gliedern, als sie hereintrat,
und sie, obgleich vorbereitet, hielt sich an ihrer Schwester, die
ihr bald einen Stuhl reichte. Wie sonderbar einfach war ihr
Anzug, und wie verändert ihre Gestalt! Wilhelm durfte kaum
auf sie hinblicken; sie begrüßte ihn mit Freundlichkeit, und einige
allgemeine Worte konnten ihre Gesinnung und Empfindungen
nicht verbergen. Der Marchese war beizeiten zu Bette gegangen,
und die Gesellschaft hatte noch keine Lust, sich zu trennen; der
Abbé brachte ein Manuskript hervor. Ich habe, sagte er, sogleich
die sonderbare Geschichte, wie sie mir anvertraut wurde, zu Papiere gebracht. Wo man am wenigsten Tinte und Feder sparen

soll, das ist beim Aufzeichnen einzelner Umstände merkwürdiger Begebenheiten. Man unterrichtete die Gräfin, wovon die Rede sei, und der Abbé las:

Meinen Vater, sagte der Marchese, muß ich, so viel Welt ich auch gesehen habe, immer für einen der wunderbarsten Menschen halten. Sein Charakter war edel und gerade, seine Ideen weit und, man darf sagen, groß; er war streng gegen sich selbst; in allen seinen Planen fand man eine unbestechliche Folge, an allen seinen Handlungen eine ununterbrochene Schrittmäßigkeit. So gut sich daher von einer Seite mit ihm umgehen und ein Geschäft verhandeln ließ, so wenig konnte er, um eben dieser Eigenschaften willen, sich in die Welt finden, da er vom Staate, von seinen Nachbarn, von Kindern und Gesinde die Beobachtung aller der Gesetze forderte, die er sich selbst auferlegt hatte. Seine mäßigsten Forderungen wurden übertrieben durch seine Strenge, und er konnte nie zum Genuß gelangen, weil nichts auf die Weise entstand, wie er sich's gedacht hatte. Ich habe ihn in dem Augenblick, da er einen Palast bauete, einen Garten anlegte, ein großes neues Gut in der schönsten Lage erwarb, innerlich, mit dem ernstesten Ingrimm überzeugt gesehen, das Schicksal habe ihn verdammt, enthaltsam zu sein und zu dulden. In seinem Aeußerlichen beobachtete er die größte Würde; wenn er scherzte, zeigte er nur die Ueberlegenheit seines Verstandes; es war ihm unerträglich, getadelt zu werden, und ich habe ihn nur einmal in meinem Leben ganz außer aller Fassung gesehen, da er hörte, daß man von einer seiner Anstalten wie von etwas Lächerlichem sprach. In eben diesem Geiste hatte er über seine Kinder und sein Vermögen disponiert. Mein ältester Bruder ward als ein Mann erzogen, der künftig große Güter zu hoffen hatte. Ich sollte den geistlichen Stand ergreifen und der jüngste Soldat werden. Ich war lebhaft, feurig, thätig, schnell, zu allen körperlichen Uebungen geschickt. Der jüngste schien zu einer Art von schwärmerischer Ruhe geneigter, den Wissenschaften, der Musik und der Dichtkunst ergeben. Nur nach dem härtesten Kampf, nach der völligsten Ueberzeugung der Unmöglichkeit gab der Vater, wiewohl mit Widerwillen, nach, daß wir unsern Beruf umtauschen dürften, und ob er gleich jeden von uns beiden zufrieden sah, so konnte er sich doch nicht drein finden und versicherte, daß nichts Gutes daraus entstehen werde. Je älter er ward, desto abgeschnittener fühlte er sich von aller Gesellschaft. Er lebte zuletzt fast ganz allein. Nur ein alter Freund, der unter den Deutschen gedient, im Feldzuge seine Frau verloren und eine Tochter mitgebracht hatte, die ungefähr zehn Jahre alt war, blieb sein einziger Umgang. Dieser kaufte sich ein artiges Gut in der Nachbarschaft, sah meinen Vater zu bestimmten Tagen und Stunden der Woche, in denen er auch manchmal seine Tochter mitbrachte. Er widersprach meinem Vater niemals, der sich zuletzt völlig an ihn gewöhnte und ihn als den einzigen erträglichen Gesellschafter duldete. Nach dem Tode unsers Vaters merkten wir wohl, daß dieser Mann von unserm Alten trefflich ausgestattet worden war und seine Zeit nicht umsonst zugebracht hatte; er erweiterte seine Güter, seine Tochter konnte eine schöne Mitgift erwarten. Das Mädchen wuchs heran und war von sonderbarer Schönheit; mein älterer Bruder scherzte oft mit mir, daß ich mich um sie bewerben sollte.

Indessen hatte Bruder Augustin im Kloster seine Jahre in dem sonderbarsten Zustande zugebracht; er überließ sich ganz dem Genuß einer heiligen Schwärmerei, jenen halb geistigen, halb physischen Empfindungen, die, wie sie ihn eine Zeitlang in den dritten Himmel erhuben, bald darauf in einen Abgrund von Ohnmacht und leeres Elend versinken ließen. Bei meines Vaters Lebzeiten war an keine Veränderung zu denken, und was hätte man wünschen oder vorschlagen sollen? Nach dem Tode unsers Vaters besuchte er uns fleißig; sein Zustand, der uns im Anfang jammerte, ward nach und nach um vieles erträglicher, denn die Vernunft hatte gesiegt. Allein je sicherer sie ihm völlige Zufriedenheit und Heilung auf dem reinen Wege der Natur versprach, desto lebhafter verlangte er von uns, daß wir ihn von seinen Gelübden befreien sollten; er gab zu verstehen, daß seine Absicht auf Sperata, unsere Nachbarin, gerichtet sei.

Mein älterer Bruder hatte zu viel durch die Härte unseres Vaters gelitten, als daß er ungerührt bei dem Zustande des jüngsten hätte bleiben können. Wir sprachen mit dem Beichtvater unserer Familie, einem alten würdigen Manne, entdeckten ihm die doppelte Absicht unseres Bruders und baten ihn, die Sache einzuleiten und zu befördern. Wider seine Gewohnheit zögerte er, und als endlich unser Bruder in uns drang und wir die Angelegenheit dem Geistlichen lebhafter empfahlen, mußte er sich entschließen, uns die sonderbare Geschichte zu entdecken.

Sperata war unsre Schwester, und zwar sowohl von Vater als Mutter; Neigung und Sinnlichkeit hatten den Mann in späteren Jahren nochmals überwältigt, in welchen das Recht der Ehegatten schon verloschen zu sein scheint; über einen ähnlichen Fall hatte man sich kurz vorher in der Gegend lustig gemacht, und mein Vater, um sich nicht gleichfalls dem Lächerlichen auszusetzen, beschloß, diese späte, gesetzmäßige Frucht der Liebe mit eben der Sorgfalt zu verheimlichen, als man sonst die frühern zufälligen Früchte der Neigung zu verbergen pflegt. Unsre

Mutter kam heimlich nieder; das Kind wurde aufs Land ge=
bracht, und der alte Hausfreund, der nebst dem Beichtvater allein
um das Geheimnis wußte, ließ sich leicht bereden, sie für seine
Tochter auszugeben. Der Beichtvater hatte sich nur ausbedungen,
im äußersten Fall das Geheimnis entdecken zu dürfen. Der
Vater war gestorben, das zarte Mädchen lebte unter der Auf=
sicht einer alten Frau; wir wußten, daß Gesang und Musik
unsern Bruder schon bei ihr eingeführt hatten, und da er uns
wiederholt aufforderte, seine alten Bande zu trennen, um das
neue zu knüpfen, so war es nötig, ihn so bald als möglich von
der Gefahr zu unterrichten, in der er schwebte.

Er sah uns mit wilden, verachtenden Blicken an. Spart
eure unwahrscheinlichen Märchen, rief er aus, für Kinder und
leichtgläubige Thoren; mir werdet ihr Speraten nicht vom Herzen
reißen, sie ist mein. Verleugnet sogleich euer schreckliches Ge=
spenst, das mich nur vergebens ängstigen würde. Sperata ist
nicht meine Schwester, sie ist mein Weib! — Er beschrieb uns
mit Entzücken, wie ihn das himmlische Mädchen aus dem Zu=
stande der unnatürlichen Absonderung von den Menschen in das
wahre Leben geführt, wie beide Gemüter gleich beiden Kehlen zu=
sammen stimmten und wie er alle seine Leiden und Verirrungen
segnete, weil sie ihn von allen Frauen bis dahin entfernt ge=
halten, und weil er nun ganz und gar sich dem liebenswürdigsten
Mädchen ergeben könne. Wir entsetzten uns über die Entdeckung;
uns jammerte sein Zustand, wir wußten uns nicht zu helfen;
er versicherte uns mit Heftigkeit, daß Sperata ein Kind von
ihm im Busen trage. Unser Beichtvater that alles, was ihm
seine Pflicht eingab, aber dadurch ward das Uebel nur schlimmer.
Die Verhältnisse der Natur und der Religion, der sittlichen Rechte
und der bürgerlichen Gesetze wurden von meinem Bruder aufs
heftigste durchgefochten. Nichts schien ihm heilig als das Ver=
hältnis zu Sperata, nichts schien ihm würdig als der Name
Vater und Gattin. Diese allein, rief er aus, sind der Natur
gemäß, alles andere sind Grillen und Meinungen. Gab es nicht
edle Völker, die eine Heirat mit der Schwester billigten? Nennt
eure Götter nicht! rief er aus; ihr braucht die Namen nie, als
wenn ihr uns bethören, uns von dem Wege der Natur abführen
und die edelsten Triebe durch schändlichen Zwang zu Verbrechen
entstellen wollt. Zur größten Verwirrung des Geistes, zum
schändlichsten Mißbrauche des Körpers nötigt ihr die Schlacht=
opfer, die ihr lebendig begrabt.

Ich darf reden, denn ich habe gelitten wie keiner, von der
höchsten, süßesten Fülle der Schwärmerei bis zu den fürchterlichen
Wüsten der Ohnmacht, der Leerheit, der Vernichtung und Ver=
zweiflung, von den höchsten Ahnungen überirdischer Wesen bis

zu dem völligsten Unglauben, dem Unglauben an mir selbst. Allen diesen entsetzlichen Bodensatz des am Rande schmeichelnden Kelchs habe ich ausgetrunken, und mein ganzes Wesen war bis in sein Innerstes vergiftet. Nun, da mich die gütige Natur durch ihre größten Gaben, durch die Liebe, wieder geheilt hat, da ich an dem Busen eines himmlischen Mädchens wieder fühle, daß ich bin, daß sie ist, daß wir eins sind, daß aus dieser lebendigen Verbindung ein drittes entstehen und uns entgegenlächeln soll, nun eröffnet ihr die Flammen eurer Höllen, eurer Fegefeuer, die nur eine kranke Einbildungskraft versengen können, und stellt sie dem lebhaften, wahren, unzerstörlichen Genuß der reinen Liebe entgegen! Begegnet uns unter jenen Cypressen, die ihre ernsthaften Gipfel gen Himmel wenden, besucht uns an jenen Spalieren, wo die Zitronen und Pomeranzen neben uns blühn, wo die zierliche Myrte uns ihre zarten Blumen darreicht, und dann wagt es, uns mit euren trüben, grauen, von Menschen gesponnenen Netzen zu ängstigen!

So bestand er lange Zeit auf einem hartnäckigen Unglauben unserer Erzählung, und zuletzt, da wir ihm die Wahrheit derselben beteuerten, da sie ihm der Beichtvater selbst versicherte, ließ er sich doch dadurch nicht irre machen, vielmehr rief er aus: Fragt nicht den Widerhall eurer Kreuzgänge, nicht euer vermodertes Pergament, nicht eure verschränkten Grillen und Verordnungen! fragt die Natur und euer Herz, sie wird euch lehren, vor was ihr zu schaudern habt, sie wird euch mit dem strengsten Finger zeigen, worüber sie ewig und unwiderruflich ihren Fluch ausspricht. Seht die Lilie an: entspringt nicht Gatte und Gattin auf einem Stengel? Verbindet beide nicht die Blume, die beide gebar, und ist die Lilie nicht das Bild der Unschuld, und ist ihre geschwisterliche Vereinigung nicht fruchtbar? Wenn die Natur verabscheut, so spricht sie es laut aus; das Geschöpf, das nicht sein soll, kann nicht werden; das Geschöpf, das falsch lebt, wird früh zerstört. Unfruchtbarkeit, kümmerliches Dasein, frühzeitiges Zerfallen, das sind ihre Flüche, die Kennzeichen ihrer Strenge. Nur durch unmittelbare Folgen straft sie. Da! seht um euch her, und was verboten, was verflucht ist, wird euch in die Augen fallen. In der Stille des Klosters und im Geräusche der Welt sind tausend Handlungen geheiligt und geehrt, auf denen ihr Fluch ruht. Auf bequemen Müßiggang so gut als überstrengte Arbeit, auf Willkür und Ueberfluß wie auf Not und Mangel sieht sie mit traurigen Augen nieder; zur Mäßigkeit ruft sie; wahr sind alle ihre Verhältnisse und ruhig alle ihre Wirkungen. Wer gelitten hat, wie ich, hat das Recht, frei zu sein. Sperata ist mein; nur der Tod soll mir sie nehmen. Wie ich sie behalten kann? wie ich glücklich werden kann? Das ist eure Sorge! Jetzt gleich geh' ich zu ihr, um mich nicht wieder von ihr zu trennen.

Er wollte nach dem Schiffe, um zu ihr überzusetzen; wir hielten ihn ab und baten ihn, daß er keinen Schritt thun möchte, der die schrecklichsten Folgen haben könnte. Er solle überlegen, daß er nicht in der freien Welt seiner Gedanken und Vorstellungen, sondern in einer Verfassung lebe, deren Gesetze und Verhältnisse die Unbezwinglichkeit eines Naturgesetzes angenommen haben. Wir mußten dem Beichtvater versprechen, daß wir den Bruder nicht aus den Augen, noch weniger aus dem Schlosse lassen wollten; darauf ging er weg und versprach, in einigen Tagen wiederzukommen. Was wir vorausgesehen hatten, traf ein: der Verstand hatte unsern Bruder stark gemacht, aber sein Herz war weich; die frühern Eindrücke der Religion wurden lebhaft, und die entsetzlichsten Zweifel bemächtigten sich seiner. Er brachte zwei fürchterliche Tage und Nächte zu; der Beichtvater kam ihm wieder zu Hilfe, umsonst! Der ungebundene freie Verstand sprach ihn los; sein Gefühl, seine Religion, alle gewohnten Begriffe erklärten ihn für einen Verbrecher.

Eines Morgens fanden wir sein Zimmer leer; ein Blatt lag auf dem Tische, worin er uns erklärte, daß er, da wir ihn mit Gewalt gefangen hielten, berechtigt sei, seine Freiheit zu suchen; er entfliehe, er gehe zu Sperata, er hoffe, mit ihr zu entkommen: er sei auf alles gefaßt, wenn man sie trennen wolle.

Wir erschraken nicht wenig, allein der Beichtvater bat uns, ruhig zu sein. Unser armer Bruder war nahe genug beobachtet worden: die Schiffer, anstatt ihn überzusetzen, führten ihn in sein Kloster. Ermüdet von einem vierzigstündigen Wachen, schlief er ein, sobald ihn der Kahn im Mondenschein schaukelte, und erwachte nicht früher, als bis er sich in den Händen seiner geistlichen Brüder sah; er erholte sich nicht eher, als bis er die Klosterpforte hinter sich zuschlagen hörte.

Schmerzlich gerührt von dem Schicksal unseres Bruders, machten wir unserm Beichtvater die lebhaftesten Vorwürfe; allein dieser ehrwürdige Mann wußte uns bald mit den Gründen des Wundarztes zu überreden, daß unser Mitleid für den armen Kranken tödlich sei. Er handle nicht aus eigner Willkür, sondern auf Befehl des Bischofs und des hohen Rates. Die Absicht war: alles öffentliche Aergernis zu vermeiden und den traurigen Fall mit dem Schleier einer geheimen Kirchenzucht zu verdecken. Sperata sollte geschont werden, sie sollte nicht erfahren, daß ihr Geliebter zugleich ihr Bruder sei. Sie ward einem Geistlichen anempfohlen, dem sie vorher schon ihren Zustand vertraut hatte. Man wußte ihre Schwangerschaft und Niederkunft zu verbergen. Sie war als Mutter in dem kleinen Geschöpfe ganz glücklich. So wie die meisten unserer Mädchen konnte sie weder schreiben noch Geschriebenes lesen; sie gab daher dem Pater Aufträge, was er ihrem Geliebten sagen sollte. Dieser glaubte den frommen Betrug einer säugenden Mutter schuldig zu sein; er brachte ihr Nachrichten von unserm Bruder, den er niemals sah, ermahnte sie in seinem Namen zur Ruhe, bat sie, für sich und das Kind zu sorgen und wegen der Zukunft Gott zu vertrauen.

Sperata war von Natur zur Religiosität geneigt. Ihr Zustand, ihre Einsamkeit vermehrten diesen Zug; der Geistliche unterhielt ihn, um sie nach und nach auf eine ewige Trennung vorzubereiten. Kaum war das Kind entwöhnt, kaum glaubte er ihren Körper stark genug, die ängstlichsten Seelenleiden zu ertragen, so fing er an, das Vergehen ihr mit schrecklichen Farben vorzumalen, das Vergehen, sich einem Geistlichen ergeben zu haben, das er als eine Art von Sünde gegen die Natur, als einen Inzest behandelte. Denn er hatte den sonderbaren Gedanken, ihre Reue jener Reue gleich zu machen, die sie empfunden haben würde, wenn sie das wahre Verhältnis ihres Fehltritts erfahren hätte. Er brachte dadurch so viel Jammer und Kummer in ihr Gemüt, er erhöhte die Idee der Kirche und ihres Oberhauptes so sehr vor ihr, er zeigte ihr die schrecklichen Folgen für das Heil aller Seelen, wenn man in solchen Fällen nachgeben und die Straffälligen durch eine rechtmäßige Verbindung noch gar belohnen wolle; er zeigte ihr, wie heilsam es sei, einen solchen Fehler in der Zeit abzubüßen und dafür dereinst die Krone der Herrlichkeit zu erwerben, daß sie endlich wie eine arme Sünderin ihren Nacken dem Beil willig darreichte und inständig bat, daß man sie auf ewig von unserm Bruder entfernen möchte. Als man so viel von ihr erlangt hatte, ließ man ihr, doch unter einer gewissen Aufsicht, die Freiheit, bald in ihrer Wohnung, bald in dem Kloster zu sein, je nachdem sie es für gut hielte.

Ihr Kind wuchs heran und zeigte bald eine sonderbare Natur. Es konnte sehr früh laufen und sich mit aller Geschicklichkeit bewegen, es sang bald sehr artig und lernte die Zither gleichsam von sich selbst. Nur mit Worten konnte es sich nicht ausdrücken, und es schien das Hindernis mehr in seiner Denkungsart als in den Sprachwerkzeugen zu liegen. Die arme Mutter fühlte indessen ein trauriges Verhältnis zu dem Kinde; die Behandlung des Geistlichen hatte ihre Vorstellungsart so verwirrt, daß sie, ohne wahnsinnig zu sein, sich in den seltsamsten Zuständen befand. Ihr Vergehen schien ihr immer schrecklicher und straffälliger zu werden; das oft wiederholte Gleichnis des Geistlichen vom Inzeste hatte sich so tief bei ihr eingeprägt, daß sie einen solchen Abscheu empfand, als wenn ihr das Verhältnis selbst bekannt gewesen wäre. Der Beichtvater dünkte sich nicht wenig über das Kunststück, wodurch er das Herz eines unglücklichen Geschöpfes zerriß. Jämmerlich war es anzusehen, wie die Mutterliebe, die über das Dasein des Kindes sich so herzlich zu erfreuen geneigt war, mit dem schrecklichen Gedanken stritt, daß dieses Kind nicht da sein sollte. Bald stritten diese beiden Gefühle zusammen, bald war der Abscheu über die Liebe gewaltig.

Man hatte das Kind schon lange von ihr weggenommen und zu guten Leuten unten am See gegeben, und in der mehrern Freiheit, die es hatte, zeigte sich bald seine besondere Lust zum Klettern. Die höchsten Gipfel zu ersteigen, auf den Rändern der Schiffe wegzulaufen und den Seiltänzern, die sich manchmal in dem Orte sehen ließen, die wunderlichsten Kunststücke nachzumachen, war ein natürlicher Trieb.

Um das alles leichter zu üben, liebte sie mit den Knaben die Kleider zu wechseln, und ob es gleich von ihren Pflegeeltern höchst unanständig und unzulässig gehalten wurde, so ließen wir ihr doch so viel als möglich nachsehen. Ihre wunderlichen Wege und Sprünge führten sie manchmal weit; sie verirrte sich, sie blieb aus und kam immer wieder. Meistenteils, wenn sie zurückkehrte, setzte sie sich unter die Säulen des Portals vor einem Landhause in der Nachbarschaft; man suchte sie nicht mehr, man erwartete sie. Dort schien sie auf den Stufen auszuruhen; dann lief sie in den großen Saal, besah die Statuen, und wenn man sie nicht besonders aufhielt, eilte sie nach Hause.

Zuletzt ward denn doch unser Hoffen getäuscht und unsre Nachsicht bestraft. Das Kind blieb aus; man fand seinen Hut auf dem Wasser schwimmen, nicht weit von dem Orte, wo ein Gießbach sich in den See stürzt. Man vermutete, daß es bei seinem Klettern zwischen den Felsen verunglückt sei; bei allem Nachforschen konnte man den Körper nicht finden.

Durch das unvorsichtige Geschwätz ihrer Gesellschafterinnen erfuhr Sperata bald den Tod ihres Kindes; sie schien ruhig und heiter und gab nicht undeutlich zu verstehen, sie freue sich, daß Gott das arme Geschöpf zu sich genommen und so bewahrt habe, ein größeres Unglück zu erdulden oder zu stiften.

Bei dieser Gelegenheit kamen alle Märchen zur Sprache, die man von unsern Wassern zu erzählen pflegt. Es hieß: der See müsse alle Jahre ein unschuldiges Kind haben; er leide keinen toten Körper und werfe ihn früh oder spät ans Ufer, ja sogar das letzte Knöchelchen, wenn es zu Grunde gesunken sei, müsse wieder heraus. Man erzählte die Geschichte einer untröstlichen Mutter, deren Kind im See ertrunken sei und die Gott und seine Heiligen angerufen habe, ihr nur wenigstens die Gebeine zum Begräbnis zu gönnen; der nächste Sturm habe den Schädel, der folgende den Rumpf aus Ufer gebracht, und nachdem alles beisammen gewesen, habe sie sämtliche Gebeine in einem Tuch zur Kirche getragen; aber, o Wunder! als sie in den Tempel getreten, sei das Paket immer schwerer geworden, und endlich, als sie es auf die Stufen des Altars gelegt, habe das Kind zu schreien angefangen und sich zu jedermanns Erstaunen aus dem Tuche losgemacht; nur ein Knöchelchen des kleinen Fingers an der rechten Hand habe gefehlt, welches denn die Mutter nachher noch sorgfältig aufgesucht und gefunden, das denn auch noch zum Gedächtnis unter andern Reliquien in der Kirche aufge= hoben werde.

Auf die arme Mutter machten diese Geschichten großen Ein= druck; ihre Einbildungskraft fühlte einen neuen Schwung und begünstigte die Empfindung ihres Herzens. Sie nahm an, daß das Kind nunmehr für sich und seine Eltern abgebüßt habe, daß Fluch und Strafe, die bisher auf ihnen geruht, nunmehr gänz= lich gehoben sei; daß es nur darauf ankomme, die Gebeine des Kindes wiederzufinden, um sie nach Rom zu bringen, so würde das Kind auf den Stufen des großen Altars der Peterskirche wieder, mit seiner schönen frischen Haut umgeben, vor dem Volke dastehn. Es werde mit seinen eignen Augen wieder Vater und Mutter schauen, und der Papst, von der Einstimmung Gottes und seiner Heiligen überzeugt, werde unter dem lauten Zuruf des Volks den Eltern die Sünde vergeben, sie lossprechen und sie verbinden.

Nun waren ihre Augen und ihre Sorgfalt immer nach dem See und dem Ufer gerichtet. Wenn nachts im Mondglanz sich die Wellen umschlugen, glaubte sie, jeder blinkende Saum treibe ihr Kind hervor; es mußte zum Scheine jemand hinablaufen, um es am Ufer aufzufangen.

So war sie auch des Tages unermüdet an den Stellen, wo das kiesichte Ufer flach in den See ging; sie sammelte in ein Körbchen alle Knochen, die sie fand. Niemand durfte ihr sagen, daß es Tierknochen seien; die großen begrub sie, die kleinen hub sie auf. In dieser Beschäftigung lebte sie unablässig fort. Der Geistliche, der durch die unerläßliche Ausübung seiner Pflicht ihren Zustand verursacht hatte, nahm sich auch ihrer nun aus allen Kräften an. Durch seinen Einfluß ward sie in der Gegend für eine Entzückte, nicht für eine Verrückte gehalten; man stand mit gefalteten Händen, wenn sie vorbeiging, und die Kinder küßten ihr die Hand.

Ihrer alten Freundin und Begleiterin war von dem Beicht= vater die Schuld, die sie bei der unglücklichen Verbindung beider Personen gehabt haben mochte, nur unter der Bedingung er= lassen, daß sie unablässig treu ihr ganzes künftiges Leben die

Unglückliche begleiten solle; und sie hat mit einer bewunderns=
würdigen Geduld und Gewissenhaftigkeit ihre Pflichten bis zuletzt
ausgeübt.

Wir hatten unterdessen unsern Bruder nicht aus den Augen
verloren; weder die Aerzte noch die Geistlichkeit seines Klosters
wollten uns erlauben, vor ihm zu erscheinen; allein um uns zu
überzeugen, daß es ihm nach seiner Art wohl gehe, konnten wir
ihn, so oft wir wollten, in dem Garten, in den Kreuzgängen,
ja durch ein Fenster an der Decke seines Zimmers belauschen.

Nach vielen schrecklichen und sonderbaren Epochen, die ich
übergehe, war er in einen seltsamen Zustand der Ruhe des
Geistes und der Unruhe des Körpers geraten. Er saß fast nie=
mals, als wenn er seine Harfe nahm und darauf spielte, da er
sie denn meistens mit Gesang begleitete. Uebrigens war er
immer in Bewegung und in allem äußerst lenksam und folgsam,
denn alle seine Leidenschaften schienen sich in der einzigen Furcht
des Todes aufgelöst zu haben. Man konnte ihn zu allem in der
Welt bewegen, wenn man ihm mit einer gefährlichen Krankheit
oder mit dem Tode drohte.

Außer dieser Sonderbarkeit, daß er unermüdet im Kloster
hin und her ging und nicht undeutlich zu verstehen gab, daß es
noch besser sein würde, über Berg und Thäler so zu wandeln,
sprach er auch von einer Erscheinung, die ihn gewöhnlich äng=
stigte. Er behauptete nämlich, daß bei seinem Erwachen zu jeder
Stunde der Nacht, ein schöner Knabe unten an seinem Bette
stehe und ihm mit einem blanken Messer drohe. Man versetzte
ihn in ein anderes Zimmer; allein er behauptete, auch da und
zuletzt sogar an andern Stellen des Klosters stehe der Knabe
im Hinterhalt. Sein Auf= und Abwandeln ward unruhiger,
ja man erinnerte sich nachher, daß er in der Zeit öfter als sonst
an dem Fenster gestanden und über den See hinüber gesehen habe.

Unsere arme Schwester indessen schien von dem einzigen Ge=
danken, von der beschränkten Beschäftigung nach und nach auf=
gerieben zu werden, und unser Arzt schlug vor, man sollte ihr
nach und nach unter ihre übrigen Gebeine die Knochen eines
Kinderskeletts mischen, um dadurch ihre Hoffnung zu vermehren.
Der Versuch war zweifelhaft, doch schien wenigstens so viel dabei
gewonnen, daß man sie, wenn alle Teile beisammen wären, von
dem ewigen Suchen abbringen und ihr zu einer Reise nach Rom
Hoffnung machen könnte.

Es geschah, und ihre Begleiterin vertauschte unmerklich die
ihr anvertrauten kleinen Reste mit den gefundenen; und eine
unglaubliche Wonne verbreitete sich über die arme Kranke, als
die Teile sich nach und nach zusammenfanden und man die=
jenigen bezeichnen konnte, die noch fehlten. Sie hatte mit großer

Sorgfalt jeden Teil, wo er hingehörte, mit Fäden und Bändern
befestigt; sie hatte, wie man die Körper der Heiligen zu ehren
pflegt, mit Seide und Stickerei die Zwischenräume ausgefüllt.

So hatte man die Glieder zusammenkommen lassen, es fehlten
nur wenige der äußeren Enden. Eines Morgens, als sie noch
schlief und der Medikus gekommen war, nach ihrem Befinden
zu fragen, nahm die Alte die verehrten Reste aus dem Kästchen
weg, das in der Schlafkammer stand, um dem Arzte zu zeigen,
wie sich die gute Kranke beschäftige. Kurz darauf hörte man sie
aus dem Bette springen; sie hob das Tuch auf und fand das
Kästchen leer. Sie warf sich auf ihre Kniee; man kam und hörte
ihr freudiges, inbrünstiges Gebet. Ja! es ist wahr, rief sie aus,
es war kein Traum, es ist wirklich! Freuet euch, meine Freunde,
mit mir! Ich habe das gute, schöne Geschöpf wieder lebendig
gesehn. Es stand auf und warf den Schleier von sich; sein
Glanz erleuchtete das Zimmer, seine Schönheit war verklärt;
es konnte den Boden nicht betreten, ob es gleich wollte. Leicht
ward es emporgehoben und konnte mir nicht einmal seine Hand
reichen. Da rief es mich zu sich und zeigte mir den Weg, den
ich gehen soll. Ich werde ihm folgen, und bald folgen, ich
fühl' es, und es wird mir so leicht ums Herz. Mein Kummer
ist verschwunden, und schon das Anschauen meines wieder Auf=
erstandenen hat mir einen Vorschmack der himmlischen Freude
gegeben.

Von der Zeit an war ihr ganzes Gemüt mit den heitersten
Aussichten beschäftigt; auf keinen irdischen Gegenstand richtete
sie ihre Aufmerksamkeit mehr, sie genoß nur wenige Speisen, und
ihr Geist machte sich nach und nach von den Banden des Kör=
pers los. Auch fand man sie zuletzt unvermutet erblaßt und
ohne Empfindung; sie öffnete die Augen nicht wieder, sie war,
was wir tot nennen.

Der Ruf ihrer Vision hatte sich bald unter das Volk ver=
breitet; und das ehrwürdige Ansehn, das sie in ihrem Leben
genoß, verwandelte sich nach ihrem Tode schnell in den Gedanken,
daß man sie sogleich für selig, ja für heilig halten müsse.

Als man sie zu Grabe bestatten wollte, drängten sich viele
Menschen mit unglaublicher Heftigkeit hinzu; man wollte ihre
Hand, man wollte wenigstens ihr Kleid berühren. In dieser
leidenschaftlichen Erhöhung fühlten verschiedene Kranke die Uebel
nicht, von denen sie sonst gequält wurden; sie hielten sich für
geheilt, sie bekannten's, sie priesen Gott und seine neue Heilige.
Die Geistlichkeit war genötigt, den Körper in eine Kapelle zu
stellen; das Volk verlangte Gelegenheit, seine Andacht zu ver=
richten, der Zudrang war unglaublich; die Bergbewohner, die
ohnedies zu lebhaften, religiösen Gefühlen gestimmt sind, drangen

aus ihren Thälern herbei; die Andacht, die Wunder, die An=
betung vermehrten sich mit jedem Tage. Die bischöflichen Ver=
ordnungen, die einen solchen neuen Dienst einschränken und nach
und nach niederschlagen sollten, konnten nicht zur Ausführung
gebracht werden; bei jedem Widerstand war das Volk heftig
und gegen jeden Ungläubigen bereit, in Thätlichkeiten auszu=
brechen. Wandelte nicht auch, rief sie, der heilige Borromäus
unter unsern Vorfahren? Erlebte seine Mutter nicht die Wonne
seiner Seligsprechung? Hat man nicht durch jenes große Bild=
nis auf dem Felsen bei Arona uns seine geistige Größe sinnlich
vergegenwärtigen wollen? Leben die Seinigen nicht noch unter
uns? Und hat Gott nicht zugesagt, unter einem gläubigen Volke
seine Wunder stets zu erneuern?

Als der Körper nach einigen Tagen keine Zeichen der Fäul=
nis von sich gab und eher weißer und gleichsam durchsichtig
ward, erhöhte sich das Zutrauen der Menschen immer mehr,
und es zeigten sich unter der Menge verschiedene Kuren, die der
aufmerksame Beobachter selbst nicht erklären und auch nicht ge=
radezu als Betrug ansprechen konnte. Die ganze Gegend war
in Bewegung, und wer nicht selbst kam, hörte wenigstens eine
Zeitlang von nichts anderem reden.

Das Kloster, worin mein Bruder sich befand, erscholl so gut
als die übrige Gegend von diesen Wundern, und man nahm
sich um so weniger in acht, in seiner Gegenwart davon zu sprechen,
als er sonst auf nichts aufzumerken pflegte und sein Verhältnis
niemanden bekannt war. Diesmal schien er aber mit großer
Genauigkeit gehört zu haben; er führte seine Flucht mit solcher
Schlauheit aus, daß niemals jemand hat begreifen können, wie
er aus dem Kloster herausgekommen sei. Man erfuhr nachher,
daß er sich mit einer Anzahl Wallfahrer übersetzen lassen und
daß er die Schiffer, die weiter nichts Verkehrtes an ihm wahr=
nahmen, nur um die größte Sorgfalt gebeten, daß das Schiff
nicht umschlagen möchte. Tief in der Nacht kam er in jene
Kapelle, wo seine unglückliche Geliebte von ihrem Leiden aus=
ruhte; nur wenige Andächtige knieten in den Winkeln; ihre alte
Freundin saß zu ihren Häupten, er trat hinzu und grüßte sie
und fragte: wie sich ihre Gebieterin befände? Ihr seht es, ver=
setzte diese nicht ohne Verlegenheit. Er blickte den Leichnam nur
von der Seite an. Nach einigem Zaudern nahm er ihre Hand.
Erschreckt von der Kälte, ließ er sie sogleich wieder fahren; er
sah sich unruhig um und sagte zu der Alten: Ich kann jetzt nicht
bei ihr bleiben, ich habe noch einen sehr weiten Weg zu machen,
ich will aber zur rechten Zeit schon wieder da sein; sag' ihr das,
wenn sie aufwacht.

So ging er hinweg; wir wurden nur spät von diesem Vor=

gange benachrichtigt; man forschte nach, wo er hingekommen sei,
aber vergebens! Wie er sich durch Berge und Thäler durchge=
arbeitet haben mag, ist unbegreiflich. Endlich nach langer Zeit
fanden wir in Graubünden eine Spur von ihm wieder, allein
zu spät, und sie verlor sich bald. Wir vermuteten, daß er nach
Deutschland sei; allein der Krieg hatte solche schwache Fußstapfen
gänzlich verwischt.

Zehntes Kapitel.

Der Abbé hörte zu lesen auf, und niemand hatte ohne Thränen
zugehört. Die Gräfin brachte ihr Tuch nicht von den Augen;
zuletzt stand sie auf und verließ mit Natalien das Zimmer. Die
übrigen schwiegen, und der Abbé sprach: Es entsteht nun die
Frage, ob man den guten Marchese soll abreisen lassen, ohne
ihm unser Geheimnis zu entdecken. Denn wer zweifelt wohl
einen Augenblick daran, daß Augustin und unser Harfenspieler
eine Person sei? Ueberlegen wir, was zu thun sei, sowohl um
des unglücklichen Mannes als der Familie willen. Mein Rat
wäre, nichts zu übereilen, abzuwarten, was uns der Arzt, den
wir eben von dort zurückerwarten, für Nachrichten bringt.

Jedermann war derselben Meinung, und der Abbé fuhr fort:
Eine andere Frage, die vielleicht schneller abzuthun ist, entsteht
zu gleicher Zeit. Der Marchese ist unglaublich gerührt über die
Gastfreundschaft, die seine arme Nichte bei uns, besonders bei
unserm jungen Freunde gefunden hat. Ich habe ihm die ganze
Geschichte umständlich, ja wiederholt erzählen müssen, und er
zeigte seine lebhafteste Dankbarkeit. Der junge Mann, sagte er,
hat ausgeschlagen, mit mir zu reisen, ehe er das Verhältnis
kannte, das unter uns besteht. Ich bin ihm nun kein Fremder
mehr, von dessen Art zu sein und von dessen Laune er etwa
nicht gewiß wäre; ich bin sein Verbundener, wenn Sie wollen,
sein Verwandter, und da sein Knabe, den er nicht zurücklassen
wollte, erst das Hindernis war, das ihn abhielt, sich zu mir zu
gesellen, so lassen Sie jetzt dieses Kind zum schönern Bande wer=
den, das uns nur desto fester an einander knüpft. Ueber die
Verbindlichkeit, die ich nun schon habe, sei er mir noch auf der
Reise nützlich; er kehre mit mir zurück, mein älterer Bruder
wird ihn mit Freuden empfangen; er verschmähe die Erbschaft
seines Pflegekindes nicht: denn nach einer geheimen Abrede unsers
Vaters mit seinem Freunde ist das Vermögen, das er seiner
Tochter zugewendet hatte, wieder an uns zurückgefallen, und
wir wollen dem Wohlthäter unserer Nichte gewiß das nicht vor=
enthalten, was er verdient hat.

Therese nahm Wilhelmen bei der Hand und sagte: Wir er=
leben abermals hier so einen schönen Fall, daß uneigennütziges
Wohlthun die höchsten und schönsten Zinsen bringt. Folgen Sie
diesem sonderbaren Ruf, und indem Sie sich um den Marchese
doppelt verdient machen, eilen Sie einem schönen Lande ent=
gegen, das Ihre Einbildungskraft und Ihr Herz mehr als ein=
mal an sich gezogen hat.

Ich überlasse mich ganz meinen Freunden und ihrer Füh=
rung, sagte Wilhelm; es ist vergebens, in dieser Welt nach eige=
nem Willen zu streben. Was ich fest zu halten wünschte, muß
ich fahren lassen, und eine unverdiente Wohlthat drängt sich
mir auf.

Mit einem Druck auf Theresens Hand machte Wilhelm die
seinige los. Ich überlasse Ihnen ganz, sagte er zu dem Abbé,
was Sie über mich beschließen; wenn ich meinen Felix nicht
von mir zu lassen brauche, so bin ich zufrieden, überall hinzugehn
und alles, was man für recht hält, zu unternehmen.

Auf diese Erklärung entwarf der Abbé sogleich seinen Plan:
man solle, sagte er, den Marchese abreisen lassen, Wilhelm solle
die Nachricht des Arztes abwarten, und alsdann, wenn man über=
legt hätte, was zu thun sei, könne Wilhelm mit Felix nachreisen.
So bedeutete er auch den Marchese, unter einem Vorwand, daß
die Einrichtungen des jungen Freundes zur Reise ihn nicht ab
halten müßten, die Merkwürdigkeiten der Stadt indessen zu be=
sehn. Der Marchese ging ab, nicht ohne wiederholte lebhafte
Versicherung seiner Dankbarkeit, wovon die Geschenke, die er
zurückließ und die aus Juwelen, geschnittenen Steinen und ge
stickten Stoffen bestanden, einen genugsamen Beweis gaben.

Wilhelm war nun auch völlig reisefertig, und man war um
so mehr verlegen, daß keine Nachrichten von dem Arzt kommen
wollten; man befürchtete, dem armen Harfenspieler möchte ein
Unglück begegnet sein, zu eben der Zeit, als man hoffen konnte,
ihn durchaus in einen bessern Zustand zu versetzen. Man schickte
den Kurier fort, der kaum weggeritten war, als am Abend der
Arzt mit einem Fremden hereintrat, dessen Gestalt und Wesen
bedeutend, ernsthaft und auffallend war und den niemand kannte.
Beide Ankömmlinge schwiegen eine Zeitlang still; endlich ging
der Fremde auf Wilhelmen zu, reichte ihm die Hand und sagte:
Kennen Sie Ihren alten Freund nicht mehr? Es war die Stimme
des Harfenspielers, aber von seiner Gestalt schien keine Spur
übrig geblieben zu sein. Er war in der gewöhnlichen Tracht
eines Reisenden, reinlich und anständig gekleidet; sein Bart war
verschwunden, seinen Locken sah man einige Kunst an, und was
ihn eigentlich ganz unkenntlich machte, war, daß an seinem be=
deutenden Gesichte die Züge des Alters nicht mehr erschienen.

Wilhelm umarmte ihn mit der lebhaftesten Freude; er ward den andern vorgestellt und betrug sich sehr vernünftig und wußte nicht, wie bekannt er der Gesellschaft noch vor kurzem geworden war. Sie werden Geduld mit einem Menschen haben, fuhr er mit großer Gelassenheit fort, der, so erwachsen er auch aussieht, nach einem langen Leiden erst wie ein unerfahrenes Kind in die Welt tritt. Diesem wackern Mann bin ich schuldig, daß ich wieder in einer menschlichen Gesellschaft erscheinen kann.

Man hieß ihn willkommen, und der Arzt veranlaßte sogleich einen Spaziergang, um das Gespräch abzubrechen und ins Gleich= gültige zu lenken.

Als man allein war, gab der Arzt folgende Erklärung: Die Genesung dieses Mannes ist uns durch den sonderbarsten Zufall geglückt. Wir hatten ihn lange nach unserer Ueberzeugung mo= ralisch und physisch behandelt; es ging auch bis auf einen ge= wissen Grad ganz gut, allein die Todesfurcht war noch immer groß bei ihm, und seinen Bart und sein langes Kleid wollte er uns nicht aufopfern; übrigens nahm er mehr teil an den welt= lichen Dingen, und seine Gesänge schienen, wie seine Vorstellungs= art, wieder dem Leben sich zu nähern. Sie wissen, welch ein sonderbarer Brief des Geistlichen mich von hier abrief. Ich kam, ich fand unsern Mann ganz verändert; er hatte freiwillig seinen Bart hergegeben, er hatte erlaubt, seine Locken in eine hergebrachte Form zuzuschneiden, er verlangte gewöhnliche Kleider und schien auf einmal ein anderer Mensch geworden zu sein. Wir waren neugierig, die Ursache dieser Verwandlung zu er= gründen, und wagten doch nicht, uns mit ihm selbst darüber ein= zulassen; endlich entdeckten wir zufällig die sonderbare Bewandt= nis. Ein Glas flüssiges Opium fehlte in der Hausapotheke des Geistlichen; man hielt für nötig, die strengste Untersuchung an= zustellen; jedermann suchte sich des Verdachtes zu erwehren; es gab unter den Hausgenossen heftige Szenen. Endlich trat dieser Mann auf und gestand, daß er es besitze; man fragte ihn, ob er davon genommen habe? er sagte Nein, fuhr aber fort: Ich danke diesem Besitz die Wiederkehr meiner Vernunft. Es hängt von euch ab, mir dieses Fläschchen zu nehmen, und ihr werdet mich ohne Hoffnung in meinen alten Zustand wieder zurückfallen sehen. Das Gefühl, daß es wünschenswert sei, die Leiden dieser Erde durch den Tod geendigt zu sehen, brachte mich zuerst auf den Weg der Genesung; bald darauf entstand der Gedanke, sie durch einen freiwilligen Tod zu endigen, und ich nahm in dieser Ab= sicht das Glas hinweg; die Möglichkeit, sogleich die großen Schmerzen auf ewig aufzuheben, gab mir Kraft, die Schmerzen zu ertragen, und so habe ich, seitdem ich den Talisman besitze, mich durch ·die Nähe des Todes wieder in das Leben zurück=

gedrängt. Sorgt nicht, sagte er, daß ich Gebrauch davon mache,
sondern entschließt euch, als Kenner des menschlichen Herzens,
mich, indem ihr mir die Unabhängigkeit vom Leben zugesteht,
erst vom Leben recht abhängig zu machen. Nach reiflicher Ueber=
legung drangen wir nicht weiter in ihn, und er führt nun in
einem festen, geschliffenen Glasfläschchen dieses Gift als das son=
derbarste Gegengift bei sich.

Man unterrichtete den Arzt von allem, was indessen ent=
deckt worden war, und man beschloß, gegen Augustin das tiefste
Stillschweigen zu beobachten. Der Abbé nahm sich vor, ihn
nicht von seiner Seite zu lassen und ihn auf dem guten Wege,
den er betreten hatte, fortzuführen.

Indessen sollte Wilhelm die Reise durch Deutschland mit
dem Marchese vollenden. Schien es möglich, Augustinen eine
Neigung zu seinem Vaterlande wieder einzuflößen, so wollte man
seinen Verwandten den Zustand entdecken, und Wilhelm sollte
ihn den Seinigen wieder zuführen.

Dieser hatte nun alle Anstalten zu seiner Reise gemacht,
und wenn es im Anfang wunderbar schien, daß Augustin sich
freute, als er vernahm, wie sein alter Freund und Wohlthäter
sich sogleich wieder entfernen sollte, so entdeckte doch der Abbé
bald den Grund dieser seltsamen Gemütsbewegung. Augustin
konnte seine alte Furcht, die er vor Felix hatte, nicht über=
winden und wünschte den Knaben je eher je lieber entfernt zu
sehen.

Nun waren nach und nach so viele Menschen angekommen,
daß man sie im Schloß und in den Seitengebäuden kaum alle
unterbringen konnte, um so mehr, als man nicht gleich anfangs
auf den Empfang so vieler Gäste die Einrichtung gemacht hatte.
Man frühstückte, man speiste zusammen und hätte sich gerne be=
redet, man lebe in einer vergnüglichen Uebereinstimmung, wenn
schon in der Stille die Gemüter sich gewissermaßen aus einander
sehnten. Therese war manchmal mit Lothario, noch öfter allein
ausgeritten, sie hatte in der Nachbarschaft schon alle Landwirte
und Landwirtinnen kennen lernen; es war ihr Haushaltungs=
prinzip, und sie mochte nicht unrecht haben, daß man mit Nach=
barn und Nachbarinnen im besten Vernehmen und immer in
einem ewigen Gefälligkeitswechsel stehen müsse. Von einer Ver=
bindung zwischen ihr und Lothario schien gar die Rede nicht zu
sein; die beiden Schwestern hatten sich viel zu sagen, der Abbé
schien den Umgang des Harfenspielers zu suchen. Jarno hatte
mit dem Arzt öftere Konferenzen, Friedrich hielt sich an Wil=
helmen, und Felix war überall, wo es ihm gut ging. So ver=
einigten sich auch meistenteils die Paare auf dem Spaziergang,
indem die Gesellschaft sich trennte, und wenn sie zusammen sein

mußten, so nahm man geschwind seine Zuflucht zur Musik, um alle zu verbinden, indem man jeden sich selbst wiedergab.

Unversehens vermehrte der Graf die Gesellschaft, seine Gemahlin abzuholen und, wie es schien, einen feierlichen Abschied von seinen weltlichen Verwandten zu nehmen. Jarno eilte ihm bis an den Wagen entgegen, und als der Ankommende fragte, was er für Gesellschaft finde? so sagte jener in einem Anfall von toller Laune, die ihn immer ergriff, sobald er den Grafen gewahr ward: Sie finden den ganzen Adel der Welt beisammen, Marchesen, Marquis, Mylords und Baronen; es hat nur noch an einem Grafen gefehlt. So ging man die Treppe hinauf, und Wilhelm war die erste Person, die ihnen im Vorsaal entgegen kam. Mylord! sagte der Graf zu ihm auf französisch, nachdem er ihn einen Augenblick betrachtet hatte, ich freue mich sehr, Ihre Bekanntschaft unvermutet zu erneuern; denn ich müßte mich sehr irren, wenn ich Sie nicht im Gefolge des Prinzen sollte in meinem Schlosse gesehen haben. — Ich hatte das Glück, Ew. Exzellenz damals aufzuwarten, versetzte Wilhelm; nur erzeigen Sie mir zu viel Ehre, wenn Sie mich für einen Engländer, und zwar vom ersten Range halten; ich bin ein Deutscher, und — zwar ein sehr braver junger Mann, fiel Jarno sogleich ein. Der Graf sah Wilhelmen lächelnd an und wollte eben etwas erwidern, als die übrige Gesellschaft herbei kam und ihn aufs freundlichste begrüßte. Man entschuldigte sich, daß man ihm nicht sogleich ein anständiges Zimmer anweisen könne, und versprach, den nötigen Raum ungesäumt zu verschaffen.

Ei, ei! sagte er lächelnd, ich sehe wohl, daß man dem Zufalle überlassen hat, den Fourierzettel zu machen; mit Vorsicht und Einrichtung, wie viel ist da nicht möglich! Jetzt bitte ich euch, rührt mir keinen Pantoffel vom Platze, denn sonst, seh' ich wohl, gibt es eine große Unordnung. Jedermann wird unbequem wohnen, und das soll niemand um meinetwillen, wo möglich auch nur eine Stunde. Sie waren Zeuge, sagte er zu Jarno, und auch Sie, Meister, indem er sich zu Wilhelmen wandte, wie viele Menschen ich damals auf meinem Schlosse bequem untergebracht habe. Man gebe mir die Liste der Personen und Bedienten, man zeige mir an, wie jedermann gegenwärtig einquartiert ist; ich will einen Dislokationsplan machen, daß mit der wenigsten Bemühung jedermann eine geräumige Wohnung finde, und daß noch Platz für einen Gast bleiben soll, der sich zufälligerweise bei uns einstellen könnte.

Jarno machte sogleich den Adjutanten des Grafen, verschaffte ihm alle nötigen Notizen und hatte nach seiner Art den größten Spaß, wenn er den alten Herrn mitunter irre machen konnte. Dieser gewann aber bald einen großen Triumph. Die Einrichtung war fertig; er ließ in seiner Gegenwart die Namen über alle Thüren schreiben, und man konnte nicht leugnen, daß mit wenig Umständen und Veränderungen der Zweck völlig erreicht war. Auch hatte es Jarno unter anderm so geleitet, daß die Personen, die in dem gegenwärtigen Augenblick ein Interesse an einander nahmen, zusammen wohnten.

Nachdem alles eingerichtet war, sagte der Graf zu Jarno: Helfen Sie mir auf die Spur wegen des jungen Mannes, den Sie da Meister nennen und der ein Deutscher sein soll. Jarno schwieg still, denn er wußte recht gut, daß der Graf einer von den Leuten war, die, wenn sie fragen, eigentlich belehren wollen; auch fuhr dieser, ohne Antwort abzuwarten, in seiner Rede fort: Sie hatten mir ihn damals vorgestellt und im Namen des Prinzen bestens empfohlen. Wenn seine Mutter auch eine Deutsche war, so hafte ich dafür, daß sein Vater ein Engländer ist, und zwar von Stande; wer wollte das englische Blut alles berechnen, das seit dreißig Jahren in deutschen Adern herumfließt! Ich will weiter nicht darauf dringen, ihr habt immer solche Familienge= heimnisse; doch mir wird man in solchen Fällen nichts aufbinden. Darauf erzählte er noch verschiedenes, was damals mit Wilhelmen auf seinem Schloß vorgegangen sein sollte, wozu Jarno gleich= falls schwieg, obgleich der Graf ganz irrig war und Wilhelmen mit einem jungen Engländer in des Prinzen Gefolge mehr als einmal verwechselte. Der gute Herr hatte in frühern Zeiten ein vortreffliches Gedächtnis gehabt und war noch immer stolz dar= auf, sich der geringsten Umstände seiner Jugend erinnern zu können; nun bestimmte er aber mit eben der Gewißheit wunder= bare Kombinationen und Fabeln als wahr, die ihm bei zuneh= menender Schwäche seines Gedächtnisses seine Einbildungskraft einmal vorgespiegelt hatte. Uebrigens war er sehr mild und gefällig geworden, und seine Gegenwart wirkte recht günstig auf die Gesellschaft. Er verlangte, daß man etwas Nützliches zusammen lesen sollte, ja sogar gab er manchmal kleine Spiele an, die er, wo nicht mitspielte, doch mit großer Sorgfalt diri= gierte, und da man sich über seine Herablassung verwunderte, sagte er: es sei die Pflicht eines jeden, der sich in Hauptsachen von der Welt entferne, daß er in gleichgültigen Dingen sich ihr desto mehr gleichstelle.

Wilhelm hatte unter diesen Spielen mehr als einen bäng= lichen und verdrießlichen Augenblick: der leichtsinnige Friedrich ergriff manche Gelegenheit, um auf eine Neigung Wilhelms gegen Natalien zu deuten. Wie konnte er darauf fallen? wodurch war er dazu berechtigt? Und mußte nicht die Gesellschaft glauben, daß, weil beide viel mit einander umgingen, Wilhelm ihm eine so unvorsichtige und unglückliche Konfidenz gemacht habe?

Eines Tages waren sie bei einem solchen Scherze heiterer als gewöhnlich, als Augustin auf einmal zur Thüre, die er aufriß, mit gräßlicher Gebärde hereinstürzte; sein Angesicht war blaß, sein Auge wild, er schien reden zu wollen, die Sprache versagte ihm. Die Gesellschaft entsetzte sich; Lothario und Jarno, die eine Rückkehr des Wahnsinns vermuteten, sprangen auf ihn los und hielten ihn fest. Stotternd und dumpf, dann heftig und gewaltsam sprach und rief er: Nicht mich haltet, eilt, helft! Rettet das Kind! Felix ist vergiftet!

Sie ließen ihn los, er eilte zur Thüre hinaus, und voll Entsetzen drängte sich die Gesellschaft ihm nach. Man rief nach dem Arzte; Augustin richtete seine Schritte nach dem Zimmer des Abbés; man fand das Kind, das erschrocken und verlegen schien, als man ihm schon von weitem zurief: Was hast du angefangen?

Lieber Vater! rief Felix, ich habe nicht aus der Flasche, ich habe aus dem Glase getrunken, ich war so durstig.

Augustin schlug die Hände zusammen, rief: Er ist verloren! drängte sich durch die Umstehenden und eilte davon.

Sie fanden ein Glas Mandelmilch auf dem Tische stehen und eine Karawine darneben, die über die Hälfte leer war; der Arzt kam, er erfuhr, was man wußte, und sah mit Entsetzen das wohlbekannte Fläschchen, worin sich das flüssige Opium befunden hatte, leer auf dem Tische liegen; er ließ Essig herbeischaffen und rief alle Mittel seiner Kunst zu Hilfe.

Natalie ließ den Knaben in ein Zimmer bringen, sie bemühte sich ängstlich um ihn. Der Abbé war fortgerannt, Augustinen aufzusuchen und einige Aufklärungen von ihm zu erdringen. Ebenso hatte sich der unglückliche Vater vergebens bemüht und fand, als er zurückkam, auf allen Gesichtern Bangigkeit und Sorge. Der Arzt hatte indessen die Mandelmilch im Glase untersucht, es entdeckte sich die stärkste Beimischung von Opium; das Kind lag auf dem Ruhebette und schien sehr krank; es bat den Vater, daß man ihm nur nichts mehr einschütten, daß man es nur nicht mehr quälen möchte. Lothario hatte seine Leute ausgeschickt und war selbst weggeritten, um der Flucht Augustins auf die Spur zu kommen. Natalie saß bei dem Kinde; es flüchtete auf ihren Schoß und bat sie flehentlich um Schutz, flehentlich um ein Stückchen Zucker, der Essig sei gar zu sauer! Der Arzt gab es zu; man müsse das Kind, das in der entsetzlichsten Bewegung war, einen Augenblick ruhen lassen, sagte er; es sei alles Nötliche geschehen, er wolle das mögliche thun. Der Graf trat mit einigem Unwillen, wie es schien, herbei; er sah ernst, ja feierlich aus, legte die Hände auf das Kind, blickte gen Himmel und blieb einige Augenblicke in dieser Stellung.

Wilhelm, der trostlos in einem Sessel lag, sprang auf, warf einen Blick voll Verzweiflung auf Natalien und ging zur Thüre hinaus.

Kurz darauf verließ auch der Graf das Zimmer.

Ich begreife nicht, sagte der Arzt nach einiger Pause, daß sich auch nicht die geringste Spur eines gefährlichen Zustandes am Kinde zeigt. Auch nur mit einem Schluck muß es eine ungeheure Dosis Opium zu sich genommen haben, und nun finde ich an seinem Pulse keine weitere Bewegung, als die ich meinen Mitteln und der Furcht zuschreiben kann, in die wir das Kind versetzt haben.

Bald darauf trat Jarno mit der Nachricht herein, daß man Augustin auf dem Oberboden in seinem Blute gefunden habe, ein Schermesser habe neben ihm gelegen, wahrscheinlich habe er sich die Kehle abgeschnitten. Der Arzt eilte fort und begegnete den Leuten, welche den Körper die Treppe herunterbrachten. Er ward auf ein Bett gelegt und genau untersucht; der Schnitt war in die Luftröhre gegangen, auf einen starken Blutverlust war eine Ohnmacht gefolgt, doch ließ sich bald bemerken, daß noch Leben, daß noch Hoffnung übrig sei. Der Arzt brachte den Körper in die rechte Lage, fügte die getrennten Teile zusammen und legte den Verband auf. Die Nacht ging allen schlaflos und sorgenvoll vorüber. Das Kind wollte sich nicht von Natalien trennen lassen. Wilhelm saß vor ihr auf einem Schemel; er hatte die Füße des Knaben auf seinem Schoße, Kopf und Brust lagen auf dem ihrigen; so teilten sie die angenehme Last und die schmerzlichen Sorgen und verharrten, bis der Tag anbrach, in der unbequemen und traurigen Lage. Natalie hatte Wilhelmen ihre Hand gegeben, sie sprachen kein Wort, sahen auf das Kind und sahen einander an. Lothario und Jarno saßen am andern Ende des Zimmers und führten ein sehr bedeutendes Gespräch, das wir gern, wenn uns die Begebenheiten nicht zu sehr drängten, unsern Lesern hier mitteilen würden. Der Knabe schlief sanft, erwachte am frühen Morgen ganz heiter, sprang auf und verlangte ein Butterbrot.

Sobald Augustin sich einigermaßen erholt hatte, suchte man einige Aufklärung von ihm zu erhalten. Man erfuhr nicht ohne Mühe und nur nach und nach: daß, als er bei der unglücklichen Dislokation des Grafen in ein Zimmer mit dem Abbé versetzt worden, er das Manuskript und darin seine Geschichte gefunden habe; sein Entsetzen sei ohnegleichen gewesen, und er habe sich nun überzeugt, daß er nicht länger leben dürfe; sogleich habe er seine gewöhnliche Zuflucht zum Opium genommen, habe es in ein Glas Mandelmilch geschüttet und habe doch, als er es an den Mund gesetzt, geschaudert; darauf habe er es stehen lassen, um, nochmals durch den Garten zu laufen und die Welt zu sehen; bei seiner Zurückkunft habe er das Kind gefunden, eben beschäftigt, das Glas, woraus es getrunken, wieder voll zu gießen.

Man bat den Unglücklichen, ruhig zu sein; er faßte Wilhelmen krampfhaft bei der Hand: Ach! sagte er, warum habe ich dich nicht längst verlassen! Ich wußte wohl, daß ich den Knaben töten würde, und er mich. Der Knabe lebt! sagte Wilhelm. Der Arzt, der aufmerksam zugehört hatte, fragte Augustinen, ob alles Getränke vergiftet gewesen? Nein! versetzte er, nur das Glas. So hat durch den glücklichsten Zufall, rief der Arzt, das Kind aus der Flasche getrunken! Ein guter Genius hat seine Hand geführt, daß es nicht nach dem Tode griff, der so nahe zubereitet stand! Nein! nein! rief Wilhelm mit einem Schrei, indem er die Hände vor die Augen hielt, wie fürchterlich ist diese Aussage! Ausdrücklich sagte das Kind, daß es nicht aus der Flasche, sondern aus dem Glase getrunken habe. Seine Gesundheit ist nur ein Schein, es wird uns unter den Händen wegsterben. Er eilte fort; der Arzt ging hinunter und fragte, indem er das Kind liebkoste: Nicht wahr, Felix, du hast aus der Flasche getrunken, und nicht aus dem Glase? Das Kind fing an zu weinen. Der Arzt erzählte Natalien im stillen, wie sich die Sache verhalte; auch sie bemühte sich vergebens, die Wahrheit von dem Kinde zu erfahren; es weinte nur heftiger und so lange, bis es einschlief.

Wilhelm wachte bei ihm, die Nacht verging ruhig. Den andern Morgen fand man Augustinen tot in seinem Bette; er hatte die Aufmerksamkeit seiner Wärter durch eine scheinbare Ruhe betrogen, den Verband still aufgelöst und sich verblutet. Natalie ging mit dem Kinde spazieren; es war munter wie in seinen glücklichsten Tagen. Du bist doch gut, sagte Felix zu ihr, du zankst nicht, du schlägst mich nicht; ich will dir's nur sagen, ich habe aus der Flasche getrunken! Mutter Aurelie schlug mich immer auf die Finger, wenn ich nach der Karawine griff; der Vater sah so bös aus, ich dachte, er würde mich schlagen.

Mit beflügelten Schritten eilte Natalie zu dem Schlosse; Wilhelm kam ihr, noch voller Sorgen, entgegen. Glücklicher Vater, rief sie laut, indem sie das Kind aufhob und es ihm in die Arme warf, da hast du deinen Sohn! Er hat aus der Flasche getrunken, seine Unart hat ihn gerettet.

Man erzählte den glücklichen Ausgang dem Grafen, der aber nur mit lächelnder, stiller, bescheidner Gewißheit zuhörte, mit der man den Irrtum guter Menschen ertragen mag. Jarno, aufmerksam auf alles, konnte diesmal eine solche hohe Selbstgenügsamkeit nicht erklären, bis er endlich nach manchen Umschweifen erfuhr: der Graf sei überzeugt, das Kind habe wirklich Gift genommen, er habe es aber durch sein Gebet und durch das Auflegen seiner Hände wunderbar am Leben erhalten. Nun beschloß er auch sogleich wegzugehn; gepackt war bei ihm alles wie gewöhnlich in einem Augenblicke, und beim Abschied faßte die schöne Gräfin Wilhelms Hand, ehe sie noch die Hand der Schwester los ließ, drückte alle vier Hände zusammen, kehrte sich schnell um und stieg in den Wagen.

So viel schreckliche und wunderbare Begebenheiten, die sich eine über die andere drängten, zu einer ungewohnten Lebensart nötigten und alles in Unordnung und Verwirrung setzten, hatten eine Art von fieberhafter Schwingung in das Haus gebracht. Die Stunden des Schlafens und Wachens, des Essens, Trinkens und geselligen Zusammenseins waren verrückt und umgekehrt. Außer Theresen war niemand in seinem Gleise geblieben; die Männer suchten durch geistige Getränke ihre gute Laune wiederherzustellen, und indem sie sich eine künstliche Stimmung gaben, entfernten sie die natürliche, die allein uns wahre Heiterkeit und Thätigkeit gewährt.

Wilhelm war durch die heftigsten Leidenschaften bewegt und zerrüttet; die unvermuteten und schreckhaften Anfälle hatten sein Innerstes ganz außer aller Fassung gebracht, einer Leidenschaft zu widerstehn, die sich des Herzens so gewaltsam bemächtigt hatte. Felix war ihm wiedergegeben, und doch schien ihm alles zu fehlen; die Briefe von Wernern mit den Anweisungen waren da; ihm mangelte nichts zu seiner Reise, als der Mut, sich zu entfernen. Alles drängte ihn zu dieser Reise. Er konnte vermuten, daß Lothario und Therese nur auf seine Entfernung warteten, um sich trauen zu lassen. Jarno war wider seine Gewohnheit still, und man hätte beinahe sagen können, er habe etwas von seiner gewöhnlichen Heiterkeit verloren. Glücklicherweise half der Arzt unserm Freunde einigermaßen aus der Verlegenheit, indem er ihn für krank erklärte und ihm Arznei gab.

Die Gesellschaft kam immer abends zusammen, und Friedrich, der ausgelassene Mensch, der gewöhnlich mehr Wein als billig trank, bemächtigte sich des Gesprächs und brachte nach seiner Art mit hundert Citaten und eulenspiegelhaften Anspielungen die Gesellschaft zum Lachen und setzte sie auch nicht selten in Verlegenheit, indem er laut zu denken sich erlaubte.

An die Krankheit seines Freundes schien er gar nicht zu glauben. Einst, als sie alle beisammen waren, rief er aus: Wie nennt Ihr das Uebel, Doktor, das unsern Freund angefallen hat? Paßt hier keiner von den dreitausend Namen, mit denen Ihr Eure Unwissenheit ausputzt? An ähnlichen Beispielen wenigstens hat es nicht gefehlt. Es kommt, fuhr er mit einem emphatischen Tone fort, ein solcher Kasus in der ägyptischen oder babylonischen Geschichte vor.

Die Gesellschaft sah einander an und lächelte.

Wie hieß der König? rief er aus und hielt einen Augen=
blick inne. Wenn ihr mir nicht einhelfen wollt, fuhr er fort,
so werde ich mir selbst zu helfen wissen. Er riß die Thürflügel
auf und wies nach dem großen Bilde im Vorsaal. Wie heißt
der Ziegenbart mit der Krone dort, der sich am Fuße des Bettes
um seinen kranken Sohn abhärmt? Wie heißt die Schöne, die
hereintritt und in ihren sittsamen Schelmenaugen (Gift und
Gegengift zugleich) führt? Wie heißt der Pfuscher von Arzt, dem
erst in diesem Augenblicke ein Licht aufgeht, der das erste Mal
in seinem Leben Gelegenheit findet, ein vernünftiges Rezept zu
verordnen, eine Arznei zu reichen, die aus dem Grunde kuriert
und die eben so wohlschmeckend als heilsam ist?

In diesem Tone fuhr er fort zu schwadronieren. Die Ge=
sellschaft nahm sich so gut als möglich zusammen und verbarg
ihre Verlegenheit hinter einem gezwungenen Lächeln. Eine leichte
Röte überzog Nataliens Wangen und verriet die Bewegungen
ihres Herzens. Glücklicherweise ging sie mit Jarno auf und
nieder; als sie an die Thüre kam, schritt sie mit einer klugen
Bewegung hinaus, einigemal in dem Vorsaale hin und wider
und ging sodann auf ihr Zimmer.

Die Gesellschaft war still. Friedrich fing an zu tanzen und
zu singen:

O, ihr werdet Wunder sehn!
Was geschehn ist, ist geschehn,
Was gesagt ist, ist gesagt.
Eh es tagt,
Sollt ihr Wunder sehn.

Therese war Natalien nachgegangen; Friedrich zog den Arzt
vor das große Gemälde, hielt eine lächerliche Lobrede auf die
Medizin und schlich davon.

Lothario hatte bisher in einer Fenstervertiefung gestanden
und sah, ohne sich zu rühren, in den Garten hinunter. Wilhelm
war in der schrecklichsten Lage. Selbst da er sich nun mit seinem
Freunde allein sah, blieb er eine Zeitlang still; er überlief mit
flüchtigem Blick seine Geschichte und sah zuletzt mit Schaudern
auf seinen gegenwärtigen Zustand; endlich sprang er auf und
rief: Bin ich schuld an dem, was vorgeht, an dem, was mir
und Ihnen begegnet, so strafen Sie mich! Zu meinen übrigen
Leiden entziehen Sie mir Ihre Freundschaft, und lassen Sie
mich ohne Trost in die weite Welt hinausgehen, in der ich mich
lange hätte verlieren sollen! Sehen Sie aber in mir das Opfer
einer grausamen zufälligen Verwicklung, aus der ich mich heraus=
zuwinden unfähig war, so geben Sie mir die Versicherung Ihrer
Liebe, Ihrer Freundschaft auf eine Reise mit, die ich nicht länger

verschieben darf. Es wird eine Zeit kommen, wo ich Ihnen werde sagen können, was diese Tage in mir vorgegangen ist. Vielleicht leide ich eben jetzt diese Strafe, weil ich mich Ihnen nicht früh genug entdeckte, weil ich gezaudert habe, mich Ihnen ganz zu zeigen, wie ich bin: Sie hätten mir beigestanden, Sie hätten mir zur rechten Zeit los geholfen. Aber und abermal gehen mir die Augen über mich selbst auf, immer zu spät und immer umsonst. Wie sehr verdiente ich die Strafrede Jarnos! Wie glaubte ich sie gefaßt zu haben, wie hoffte ich sie zu nutzen, ein neues Leben zu gewinnen! Konnte ich's? Sollte ich's? Vergebens klagen wir Menschen uns selbst, vergebens das Schicksal an! Wir sind elend und zum Elend bestimmt; und ist es nicht völlig einerlei, ob eigene Schuld, höherer Einfluß oder Zufall, Tugend oder Laster, Weisheit oder Wahnsinn uns ins Verderben stürzen? Leben Sie wohl! ich werde keinen Augenblick länger in dem Hause verweilen, in welchem ich das Gastrecht wider meinen Willen so schrecklich verletzt habe. Die Indiskretion Ihres Bruders ist unverzeihlich; sie treibt mein Unglück auf den höchsten Grad, sie macht mich verzweifeln.

Und wenn nun, versetzte Lothario, indem er ihn bei der Hand nahm, Ihre Verbindung mit meiner Schwester die geheime Bedingung wäre, unter welcher sich Therese entschlossen hat, mir ihre Hand zu geben? Eine solche Entschädigung hat Ihnen das edle Mädchen zugedacht; sie schwur, daß dieses doppelte Paar an einem Tage zum Altare gehen sollte. Sein Verstand hat mich gewählt, sagte sie, sein Herz fordert Natalien, und mein Verstand wird seinem Herzen zu Hilfe kommen. Wir wurden einig, Natalien und Sie zu beobachten; wir machten den Abbé zu unserm Vertrauten, dem wir versprechen mußten, keinen Schritt zu dieser Verbindung zu thun, sondern alles seinen Gang gehen zu lassen. Wir haben es gethan. Die Natur hat gewirkt, und der tolle Bruder hat nur die reife Frucht abgeschüttelt. Lassen Sie uns, da wir einmal so wunderbar zusammen kommen, nicht ein gemeines Leben führen; lassen Sie uns zusammen auf eine würdige Weise thätig sein! Unglaublich ist es, was ein gebildeter Mensch für sich und andre thun kann, wenn er, ohne herrschen zu wollen, das Gemüt hat, Vormund von vielen zu sein, sie leitet, dasjenige zur rechten Zeit zu thun, was sie doch alle gern thun möchten, und sie zu ihren Werken führt, die sie meist recht gut im Auge haben und nur die Wege dazu verfehlen. Lassen Sie uns hierauf einen Bund schließen; es ist keine Schwärmerei, es ist eine Idee, die recht gut ausführbar ist und die öfters, nur nicht immer mit klarem Bewußtsein, von guten Menschen ausgeführt wird. Meine Schwester Natalie ist hiervon ein lebhaftes Beispiel. Unerreichbar wird immer die Handlungsweise

bleiben, welche die Natur dieſer ſchönen Seele vorgeſchrieben hat.
Ja, ſie verdient dieſen Ehrennamen vor vielen andern, mehr,
wenn ich ſagen darf, als un're edle Tante ſelbſt, die zu der Zeit,
als unſer guter Arzt jenes Manuſkript ſo rubrizierte, die ſchönſte
Natur war, die wir in unſerm Kreiſe kannten. Indes hat
Natalie ſich entwickelt, und die Menſchheit freut ſich einer ſolchen
Erſcheinung.

Er wollte weiter reden, aber Friedrich ſprang mit großem
Geſchrei herein. Welch einen Kranz verdien' ich? rief er aus,
und wie werdet ihr mich belohnen? Myrten, Lorbeer, Epheu,
Eichenlaub, das friſcheſte, das ihr finden könnt, windet zuſammen!
ſo viel Verdienſte habt ihr in mir zu krönen. Natalie iſt dein!
ich bin der Zauberer, der dieſen Schatz gehoben hat.

Er ſchwärmt, ſagte Wilhelm, und ich gehe.

Haſt du Auftrag? ſagte der Baron, indem er Wilhelmen
feſt hielt.

Aus eigner Macht und Gewalt, verſetzte Friedrich, auch von
Gottes Gnaden, wenn ihr wollt; ſo war ich Freiersmann, ſo
bin ich jetzt Geſandter; ich habe an der Thüre gehorcht, ſie hat
ſich ganz dem Abbé entdeckt.

Unverſchämter! ſagte Lothario, wer heißt dich horchen!

Wer heißt ſie ſich einſchließen! verſetzte Friedrich; ich hörte
alles ganz genau, Natalie war ſehr bewegt. In der Nacht, da
das Kind ſo krank ſchien und halb auf ihrem Schoße ruhte, als
du troſtlos vor ihr ſaßeſt und die geliebte Bürde mit ihr teilteſt,
that ſie das Gelübde, wenn das Kind ſtürbe, dir ihre Liebe zu
bekennen und dir ſelbſt die Hand anzubieten; jetzt, da das Kind
lebt, warum ſoll ſie ihre Geſinnung verändern? Was man einmal
ſo verſpricht, hält man unter jeder Bedingung. Nun wird der
Pfaffe kommen und Wunder denken, was er für Neuigkeiten
bringt.

Der Abbé trat ins Zimmer. Wir wiſſen alles, rief Friedrich
ihm entgegen; macht es kurz, denn Ihr kommt bloß um der
Formalität willen; zu weiter nichts werden die Herren verlangt.

Er hat gehorcht, ſagte der Baron. — Wie ungezogen! rief
der Abbé.

Nun geſchwind, verſetzte Friedrich, wie ſieht's mit den Zere‐
monien aus? Die laſſen ſich an den Fingern herzählen; ihr müßt
reiſen, die Einladung des Marcheſe kommt euch herrlich zu ſtatten.
Seid ihr nur einmal über die Alpen, ſo findet ſich zu Hauſe
alles; die Menſchen wiſſen's euch Dank, wenn ihr etwas Wunder‐
liches unternehmt; ihr verſchafft ihnen eine Unterhaltung, die
ſie nicht zu bezahlen brauchen. Es iſt eben, als wenn ihr eine
Freiredoute gäbt; es können alle Stände daran teilnehmen.

Ihr habt euch freilich mit ſolchen Volksfeſten ſchon ſehr ums

Publikum verdient gemacht, versetzte der Abbé, und ich komme,
so scheint es, heute nicht mehr zum Wort.

Ist nicht alles, wie ich's sage, versetzte Friedrich, so belehrt
uns eines Bessern. Kommt herüber, kommt herüber! wir müssen
sie sehen und uns freuen.

Lothario umarmte seinen Freund und führte ihn zu der
Schwester; sie kam mit Theresen ihnen entgegen, alles schwieg.

Nicht gezaudert! rief Friedrich. In zwei Tagen könnt ihr
reisefertig sein. Wie meint Ihr, Freund, fuhr er fort, indem
er sich zu Wilhelmen wendete, als wir Bekanntschaft machten,
als ich Euch den schönen Strauß abforderte, wer konnte denken,
daß Ihr jemals eine solche Blume aus meiner Hand empfangen
würdet?

Erinnern Sie mich nicht in diesem Augenblicke des höchsten
Glückes an jene Zeiten!

Deren Ihr Euch nicht schämen sollet, so wenig man sich
seiner Abkunft zu schämen hat. Die Zeiten waren gut, und ich
muß lachen, wenn ich dich ansehe: du kommst mir vor, wie Saul,
der Sohn Kis', der ausging, seines Vaters Eselinnen zu suchen,
und ein Königreich fand.

Ich kenne den Wert eines Königreichs nicht, versetzte Wilhelm, aber ich weiß, daß ich ein Glück erlangt habe, das ich
nicht verdiene und das ich mit nichts in der Welt vertauschen
möchte.

www.ingramcontent.com/pod-product-compliance
Lightning Source LLC
Chambersburg PA
CBHW030639030726
47497CB00006B/1856